LLOSGI GWERN

LLOSGI GWERN

Aled Islwyn

Argraffiad cyntaf—Gorffennaf 1996

ISBN 1 85902 337 1

Dymuna'r cyhoeddwyr gydnabod cymorth adrannau Cyngor Llyfrau Cymru.

Argraffwyd gan
Wasg Gomer, Llandysul, Ceredigion

Cyflwynedig i
Carole, Tecwyn a Marred,
tri ffrind,
tri Jones

Dymunaf ddiolch i Gyngor Celfyddydau Cymru am yr Ysgoloriaeth i Awduron a'm galluogodd i gwblhau'r nofel hon. Yn yr un gwynt, carwn hefyd ddiolch i S4C am ei haelioni, yn caniatáu imi ymelwa o'r ysgoloriaeth hon.

Dychmygol yw holl gymeriadau'r nofel hon. Dychmygol hefyd yw pob plwyf, pentref a fferm a enwir.

Aled Islwyn

Rhan 1

DIWRNOD A HANNER

'Fu gen i erioed ffrind,' ebe Miri'n drist. ''Run ffrind go iawn. Dwyt ti erioed wedi sylwi?'

'Naddo,' atebodd Mari. 'Wnesh i 'rioed feddwl am y peth.'

'Naddo, mwn. Fydd plant byth yn sylwi ar y petha arwyddocaol am 'u rhieni. Maen nhw'n rhy brysur yn cywilyddio dros y nodweddion sy'n codi embaras arnyn nhw.'

Nid ar chwarae bach y llwyddodd Miri i siarad mor onest o flaen ei merch. Roedd y *gin* yn help. A'r garafán. Mor glyd a chyfyng. Bu'n ysu ers meitin am brynhawn o glosio. Er mwyn cael torri'r garw. A dweud y gwir am Gwern.

'Doedd dy dad ddim yn cymeradwyo,' aeth yn ei blaen heb ddisgwyl am borthi pellach. 'A ph'run bynnag, tydw inna 'rioed wedi gallu teimlo'n agos at wragedd er'ill. Fedrwn i erioed ddygymod â'u gwynt nhw.'

'Am be ddiawl 'dach chi'n sôn, Mam fach?'

'Chwys. Drewdod gwaed stêl ar gadach misglwyf. Persawr. *Eau de Cologne.* Ogla siampŵ. Popeth ddylai ddynodi dynas.' Rhestrodd Miri'r ffynonellau posibl, gan saethu'r atebion i'r awyr cyn gynted ag y dôi o hyd iddynt yn ei meddwl. 'Sebon. Talc. Wn i ddim! Yr holl dacla fedri di eu dychmygu. Enwa di nhw ac fe wna' inna'u casáu nhw.'

'Ond 'dach chitha'n defnyddio hanner y rheini,' meddai Mari'n ddryslyd. 'Sebon. Persawr. Siampŵ . . .'

'Dim ond digon i arbed ffroenau pobl er'ill,' atebodd. 'Sebon plaen iawn ddefnyddish i 'rioed. Ychydig iawn o dalc. A byth persawr. Gas gen i'r stwff, waeth pa mor ddrud ydy o, nac o lle ddoth o. Mi ddoi di i ddallt!'

'Dw i'n amau, Mam.'

'Fe ddoi di i ddallt, meddwn i! Fe ddoi di i ddallt hyn i gyd. Finna wedi meddwl heddiw'r prynhawn y basat ti'n ddigon aeddfed eisoes i ddallt. Ond tydi bod yn ugain oed a byw ar gorn y wlad mewn carafán ddi-raen yng nghornel cae efo dyn sy'n arddel yr enw Rheinallt Llwyd ap Dafydd ddim yn gwarantu aeddfedrwydd, mae'n rhaid.'

'Dw i'n un ar hugain, Mam,' cywirodd Mari hi'n ddilornus.

'Ugain! Un ar hugain! Tydi o uffarn o ots p'run. Paid â cheisio cael y gora arna i efo cywirdeb manylion. Dw i'n giamstar ar gofio manylion.' Seriwyd y cof am liain main yn flaenllaw yn ei meddwl. Crys-T rhad. O gotwm gwyn. O edafedd brau. O rym y cnawd gwynias a wreichionai trwy'r dilledyn. Roedd hi'n cofio cael ei threisio. Dyna'r drwg. Un dydd. Amser maith yn ôl. Un dyn. Yr unig ddyn a garodd erioed. Y trais a'r malais. Y chwerw a'r melys. Y rhyw a'r lliw. Gwylan wen a chleisiau gleision. Sychwyd chwys y loes gan liain y crys. Roedd Miri'n cofio.

Ond dihangodd ei thafod rhag dwyn y trais i gof. Bu'r addewid yn ddewr. Ond roedd y llais yn llwfr. Ni allai gyfaddef popeth, wedi'r cwbl. Nid heddiw. Nid i Mari yn ei charafán. Dim ond ar ddamwain yr oedd modd i'r gwirionedd ddod i'r fei. A hynny'n raddol ac ar hap. Rhyfedd mai felly roedd hi rhwng pobl fel arfer. Coleddu'r caswireddau mwyaf atgas. Cadw cyfrinachau. Creu bwganod. Magu mur o fudandod. Cynllwynio i'w diogelu nhw yn y dirgel am flynyddoedd a meithrin pob math o gelwyddau i'w cadw ynghudd o hyn hyd ebargofiant. Dim ond i adael y gath o'r cwd yn ddidaro yn y diwedd. Yn ddistaw, feddw, fel y funud hon.

Lle smala i ddatguddiadau gael eu rhyddhau i'r byd oedd hwn, tybiodd Miri. Hen garafán. Mewn cornel cae. A chwip y gwynt i'w chlywed yn y cloddiau oddi allan. Mis Mawrth ar ei fwyaf milain. A hithau'n ceisio codi pont.

Bu hi'n cario'r atgofion rheini yn ei phen cyhyd. Dyna'r drafferth. Atgofion arswydus. Am sawr. A chae. A phoen. A chnawd. Wrth gwrs! Sut fedrai hi byth anghofio'r cnawd? Fyddai hi byth am anghofio'r cnawd, siŵr iawn! Hyd yn oed pe medrai. Onid oedd hi wedi cario talpiau ohono? Yn gnawd o gnawd atgofion? Yn y gobaith rhyfedd y byddent yn goroesi. A thystio i'r oesoedd a ddêl yr arswyd a fu. A bod yn ffeind wrthi yn ei henaint pan ddeuai.

Mari, er enghraifft. Hon a eisteddai yn fan'ma o'i blaen, ei choesau wedi eu plethu oddi tani a'i chlustiau'n llosgi. Roedd hon yn un talp. Ac roedd Siôn yntau yn un arall. Wnâi hi byth anghofio hwnnw ychwaith. Y nhw ill dau yn anad neb. Ei phlant. Roedd iddynt enwau. Mari a Siôn. A sodrwyd eu hwynebau yn ei meddwl, yn simsan a bochgoch.

'Rown i'n meddwl ych bod chi'n licio Rhein,' ebe Mari'n siomedig, ei llais yn gorfodi ei mam i edrych arni'n iawn drachefn.

'Mi ydw i, siŵr Dduw.'

'Yna pam 'dach chi'n estyn ergydion bach gwirion i'w gyfeiriad bob cyfle gewch chi? Dyna i gyd 'dach chi wedi'i wneud ers cyrraedd yma y diwrnod o'r blaen. Lladd arno fo'n agored. Neu wneud rhyw sylwadau bach sbeitlyd byth a beunydd. Am 'i deulu fo. Neu'i enw.'

'Duwcs! Dim ond tynnu coes ydw i, siŵr! Be haru ti, hogan?' Ceisiodd Miri fychanu'r feirniadaeth. Dod yno am loches wnaeth hi, nid am wers. Dechreuodd deimlo'n ddig tuag at Mari, ond doedd fiw iddi ddangos hynny. 'Dwyt ti ddim am ddechra talu gormod o sylw i mi rŵan, gobeithio. Ddim a chditha wedi mynd o'r arfer ers blynyddoedd. Rown i wedi gobeithio y medren ni fod fymryn yn fwy agored efo'n gilydd erbyn hyn. Fymryn yn fwy anghyfrifol. Yn fwy o fêts.'

Gallai'r fam weld o wyneb ei merch fod y syniad yn peri dryswch iddi a chladdodd ei phen yn ei gwydryn. Roedd hi wedi penderfynu cau ei cheg. Am y tro.

Baglodd Siôn i'r llawr a'i galon yn ferw o gyffro yn ei frest. Gallai glywed pwnio'r pwmp yn ei fron. Gallai wynto'r chwys a ddiferai o bob meindwll.

'Crasfa go iawn,' ildiodd, gan dderbyn iddo gael ei drechu. 'Dyna'r tro ola dw i'n chwara sboncen efo chdi.'

'Dyna ddeudis di y tro diwethaf ddaru ni chwarae,' chwarddodd Gillian yn ôl. Roedd hithau â'i gwynt yn ei dwrn, braidd, ond gyda'r fuddugoliaeth ddiweddaraf yn bluen ychwanegol yn ei het, gallai gogio ffitrwydd. Estynnodd law i gyfeiriad Siôn, i helpu'r hogyn yn ôl i'w draed, ond digon hwyrfrydig oedd hwnnw i'w chymryd am ennyd.

'Gad imi aros yma . . . i farw,' meddai.

'Chwarae teg, fe gest ti hwyl reit dda arni heddiw,' ceisiodd Gillian ei gysuro. 'Mwy o ymarfer sydd 'i angan arnat ti. Rydw i wedi bod yn chwara ers 'mod i'n ddim o beth, cofia.'

'Does dim angan ichdi f'atgoffa i, diolch, Gillian.'

'Dad oedd yr un gwirioneddol *keen*. Fydd Mam byth yn dod i chwara efo fi rŵan. Ddim ers i Dad fynd. Ond rydw i wedi dal ati.'

'Trachwantus am fuddugoliaethau wyt ti.'

'Be?'

'Hoffi rhoi cweir imi wyt ti,' eglurodd Siôn.

'Rydw i'n berson reit gystadleuol, rwy'n meddwl,' ebe Gillian yn fyfyrgar. 'Sut arall ddoi di ymlaen yn y byd 'ma?'

'Mae'r fegin fach yn gwasgu mewn man nas gwyddoch chi . . .'

'Sori? Dydw i ddim yn deall.'

'Aralleirio hen ymadrodd oeddwn i.'

'Peth annheg iawn i'w wneud â dysgwr.'

'Dysgwr! Paid â'u malu nhw!' Cydiodd Siôn yn ei llaw o'r diwedd a thynnodd ei hun yn ôl ar ei draed. 'Rwyt ti'n carlamu ar y blaen i mi . . . mewn dwy iaith.'

'Brysia. Rwy'n meddwl fod y bobl sydd wedi llogi'r cwrt ar ein hôl ni eisoes wrth y drws.'

Aeth Siôn i gasglu'i offer a rhoi ei raced heibio'n ddiogel, gan drefnu i gwrdd â Gillian wrth y peiriant diodydd ar ôl iddo gael cawod.

Chwarter awr yn ddiweddarach, roedd yn y fangre neilltuol honno, yn gorfod derbyn iddo gael ei drechu'r eildro. Tra bo'i wallt ef yn gudynnau llaith, aflêr ar draws ei glustiau, dyna lle'r oedd Gillian, heb flewyn o'i le ar ôl ei chawod hithau ac yn edrych yn hynod ddel yn ei sgert gwta a'i siwmper ysgafn.

'Ches i ddim byd o'r peiriant iti, achos doeddwn i ddim yn gwybod beth hoffet ti,' ymddiheurodd, cyn llowcio'n ddigywilydd o'i chan ei hun.

'Paid â phoeni.' Ymbalfalodd y llanc am ei bres cyn tynnu rhywbeth oer ac afiach o grombil y peiriant. Eisteddodd wedyn wrth yr un bwrdd bach plastig â'r ferch.

'Rydw i wedi bwcio sesiwn arall inni fore dydd Sul,' cyhoeddodd hithau.

'Na, Gillian! Byth eto ddeudish i. A byth eto rwy'n 'i feddwl.'

'Ddim hyd yn oed os yw'r sboncen yn rhoi esgus da iti ddod allan o'r tŷ? Ar ôl iti gega cym'int am dy dad, mi faswn i'n meddwl y byddet ti'n falch o unrhyw esgus.'

'Tydi o byth acw ar fore Sul. Felly does arna i fawr o angen esgus i gadw o'i ffordd o bryd hynny,' oedd ateb parod Siôn.

'O, ia! Chwara golff mae o, siŵr. Rwy'n cofio iti ddeud rŵan.'

'Bob bora Sul yn ddi-feth. A go brin fod y ffaith fod Mam wedi mynd a'i adael o, a symud i fyw at fy chwaer mewn carafán yn ymyl Nefyn neu Nebo neu rywle, yn mynd i wneud iot o wahaniaeth iddo y Sul arbennig hwn sy'n dod.'

'Doedd 'y nhad i byth yn chwara golff. Dim ond sboncen a gwyddbwyll.'

'Betia i chdi na fuod Eirwyn Coed erioed yn chwara unrhyw un o'r tair gêm,' pryfociodd Siôn. Ond gwelodd ei gamwri'n syth. Ac ymddiheurodd. 'Sori,' meddai, rhwng dwy swig.

14

'Rydw i'n sylweddoli'n llwyr nad ydy hwnnw'n ddim byd tebyg i Dad,' mynnodd Gillian yn oeraidd. 'Ond chwara teg iddo fo, fydd o byth yn cogio bod yn ddim byd tebyg iddo chwaith.'

'Fi oedd yn dwp yn agor 'y mhen,' ebe Siôn yn wylaidd. 'Mae Dad yn credu'n argyhoeddedig 'mod i'n hoyw, wst ti,' ychwanegodd, yn fwriadol ddigyswllt. Roedd yn well ganddo greu lletchwithdod ar ei draul ei hun nag ar ei thraul hi.

'O!' Nid oedd arlliw o ôl syndod ar yr ebychiad. Na fawr o ôl diddordeb.

'Am na fedra i ddiodde ffwtbol . . . na phaffio. Roedd 'y nhad yn arfar bod yn giamstar ar y *noble art*. Y *Queensberry Rules* a ballu. Ddeudish i wrthat ti erioed?'

'Do. Ac mae o wedi deud wrtha i 'i hun rywdro, pan oeddwn i yn ych tŷ chi.'

''I arwr mawr o flynyddoedd yn ôl oedd y boi 'ma oedd yn arfar bod yn dreinar iddo fo. Handel Rownd y Rîl oedd Mam a minna'n arfar 'i alw fo . . . galw'r boi 'ma, felly, nid Dad. Wst ti pam?'

'Dim syniad,' atebodd y ferch yn ddiflas.

'Am mai Handel rhwbath oedd 'i enw fo. Ac am fod Dad yn mynnu siarad amdano rownd y rîl. "Rownd y rîl"! Wyt ti'n dallt? "Rownd", megis mewn bocsio, a "rownd y rîl", yn golygu trwy'r amsar. Mae 'na jôc ddwbl fan'na a deud y gwir.'

'Paid â thwyllo dy hun, Siôn bach! Mi fasa'n rhaid ichdi grafu yn y llwch i ffeindio'r un.'

'Basa, mwn,' ildiodd Siôn, yn ddarostyngedig am yr eildro.

'A phwy ydy arwr dy dad erbyn hyn 'ta?'

Methodd Siôn ag ateb am ennyd. O feddwl, nid oedd neb newydd wedi dod yn enw cyfarwydd ar leferydd ei dad ers blynyddoedd. Neb oedd yr ateb, mae'n rhaid. Dyn diarwyr ydoedd bellach. Ei dad. Ond ni wyddai a oedd hi'n deg datgelu hynny i neb.

Cyn iddo orfod llunio ateb, rholiodd Gillian ei chan gwag ar draws y bwrdd tuag ato. Methodd yntau ei ddal mewn pryd a disgynnodd y diferion olaf o'r twll bach i'w gôl.

'O leia fyddi di byth yn unig yn y byd 'ma,' ebe Gillian gyda gwên garedig.

'Sut gwyddost ti?'

'Gen ti ormod o freuddwydion o dy gwmpas i wybod beth yw unigrwydd,' atebodd y ferch yn dawel. 'Dyna pam mae'n gas gen ti bêl-droed. Dyna pam mae hi mor hawdd i mi dy guro di wrth chwarae

15

sboncen. Dyna pam mae caniau gwag o Coke yn symud yn gyflymach na thi. Hyd yn oed os byddi di ar dy ben dy hun, fyddi di ddim yn unig. Dydy hynny ddim yn rhan o dy ffawd di. Jest cred ti fi.'

Wrth godi o'r bwrdd a cherdded gyda'i gilydd o'r Ganolfan Hamdden ac i gyfeiriad y dref, ni soniwyd gair ymhellach am eu haelwydydd un-rhiant. Ychydig dros dri mis a aethai heibio ers i dad yr eneth hel ei bac a mynd yn ôl i Loegr, am fod ei mam eisoes wedi dechrau cyboli â choedwigwr lleol. Prin dridiau oedd ers i fam yr hogyn adael cartref ac nid oedd y swyn a berthynai i fod yn ystadegyn wedi llwyr wawrio arno eto. Hyd yn hyn, atgasedd at ei dad oedd yr unig emosiwn gwirioneddol a gynheuwyd ynddo a bu honno'n das yn disgwyl matsien ers blynyddoedd. Heb ei fam a heb ei chwaer, roedd y tŷ i gyd yn eiddo iddynt hwy ill dau ar hyn o bryd. Ei dad ac yntau.

Wrth gerdded mewn distawrwydd gyda'r ferch, fe deimlai Siôn yn ymwybodol o'i ddoethineb tawel ef ei hun. Gan gydnabod yn yr un gwynt fod doethineb amgenach ganddi hi. Roedd hi'n sensitif a heini ac yn fydol ddoeth. Gallai ddysgu llawer oddi wrthi. Fe lynai ati'n glòs. A dysgu chwarae'n well.

'Dw i wedi gadael dy dad, wst ti?'

'Ydach, felly 'dach chi wedi deud ers tridiau,' meddai Mari'n ddidaro. 'Ond dw i ddim wedi dallt pam chwaith. Roeddech chi am egluro'r cyfan imi'r pnawn 'ma, meddech chi. Dyna pam mae Rhein wedi diflannu. Dyna pam esh inna i lawr i'r pentra i nôl y botel *gin* 'ma ichi.'

'Mae 'na flynyddoedd wedi mynd heibio ers iti fod mor ufudd imi ddiwethaf.'

Crynodd Mari gan fymryn o ofn a chwa o oerni. Gwenodd yn annifyr. Cododd y can lager at ei gwefusau. Roedd hi'n ymwybodol o'r enw a roddid i'w thad, wrth gwrs. Er na allai yn ei byw gofio gan bwy y cafodd glywed gyntaf. Rhyw dreiddio'n raddol i'w hymwybyddiaeth a wnaeth yr wybodaeth. Rhywbeth i gnoi cil drosto. Rhywbeth i beidio rhoi coel arno. Rhywbeth i beidio ei drafod. Tan heddiw.

'Ond mi rwyt ti'n hapus yma efo Rheinallt? Dyna sy'n bwysig,' mynnodd Miri yn frwdfrydig, ond gan fethu atal tinc o annidwylledd rhag diasbedain trwy ei llais.

'Am wn i,' oedd ateb llywaeth Mari. 'Na,' prysurodd i'w chywiro'i hun. 'Mae Rhein yn grêt, siŵr iawn. Wrth gwrs 'y mod i'n hapus.'

'Ydy, mwn! Mae Rhein yn grêt! Ti sy'n iawn. Hen hogyn di-fai. Wel! Mor ddi-fai ag y gall dyn fod. Yn ôl safonau'r petha llugoer, llipa a di-liw a fegir yn enw dynion yn ein dyddia ni, mae'n rhaid cyfadda fod Rheinallt Llwyd ap Dafydd yn sbesimin digon derbyniol. Nid arno fo mae'r bai iddo gael ei eni i'w deulu. Hen giwed ddosbarth-canol, gysurus, Gymreig . . .'

'Yn union fatha'n teulu ni.'

'Nid lladd arnyn nhw ydw i, siŵr Dduw. Siawns nad oes arnan ni angan Llwydiaid ap Dafydd y byd 'ma i rwbath . . . ond eu gweld nhw'n ddoniol fydda i. Mae'n flin gen i os ydw i wedi methu cuddio hynny o flaen yr hogyn. Tydw i ddim yn angharedig wrth natur, er gwaetha be feddyli di ohona i.'

'Wn i ddim be dw i'n 'i feddwl ohonoch chi, Mam. 'Dach chi wedi mynd y tu hwnt i 'nirnadaeth i,' ildiodd Mari'n onest. Daethai ei mam o hyd i hen bâr o jîns o rywle, ond roedd ei bol fymryn yn rhy fras i allu eu gwisgo gyda rhithyn o gysur na steil. Rhaid mai hon oedd y ddelwedd newydd. Ond tynnodd Mari ei llygaid oddi arni, rhag i'r rhythu droi'n chwerthin. Nid oedd hithau ychwaith yn angharedig wrth natur.

'Fe ddoi di i ddallt,' sicrhaodd Miri hi, gan godi'r gwydryn at ei cheg a'i ddal am rai eiliadau o dan ei thrwyn. 'Fe ddoi di i weld mor ddigri o ddifrifol maen nhw ynghylch popeth . . . y Llwydiaid ap Dafydd . . . neu'r Llwyd ap Dafyddiaid ddylwn i 'i ddweud, mae'n debyg. Sgwn i pa un ydy'r lluosog cywir? Gan eu bod nhw'n deulu mor lluosog, fe ddylwn i ddod o hyd i'r ateb ar frys. Meddylia amdanyn nhw'n rhoi enwa fel Rheinallt, Llywelyn, Gweirydd a Ceridwen ar 'u plant . . . A phob un o'r cr'aduriaid yn Llwyd ap Dafydd ar ben hynny.'

'Fawr gwaeth na Nain a Taid Gallt Brain yn galw Dad yn Gwern . . . Neu Yncl Gwyd yn Gwydion.'

'Na . . . yn hollol,' cytunodd Miri'n dawel. Tynnwyd y gwynt o hwyliau ei choegni ar amrantiad. 'Ond o leiaf sgynnon ni ddim byd gwaeth na Jones yn gyfenw. Wyt ti'n gweld 'y mhwynt i, Mari? Dim ond pobl sy'n ddifrifol Gymreig fasa'n breuddwydio galw babi bach yn Rheinallt Llwyd ap Dafydd. A'r holl enwa hir er'ill hynny, nad oes gen i fynadd 'u rhestru nhw eto. Pryfoclyd fydda gair rhai pobl am beth felly. Rhoi enwa ar blant na fedar Saeson 'u hynganu.'

'Pryfoclyd ydy o rŵan, yn dod o'ch genau chi. Fuo gynnoch chi erioed ofn tramgwyddo Saeson.'

'Naddo! Mae hynny'n wir, yn tydy?' chwarddodd Miri'n fuddugoliaethus.

'Mi fuodd tad Rhein yn y carchar dros S4C ac arwyddion ffyrdd a ballu,' ebe Mari. 'Ond fe wyddoch chi hynny cystal â minna, Mam. Tydach chi a dad yn 'i gofio fo yn y coleg meddach chi.'

'A ddeuda i rwbath arall wrthat ti hefyd, Miss Hollwybodus; Rhodri Lloyd Davies oedd 'i enw fo bryd hynny. Nid Rhodri Llwyd ap Dafydd.'

'Cof da sgynnoch chi, Mam.'

'Rwy'n cofio fel ddoe, Mari fach! Fel ddoe!' Onid oedd tad yr hogyn wedi bod yn achub yr iaith drwy'i oes? Roedd i'w weld o hyd, yn achlysurol. Fel megin ganol oed i dân ieuenctid. Yn dadlau rhyw achos neu'i gilydd ar raglen deledu. Yn arwain deiseb fan hyn a gorymdeithio fan draw. Yn dal yn driw i goelcerthi'r saithdegau.

Gwyddai Miri fod tarth y brwydrau'n dal i hofran yn yr awelon a'i hamgylchynai hithau, ond atgofion yn unig oedd y cadau hynny iddi bellach. Gorweddai eu baneri yn swrth o dan y bwrdd yn ysgol profiad.

'Wel, peidiwch â bychanu ymdrechion pobl eraill, 'ta.'

'Sôn am enwa plant oeddwn i. Gwamalu. Tynnu coes. Mi ddaru dy dad a minna benderfynu ar enwa bach syml, cyfleus i Siôn a chditha. Be 'dy'r pwynt amlhau sillafau? Dyna 'mhwynt i. Ar ôl rhwysg y bedydd, mae enw pawb yn cael 'i dorri i lawr i seis. Fe aeth Rheinallt yn Rhein, yn do?'

'Tewch wir, Mam! 'Dach chi'n mynd dros ben llestri.'

'Fedri di ddim achub iaith efo rhyw giamocs felly . . . atgyfodi hen enwa o'r arch a ballu . . . dyna i gyd dw i'n trio'i ddeud. Sgen i ddim yn erbyn Rheinallt yn bersonol, fel rwyt ti'n 'y ngorfodi i i gadarnhau bob dwy funud. Ac mae gen i lot o barch at 'i rieni hefyd o ran hynny. Ond yn y bôn, fedri di ddim achub iaith. Dyna 'mhwynt mawr i. Mi fedri di achub enaid. Mi fedri di achub cam. Mi fedri di achub dafad sydd wedi syrthio dros glogwyn ac sy'n hongian gerfydd 'i gwlân yn sownd yn nannedd y graig . . . Siawns nad ydy dy daid ac Yncl Gwyd wedi gwneud hynny ganwaith . . .'

'Go brin, Mam! Calliwch, wnewch chi!'

'Ond y gora fedri di'i wneud dros iaith ydy'i defnyddio hi. A gofalu fod gan bawb arall hawl i'w defnyddio hi hefyd.'

'Cymro da ydy Rhodri Llwyd ap Dafydd,' meddai Mari. 'Dyna i gyd.'

'Cytuno'n llwyr,' ategodd Miri. 'Dw i'n llawn edmygedd.'

18

''Dach chi'n llawn gwatwar.'

'Dim ond oherwydd rhai o symptomau yr hyn ydy o a'i debyg, nid oherwydd y cyflwr ei hun,' meddai Miri gydag argyhoeddiad.

Y 'cyflwr' oedd Cymreictod, barnodd Mari. Sôn am fod yn rhan o'r genedl yr oedd ei mam. Rhan o'r Wynedd wynfydedig. O'r etifeddiaeth hon yr oedd a wnelo hi rywbeth â thir, a rhywbeth â iaith, a rhywbeth â theulu. Ysgwyddo'r baich. Dyna hyd a lled cenedlaetholdeb ei rhieni. Ymdeimlo â rhuddin yr hil. Derbyn ei hanes hi. Gofalu fod y chwedlau'n fyw. Roedd hyn oll yn 'gyflwr' yn eu golwg. Yn salwch. Yn dwymyn na ddylai dyn geisio dianc rhagddi.

Syrffedodd Mari ers blynyddoedd ar y syniad o iau a chyfrifoldeb. Bu ei chyfnod yn y coleg, i ffwrdd o'i chartref, yn gyfle i bwyso a mesur. I ymbellhau. I fagu'r gofod angenrheidiol ar gyfer arddangos ei harwahanrwydd. Am y tro cyntaf y prynhawn hwnnw, gallai gydymdeimlo â'i mam. Synhwyrai fod honno'n sôn am gur pen pobl eraill. Rhyw lwyth arall. Ac arnynt enwau od. Rhai hawdd eu dilorni. A pheth iach oedd chwerthin ar eu pennau. Ac eto gwyddai Mari rywsut, ym mêr ei hesgyrn, na châi hithau, na'i mam ychwaith, o ran hynny, ei harbed rhag y 'cyflwr'. Yr enwau doniol. Yr etifeddiaeth wyllt. Y perthyn bondigrybwyll.

'Fedri di ddim rhoi enwau ar blant nad ydy tafodau cyfoes yn gyfarwydd â'u meistroli,' rhygnodd Miri yn ei blaen yn ofer ac yn ddall i ddwyster Mari. 'Does 'na'm synnwyr yn y peth! Rheinallt Llwyd ap Dafydd, Llywelyn Llwyd ap Dafydd, Gweirydd Llwyd ap Dafydd a Cheridwen Llwyd ap Dafydd. Maen nhw'n swnio'n debycach i lyfrgell o hen lawysgrifa nag i deulu o blant. Be haru'u rhieni nhw, dywed? Hen enwa o'r arch fel yna. A phob un yn llond ceg go iawn. Perthyn i chwedla. A hanes. Ac oes a fu.'

'Fel Gwern?'

'Oes raid i chdi ddod â'r sgwrs yn ôl at dy dad drwy'r amsar? Bendith y tad iti! Dw i wedi'i adael o er mwyn 'i adael o, nid i gael 'i enw fo wedi'i daflu'n ôl i 'ngwynab i bob dwy funud.'

'Peidiwch â deud petha hyll amdano drwy'r amsar, 'ta,' brwydrodd Mari'n ôl. ''Y nhad i ydy o, wedi'r cwbwl. A ph'run bynnag, cytuno efo chi oeddwn i. Mae Gwern yn enw hen ac anghyfarwydd.'

'Yr hen beth dosbarth canol 'ma ydy o gen ti, yntê? Pobl yn meddwl fod perthyn yn bwysig.'

'I'r gwrthwyneb, i ddweud y gwir, Mam,' mwmialodd Mari'n ddilornus.

'Toedd y werin wreiddiol ddim felly, wst ti. Planta blith draphlith fel byddigions oedd diléit y rheini. Pawb yn perthyn i'w gilydd drwy'r trwch. A neb yn malio rhyw lawer. Peth diweddar ydy'r duedd yma i feddiannu perthnasa fel tasan nhw o bwys.'

'Wedi torri'n rhydd ydach chi, felly? Dyna pam 'dach chi wedi gadael Dad? Dyna pam 'dach chi yma? I ddeud ych bod chi'n torri'n rhydd? Oddi wrth Dad? Oddi wrth Siôn? Oddi wrtha inna? Isho cael gwared arnan ni ydach chi? Isho peidio blydi perthyn?'

'Na.' Gwyddai Miri iddi fynd yn rhy bell. Er ei meddwdod, meddai ar ddigon o ddoethineb i wybod fod angen argyhoeddiad llwyr yn ei llais wrth wadu'r honiadau. Cododd arddegau Mari yn ôl i'w chlyw. Holl angerdd yr ymgecru a fu rhyngddynt. Yn ôl i'w harteithio eilwaith. Yn atgof. I arthio arni. Fel bwystfil o seler. A hithau mewn simsanrwydd carafán. Rhaid ei bod hi'n feddw i ddrysu ar ddelwedd mor ddigri. Doedd gan garafán ddim seler, siŵr! Ond doedd fiw iddi chwerthin ar smaldod ei meddyliau. Doedd fiw iddi wneud dim byd ond gwasgu pob mymryn o hygrededd a feddai i liw ei llais. Neu fe gollai Mari yn y gwamalu. Ac roedd arni angen hon. Ei merch. Ei lloches. Ei ffrind. Fe ddylent fod ynghyd. Cynghreiriaid! Fe ddylent fod yn hynny o leiaf. Hi a Mari. Benywod y teulu. Bridwyr y llwyth. Dwy ddynes yn eu hoed a'u hamser. Mam a merch. Siawns nad oedd hyn oll yn ddigon i'w dwyn ynghyd. I'w huno, yn hytrach na'u cadw ar wahân.

'Fe ddoi di i ddallt,' mynnodd y fam yn gadarn. Dyheai am gael wylo yn yr eiliadau hynny, ond gwyddai nad oedd dagrau'n cyfrif rhyw lawer i'r to ifanc.

Ceisiodd estyn ei llaw i gofleidio'r ferch. Ond peth estron iddynt oedd cyffwrdd.

'Rwy'n amau a ddo i byth i'ch dallt chi,' atebodd Mari'n sinigaidd, gan dynnu ei llaw yn anghysurus o afael ei mam. 'Ond amsar a ddengys, mwn,' ychwanegodd yn araf.

'Roedd angen y pres arna i! O'r gora! Dyna pam wnesh i o.' Gorchfygwyd llais Gwawr gan euogrwydd. 'Rwy'n cyfadde'r cyfan. Ond doedd gen i'r un ddima yn fy nghyfri fy hun. Be arall fedrwn i'i wneud?'

'Fe fu gen ti rhyw fymryn o drysor un tro,' ebe Dafydd, yn ei lais annifyr o dawel. 'Be digwyddodd iddo, dywed?'

Daeth eu golud, fel eu priodas, i ben ers misoedd. Y tŷ wedi'i werthu a'r trysorlys yn wag. Ffurfioldeb y gwahanu oedd yr unig wefr ar ôl rhyngddynt.

'Pam ddoist ti, Dafydd? Isho glafoerio dros 'y nghyflwr i oeddat ti, mae'n debyg? Cael gweld 'y nhlodi i drosot ti dy hun. Gwneud yn siŵr fod yr holl straeon 'na glywist ti'n wir. 'Y ngweld i'n diodda.'

'Doeddwn i'n sicr ddim am dy weld di'n dwyn . . .'

'Nid dwyn oedd o. Roedd gen i hawl i'r pres yn y cyfri yna.'

'Yn dechnegol, ella. Ond nid yn foesol. Dydy'r gyflog rwyt ti'n 'i hennill fel tipyn o athrawes ar blant methedig yn ddim i'w gymharu â'r pres dw i wedi'i ddod i'r tŷ 'ma dros y blynyddoedd. 'Y mhres i oedd yn y cyfrif yna. Dallta hynny!'

'Rown i wedi cyrraedd pen 'y nhennyn.'

'Ar ôl y cast bach sbeitlyd yna, rwy am iti wybod na fydda i'n talu dim mwy o filiau'r tŷ 'ma. Rhyngot ti a dy iachawdwriaeth bellach. Rwyt ti wedi cael pob ceiniog gei di'n wirfoddol gen i. Dos ar 'i ofyn *o* o hyn ymlaen. Wn i ddim faint callach fyddi di, ond waeth iti drio ddim.'

'Mae popeth drosodd rhyngof i a Gwern. Mi ddeudish i hynny wrthat ti wythnosa'n ôl.'

'Ddaru hynny mo dy atal di rhag ymweld â Gwern a Miri y noson o'r blaen, yn naddo? Rhyw dro bach annisgwyl ar yr hen arferiad cymdogol o hel tai, mae'n debyg.'

'Sut gwyddost ti am hynny?'

'Clustia pawb yn y côr yn llosgi efo'r stori. Noson ddigon annifyr oedd echnos i mi.'

'Blydi criw y côr a'u clegar!'

'Miri wedi mynd a'i adael o, yn ôl y sôn. Y gr'aduras! Wel! Dyna oedd dy fwriad di, siŵr gen i. A tydy'r bastard yna wedi bod yn gwneud pob ffŵl ohoni ers blynyddoedd! Yn union fel y buost ti'n gwneud ffŵl ohona i, yntê?'

'Jest dos, wnei di, Dafydd!' llwyddodd Gwawr i sibrwd. Roedd ganddi ormod i'w wneud. Llond tŷ o drugareddau i'w rhoi heibio'n daclus fel corff a oedd ar fin symud ymlaen i'w ymgnawdoliad nesaf. Gorweddai'r cistiau'n anghyfleus ar hyd a lled yr ystafelloedd. Nid oedd awr neu ddwy ar ddiwedd diwrnod o ddysgu yn ddigon i wneud cyfiawnder â'r gwaith. Ac nid oedd ymweliadau gan ŵr eiddig yn gwneud dim ond aflonyddu ymhellach ar y llwch.

Dôi'r cwmni symud tŷ ymhen tridiau i'w chludo hi a'i heiddo i fangre newydd. I fflat fechan, foethus ar lan afon ddofn a mynyddoedd

21

tal Eryri i'w gweld yn glir o'r unig ystafell wely. Dyna'r freuddwyd. Y realiti oedd dwy ystafell siabi ar un o strydoedd anghofiedig y dref.

'Mae'n flin gen i,' ildiodd Dafydd.

'Rhyfadd dy glywed di'n syrthio ar dy fai. Y fi sydd wedi arfar gwneud, yntê?'

'Dod i gydymdeimlo wnes i. Dw i ddim am ffraeo.'

'Cydymdeimlo? Pam? Fu rhywun farw?'

'Mi wyddost ti pam, Gwawr. Paid â gwneud pethau'n anoddach i'r ddau ohonan ni nag ydyn nhw'n barod.'

'Un dlawd am gydymdeimlo ydw i, yntê? Wel! Un dlawd ydw i—a dyna ddiwedd ar y gân! Megis diwedd y gân yw y geiniog. Fy nhrysor oll ar goll. I ble'r aeth o, dywed? Duw a ŵyr, mi fuost ti'n cloddio'n ddigon hir amdano, heb ddim i ddangos am dy ymdrechion.'

'Gad lonydd i dy siarad budr, Gwawr. Os na fedrwn ni ddod â hyn i gyd i ben yn waraidd . . .'

'Siarad budr? Oeddwn i'n siarad yn fudr? Oeddwn, mae'n debyg, yn dy olwg di. Ond os nad wyt ti wedi dod i helpu, dos. Does arna i ddim angen darlith ar faswedd.'

'Oes angen help arnat ti?'

'Rwy'n rhy fyr i dynnu'r drychau a'r lluniau oddi ar y wal. A'r cloc yn y gegin. Mae angen tynnu hwnnw i lawr. Fe gei di wneud hynny trosta i, os mynni di.'

Angen dyn tal oedd arni. Un a'i gwaredai rhag caethiwed muriau. Gwyddai faint o'r gloch oedd hi arni heb gloc. A sut gyflwr oedd arni heb ddrych. Ar ôl i Dafydd gyflawni'r gorchwylion hynny trosti, câi fynd.

Ni allai Siôn fod yn siŵr am ennyd ai seren ynteu awyren a welai yn yr wybren. Ai lwmp pellennig o nwyon disglair neu lond craetsh dur o fodau dynol, tebyg iddo ef ei hun. Dyna'r dewis. A synhwyrai fod y ffaith fod modd iddo ddrysu rhwng y ddau ddewis yn arswydus. Beth mewn difrif calon oedd i'w ennill o goleddu syniadau Cristnogol aruchel am sancteiddrwydd bywyd, neu hyd yn oed ystrydebau dyneiddiol gwlanog am werth yr unigolyn, pan oedd gwir ystyr diwerth poblach mor amlwg i bawb?

'Tyrd i'r tŷ,' gwaeddodd ei dad arno trwy ffenestr agored un o ystafelloedd y llofft. 'Eistadd allan ynghanol 'rardd yn nhywyllwch nos! Mi fydd y cymdogion yn meddwl dy fod ti'n dechra colli.'

''Sgen i uffarn o ots be ddeudan nhw,' atebodd y llanc. Oni chafodd y cymdogion ddigon i siarad amdano'n barod o gyfeiriad y teulu hwn? Go brin fod hogyn ysgol hanner pan yn rhythu ar y sêr yn mynd i ychwanegu fawr at eu chwilfrydedd.

Yna, chwiliodd drachefn am ei seren. A chael mai awyren oedd hi wedi'r cyfan. Y gnawes gyflym wedi mynd ar garlam tua'r gorwel. Dim ond dal ei chwt hi'n wincio arno cyn diflannu ddaru Siôn. Cyn iddi fynd a gadael twll du arall yn y nen lle bu. Yn anweledig ar y gefnlen.

'Wyt ti am baned o de, 'ta?' Daethai ei dad i lawr o'r llofft, mae'n rhaid, gan mai o ddrws y cefn y gwaeddodd ei gynnig rai munudau'n ddiweddarach.

'Na. Meddwl oeddwn i.'

'O, wela i! A be sy'n mynd â dy fryd di heno, 'ta? Sêr a nen a barrug?'

Camodd Gwern draw at ei fab wrth holi. Y patio o slabs amryliw dan draed yn gweddu i gadernid ei gamau. A'r lawnt lefn fel hufen iâ o dan ei draed wrth iddo ddamsang dros honno.

'Gweld awyren wnesh i. Waeth ichi heb ag edrych. Mae hi wedi hen ddiflannu.'

'Dyna'u natur nhw, 'ngwash i.'

'Gewch chi fynd yn ôl i wylio'r newyddion os 'dach chi isho. Does dim raid i chi loetran fan'ma'n cadw cwmni i mi.'

'Poeni amdanat ti ydw i. Allan fan'ma'n rhythu i'r fagddu ar noson oer. Oes gen ti ddim cric yn dy wddw, dwed?'

'Syllu ar awyren oeddwn i, fel y deudish i. Ffycin hel! Ydy hynny'n waharddedig rŵan hefyd?'

'Dyna ddigon ar yr iaith 'na, Siôn. Waeth iti heb â cheisio creu argraff arna i efo geiria fel 'na. Nid rhyw hogyn bach wedi llyncu geiriadur pobl fawr wyt ti bellach.'

'Na. Rhy hwyr imi ddechra brolio 'ngeirfa wrthryfelgar, yn tydy, Dad?' ebe Siôn yn chwerw. 'Magu atal deud fydda ora mwyach yn 'yn teulu ni. Taw pia hi, mwn.'

'Nid y geiria ydy'r drwg mwya,' meddai Gwern yn lletchwith.

'Na. Tydyn nhw ddim mor ddinistriol â dyrna, ydyn nhw, er gwaetha be mae beirdd yn licio'i feddwl?'

'Fûm i erioed yn fawr o fardd, 'ngwas i. Rown i'n dipyn gwell bocsiwr. Ond fe ddysgish i i gadw rheolaeth ar 'y nyrna flynyddoedd mawr yn ôl . . . ymhell cyn i ti gael dy eni.'

23

Camodd Siôn o'r ymrafael. Y gloch wedi canu ar y rownd arbennig honno yn eu gornest gyfathrebu. I gyfeiriad y sièd a'r glwyd yng ngwaelod yr ardd yr aeth i ddechrau, cyn ailgyfeirio i'r llwybr a cherdded yn ôl at ei dad.

Aeth y ddau yn ôl i'r tŷ mewn distawrwydd.

Dihunodd Miri i sŵn Rheinallt yn rhegi y tu allan i'r garafán. Roedd diod y diwrnod cynt yn hyrddio morthwylion fyrdd o gonglau eithaf ei phenglog i ddiffeithwch ei hymennydd, lle'r atseiniai'r boen trwy'r gwagle.

Wrth iddi godi clustog dros ei phen i liniaru'r boen a lladd llais yr hogyn, clywodd gragen denau'r garafán yn cael ei chicio ganddo. Cic arall yn ei hystlys hithau.

Pa ots ganddi hi fod y silindr nwy yn wag? Ond oedd, roedd ganddi ots. Dyna'r drafferth. Oer drybeilig oedd hi. Oerach na'r boreuau blaenorol y deffrôdd yno. Yn ogystal â rhedeg y stof yn y gegin, nwy oedd hefyd yn gyfrifol am ddarparu'r tân yn y tipyn parlwr hwnnw ym mhen pella'r garafán.

Troes Miri drosodd yn ei gwely bach cyfyng. Y pared metalaidd, gyda'i bapur wal o flodau bychain glas, yn ddiffiniad smala o faint ei thiriogaeth, rhwng erchwyn a mur. Rhaid oedd wynebu'r dydd, meddyliodd. Sŵn adar a thynerwch awel yn y coed gerllaw yn gyfeiliant anghyfarwydd i'r sylweddoliad.

Tenau oedd y blancedi ar y gwely. Doedd ond gobeithio eu bod nhw'n gras. Hen gwrlid brau oedd yn orchudd dros y cyfan. Crychau o gotwm glas yn rhedeg fel patrwm o donnau ar ei hyd. Brau a chul a chyfyng. Dyna'r byd yr oedd hi'n deffro iddo heddiw. Byd Mari a Rheinallt, yma yn y cartref doniol hwn.

Ie, creu cartref! Wrth gwrs! Dyna oedd eu bwriad. Codi nyth. Sefydlu cilfach iddynt eu hunain yng nghwr y cae. Mor hunanol y bu hi! Yn tarfu arnynt! Mor ddifeddwl! Glanio'n ddiwahoddiad ar eu rhiniog. Yfed eu te. Bwyta eu bwyd. (Fe brynodd ei *gin* ei hun, mae'n wir, ond go brin fod hynny'n lleihau'r ergyd.) Yn gog mewn côl a oedd newydd ddechrau caru. Yn fam-yng-nghyfraith o'r iawn ryw.

Cyffrôdd o'i gwâl, wedi'i thramgwyddo gan ei hansensitifrwydd ei hun. Tynnodd siwmper denau dros ei phen a gwisgodd y sgert gyntaf a ddaeth i law. Mewn ystafell mor gyfyng, roedd popeth yn llythrennol o fewn cyrraedd.

Agorodd y drws tila a'i bryd ar fynd i'r tŷ bach, ond dyna lle roedd Mari'n sefyll yn stond o'i blaen gyda thegell yn ei llaw.

'Mae'n flin gen i, hogan,' cyfarchodd y fam y ferch, heb ei ragflaenu gyda 'Bore da' na dim byd mor gonfensiynol â hynny. 'Ddylwn i ddim fod wedi plymio i'ch canol chi mor ddisymwth.'

'Plymio i ganol pwy?'

'Chdi a Rheinallt. Tarfu ar ddyfroedd tawel. Ddylwn i ddim. Mae'n flin gen i. Tydy dy hen fam ddim mor anystyriol fel arfar, gobeithio?'

'Am be 'dach chi'n sôn, Mam fach?'

'Y fi, yntê? Yn dod ar ych traws chi fel hyn.'

'Croeso ichi, tad! Un llawn sypreisus fuoch chi erioed.' (Gallai Mari gofio iddi unwaith gael teisen ben blwydd ar ffurf hofrennydd, gyda llafnau go iawn o eisin bwytadwy ar ei phen. Ac yn yr haf, byddai ei mam bob amser yn torheulo mewn bicini, tra bod mamau ei ffrindiau i gyd mewn gwisgoedd nofio un darn.) 'Nid fod gadael Dad yn yr un cae â'ch sypreisus arferol chi, wrth gwrs,' ychwanegodd Mari'n annifyr.

'Mi wn i 'i bod hi'n go gyfyng yma.'

'Petha go gyfyng ydy carafanau ar y gora.'

'Ac anghyfleus . . . er bod y lle 'ma'n glyd iawn gen ti, cofia.'

'Na, roeddach chi'n iawn y tro cynta, Mam. Anghyfleus ydy'r gair i ddisgrifio'r lle. Chewch chi ddim cymaint â phaned am sbel.' Daliodd Mari'r tegell o dan drwyn ei mam.

'Rown i'n casglu fod y nwy wedi diffodd,' meddai Miri. 'Ond nid poeni am baned oeddwn i. Ofni'i bod hi'n oer 'ma oeddwn i.'

'Dw i'n ddigon cynnas fy hun. 'Sgynnoch chi ddim siwmper fwy trwchus i'w gwisgo? Does ryfadd ych bod chi'n crynu yn yr hen betha tena 'na.'

'Gadael llond wardrob o ddillad addas ar gyfer gwres canolog wnesh i,' gwylltiodd Miri at yr arlliw o feirniadaeth. 'Nid addas ar gyfer oergell.'

'Peidiwch â cholli'ch limpyn. Mae arnach chi angan pob cymorth gewch chi i gadw'n gynnes.'

'Wn i ddim be ddiawl ydy limpyn,' dywedodd Miri'n ôl wrthi fel ateb. 'Wyddost ti be ydy o? Wn i ddim. Dw i'n ama' na ŵyr neb yn iawn beth ydy o.'

''Dach chi'n dadansoddi gormod ar bopeth, Mam. Dim ond rh'wbath i'w ddeud ydy o. "Colli'ch limpyn." Idiom. Ymadrodd. Ffordd o siarad.'

'Fel "tynnu blewyn o drwyn"? Dyna ymadrodd arall na ddoi di byth i wybod be ydy'i darddiad o.'

'Rwy'n addo peidio'i ddefnyddio fo felly. Ddim o'ch blaen chi, beth bynnag, Mam.'

'Mae arna i angan pob blewyn s'gen i y dyddia yma. Yn 'y nhrwyn ac ym mhob cilfach arall s'gen i. I gadw'n gynnas, yli.'

'Roeddach chi'n arfer siafio'ch coesa. Ddaru chi ddangos imi sut i wneud un tro. 'Dach chi'n cofio? Pan oeddwn i'n hogan fach. Dangos imi sut i fod yn ddynas, ar gyfer yr amser pan fyddwn innau'n un.'

'Gadael iddyn nhw i gyd i dyfu fydda ora rŵan, decini.' Nid hawdd oedd dehongli'r coegni yn llais Miri, wrth iddi gamu'n nes at Mari.

'I'ch cadw chi'n gynhesach yn y garafán yma?'

'Ie, mae'n debyg. Ac am mai dyna sut y dylai 'nghorff i fod. Hen flew bach meddal tywyll ar hyd 'y nghoesau. A rhimyn tenau o flewiach ar draws 'yn swch.'

'Mi fyddan nhw'n gras fel llwyn drain ar ôl oes o eillio.'

'Dal i eillio amdani, 'ta! Wyt ti'n gweld sut mae'r dynion 'ma'n 'yn cadw ni yn ein lle? Dan draed yn dragywydd. Chawn ni ddim bod yr hyn ydan ni ganddyn nhw. Ddim hyd yn oed yn gorfforol.'

'Ai er 'u mwyn nhw 'dan ni'n eillio?' holodd Mari ei hun. Os taw ie oedd yr ateb, ar wragedd eu hunain yr oedd y bai, meddyliodd, am fod mor barod i gael eu twyllo. A'u heillio.

'Rheswm arall pam fod dynion yn greaduriaid cymaint mwy bodlon yn y byd 'ma na ni ferched. Wyt ti'n dechra'i dallt hi rŵan? Cynnes a chlyd ydyn nhw wrth fyw o fewn 'u crwyn 'u hunain. Mor wahanol i ni. Yn gorfforol, maen nhw'n rhydd i fod yr hyn mae natur wedi'i fwriadu ar 'u cyfer. Maen nhw'n flewog wrth natur. Ac maen nhw'n rhydd i wisgo'u blew gyda balchder.'

'Gorgyffredinoli braidd ydy'r ddamcaniaeth yna, Mam,' ebe Mari'n hwyliog. 'Siawns na fedr hyd yn oed rhywun fel chi, sy'n honni ichi fod yn ffyddlon i'r un dyn am bron i chwarter canrif, weld nad ydy pob dyn yn flewog o bell ffordd . . . o bell, bell ffordd.'

'Does dim angan brolio dy awdurdod ar y pwnc, Mari.'

'Meddwl am Rhein oeddwn i. Cwbl ddiflewyn. Ar dafod. Ar frest. Ar fol. Ar goesau. Oes raid imi restru rhagor?'

'Nagoes. Ond Rheinallt ydy hwnnw . . .'

'A chyn ichi ddechra lladd arno, mae o wedi mynd i'r pentra, at y ffôn, i archebu silindr newydd o nwy.'

'Ddeudish i'r un gair o 'mhen. Rwy'n hen law ar gnoi 'nhafod.'

26

'Ers pryd?'

'Ers cyn i chdi erioed gael dy eni, 'ngeneth i.'

'Ddaru chi mo'i gnoi o'n ddigon caled, Mam.'

'Paid ti â meiddio siarad efo fi fel'na! Wyddost ti mo'r hannar. Wedi dy gelu rhag y caswir wyt ti dros y blynyddoedd. Pam 'mod i newydd adael dy dad, yn un peth. Wyt ti'n meddwl mai sterics rhyw slwt ar lawr y gegin ydy'r unig reswm? Mae'r ateb yn dipyn hŷn na hynny, cred di fi.' Yna tawodd yn ddramatig o sydyn. Roedd hi am ddweud. Fel yr oedd hi wedi dyheu am ddweud ddoe. Ond doedd fiw iddi ddweud. Nid wrth Mari. Nid wrth ei merch ei hun.

Camodd i'r tŷ bach oedd yn ymyl. Tynnodd y bolltyn bach gwantan ar draws y drws. I'w gloi.

'Mam! 'Dach chi'n iawn?' Curodd Mari'r drws yn bryderus ar ei hôl. 'Atebwch fi, Mam.'

'Dw i'n iawn, siŵr,' daeth llais Miri drwy'r drws. 'Pam na wnei di chwarae peth o dy fiwsig? Mae'r trydan yn dal i weithio, yn tydy? Ac mae'n uffernol o dawel yma.' (Bruce Springsteen, Sting a Joan Armatrading oedd tri hoff ganwr Mari a byddai eu cerddoriaeth yn llenwi'r garafán drwy'r dydd.)

Ychydig eiliadau'n ddiweddarach, cododd Miri oddi ar sedd blastig y toiled, ei meddwl yn llawn edifeirwch. Doedd hi ddim am wneud gelyn o Mari trwy ruthro i ddatgelu gwirioneddau nad oedd disgwyl i Mari eu deall.

Tynnodd ei dillad ynghyd fel hogan fach oedd prin wedi dysgu gwneud pi-pi ar ei phen ei hun. Ond roedd arni ormod o greithiau i fod yn ddiniwed. Gormod o flew. A gormod o hiraeth. Mor hawdd fu siarad fel pwll y môr. Mewn meddwdod ddoe. Mewn rhyndod heddiw. Deuai siarad yn rhy rwydd.

Un enwog am ei thafod coeth oedd hi wedi bod dros y blynyddoedd. Ei phyliau o arabedd ffraeth yn ddisglair o dwyllodrus. Ni fedrodd erioed leisio gwreiddyn ei disberod. Dyna'r gwir amdani. Dyna'r drafferth. Parhaodd y pethau mawr dirdynnol yr oedd hi'n bwysig iddi eu dweud heb eu llefaru.

Un peth oedd siarad yn finiog fel cyllell a chlyfar fel chwannen mewn syrcas; peth arall oedd sgrechian ar dop eich llais i grefu am drugaredd gan y byd. Dyna fu'r tu hwnt iddi ar hyd y blynyddoedd. Y gallu i gyhuddo. Y gallu i faddau. Maddau iddi hi ei hun. Cyhuddo Gwern.

Edrychodd arni ei hun yn y drych hirgrwn uwchben y cafn ymolchi plastig. Ymdebygai'r drych yntau i blastig. Adlewyrchiad niwlog wedi'i gymylu gan anwedd. Roedd y drych yn ddrych o ddryswch. Yn bopeth na ddylai drych o'r iawn ryw fod.

Cwtsh clyd heb le i droi ynddo oedd hwn. Roedd hi yno am nad oedd hi wedi gallu dweud wrth Gwern ei bod hi'n byw uffern yn ei phenglog. Nid godineb oedd y broblem. Nid Gwawr. Nid y gwenu tragwyddol mewn byd a fu'n ymddangosiadol ddedwydd.

Gwern. Gwern oedd ar fai. Y dyn ei hun. Gallai Miri synhwyro'i bresenoldeb a gweld ei wên yn y drych. Cododd grib ei merch a thynnodd hi drwy ei gwallt. Roedd fel tynnu dannedd drychiolaeth dros ei phenglog. Cawr ar gerdded ydoedd. Yn rheibio'r pen a'r holl synhwyrau. Rhyfedd fod un dyn yn gallu ymddangos mor real â hynny iddi ar ôl bron i chwarter canrif o briodas.

Gwelai Gwern yn gwgu arni o'r ffrâm fach blastig, las. A gwelai ef yn gwenu arni'n wrywaidd dro arall. Gwgu a gwenu. Fe wnâi'r naill a'r llall am yn ail yn yr oerni.

Byddai Miri wedi beichio crio—dagrau hallt y trallodus a'r tan draed—ond roedd arni ofn i Mari glywed a dod i guro'r drws. (Ni ddaeth emosiwn yr un gerddoriaeth i achub y sefyllfa.) Dyma'r pris a oedd i'w dalu am ddianc i freichiau plentyn.

Petai gan Miri ffrind, byddai wedi dianc at honno yn hytrach nag at ei merch. Ond doedd ganddi'r un ffrind. Nid y math o ffrind y gallech ymddiried popeth iddi a dianc dan ei bondo mewn argyfwng. Doedd Gwern erioed wedi caniatáu iddi gael ffrind felly. Ac i fod yn deg, nid oedd amgylchiadau erioed wedi dod â ffrind o'r fath i'r fei. Ai o achos Gwern yr oedd hynny hefyd, ni allai Miri fod yn siŵr.

Ond doedd hi erioed wedi bod yn unig. Roedd hynny'n beth od ar y naw, tybiodd Miri. Er na fu ganddi gyfeilles wironeddol glòs i allu teimlo yr un arlliw o ymgysegriad tuag ati, nid oedd absenoldeb yr 'enaid hoff cytûn' wedi amlygu ei hun tan yn ddiweddar. Onid oedd ganddi ŵr a mab a merch? A mam, hefyd, pan oedd angen ymestyn y cylch teuluol? Heb sôn am deulu yng nghyfraith? Onid oedd y rhain oll i fod yn ddigon iddi?

O ran dwyn ei hamser, yr oedden nhw yn sicr yn ddigon. Pob dydd yn llawn dop ers ugain mlynedd. Sypiau o ddillad i'w golchi a'u smwddio. Y tŷ i'w lanhau. A rhestr faith o gardiau Nadolig i'w hysgrifennu bob blwyddyn. Amlenni i'w llyfu. Stampiau i'w gwasgu i'w lle. Y gornel uchaf ar y dde o hir draddodiad. Ac ni fu pen y Frenhines wyneb i'w waered ganddi ers blynyddoedd bellach. Mor

28

wahanol i'w dyddiau coleg, pan fu rhyw ryfyg naïf mewn teyrnfradwriaeth o'r fath. Iddi hi a Gwern a'u cyfoedion. Cenhedlaeth yr adfradlonid gormodiaith arni. Y disgwylid gormod ganddi. Y sarnwyd ei hundod mewn storm o hunanoldeb.

Sobrodd Miri. Y fath rethreg yn ei phen, lle nad oedd neb ond hi ei hun yn byw i'w gwerthfawrogi! Bu bron iddi chwerthin yn uchel, ond fel y dagrau a fygodd rai munudau ynghynt, roedd arni ofn i'r sŵn dynnu sylw Mari.

Pregeth rhywun arall oedd hi, mae'n rhaid. Rhethreg fenthyg. Gan bwy y clywodd hi'r ddamcaniaeth honno gyntaf, tybed? Alun? Neu Nev? Neu Gari? Neu hyd yn oed Dafydd, efallai. Onid oedd ef a Gwawr yn dal gyda'i gilydd yng nghinio Nadolig y Blaid y llynedd?

Ffrindiau Gwern oeddynt bob un. Roedd hi wedi deall natur y patrwm erstalwm. Mêts o'r gwaith. Mêts o'r clwb golff. Mêts o'r pwyllgorau hwnt ac yma a'i cadwai allan fin nos. Ffrindiau fesul parau oeddynt oll. Alun a Nans. Nev ac Eurgain. Dafydd a Gwawr. Toedd ganddi ffrindiau, siŵr Dduw? Gwraig hwn. Gwraig y llall. Pawb a'i bartner. (Pawb ond Gari, a gydnabyddid yn eiddigeddus gan y priod rai ymysg y mêts fel hen lanc a hen gi. Roedd eu heiddigedd ohono yn gydradd ar y ddau gownt.) Aent allan i giniawa yn nhai ei gilydd neu i dai bwyta yn yr ardal. Gwnâi Gwern ei orau glas, yn amlach na pheidio, mae'n ymddangos, i fynd i'r gwely gyda'r gwragedd.

A dyna oedd ei ffrindiau! Sail y bywyd cymdeithasol y rhoddai pawb gymaint o bwys arno. Yr oedd rhywbeth gorffwyll o wag yn y sylweddoliad. Fod twyll ym mhobman o'i chwmpas. Fod ei phriodas drosodd. Fod y drych yn rhythu'n ôl arni gyda gwawd.

Drych oedd drych, boed mewn carafán neu blas. Heb neb i sefyll o'i flaen, nid oedd ganddo na dagrau na chwerthin i'w cynnig o'i wirfodd. Dim celwydd. Dim gwirionedd. Dim ond adlewyrchiad oer o'r dim o'i flaen.

'Mam, 'dach chi'n siŵr ych bod chi'n iawn yn fan'na?' gwaeddodd Mari. Ni chafodd ateb.

Siôn atebodd yr alwad annisgwyl. Roedd hi'n hanner awr wedi saith y bore. Y gloch yn daer. A'i dad naill ai'n methu neu'n gwrthod codi.

'Lle ddiawl 'dach chi wedi bod adeg yma o'r dydd?' gofynnodd Siôn i hwnnw, hanner awr yn ddiweddarach, pan fustachodd trwy ddrws y gegin.

'Allan yn loncian, yntê?' Cyfeiriodd Gwern ei ddwylo at ei dracsiwt fel y bydd stiward ar awyren yn tynnu sylw at yr offer diogelwch a'r dihangfeydd. 'Mi gei ddod efo fi fory, os mynni di.'

'Nain Tai Lôn,' mwmialodd y bachgen yn ddiseremoni. 'Mae hi wedi marw.'

Rhwng hanner cwsg ac effro yr oedd y newyddion wedi cyrraedd clyw Siôn trwy wifren y teliffon. Ni chriodd. Nid aeth i hel atgofion. Nid aeth yn ôl i'w wely, er i'w gwsg gael ei dorri'n gynamserol. Roedd hi'n ergyd iddo, ond ni wyddai sut i ymateb. Wyddai e ddim sut i alaru, dyna'r drafferth. Hyd yn oed wrth feddwl hynny, fel rhyw syniad annelwig yn ei ben, gwyddai fod y diffyg yn un sylfaenol hurt. Nid rhywbeth i'w ddysgu oedd galar, siŵr Dduw! Rhywbeth yr oedd disgwyl i ddyn ei wneud yn reddfol ydoedd, fel anadlu.

Roedd o'n ddideimlad, mae'n rhaid. Ar ôl derbyn yr alwad roedd wedi mynd i'r tŷ bach (am fod ei bledren bob amser yn mynnu hynny ganddo yn syth ar ôl codi ar ei draed o gwsg, waeth beth a'i deffrôdd). Roedd wedi curo ar ddrws ystafell wely ei rieni a'i chael yn wag. Roedd wedi gwisgo amdano. Ac ar ôl hanner awr o din-droi, daethai i'r casgliad fod ei ddiffyg galar yn ddigon naturiol wedi'r cwbl.

Go brin ei fod yn agos at Nain Tai Lôn. Yn wahanol i Nain a Taid Gallt Brain Duon. Arferai fynd i aros nosweithiau bwygilydd at y rheini yn blentyn. Roedd mynd draw yno i de prynhawn Sul yn ddefod ar un adeg. Pan ddeuent hwythau i'r dref, byddent yn siŵr o alw acw. Ond anaml iawn y gwelid Nain Tai Lôn yn y tŷ hwn. Peth digon dieithr iddynt oll oedd galw draw i'w gweld.

Y sydynrwydd oedd y sioc. Ei bod hi wedi mynd. A theimlai Siôn y golled o bob math o gyfeiriadau annisgwyl. Nad oedd ei fam yno gydag ef i rannu yn y sioc, er enghraifft. Nad oedd hi yno iddo ef geisio ei chysuro. Iddo ef gael magu mymryn o alar ar gorn ei galar hithau.

'Be gebyst ddigwyddodd?' holodd ei dad. Synnwyd Siôn gan y gofid gwirioneddol yn ei lais.

'Ei chael hi wrth dalcen y tŷ ddaru'r dyn llefrith. Newydd ddigwydd mae o. Wel! Mi ddeudodd y sgowsar 'na sy'n byw drws nesa iddi mai newydd ddod o hyd iddi oeddan nhw. Y fo ffoniodd. Ond ma'r doctor wedi bod a phob dim. Yr ambiwlans yn cau 'i chymryd hi i ffwrdd, medda fo. Am ei bod hi eisoes wedi marw. Isho gwbod be ddylan nhw'i wneud.'

'Iesu Grist! Dyna i gyd 'dan ni isho gorfod poeni yn 'i gylch! Be i'w wneud efo corff dy nain! Fel tasa gen i'm digon i gnoi cil trosto'n barod . . . efo dy fam . . . a phob dim.'

'Mi ddeudish i fod Mam i ffwrdd ar y fomant.' Wrth i Gwern gladdu ei wyneb yn ei ddwylo mawr, gadawyd Siôn mewn mwy o benbleth. 'Bydd raid inni sgwennu ati i ddeud.'

'Sgwennu ati! Fedrwn ni ddim sgwennu ati, y lembo gwirion! Mae'i mam hi wedi marw!'

'Sori. Wnesh i ddim meddwl.'

'Fedri di ddim dibynnu ar y post y dyddia hyn, wst ti. Mi fedra dy nain fod yn 'i bedd am bythefnos cyn i dy fam gael clywed!' cellweiriodd Gwern yn ddi-chwaeth, cyn callio ac ychwanegu, 'Mi fydd raid i mi yrru draw ati syth bìn. Ati hi a Mari.'

'Ydy hynny'n beth call, deudwch?'

'Be wyt ti'n feddwl?'

'Wel! Dydy hi ddim am ych gweld chi, ydy hi? Dyna ddeudodd hi.'

'Paid â'u malu nhw, Siôn bach! Na rhoi dos o dy Seicoleg Dosbarth Chwech i mi ben bora fel hyn. Mae dy nain newydd farw. Fydd yr ergyd ddim mymryn gwaeth i dy fam o gael y newydd o 'ngenau i.'

'Dim ond meddwl am Mam oeddwn i.'

'Iawn. Fe gei di ddod efo fi, yli. Ella fod gen ti bwynt, o gofio'r amgylchiadau,' ailystyriodd Gwern. 'Fe gei di ddod i wneud petha'n haws i dy fam.'

Ar hynny, rhuthrodd heibio i'w fab ac i'r llofft, am gawod ac i newid i ddillad mwy syber a chymwys at y dasg o dorri newyddion drwg. Newydd ddiosg at ei drôns yr oedd pan waeddodd Siôn arno o waelod y grisiau, i ddweud fod ganddo brawf Ffrangeg pwysig y bore hwnnw ac nad oedd fiw iddo golli'r ysgol wedi'r cwbl.

'Cachwr!' gwaeddodd Gwern yn ôl wrth gamu o'i ddilledyn olaf. Edrychodd arno'i hun yn y drych ar ddrws y wardrob, wrth gamu heibio ar ei ffordd i'r gawod. Nid oedd ei noethni ei hun erioed wedi peri swildod iddo.

'Rwyt ti ar dy ben dy hun unwaith eto, 'ngwas i,' sibrydodd, gan edrych i fyw ei lygaid. 'Ar dy ben dy hun. Fel ag erioed.'

Dim ond brasamcan o leoliad y garafán oedd gan Gwern. Bu'n rhaid iddo aros yn y pentref cyfagos i holi am y fferm a gyrru i'w buarth i holi eilwaith. Yna, wrth iddo dderbyn cyfarwyddiadau, gallai weld y garafán yn y pellter.

'Croeso ichi adael y car yma a'i gwadnu hi ar draws y cae,' cynigiodd y wraig, 'neu fe allwch ddilyn y lôn i lawr at y glwyd.'

Dewisodd Gwern groesi'r cae. Roedd hi'n sych dan draed a theimlai'n od o hyderus. Cyrhaeddodd y drws yn dalog a churo arno heb oedi. Mari agorodd iddo. Yn ddi-lol a didaro. Yn union fel petai hi'n ei ddisgwyl.

'Tydy Mam ddim yma,' meddai. 'Fe biciodd hi i'r pentra ryw awr neu fwy yn ôl. Rhyw awr sydd 'na ers iddi fynd, yntê, Rhein?'

'Ia. Rhywbeth felly,' atebodd y llipryn main o'i loches ger y tân digysur.

Gwyddai Gwern yn reddfol fod Mari'n dweud y gwir wrtho. Neidiodd ei lygaid i bob twll a chornel o'r ystafell wrth iddynt ymaddasu i'r tywyllwch.

'Mae'r nwy wedi diffodd,' eglurodd Mari'n lletchwith. 'Wna i ddim gofyn ichi dynnu'ch cot.'

'Newydd ddod drwy'r pentra ydw i,' ebe Gwern yn gyhuddgar. 'Welish i moni hi ar y ffordd.'

'Mae 'na lawer o lwybra posib i lawr i'r pentra, Mr Jones,' dywedodd Rheinallt yn ddoeth, fel petai'n un o henwyr y llwyth.

'Ganddi lawer ar 'i meddwl, Dad.'

'Ond mae hi'n iawn? Dy fam?'

'Ydy, wrth gwrs 'i bod hi'n iawn. Pam na ddylai hi fod yn iawn yma efo ni?'

'Ond dan draed mae hi yn fan'ma, debyg?'

'Na. Ddeudodd Mari mo hynny,' ymyrrodd Rheinallt drachefn o'i encil ymlaciol yn y gornel.

'Ofynnodd neb i chdi am dy farn,' oedd ymateb sydyn Gwern. Ond yna cymerodd anadl ddofn. I fynegi ei edifeirwch. I ailorseddu heddwch. I geisio cyfleu ei ymddiheuriad heb iddo, fe obeithiai, orfod dweud yr un gair. 'Ylwch, newyddion drwg sy gen i. Dyna pam ddois i. 'Sa'n well iti eistedd, Mari.'

Ufuddhaodd Mari, ond cododd Rheinallt yn bryderus. Yna torrodd Gwern y newyddion mor ddi-boen â phosibl.

Gwibiodd esgidiau sodlau uchel trwy gof y ferch. Ymgais gynnar ar fod yn ladi yn y llofft yn nhŷ Nain yn un o brofiadau prifiant a aethai'n angof, bron. A'r minlliw ymfflamychol yn flas o'r ddynes i ddod ar dafod plentyn. Hwnnw'n gymysg â'r hufen iâ oerias a brynai Nain ar gyfer eu hymweliadau prin, yn feddal a drud o siop rhyw Eidalwr cyfagos. Cofiai Mari'r llais cryg. A'r ffags. A'r noson pan gafodd aros yn Nhai Lôn tra bod ei mam yn yr ysbyty yn cael ei brawd bach. Hithau'n bedair ac yn baglu o ben y sodlau a chael aros ar ei thraed tan berfeddion yn gwylio rhyw ffilm amheus ar y teledu. Dyna hi i'r dim. Nain Tai Lôn.

'Mam druan!'

'Rwy wedi cadw draw tan rŵan yn fwriadol, wst ti,' ebe'i thad. 'Petha heb fod yn rhy dda rhwng dy fam a finna. Ac rown i am iddi gael ychydig ddyddia yn fan'ma ar 'i phen 'i hun.'

'O, Dad!' Cododd Mari gyda greddf hogan fach. I'w thaflu ei hun arno. A'i gofleidio. Ei breichiau'n gwasgu'n dynn amdano. Gan grefu y gwnâi yntau'r un modd iddi hithau.

Ni chafodd ei siomi. Nid gan Dad, siŵr iawn! Ac wrth i'w dagrau lifo dros golli'i nain, roedd hi'n anodd ganddi ddeall ei mam. Onid hwn oedd y tad gorau yn y byd i gyd yn grwn? Yn gryf a blewog a chynnes. Ac yn giamstar ar adrodd stori dda. Fe gofiai Mari'n iawn. Am rai munudau, a hithau yno'n crio ar ei ysgwydd mewn carafán ar fore oer o wanwyn cynnar, nid oedd na gair na gweithred a allai guddio noethni ei chariad tuag ato.

'Ddoi di gyda mi i Dai Lôn?' holodd Gwern o'r diwedd. 'Ella na ddaw dy fam yn y car efo mi . . . Nid y fi ar fy mhen fy hun . . . Jest hi a fi . . . Mor fuan ar ôl 'yn ffrae ni.'

'Mi ddo i, siŵr iawn,' atebodd Mari'n ddibetrus, gan chwythu ei thrwyn. 'Ond mae'n well inni ddod o hyd i Mam yn gynta, yn tydy?'

Fe welodd Mari ei mam cyn i'w mam ei gweld hi. Cerddai i'w chyfarfod yn benisel, ei llygaid ar y ffordd o'i blaen a'i breichiau'n cael eu tynnu tua'r ddaear gan bwysau'r bagiau trymion a gariai. (Penderfynwyd y dylai Gwern a Rheinallt aros yn y garafán rhag ofn y deuai Miri yn ôl yno o ryw gyfeiriad annisgwyl, gan adael i Mari gerdded tua'r pentref yn y gobaith o'i chyfarfod.)

Cyflymodd Mari ei chamau, ond nid oedd am redeg i lawr y rhiw. Nid oedd ganddi'r ynni na'r awydd. Ac ni fyddai'n weddus, rywsut. Gwaeddodd ar ei mam wrth iddi ddod yn nes.

'Mae Nain wedi marw. Nain Tai Lôn. Dad sydd wedi galw efo'r newyddion,' rhuthrodd Mari'n un gybolfa aneglur. 'Cymdogion wedi ffonio . . . Siôn wedi mynd i'r ysgol fel arfar . . . Prawf Ffrangeg pwysig ganddo.'

Doedd Miri ddim am siarad. Ddim am egluro. Ddim am balu

celwyddau. Ddim am fwrw'i bol fel buwch feichiog sy'n bwrw'i brych o flaen ei hamser. Cadwodd ei chyfrinachau hyd yn hyn. Cadwodd ei chyffesion. Cadwai'r cyfan fymryn eto. Hen bryd iddi ddal gafael ar bethau. Ailafael mewn pethau. Ei hemosiynau. A'i thafod. Yn enwedig o flaen Mari. Roedd honno, druan, wedi gorfod dioddef digon ar ei pharablu. Da o beth iddi etifeddu cyfansoddiad cryf o'r ddwy ochr. Fe allai holl huodledd meddw ddoe fod wedi bod yn ormod i lawer merch. Ond nid i'w Mari hi. Lwcus oedd hi! Merch a mab y gallai hi fod yn falch ohonynt. Rhywrai i droi atynt mewn awr o gyfyngder. A Mam. Roedd ganddi fam. Bu ganddi fam. Yr hon y daethpwyd o hyd iddi'n farw wrth dalcen y tŷ ar ôl noson o orwedd yn gelain dan y sêr.

Agorodd y llifddorau. Safodd y ddwy yn eu dagrau ar ymyl y ffordd. A gyrrodd cerbyd heibio.

Ni ruthrodd Mari i gofleidio ei mam. Ni wyddai sut. Ond cymerodd y bagiau oddi arni, er mwyn gwneud y galaru'n haws.Wylodd yno'n ddiymadferth ar ei phen ei hun, tra bod Miri'n troi ei hwyneb tua'r clawdd.

Cyd-gerddasant weddill y daith mewn tawelwch araf a phan ddaethant yn nes at y garafán, mynnodd Miri ailfeddiannu ei chwarennau dagrau (fel y mynnodd ailfeddiannu holl gyneddfau eraill ei chorff yn ystod y dyddiau diwethaf). Dywedodd wrth Mari i fynd yn ei blaen i'r garafán a chymryd y bagiau bwyd gyda hi, gan roi cyfle iddi hithau gymhwyso'i hymarweddiad.

Ufuddhaodd Mari a chaeodd y drws yn swnllyd y tu cefn iddi. Synhwyrai fod llygaid y ddau ddyn wedi eu hanelu y tu cefn iddi, gan ddisgwyl fod ei mam yn ei dilyn.

'Mae hi'n iawn,' cyhoeddodd yn lletchwith. Nid oedd wedi disgwyl teimlo mor amddifad â hyn wrth ddychwelyd i'w cwmni. A rhoddai unrhywbeth am gael braich ei thad yn dynn amdani eto. I gofleidio'n gysurlon. A'i chynhesu. Dyna i gyd a chwenychai. Y cysur. A'r gwres. Nid y cariad. Nid y perthyn. Dim ond y cysur o'i gael yno. Yn gorfforol glòs. Mewn modd na fuont ers blynyddoedd. Na fyddent mwyach heddiw. Y lletchwithdod hwnnw yn ei llais yn lledaenu dros y tri ohonynt.

'Dwyt ti erioed wedi gadael dy fam ar adeg fel hyn . . .'

'Am gael ei gadael yn llonydd mae hi,' mynnodd Mari'n gadarn a gallai weld ei thad yn ei orfodi ei hun i dderbyn y sefyllfa. Yna, ymdeimlodd â'r rhyddhad a lenwai'r ystafell o'i chael hi'n ôl. Roedd

34

hi wedi torri ar y distawrwydd. Roedd hi wedi dileu un lletchwithdod a dodi un arall yn ei le. Un nad oedd ynddo le i Rheinallt.

'Gresyn nad oes gynnon ni degell trydan,' ebe hi'n wamal. 'Mi fasa Rheinallt wedi gwneud paned ichi, Dad. Basat, Rhein?'

'Na, dydw i ddim am baned arall o de fy hun, diolch yn fawr ichi,' ebe Miri'n gwrtais, wrth arwain un arall o gymdogion ei mam i mewn i'r gegin.

'Wn i ddim pam na fasa dy fam wedi gwisgo'n fwy parchus,' meddai Gwern wrth Mari, yr eiliad y troes Miri ei chefn ar yr ystafell. 'Mynnu gwisgo'r hen gadach 'na o ffrog. Gwneud iddi'i hun edrach fatha hipi. Ganddi ddigon o siwtia neis, wst ti. Rhai drud hefyd. Fe ddylwn i wybod. Y fi dalodd amdanyn nhw.'

'Dad!'

'Dim ond meddwl am dy fam ydw i. Yn gwneud ffŵl ohoni'i hun.'

'Fe ddeudodd hi wrthach chi yn y garafán. Doedd hi ddim am wisgo'r un "siwt neis" i deithio draw yma. Roedd y siwrne'n ddigon anghysurus iddi'n barod.'

'Mi wn i. Ond fydd pobl ffordd yma erioed wedi'i gweld hi'n gwisgo'r dillad ffasiwn newydd 'ma.'

'Dod i dalu teyrnged i Nain mae'r holl ymwelwyr 'ma, nid i weld pa ddillad sydd gan Mam ar 'i chefn.'

'Dyna ddangos faint wyddost ti am y natur ddynol, 'y ngeneth i.'

Cyn i'r cecru gael cyfle i dyfu'n gweryl, daeth Miri'n ôl.

'Dw i wedi gofyn i'r ymgymerwyr ddychwelyd bora fory,' dywedodd. 'Does dim galw arna i i ddod i benderfyniad ynghylch dim pnawn 'ma. Fydd 'na ddim c'nebrwng am wythnos neu fwy.'

'Fydd hi gymaint â hynny, Mam?'

'Rhaid cynnal *post mortem*, yn ôl y doctor. Mae'r crwner wedi'i hysbysu. Dyna ddeudodd o. A ph'run bynnag, does dim brys.'

Cynigiodd Gwern wneud y trefniadau yn ei lle, ond gallai Miri synhwyro'r diffyg brwdfrydedd yn ei lais. Cynnig am fod yr amgylchiadau'n pwyso'n daer arno i wneud a wnaethai, barnodd hi. Am fod Mari yno'n dyst, efallai.

Ta waeth! Byddai trannoeth yn ddigon buan. Hen ddigon buan i ymboeni am ddewis pren a'r holl rigmarôl o benderfyniadau yr oedd disgwyl iddi ymboeni yn eu cylch. Melfed rhad. Blodau drud. Emynau ystrydebol.

35

'Mae'n well gen i ymgymryd â phopeth fy hun, rwy'n meddwl. Ond diolch ichdi am y cynnig.'

'Dydy hwn ddim yn amsar i ddal dig, Miri. Cofia hynny.'

'Pwy ddiawl sy'n dal dig? Jest matar o ddyletswydd ydy o, dyna i gyd. Fi ydy'r unig blentyn. Mae disgwyl imi wneud fy nyletswydd. Ac mae gen ti waith i fynd iddo. Rwyt ti eisoes wedi colli diwrnod yn dod i fy nôl i a 'ngyrru i yma, chwara teg iti.'

'Mi ddo i â chdi'n ôl eto fory, iti gael bwrw 'mlaen â phetha fan'ma ar dy ben dy hun, os mai dyna sydd ora gen ti,' cynigiodd Gwern ymhellach, gan estyn ei law ati'n gymodlon.

Rhythodd Miri ar y llaw mewn anghrediniaeth rhonc. Roedd hi'n erfyn cymod. Yn erfyn cydio. Dwylo llydain, hirion, tew oedd dwylo Gwern. Dim ond hyhi a welodd hyd a lled y dwylo hynny yn eu cyfanrwydd. Dwylo a roddwyd i ddyn er mwyn llafur caled oeddynt. Nid dwylo dyn dosbarth canol, cysurus. Nid dwylo'r dyn desg a welai'r byd bob dydd.

'Dos di rŵan. A chditha, Mari. Fydd dim angan i neb ddod â fi'n ôl yn y bora, achos yma y bydda i. Ac mi fydda i'n iawn, ar fy llw.'

'Fedrwn ni mo dy adael di yma ar dy ben dy hun,' ymresymodd Gwern yn ddidwyll. 'Nid heno o bob noson.'

'Does 'na'r un corff yn y tŷ, Gwern. A phetai 'na, tydw i ddim yn credu mewn bwganod. Tydyn nhw ddim yn gwneud petha felly rŵan. Gadael cyrff i orffwys yn eu cartrefi. Chewch chi ddim hyd yn oed oeri'n iawn ar ych aelwyd ych hun y dyddia hyn. Rhyfadd, yntê? Rhywbeth i'w wneud efo'r rheolau glanweithdra, mwn.'

Neithiwr, oerodd ei mam yn yr awyr agored. Fferrodd liw nos. A gallai cŵn y fro fod wedi dod i'w llyfu'n lân. Ond na! Cymerodd Miri gysur! Roedd ei mam yn rhydd o lach tafodau! Wedi diflannu rownd talcen y tŷ. Yn saff o'r ffordd. Wyddai neb yn union beth a'i cymerodd. Strôc. Neu drawiad. Roedd gan bawb o bwys ei ddamcaniaeth. Y meddyg du. Y plismon glas. Yr ymwelwyr llwyd.

'Fedra i mo dy adael di fan'ma ar dy ben dy hun,' mynnodd Gwern drachefn. Ei lais yn ceisio cymod lle roedd y llaw wedi methu. (Oriau'n ddiweddarach, ym mherfeddion nos, gallai Miri gofio mor garedig y swniai wrth ynganu'r frawddeg honno.)

'Medri, siŵr iawn, Gwern bach,' ildiodd Miri ryw arlliw o gynhesrwydd yn ôl tuag ato. Nid y dwylo oedd ar fai. Nid yr atgofion. Y glynu gwirion. Dyna'r felltith o berthyn. 'Gesh i'n magu yn y tipyn tŷ cyngor hwn. Paid ag anghofio hynny. O fan'ma rown i'n gadael i

36

ddal y bws i'r ysgol bob dydd. O fan'ma esh i i'r coleg. O'r aelwyd yma y dois i i dy briodi di. A beichio crio wnesh i hefyd . . . yn y llofft, y bora hwnnw. Felly, rhwng popeth, go brin fod dim sy'n aros amdana i heno yn ddiarth imi.'

Edrychodd y ddau i fyw llygaid ei gilydd wrth i Miri ddarfod. Eu hedrychiad go iawn cyntaf y diwrnod hwnnw. Nid oedd llygaid a ddigwyddai gyffwrdd ar ddamwain yn nrych y car yn cyfrif.

'Rwyt ti'n gwbod lle ydw i.'

'Ydw. Diolch.'

'Mi allwn ni fynd yn ôl at Rheinallt, Mam, tasa'n well gynnoch chi,' torrodd Mari'n ddifeddwl ar draws y dwyster. 'Fe ewch chi â ni'n ôl i'r garafán, yn gwnewch, Dad? Os nad ydy Mam am ddod adra atach chi a fi a Siôn?'

'Wrth gwrs,' atebodd Gwern, 'os taw dyna ddewis dy fam.'

Roedd honno eisoes wedi troi am y gegin, i weld a oedd ei hymwelydd diweddaraf wedi gorffen ei the.

'Mi fasa wedi bod yn well gen i fynd adra at Rheinallt,' ebe Mari, tra oedd yn eistedd yn ymyl ei thad yn y car.

'Dyna mae "adra" yn 'i olygu iti rŵan? Bocs tun ar ben mynydd? Pan fydd gen ti joban a chyflog a'r modd i dalu am gar neu fws neu dacsi, fe gei di ddewis dy gyrchfan dy hun. Ond tan hynny, a thra dy fod ti'n ddibynnol arna i am bás, fe fydd raid iti fodloni ar fynd lle dw i am lywio'r car.'

Digon teg, ildiodd Mari. Ei thad oedd yn iawn. Nid oedd hyd yn oed wedi dymuno dychwelyd i'r garafán gydag unrhyw arddeliad. Pryfocio wnaeth hi. Dweud rhywbeth i dorri ar dawelwch eu cyd-deithio. Roedd Rheinallt fel nod i ymgyrraedd ato wedi hen ddiflannu o'i phen.

Gan nad oedd ei hangen ar ei mam, cytunodd i ddychwelyd 'adref' gyda'i thad yn ddirwgnach. Edrychai ymlaen at orffwys ym moethusrwydd cymharol y bàth yn nhŷ ei rhieni. Swigod mân yn cofleidio'r corff a'r anwedd yn cymylu'r drychau niferus a gyfeiriai bob pleser yn yr ystafell ymolchi yn ôl at yr hunan. Mor wahanol i'r gawod blastig, gyfyng yn y garafán! Yn ddiogel. Yn ddedwydd. Yn anwesu'r synhwyrau. Yn ddelwedd wleb o gysuron cartref.

Rhyw swcwr hunanol felly a lenwai feddwl Mari wrth deithio'n ôl i'r dref gyda'i thad. Ni thalodd fawr o sylw i brofedigaeth ei mam.

Nac i ymadawiad ei nain. Llechai'r ffeithiau moel ar wybren ei meddwl, fel cymylau tywyll ar y gorwel, ond gallai dynnu llen ar y ffenestr arbennig honno, fel na ddeuai'r boen yn nes.

Roedd heddiw eisoes drosodd. Roedd cymaint wedi digwydd mewn cyn lleied o amser. Ers i'w mam ddod ar ei thraws. Cyn lleied o ddyddiau. Ers i'w thad gyrraedd y bore hwnnw. Cyn lleied o oriau. Digwyddodd gormod. Yn un rhuthr sydyn. Mor wahanol i segurdod araf ei bywyd hi a Rheinallt dros y misoedd diwethaf. Gaeaf o drymgwsg. Oferedd ar ôl diwydrwydd coleg. Chwarae cyd-fyw ar ôl rhialtwch caru. Wynebodd yr hyn y bu hi'n byw yn ei gysgod ers misoedd. Ei bod hi ymhell oddi wrth Rheinallt. Bod ei gallu i garu, a'i chyneddfau oll, yn ddigyfeiriad. Bod trwyn y car tuag at y tŷ a'r teulu.

Aethai breuder ac angerdd oll yn un. Ni allai wynebu unrhyw argyfwng. Unrhyw gyfrifoldeb. Dyheuai'n unig am y dŵr a'r drewdod drud o'i chwmpas.

'Cymêr' oedd ei nain. Credwr cryf mewn minlliw llachar a digon ohono. 'Yncl' Bob, pan fyddai hwnnw o gwmpas, yn fawr ei gerydd. A Nain yn dal i lywodraethu'r wefus. A phob min arall. Bu dau neu dri 'yncl' gwahanol wedi dyddiau Bob. Chofiai Mari fawr am y rheini. Ar wahân, efallai, i Dennis. O lle gebyst ddaeth yr atgof am hwnnw rŵan, holodd ei hun? Ac onid oedd wedi edrych yn anghysurus o debyg i'w thad? Wrth gwrs! Dyna pam y goroesodd hwnnw'n gryfach na'r lleill ymysg ei hatgofion. Fe gofiodd Mari. Ac nid oedd fawr hŷn na'i thad, ychwaith. Dryslyd iawn i hogan ddeuddeg oed oedd darganfod bod ei nain yn byw efo dyn a ymdebygai i Dadi. Unwaith neu ddwy yn unig y cyfarfu â Dennis a buont yn nhŷ Nain yn fwy anaml nag arfer yn ystod ei gyfnod ef. Beth ddaeth ohono, tybed? Diflannodd heb i ddim gael ei ddweud. Yn union fel y lleill.

'Ei di'n ôl at dy fam fory?' torrodd Gwern ar y llif meddyliau.

'Fe ddeudish i 'swn i'n mynd.'

'Ella mai hynny fasa ora,' troediodd y dyn yn ofalus. 'Ond fe ddaw hi ati'i hun, wst ti, gydag amser. Hen betha digon tila sydd wedi dod rhyngon ni y dyddia diwetha 'ma. Dim byd i chdi boeni yn 'i gylch. Nid wedi gwahanu go iawn ydan ni. Jest cweryl, dyna i gyd. Petha wedi mynd dros ben llestri, braidd.'

Gwenu ddaru Mari. Yn rhannol o embaras, am fod ei thad yn sôn am faterion na fyddent byth fel arfer yn sôn amdanynt. Ac yn rhannol o ddiffyg diddordeb.

'Fe gaiff hi weld dros y dyddia nesa 'ma gymaint o'n hangan ni sydd arni. A chofia ddeud wrthi fory am gael y gora i dy nain. Yr arch a holl drefniadau'r c'nebrwng. Fe dala i. Cofia ddeud wrthi rŵan! Dim ond y gora. Beth bynnag wêl hi sydd ora. Mi fydd dy fam yn gwbod 'i phetha i'r dim. Mi fuo ganddi chwaeth dda erioed. Dy fam.'

'Wel! Fe ddewisodd hi chi, yn do, Dad?' ebe Mari gydag ôl dotio'r hogan fach yn dal yn ei llais. Hogan ei thad fu hi erioed, yn y bôn. Gwrthryfel prifiant oedd wedi gwneud yr anwylo'n anodd dros y blynyddoedd diwethaf.

Gwibiodd y cerbyd drwy drafnidiaeth y dref ac i gyfeiriad y faestref lle safai eu tŷ. Tŷ yn ei dir ei hun ydoedd. Un solet ac o faint sylweddol. Heb fod yn ymffrostgar o grand, ymddangosai'n gartref cadarn i bobl syber.

Nid oedd Mari wedi bod ar gyfyl yr aelwyd ers misoedd ac edrychai ymlaen at ail ymgynefino â'r lle. Yna, wrth gamu o'r car i darmac treuliedig y dreif, sylweddolodd na ddaethai â'r un cerpyn amgenach na'r hyn a wisgai gyda hi o'r garafán. Pâr o jîns glas a siwmper frown a'r got swêd ddrud a gafodd ar ei phen blwydd yn ddeunaw. Dyma hyd a lled ei wardrob ar y foment. Ar ôl cael y bàth arfaethedig, byddai'n rhaid iddi hel ei thrwyn trwy ddillad ei mam. Siawns na fyddai yno rywbeth addas ar ei chyfer.

Agorodd ei thad ddrws y ffrynt a dilynodd Mari ef i'r cyntedd. Lapiodd y gwres canolog ei hun amdani. Roedd y carped trwchus yn dal i leddfu baich y traed, yn union fel y cofiai. Ac roedd y papur wal o streipiau coch a du yn dal i groesawu'n gynnes yn ei ffordd ei hun. Tra bod y casgliad helaeth o drugareddau brau a gâi loches yno yn dal i hel llwch.

Wrth iddo weiddi enw'i brawd, gwasgodd ei thad y botwm negeseuon ar declyn ateb y ffôn.

'Margaret sy 'ma, Mr Jones,' ebe'r llais cyntaf. 'Dim ond gadael ichi wybod nad ydan ni'n ych disgwyl chi yn yr offis weddill y dydd. Ond mae'r bòs yn gofyn fasach chi'n gweld ych ffordd yn glir i roi caniad iddo yn y bora, jest i ddwed wrtho lle 'dach chi arni efo petha. Rown i'n flin sobor i glywed am ych mam, Mrs Jones. Pawb fan'ma'n danfon 'u cydymdeimlad atoch. Fe siarada i â chi fory, Mr Jones.'

Newydd suddo i glustogau un o gadeiriau'r lolfa yr oedd Mari pan ddaeth llais yr ail negesydd fel grwndi diflas i'w chlyw.

'Hylô! Fi sydd 'ma, Dad. Dw i yn y clinc a maen nhw'n deud na cha i ddod o'ma tan ddowch chi i fy nôl i . . . Felly, gobeithio na fyddwch chi'n hir . . .'

Neidiodd Mari i'w thraed drachefn. Allan yn y cyntedd, edrychai ei thad yn anghrediniol ar y teclyn negeseuon. Edrychodd Mari hithau i'r un cyfeiriad. Yna yn ôl ar ei thad. A thorrodd y ddau i chwerthin yr un pryd.

Clymodd Miri gwlwm yn y sgarff laes. Cwlwm llac i lawr o dan ei bronnau. Gadawodd i'r dilledyn hongian yno o gylch ei gwddf. Fe âi i'r dim efo'r ffrog wlân ddi-siâp a ddewisodd o wardrob ei mam. Yn y drych hir ar ddrws y cwpwrdd dillad, tybiai ei hun yn dipyn o lances o hyd.

Lle peryglus i ferch ddotio arni ei hun yw ystafell wely ei mam.

Roedd hi'n arwyddocaol nad i'r tŷ hwn y rhedodd hi oddi wrth Gwern ddechrau'r wythnos. At Mari a Rheinallt a'u cartref 'cwr o fynydd' yr anelodd bryd hynny, heb flewyn o amheuaeth. Nid yn ôl i'r tŷ hwn lle y'i maged.

Pan gyrhaeddodd adref yn beichio crio ar ôl i Gwern ei threisio, hi gafodd y bai gan ei mam. Nid aeth hynny byth yn angof ganddi. A dim ond rhyw grafu ar y graith fu'r fam a'r ferch ers hynny.

'Nid dy dreisio di ddaru'r hogyn, siŵr iawn. Ti sy'n rhy ddiniwed o'r hannar,' oedd geiriau'r fam y noson honno. Mae'n wir iddi wedyn roi ei braich amdani i geisio magu'r dagrau i ebargofiant, ond roedd y gwadu eisoes wedi gwneud ei ddrwg. Cafodd y dillad gwaedlyd eu taflu i'r tân, fel na fyddai eu gweld yn atgof, ond nid oedd ei mam wedi sylweddoli nad dillad oedd yn cymell atgofion, ond doluriau. A chodwyd cynfasau'r gwely yn uchel dros y cleisiau, yn y gobaith na fyddai eu glesni'n cochi llygaid yn y nos. Heb ddeall nad oedd cuddio un lliw yn gallu llwyr ddileu lliw arall. Ac mai ofer oedd pob cysur ar ôl brad y geiriau.

Dwy ar bymtheg oedd hi ar y pryd. Hyhi, Miri. Dwy ar bymtheg oed oeddynt ill dau. Gwern a hithau. Roedd y cwlwm wedi ei glymu. Y cyfamod wedi ei ordeinio. Y briodas wedi ei rhagluniaethu. A'r cyfan am fod y trechaf yn trechu. Ac am fod trais yn bod.

Dadleuodd lawer gwaith â hi ei hun dros y blynyddoedd. Ynglŷn â chymhwyster y gair trais. Ynglŷn â diffyg coel ei mam. Ond cael ei threisio ddaru hi. Roedd Miri wedi cario'r gwirionedd hwnnw fel bathodyn merthyrdod ar hyd y blynyddoedd. Weithiau'n darian falch ar fron. Weithiau'n hances gysurlon yng ngwaelod hanbag.

Mynd allan am dro oedd ei bwriad heno. Galw yn nhafarn y

pentref, efallai. Dyna pam iddi chwilota ar y llofft am rywbeth addas o gwpwrdd dillad ei diweddar fam. Ond yn sydyn, newidiodd ei meddwl. Roedd ganddi gymaint i'w gofio. Dim i'w golli. Ond gormod i'w gofio.

'Dw i'n dallt 'i fod o'n fatar difrifol, Cwnstabl,' coethodd Gwern, 'ond mae wedi bod yn ddiwrnod hir a does gen i mo'r amsar na'r amynedd i ddal pen rheswm efo chi am y peth.'

'Felly y gwela i, Mr Jones.'

'Oes gynnoch chi syniad yn y byd petha mor anodd i'w magu ydy plant y dyddia hyn? Be 'dy pâr o dreinars i'r to sy'n codi? Dim ond pryfed yn cropian ar ben y cachu. Tydyn nhw isho, isho, isho rh'wbath byth a beunydd?'

'Bron i bedwar ugain punt! Dyna bris y pâr arbennig yma.' Amneidiodd y plismon ei ben i gyfeiriad 'y dystiolaeth', a orweddai ar y bwrdd gerllaw. 'Crocbris am bâr o bryfed!'

'Crocbris am bâr o sgidia hefyd, ddeudwn i,' gwamalodd Gwern.

'A'r gwir a saif,' caledodd y cwnstabl, 'i'ch mab chi gael ei ddal yn dwyn y rhain y pnawn 'ma . . .'

'Un od fuodd hwn erioed, wyddoch chi.' haerodd Gwern, gan bwyntio at Siôn, a eisteddai ger y bwrdd cyfagos yn rhythu ar y *trainers* ac yn gwrando ar ei dad yn malu esgusodion trosto. 'Cyw o ba frid, ŵyr neb yn iawn. Mi fydda i'n ama o lle ddoth o weithia.'

'Mi wn i i lle fydd o'n mynd os na fydd o—a chitha hefyd, os ca i ddeud—yn dechra cymryd y sefyllfa ychydig yn fwy o ddifri.'

'Trio deud mai dilyn 'i dad y mae o wedi'r cyfan, ydach chi, mwn,' ebe Gwern yn athronyddol. 'Blas y cyw sydd ar y cawl fel arfar, yntê? Er, rhaid imi ddeud ei bod hi'n anodd credu hynny weithia, cofiwch. Neithiwr ddiwetha, mi dalish i o'n edrach ar y sêr. Tipyn o freuddwydiwr, ylwch. Rhwng hannar cwsg ac effro oedd o, mae'n debyg . . . pan gymerodd o'r tacla 'ma.'

'Cheith o ddim mynd o'ma tan iddo syrthio ar 'i fai. Gormod o garidýms fatha hwn sydd o gwmpas y dre 'ma. Plant dosbarth canol wedi'u difetha'n llwyr. Eu rhieni nhw'n morio mewn pres a nhwtha'n llancia i gyd o gwmpas y lle.'

'Ylwch,' ffyrnigodd Gwern, 'fe gymera i gyfrifoldeb dros fy mab, ond 'sgen i ddim bwriad sefyll fan'ma tra'ch bod chi'n lladd arna i . . . na lladd ar 'i fam, chwaith, o ran hynny. Newydd fadael â'r aelwyd ma' honno, tasa hynny rywfaint o'ch busnes chi! Ond dyna reswm arall pam mae'r hogyn wedi drysu.'

''Sgin Mam ddim oll i'w wneud â'r peth,' mwmialodd Siôn yn sarrug, y chwerwder amlwg rhwng y cwnstabl a'i dad yn dechrau trethu ei amynedd.

'Glywsoch chi'r hogyn?' ebe'r plismon. 'O'i enau'i hun. Ddim oll i'w wneud â'r peth, medda fo. Lleidar ydy lleidar, waeth lle cafodd o'i fagu. A waeth lle mae'i fam o.'

'Gadewch Mam allan o hyn,' meddai Siôn yn daer. 'Tydw i'n atebol dros neb ond fi fy hun. Y fi a neb arall.'

'Felly mae hi arnan ni i gyd y dyddia yma, Cwnstabl,' meddai Gwern. 'Atebol trostan 'yn hunain. A neb arall. Gwaetha'r modd. Cha i ddim hyn oed bod yn atebol dros 'y ngwraig fy hun, meddan nhw. Ganddi bob hawl i fynd a 'ngadael i. Codi diawl o dwrw wrth fynd, hefyd. Hel 'i phac a 'madael.'

''Nôl ddaw hi maes o law, Mr Jones,' bwriodd yr heddwas farn ar y mater. Yr oedd wedi dod o hyd i gydymdeimlad yn rhywle. Dogn fechan bitw ohono, mae'n wir, ond digon i newid tinc ei lais a gwneud i'r tad a'r mab a oedd yn yr ystafell edrych arno mewn goleuni gwahanol. ''Nôl maen nhw i gyd yn dod yn y diwedd. O 'mhrofiad i. Yn enwedig gwragedd rhai fel chi sydd mewn swyddi da a'u plant nhw i fod yn beniog yn yr ysgol.'

'Fe gollodd hi'i mam heddiw, hefyd,' ychwanegodd Gwern yn ddidaro, fel petai'n sôn am orfod newid olwyn car ar ddiwrnod a oedd eisoes wedi bod yn drafferthus.

'Dydy o ddim yn rheswm digonol dros i'r hogyn 'ma ddwyn.' Diflannodd pob arlliw o gydymdeimlad o'r llais. Dychwelodd y plismon cas, digymrodedd. 'Rhyngoch chi a mi, 'dach chi'n codi cyfog arna i. Ych teips chi. Llythrennau wrth gwt ych enw ac yn 'i lordio hi yn fan'ma efo'ch esgusodion dosbarth canol cysurus am brofedigaethau a cholledion. 'Dach chi'n da i ddim i neb.'

'Does gen i ddim uffarn o otsh be 'dy'ch barn chi . . .'

'Na. Mae'n hawdd gen i gredu hynny. Cot ddrud ar ych cefn a digon o wynab i r'wbath. 'Winadd glân. A dim gyts. Chi ydy'r math gwaetha o baraséit, ichi gael dallt! Ych rhagrith chi'n rhemp, ar ben ych trachwant. Tai fel pìn mewn papur gynnoch chi bob amser, ych teip chi! Ceir y gallai teulu o sipsiwn fyw ynddyn nhw tasa gynnyn nhw gorn simne. Popeth yn dwt a'r drefn i gyd yn ddŵr i'r felin. 'Dach chi wedi cael pawb i lyncu'r stori mai pobl eraill sy'n baraséits arnach chi, yn tydach? Ond chi ydy'r fall, mewn gwirionedd. Y chdi, Gwern Jones, a dy fath. Wedi amddifadu pawb a phobun o bob dim a'i hawlio fo i gyd i chdi dy hun.'

'Am be ddiawl 'dach chi'n sôn, y cwnstabl cwd uffarn?'

'Y breintia, gyfaill. Y doethineb. Yr addysg. Yr arwyddion felltith sy'n dangos i'r byd un mor bwysig wyt ti. Fan'ma, rŵan. O 'mlaen i. Fel un o gowbois gwareiddiad. Hyd yn oed y tir o dan 'yn traed ni. Y chdi a dy debyg pia hwnnw hefyd. Erwa gleision ydy'r rheini lle mae dy rieni'n ffermio . . .'

'Dyna ddigon am 'y nheulu i!' rhybuddiodd Gwern. ''Dach chi ar dir go beryglus.'

'Peth peryg ydy bywyd, yntê, Mr Jones? Priodi. Caru. Magu plant. Rowndia go beryglus, chwedl chditha, yn yr ornest fawr. Ydw i ddim yn iawn, d'wad? Mi faswn i'n disgwyl i hen law efo'i ddyrna, fatha chdi, ddallt i'r dim. Am fywyd. Am y ffeit. Am yr anghyfiawnder. Wedi'r cyfan, mi wyddost ti fusnas mor frwnt ydy bocsio. Rown i'n disgwyl mai hannar gair oedd 'i angen ar y pwnc cyn iti gytuno. Yn enwedig a chditha wedi cael mymryn o goleg yn ogystal â dyrna caled.' A gwnaeth y dyn ati i estyn dyrnod neu ddwy i gyfeiriad Gwern, gan anelu at ei asennau a'i ysgwydd dde. Yn hanner chwareus. Yn hanner milain.

Taflwyd Gwern oddi ar ei echel gan y symudiad sydyn, ond yn yr eiliad o ansicrwydd, llwyddodd i ffrwyno'i ymateb greddfol. Gallai arfer hunanddisgyblaeth yn ddigon hawdd pan oedd angen. Ar ôl yr holl flynyddoedd. Rhyfeddodd ato'i hun.

'Mi wn i'n iawn pwy wyt ti.'

'Felly rown i'n casglu.'

'Gwern Jones, fferm Gallt Brain Duon, ym mhlwy . . .'

'Go brin fod 'na ddyrchafiad ichi yn yr wybodaeth yna, Cwnstabl,' torrodd ar ei draws yn sarhaus. 'Rhyw dreflan ddigon pethma o ran maint ydy hon. Pawb yn tueddu i nabod pawb arall. O ran 'i olwg, o leiaf.'

'Nid hynny s'gen i yn dy erbyn di, Jones. Gwybod mor hawdd y cest ti hi ydw i. Ŵyr hogia ffermydd cyfoethog fatha chdi ddim amdani go iawn. Nid fatha ni, hogia'r dre. Llwy arian yn dy geg a'r haul yn codi o dy din . . .'

'Wn i ddim pwy ddiawl wyt ti, y bastard bach ag wyt ti! Ond dyna ddigon. Dallta hynny, cyn yngan gair ymhellach.'

'O, ia! A be wnei di, felly? Os codi di fys bach ata i, ei di ddim o'ma heno ar dy ddwy droed. Wyt ti'n dallt be s'gen i? Gen i fêts yn y lle, yli. Gorsaf heddlu ydy hon. Dw i'n teimlo'n saff.'

'Dw i'n meddwl, Cwnstabl, mai chi sy wedi 'mygwth i,' meddai Gwern, gan ffurfioli pethau drachefn.

'A phwy sy'n dyst i hynny? Wela i neb yma ond y chdi a'r llipryn lleidr 'ma sy gen ti'n fab. Neb arall, Gwern Gallt Brain. Ac rwyt ti am ddychwelyd i dy dŷ mawr crand, on'd wyt ti? Hyd yn oed os ydy dy wraig a dy fam-yng-nghyfraith wedi mynd a d'adael di am borfeydd brasach.'

Clywodd Gwern ei gyhyrau'n clymu wrth iddo gamu'n fygythiol at y dyn. Disgleiriai'r chwys ar ei dalcen. Brathodd yr awydd am ddial. Am ryddhad. Yr oedd gormod i'w golli. Gormod o wersi eisoes wedi eu dysgu. Tynhaodd ei afael ar ei dymer. Ni châi'r un plismon tew y gorau arno.

'Anodd 'u cadw nhw'n llonydd, decini? Y dyrna 'na? Gwahanol iawn i 'stalwm. Fe roist ti gweir iawn i 'mrawd hyna i un tro. Fo'n chwara i dîm pêl-droed Ysgol Pontmona a chditha i Ysgol Bryngof.'

'Duw, be oedd 'i enw fo? Ella 'mod i'n 'i gofio fo.'

'Roedd arno ofn mynd i'r dre ar nos Sadwrn ar ôl hynny. Rhag ofn iddo ddod ar dy draws di eto a chditha yn dy gwrw.'

'Rwyt ti'n gwneud i'r lle 'ma swnio fatha'r blydi *Wild West*,' ebe Gwern yn annifyr. 'Ar y cae 'i hun oedd y rhan fwya o'r cwffio'n digwydd, os cofia i'n iawn. Toedd 'na ryw hen ddigofaint pêl-droed rhwng y ddwy ysgol? Hen hanes erbyn hyn! A chofia i ddim i neb gael unrhyw niwed o werth, er yr holl fygwth a bytheirio. Athrawon y ddwy ysgol oedd ar fai, siŵr iawn. Rhyw hen draddodiad gwirion a ninnau'r plant yn cael 'yn defnyddio yn 'u gwenwyn gwirion nhw. Ac wrth gwrs fod yna waldio yn y dre ar nos Sadwrn. Cwrw a llancia sychedig yn cwrdd i greu cythreuldeb. Hen, hen dwrw sy'n codi i'r wyneb o'r newydd ym mhob cenhedlaeth. Lle ddiawl wyt ti'n byw, dywed?'

'Hen sgarmes front oedd hi. Y gweir honno roist ti i 'mrawd. Bu ond y dim i Mam fynd at yr heddlu. Gormod o gwilydd ar 'y mrawd, yli! Dyna d'achubodd di. Hwnnw'n erfyn ar Mam i adael llonydd.'

'Duw! Chwara plant oedd peth felly. Rhaid fod 'na bron i ddeng mlynedd ar hugain wedi troi.'

'A bellach, dyma ti yn y cop siop i weld dy fab yn cael ei gyhuddo o ddwyn. Cot ddrud amdanat ti, rhag yr oerfel oddi allan. A swydd barchus efo'r cyngor i fynd iddi eto fory. Fuodd 'na ddim ewythr iti'n gynghorydd ar un adeg, d'wad?'

44

'Does neb yn dal i gofio'r petha 'ma. Nid y manylion, p'run bynnag. Mae 'na ormod o amser wedi mynd heibio,' ceisiodd Gwern ddarbwyllo'r dyn yn ei dwpdra. Oddi mewn, roedd yn dal yn gynddeiriog. Ond claddodd ei ddwylo o'r golwg ym mhocedi'r got ddrud a oedd yn gymaint maen tramgwydd i'r heddwas.

'Dyna lle wyt ti'n 'i methu hi, yli. Mae 'na rai yn cofio. Peth rhyfadd ydy cof da,' ebe'r plismon yn dawel. 'Peth pwysig yn y job hon. Peth peryg'.'

Edrychodd Gwern arno'n hurt. A chlywodd hen lechen yn rhywle yn cael ei golchi'n lân.

Deuai mwg du i lygaid a ffroenau Miri. Mwg o dân bychan a fudlosgai yng ngardd cymdogion cyfagos. Sbwriel a gâi ei losgi. Saeson oedd y cymdogion.

Mynnodd Miri ddal ei thir, wrth barhau i eistedd ar y wal fechan a wahanai llwybr cefn y tŷ oddi wrth yr ardd. Roedd y briciau garw'n brathu ei chnawd ac yn oer o dan ei phen-ôl. Ond da o beth ei bod hi yno, serch hynny. Y wal honno. Hebddi, fyddai'r annibendod yng ngardd ei mam wedi bod fawr o dro'n ymledu at ddrws y cefn. Roedd annibendod bob amser wrth ei fodd gyda rhyw antur felly.

Ac roedd 'na Saeson ym mhobman y dyddiau hyn. Hwythau hefyd yn ymledu. Eu hanialwch dan draed. Ac yn y gwynt. Dieithriaid oedd llawer o gymdogion ei mam. Pawb yn gymdogion i'w gilydd. A phawb yn bobl ddŵad yr un pryd. Dyna pam nad aeth Miri am dro wedi'r cwbl.

Chwarae'n saff oedd orau! Eistedd ar y wal yn sipian mẁg o de. Awr neu ddwy ynghynt daethai ar draws celc ei mam o'r poteli gwirodydd a *liqueurs* y byddai honno bob amser yn dod â chymaint ag y medrai ohonynt yn ôl gyda hi o wyliau tramor, ond penderfynu ymwrthod â'r demtasiwn ddaru Miri yn y diwedd. Rhewyd hi'n barod gan newyddion y dydd ac roedd yr angau eisoes wedi chwistrellu rhyw anesthetig trwy ei gwaed. Dyma beth oedd galar, mae'n rhaid! Ei thin wedi fferru. Ei meddyliau'n gorn. A'i thrwyn wedi sychu'n grimp yn y drewdod.

Y cof oedd waethaf, tybiodd. Neu'r cof oedd orau? Roedd Miri'n lled ansicr ar y pwynt. Llithrodd ei llaw rhwng cyffyrddiad croen cyfarwydd yn y nos ac amdo. Cefn Gwern yn codi a disgyn wrth iddo gysgu, rhwng chwyrnu a chwarae, oedd y cyffyrddiad cyfarwydd.

Wyneb gwelw ei mam yn gorwedd ar y llwybr gerllaw oedd yr angau oer o dan y lliain main. Dychymyg pur, wrth gwrs. Y ddelwedd wyrdroëdig honno. Gorweddai gweddillion ei mam mewn tŷ hebrwng. Yn llonydd. Yn urddasol o'r diwedd.

Roedd disgwyl i bob merch gofio'i phrofiad cyntaf. O ryw, hynny yw. Nid angau. Yn sydyn, dryswyd y grymoedd ynghyd a chwarddodd Miri'n uchel. Chwilio am gysur ymysg yr atgofion fu ei bwriad. Dyna oedd ei chamgymeriad. Dyna pam y daeth hi o hyd i Gwern pan oedd hi'n chwilio am ei mam.

Gwneud yn siŵr fod y cof yn cofrestru. Dyna oedd cyfrinach Gwern, barnodd Miri. Dyna pam fod trais yn ffordd mor greulon o golli gwyryfdod. Wrth gwrs! Roedd y cyfan mor syml. Ei orchest, yn bendifaddau, fu gwneud cystal gwaith o sodro'r gwewyr yn ei chof.

Tybed sut brofiad cyntaf gariai Mari yn ei chof hi, pendronodd wedyn? Roedd mam i bob merch. A digon naturiol oedd meddwl am y pethau hyn. Ond nid oedd erioed wedi meithrin perthynas ddigon agored gyda Mari i'r naill allu ymddiried pethau felly i'r llall. (Dyna pam nad oedd hi wedi gallu datgelu popeth wrthi yn y garafán, er gwaethaf ei bwriadau da.) Ar ôl ei thywys trwy ddirgelion y misglwyf, roedd Miri wedi ymddihatru o bob cyfrifoldeb. Mor wahanol i rai mamau! Mor wahanol i'w mam ei hun, a oedd wedi holi'n daer am bob datblygiad yn nyddiau canlyn Gwern a hithau. Ond peidio â rhannu cyfrinachau fu'r arfer rhwng Mari a hithau. Arfer. Nid rheol. Nid mater o egwyddor. Dim ond y ffordd y datblygodd pethau rhyngddynt. Ai ar Gwern yr oedd y bai am hynny hefyd? Amheuai Miri hynny weithiau.

Gwaethygodd y drewdod pygddu o'i chwmpas. Gafaelai fwyfwy yn y gwynt a chlywai Miri lais ei mân ochneidiau'n troi'n gryg wrth iddi nosi.

Roedd hi'n ei garu, wrth gwrs. Yn dal i'w garu. Dyna oedd yn gwneud dial mor anodd. A chasineb mor rhwydd. Neidiodd oddi ar y wal a lluchiodd weddillion y te ar y drain.

Dim ond chwilfrydedd penchwiban a'i denodd ato i ddechrau. Dilyn y dorf i raddau. Dim byd mwy neilltuol na hynny. Dim angerdd. Dim mopio go iawn. Dim ond mymryn o ddiddordeb. Onid Gwern Jones oedd arwr yr ysgol? Yr un y cyfeiriai'r prifathro ato bob yn ail fore o lwyfan yr *assembly* yn sgil rhyw lwyddiant neu fuddugoliaeth neu glod? Roedd hyd yn oed Miss Lloyd-Pugh, yr athrawes Gymraeg, wedi caru Gwern—ac un enwog am na charodd neb erioed oedd

46

honno; hen ferch gysetlyd a gadwai i'w chornel ei hun mewn bywyd, hyd yn oed yn ystafell yr athrawon. Ond gwyddai pawb o Ddosbarth Tri ymlaen am ei gwendid am Gwern. Ef oedd yr unig egin-fardd ymysg ei disgyblion. Enillai ambell wobr eisteddfodol. Yn achlysurol. Yn awr ac yn y man. Yn y dosbarth, câi'r marciau uchaf am draethodau a châi ddod i'r blaen i sefyll yn ei hymyl a darllen ei greadigaethau ar goedd.

Ac yntau'n fab fferm cydnerth o un o hen deuluoedd cefn gwlad Arfon, roedd Gwern yn cynrychioli popeth yr oedd Miss Lloyd-Pugh wedi ei ddymuno erioed. Yr arwr y bu hi'n dyheu amdano yn ei hieuenctid. Yr un y bu'n disgwyl iddo ddod i'w chyrchu ar ei farch chwim. Yr un na ddaeth.

Mor greulon fu hi a'i chyfoedion, meddyliodd Miri! Yn gwatwar gwiriondeb diniwed hen ferch mewn ffordd mor ddidrugaredd. Gwridodd wrth gofio. Ac aeth i'r tŷ o gywilydd. Yr un gegin henffasiwn yn ei hwynebu. Yr un y bu ei mam yn bygwth ei thynnu allan ers blynyddoedd. Roedd hi yno o hyd.

Marw ddaru Lydia Lloyd-Pugh, a hynny flynyddoedd maith yn ôl. Cofiai Miri'r deyrnged yn y papur bro. Geiriau glân a theilwng am hen athrawes Gymraeg a roddasai ei threiglad olaf. Beth affliw ddaeth trosti i gofio am honno? Heno, o bob noson! Roedd ganddi rywun amgenach i'w dwyn ar gof. I alaru trosti. Roedd ganddi fam i'w chladdu. I'w hailorseddu'n anrhydeddus yn nhrefn pethau.

Bolltiodd Miri ddrws y cefn.

Maes o law, roedd hi wedi talu'n ddrud am ei 'chwilfrydedd penchwiban'. Talu'n ddrud mewn modd na thalodd Miss Lloyd-Pugh erioed. Tybed a oedd honno wedi gwneud cymaint â chusanu dyn yn iawn erioed? Fel yr oedd hi a Gwern wedi ymarfer cusanu ym more oes? Profiad budr, gwynfydedig. I'w ymarfer drosodd a thro. Er mwyn ei gael yn iawn. Er mwyn mwynhau'r blas. A gweld pa mor chwim y gallai tafod fod pan nad oedd yn traethu.

Bu hithau lawn mor frwdfrydig ag yntau, ond unwaith yn unig y trawodd yn ei phen i drio'r arbrawf gyda rhywun arall. Hogyn main o'r dref a ganai yn yr un côr cymysg â hi oedd hwnnw. Un noson, fe arhosodd y ddau ar ôl yr ymarfer . . . i ymarfer. Clywodd cyn yr ymarfer nesaf i'r creadur gael ei leinio gan Gwern ar ôl i rai o'r merched eraill wneud yn siŵr fod hwnnw'n cael clywed am y digwyddiad. (Roedd mwy nag un bitsh sbeitlyd yn y côr hwnnw, fel pob côr arall y bu hi'n aelod ohono erioed.) Osgôdd yr hogyn arall hi ar ôl hynny ac nid oedd Gwern wedi yngan gair o'i geg ar y pwnc hyd y dydd heddiw.

Wrth edrych yn ôl, nid oedd dim wedi bod yn gyffredin rhyngddynt, meddyliodd Miri. Hi a Gwern. Ni fu ganddi erioed yr un iot o ddiddordeb mewn bocsio ac roedd hi wedi gwrthod mynd i weld yr un o'i ornestau drwy gydol blynyddoedd y chwiw honno. Nid oedd wedi deall ei gerddi, ychwaith, er ei bod hi, o leiaf, wedi bod yn barod i'w darllen. Ac ni fu ganddi fferm, na'r un etifeddiaeth arall, i rygnu yn ei chylch yn dragywydd.

Ac yna gwawriodd arni gyda gorfoledd fod ganddi etifeddiaeth o'r diwedd. O'r diwrnod hwn ymlaen, yn wir. Roedd ganddi dŷ. Y tŷ yr oedd hi ynddo'r foment hon. Y tŷ a brynodd ei mam. Rhaid mai hyhi a'i piau nawr. Roedd ganddi ryw lun ar etifeddiaeth. O'r diwedd.

Fe fu'r plant ganddi cyn hyn, wrth gwrs. Gwyddai fod disgwyl iddi edrych ar ei hepil fel etifeddion. Yn rhan annatod o'r dreftadaeth. Ond roedd plant yn fwy o gambl nag o fuddsoddiad. Onid oedd hyd yn oed Gwern, er yr holl ddotio a fu arno, wedi llwyddo i siomi ei rieni? Pan wrthododd ymgymryd â'r fferm ar ôl graddio, a dewis swydd naw tan bump yn y dref yn ei lle, bu'n ergyd o fath. I'w fam yn bennaf. Ond llwyddo i swyno pawb gyda'i rethreg a wnaeth yn y diwedd. Fel arfer. Ac o leiaf fe fu Gwydion, ei frawd bach, yn ddiolchgar iddo. Cafodd hwnnw rwydd hynt i ddilyn ei ddiléit yn ddidramgwydd. Aeth y blynyddoedd heibio ac erbyn hyn roedd pawb yn gytûn mai Gwern oedd yn iawn drwy'r cwbl. Fel arfer.

Ond doedd hi ddim yn iawn. Roedd hi ymhell o fod yn iawn. Isho cofio oedd hi. Heno. Cofio'i mam. Heno, o bob noson dan haul, roedd hi am gofio'i mam. Ond mynnai Gwern a'i deulu a'i dwyll a'i dafod dorri ar draws y dymuniad.

Nid oedd wedi gofyn gair am ei dymuniad hi. *Pam na wnawn ni? Beth am? 'Sgen ti ffansi?* Dim gair. Dim hyd yn oed y geiriau bach lletchwith a fyddai rhyngddynt yn bymtheg oed.

Tynnodd sgarff ei mam yn dynn o dan ei gwddf, fel petai hi'n cellwair crogi. Yr oedd rhyw yn fath o ddienyddiad. Iddi hi. Byth oddi ar y diwrnod hwnnw. Pan roddwyd diwedd didostur ar y swchlyo egnïol a'r swmpo anturus trwy drwch dillad.

Gosodwyd llun o'i thad mewn ffrâm rad ar ben y lle tân, ochr yn ochr â cherdyn post o ynys bellennig. Tybed pwy ddanfonodd hwnnw at ei mam? Roedd gwylan wedi dod o rywle i grawcian yn greulon trwy gydol y munudau hynny o drais yng Nghae Tan Rhyd. Ni allai

Miri gofio a oedd y glaswellt yn wlyb. Neu'n wyrdd? Neu'n felyn? Neu'n crafu? Rhaid ei fod yn gras a braidd yn felyn yn yr haf sych hwnnw, ymresymodd. Dyna pam i gymaint ohono lynu yn ei dillad. Y dillad a losgwyd yn yr union le tân hwn. Pan oedd yno dân go iawn. Nid nwy.

Rhaid ei bod hi ar ei hysgwydd, yr wylan honno. Ond go brin fod hynny'n bosibl. Nid a hithau ar wastad ei chefn yn brwydro bob cam o'r daith. Brwydro am wynt. Brwydro am ryddid. Brwydro am yr hawl i gadw blew ei ffwrch yn sych.

Ymhell o'i chynefin yr oedd hi. Yr wylan honno. Ar goll, efallai. Ond gwrthododd Miri roi fawr o goel ar hynny. Wedi dod yn unswydd i weld y goncwest yr oedd hi. Hen dderyn barus am boen. A hithau, Miri, yn sglyfaeth digon cyfleus i fwydo'r blys. Hyhi a Gwern. Yn dod â chreulondeb y môr i erw fach o dir. Digon i wneud i wylan wenu.

A wnâi o mo'i chusanu. Nid oedd hi wedi meddwl am hynny ers blynyddoedd, ond gwyddai fod yr atgof yn gywir. Ac ar y diwedd, fe dynnodd ohoni'n dyner. Ie! Yn dyner.

'Yn dyner, ddeudish i!'

Doedd fiw iddi ddweud celwydd. Roedd y drwg ei hun yn ddigon drwg. Yn ddigon drwg i'w hatal rhag gwneud dim yn waeth nag ydoedd mewn gwirionedd.

Eisteddodd. A chyrcydodd yn y sedd yn amddiffynnol. Ei gwefusau'n ceisio ffurfio geiriau. Yn ymbalfalu am ffurf sws. Un bach. Un egwan. Un mwyn. Er mwyn . . . Er mwyn dweud cariad, pwt neu flodyn. Cofiai Miri i'r byw. Cofiai'r crefu a fu. Yn ddistaw, argyfyngus o'i mewn. Ond ni fu cusan rhyngddynt y prynhawn hwnnw. Rhyfedd! Ar ôl yr holl ymarfer! Dim ond llygaid na fynnent weld. Ac encilio sydyn. Teimlodd ei dynerwch wrth iddo dynnu'n ôl. Yn ddrych i ryw drugaredd amwys. Un llithriad bach tawel wedi'r trais. Ac yna, roedd yn ôl ar ei draed, gan droi'i gefn arni, chwarae efo blaen ei bidlen a thynnu'i drôns i fyny dros ei din, oll mewn un symudiad. Yn osgeiddig o greulon, fel gwylan sy'n hofran dros wyneb y môr.

Dal i orwedd yno wnâi Miri. Yn rhegi'r ddaear am ei chaledwch. Yn sibrwd ei enw trwy'r dagrau. Yn crefu un gusan fach. Un tynerwch wedi'r arswyd. Ond onid oedd hi, yn yr eiliadau hynny, wedi dysgu'r wers gyntaf am drugareddau Gwern? Pethau bychain, gwydn, byr eu gwefr oeddynt. Yn galed fel haearn ac yn ffrwydro'n deilchion mân oddi mewn. (Doedd ryfedd yn y byd gan Miri mai dyn ddyfeisiodd fwledi. Toedden nhw'n union fel caredigrwydd dynion? Llond dwrn o wydnwch yn mynnu mynediad. Gwaed a thrallod ar eu hôl. Fe'u crewyd i edrych yn dda mewn ffilmiau.)

Gwadwyd i Miri ei dogn o drugaredd. Ni chafodd yr un gusan yng Nghae Tan Rhyd. Fe dorrwyd y garw. Ond ni thorrwyd yr un gair. Cerddodd Gwern ymaith nerth ei draed. A'r unig dyst i'w drais yn dal i grechwenu arnynt yn yr wybren fry uwchben.

Ni throes yn ôl i edrych arni. Ni waeddodd yr un cyfarchiad cariadus o ben pellaf y cae. Y cyfan a gofiai Miri oedd cotwm gwyn ei grys T yn smotyn ansefydlog yn y tes. A hwnnw hefyd, yn ei dro, yn diflannu o'i golwg, gan adael dim ond grym ei gyffyrddiad ar ei bysedd. A sawr y chwennych yn ei ffroen.

Wylodd. Ar hen gadair. Ar hen aelwyd.

Un cymwynasgar oedd ei gŵr. Un cymdogol. Un parod iawn ei garedigrwydd. Dyn clên yr oedd pawb yn barod i ddweud gair da amdano. Am iddo unwaith fynd allan yng nghanol eira mawr i dorri coed tân i hen wreigan. A newid olwyn car rhyw hoeden slic yn ymyl lôn. A llwyth o radlondeb tebyg. Siawns nad oedd hynny i fod yn ddigon. Yng ngŵydd y byd, mae'n siŵr ei fod. Ond nid i Miri. Iddi hi, roedd oes o gyd-fyw yn crawcian i'r gwrthwyneb.

Oes o garu tu chwith. Heb fam i redeg ati am ymgeledd. Heb fam! O'r diwedd, daeth Miri'n ôl at hynny. Yn ôl go iawn. Adref. At farwolaeth ei mam. Ei chyflwr sobor hi ei hun. A drygsawr coelcerth cymdogion yn eu gardd. Honno fel arogldarth dros yr ymadawedig. Yn daer yn ei drewdod.

Mynnu cael dod i mewn wnâi gwynt y meirw. I glwydo ar ei aelwyd ei hun. Nid oedd Miri am feddwi. Na chysgu. Na maddau. Roedd ei mam wedi marw.

Cyhuddiad o ddwyn a ddygwyd yn erbyn ei fab. Ergyd egr arall. Blwyddyn anffodus felly oedd hi i fod, mae'n rhaid, tybiodd Gwern. Ei berthynas â Gwawr yn chwilfriw. Miri'n cael pwl o'r gynddaredd a'i adael. A rŵan, heddiw. Gweld colli ei fam-yng-nghyfraith, a'i fab yng nghrafangau'r heddlu.

Rhegodd a thyngodd ei ffordd o orsaf yr heddlu yn ôl i'r tŷ. Ar ei ben ei hun y teithiai, gan i Siôn gael y gorau arno'n lân ar ôl cael ei ryddhau a mynnu cerdded draw i gartref Gillian.

'Ond fydd honno ddim am 'i weld o, fe fentra i swllt! Nid yr adeg yma o'r nos,' barnodd, wrth egluro'r sefyllfa i Mari ar ôl cyrraedd adref. 'A hyd yn oed os ydy'r beth fach wirion wedi mopio cymaint ar macnabs ag y mae o arni hi, dw i'n ama fydd 'i mam hi'n gweld petha llawn mor rhamantus. Fe dri-ish i ddeud wrth yr hogyn, ond gwbod yn well mae o bob tro.'

'Fel y byddwn inna bob amsar yn gwbod yn well, erstalwm,' cynigiodd Mari'n dawel. Ar fin troi am ei gwely yr oedd hi pan ddaeth ei thad trwy ddrws y cefn o'r garej. Petai'r llefrith yn y sosban ar y stof wedi dod i'r berw ynghynt, byddai hi a'i choco wedi clwydo eisoes. Ond cael ei dal yng ngwe Siôn a'i stori ddaru hi am rai munudau eto. Ei thad yn amlwg wedi'i gyffroi. A hithau'n dyheu'n hunanol am foethusrwydd ei gwely ei hun drachefn. Y gwely lle y bu hi'n hogan fach. Lle y clywodd gyntaf erioed am gestyll, tylwyth teg a chewri. Y gwely lle'r oedd lle i droi. A lle'r oedd breuddwydion yn bosibl.

'Ia, mwn.' Atebodd ei thad heb feddwl ddwywaith, ond o ystyried, ni allai gofio manylion yr un gweryl gyda Mari. Gwyddai eu bod nhw wedi cecru. Fod y geiriau croes wedi eu hynganu. Fod yr aelwyd wedi troi'n arena. Y llymru'n wenwyn. Y cartref yn gad. Ond ni allai yn ei fyw gofio amgylchiadau'r un ymryson. Dim ond yr annifyrrwch a arhosai'n fyw yn ei feddwl. Yr annifyrrwch o godi plant mewn oes a roddai gynifer o hawliau iddynt, ond cyn lleied o bwys arnynt.

''Dach chi isho peth, Dad?' cynigiodd Mari, gan godi'r tun coco oddi ar y bwrdd.

'Na, dim diolch iti. Mi fedra i gysgu'n ddidrafferth ers pan own i'n ddim o beth. Ac mi fedra i wneud hynny hyd yn oed rŵan, heb dy fam yn f'ymyl i.'

Roedd hynny'n ddigon gwir. Beunos, yn ddi-feth, ni châi Gwern drafferth yn y byd i feddiannu'i wâl a syrthio i drymgwsg. Heb Miri, gallai ledaenu ei gorff ar hyd yr eangderau ac ymestyn ei ymennydd fel lliain gwyn ar draws ei gydwybod. Yn ddigywilydd o ddigywilydd.

'Tebyg i dy fam wyt ti, hefyd, Mari,' ebe wedyn, gan ddylyfu gên. 'Rwyt ti'n mynd yn debycach iddi bob dydd.'

''Dach chi'n meddwl? Dyna ddeudodd Rhein hefyd, yn rhyfadd iawn.'

'Y ffordd ddaru ti dywallt y llefrith 'na rŵan a throi'r powdwr yr un pryd. Jest fatha dy fam!'

'Mae'n braf cael lle i dywallt yn hwylus. Tipyn o dwll ydy'r garafán 'na a deud y gwir.'

'Fe ddeudish i hynny wrthat ti pan est ti i fyw at y cr'adur.'

'Fasa gynnoch chi ddim gwahaniaeth taswn i'n cymryd 'yn amsar cyn mynd yn ôl yno? Dw i'n meddwl yr arhosa i yma am wythnos neu ddwy ar ôl y c'nebrwng. Efo chi. A Mam, os daw hi'n ôl.'

'Wrth gwrs, Mari. Dyma dy gartra di. Mi faswn i wrth 'y modd.'

Wrth i Mari roi'r sosban wag o dan y tap, fe dasgodd dŵr ar hyd llawes y siwmper laes a wisgai, gan ei gorfodi i symud y fraich o'r ffordd cyn gwlychu rhagor. Syrthiodd y sosban i'r sinc yn stwrllyd.

'Dillad dy fam s'gen ti amdanat!' Roedd arlliw cwestiwn ar lais Gwern wrth yngan y ffaith. Newydd sylwi yr oedd fod Mari mewn dillad del, benywaidd yr olwg, yn lle ei charpiau arferol. A newidiodd ei gân ar amrantiad. Disgynnodd allweddi'r car, y bu'n eu magu yn ei ddwrn, i ben y bwrdd. Yn sŵn ar ben sŵn. Siom ar ben siom.

'Fasa dim ots gen Mam . . .'

'Nid dyna'r pwynt. Mae ots gen i.'

'Dim ond sarnu mymryn o ddŵr wnesh i, Dad.'

'Nid dy fam wyt ti,' arthiodd Gwern. 'Paid â chymryd yn dy ben fod gen ti obaith caneri o ddod yn ôl fan'ma i gymryd lle dy fam . . .'

'Tydw i ddim . . .'

'Achos lle dy fam ydy lle dy fam. A dyma'i lle hi. 'Nôl fan'ma. Efo fi. Wyt ti'n dallt? All neb gymryd lle dy fam. Dyma lle mae hi i fod. Yma. Yn wraig i mi. A dyma lle fydd hi hefyd, gei di weld. Waeth gen i ydy hi'n sylweddoli hynny ar y foment ai peidio. Ond cystal i ti ddallt hynny rŵan ddim.' Ailgydiodd yn allweddi'r car a'u mwytho'n fygythiol rhwng ei fysedd wrth droi ar ei sawdl.

Gwnaeth y cadernid yn llais ei thad i Mari sylweddoli o'r newydd gymaint yr oedd hi'n ei garu. Gymaint yr oedd hi wedi ei golli dros y misoedd diwethaf. Wrth iddi sefyll yn stond a syllu arno'n tynnu'r drws a arweiniai i'r cyntedd ar ei ôl, gwyddai y byddai'n rhaid iddi ymweld â'r garafán unwaith eto. I nôl ei phethau.

Yn uffern, yn ôl y sôn, doedd 'na neb yn clywed sgrech enbydrwydd yr unigolyn. Y ffaith fod pawb arall yn sgrechian hefyd, yn artaith eu dioddefaint eu hunain, oedd i gyfrif am hynny, mae'n debyg, tybiodd Siôn. Nid diffyg pobl oedd i gyfrif am y diffyg gwrandawyr, siawns. Go brin fod hynny'n bosibl. O'r holl leoedd yn y greadigaeth lle nad oedd disgwyl i ddiboblogi fod yn broblem, uffern oedd y mwyaf annhebygol ohonynt i gyd.

'Pum munud bach yn unig,' oedd geiriau Mrs Johnson. 'Rhaid i chi gofio fod ysgol gan Gillian yfory. A chithau Siôn. Ac mae'ch mam a'ch tad yn disgwyl ichi wneud yn dda, rydw i'n gwybod.'

Prin oedd Cymraeg mam Gillian. Prinnach o lawer nag eiddo Gillian ei hun. Ond gwisgai grychau ei hwyneb gyda balchder ac addurniadau rhad o gylch ei gwddf a'i garddyrnau gyda steil. Roedd llawer i'w ddweud o'i phlaid. Serch hynny, ni allai Siôn ddirnad beth yn union a welai Eirwyn Coed ynddi. Ond mewn rhyw ffordd fach wyrdroëdig, roedd rhuthro'n sydyn trwy'r posibiliadau yn rhan o swyn ei ymweliadau â chartref Gillian. Hyd yn oed heno, pan oedd adrodd hanes y ddrama fechan a dynnodd ar ei ben wedi rhoi rhyw ferw anghyffredin yn y pum munud a ddognwyd iddo, roedd amser i un egwyl fer o ddyfalu.

'Pam na cha i aros efo chdi heno?' roedd Siôn wedi swnian wrth i'r amser ddod i ben.

'Mi fydda Mam yn cael ffit. Dyw hi ddim hyd yn oed yn benwythnos.'

'Ond mae hi ac Eirwyn yn cysgu efo'i gilydd . . . Sul, gŵyl a gwaith. A tydyn nhw ddim yn briod. Ddim efo'i gilydd, p'run bynnag.'

'Dydy Mam ddim mor rhyddfrydig â dy rieni di. A sut bynnag, dydw i ddim isho cysgu efo ti heno. Nid jest Mam sydd ar fai. Bydd raid iti fynd.'

'Problem fawr ydy gorfod dygymod â rhieni anodd, yntê?'

'Problem fawr iawn,' cytunodd Gillian yn smala.

'Ond ddaru ti ddim diodda gymaint â hynny pan aeth dy dad. Ddaru ti erioed ddwyn pâr o dreinars.'

'Dyna pam ddaru ti'i wneud o?' holodd Gillian, gydag ôl ychydig mwy o ddiddordeb yn ei llais. 'Am fod dy fam wedi gadael dy dad?'

'Rown i am gael 'y nal,' eglurodd Siôn. 'Fe sefish i am oesoedd ar lawr y siop 'na, yn y gobaith y basa rhywun wedi sylwi 'mod i'n actio'n od. Mae'r staff yn y llefydd 'ma mor slo . . .'

'Bryd ichdi fynd rŵan, Siôn. Gen ti gartra i fynd iddo ac ma' pawb yn fan'ma'n barod am 'u gwlâu.' Daethai Eirwyn trwy ddrws y lolfa ffrynt yn ddi-gnoc a diwahoddiad. Croesawyd ei ddyfodiad gan Gillian, a synhwyrwyd hynny gan Siôn. Roedd hi wedi codi ar ei thraed yn syth a chan nad oedd Siôn am greu anesmwythyd rhyngddo a Gillian—ac yn sicr nid oedd am ddal pen rheswm ag Eirwyn Coed— roedd wedi dod i'r casgliad bryd hynny mai ei throi hi fyddai orau.

Diolchodd am y te a'r croeso.

Allan yn y cyntedd cyfyng, roedd mam y ferch wedi llithro i gesail ei chariad. Roedd y ddau wedi sefyll wrth ddrws y ffrynt i ffarwelio'n siriol ag ef ac roedd Siôn yn falch o allu nodi'r sirioldeb. Y Saesnes ganol oed a'i chorgi bach Cymreig. Y feistres estron a'r ci a gadwai i gyfarth trosti. Tybed pa un oedd yr estron mewn gwirionedd? Liz Johnson—Mrs. Gwraig briod odinebus o anialwch y Midlands yn rhywle. Ei ffrog laes yn cuddio'i heiddilwch. Ac Eirwyn Jones— Eirwyn Coed i'w gydnabod. Hen lanc o fro'r fforestydd. Llifiwr o fri. A'i ysgwyddau cyn braffed â dau foncyff.

Wrth gerdded adref igam-ogam ar draws y dref, gwnaeth Siôn yn siŵr ei fod yn cofnodi'r darlun hwnnw yn gywir yn ei gof. Yn icon o rywioldeb pobl hŷn. Ei braich hi am ei ganol ef. Ei fraich ef dros ei hysgwyddau hithau. A'r ddwy fraich rydd yn canu'n iach iddo ef. O gyntedd eu cariad. O gyntedd eu tŷ. Y Cymro rhonc a'r Saesnes soffistigedig. Hi oedd mam y ferch yr oedd yn ei hadnabod orau yn y byd i gyd. Yr unig ffrind agos a feddai. Mam honno oedd arglwyddes yr aelwyd yr oedd ef newydd gael ei daflu ohoni. Hyhi a'i chariad oedd y ddau yn y darlun. Yn glên tra ar yr un pryd yn cogio bod braidd yn flin. Yn chwerthin fymryn ar ei ben.

Ni welai Siôn fai arnynt, o feddwl yn ddoethach. Breuddwyd gwrach fu tybio y câi gysgu gyda Gillian heno. Cystwyodd ei hun am fod mor dwp. Am fod mor amlwg o drachwantus. Wedi'r cwbl, roeddynt eisoes wedi cyplu. Gillian ac yntau. Ddwywaith i fod yn fanwl. Unwaith i dorri'r garw. Ac eilwaith i weld a oedd y wyrth rywfaint rhyfeddach heb effaith diod. Unwaith gyda chondom. Ac unwaith heb.

Cael cysgu'r nos a deffro'r bore yn ei chwmni oedd y wefr nesaf i'w chyrchu, ymresymai Siôn. Toedd hi'n gêm dda? Pawb yn ennill rhywbeth ar ddiwedd pob rownd. A phawb yn cael symud ymlaen at wobr well bob tro.

Hogan gall oedd Gillian hefyd, yn y bôn. Arafodd Siôn ei gamre, er mwyn gohirio cyrraedd adref. Er mwyn cael ail-fyw'r atgof. Yr un a ddaethai'n ffres i'w ran rai munudau ynghynt. Roedd hi wedi sefyll ar ris isaf y grisiau. Yn union y tu cefn i'w mam ac Eirwyn Coed. Ei llaw yn chwifio ato'n chwareus a'i cheg yn gweiddi arno i frysio adref. Y golau trydan gwan o'r nenfwd yn fylb noeth uwchben. I greu gwawl o'i chwmpas. A gwneud iddi edrych fel angel yn union. Un ifanc, sionc. Y teip sy'n codi llaw a gwenu.

Nid oedd Siôn am ufuddhau i'w geiriau, ond roedd am drysori'r ddelwedd.

A dyna pam ei fod am sgrechian yn y nos. Er mwyn i rywrai glywed. A chael eu deffro. A chael eu gorfodi i rannu ei rwystredigaethau. Roedd hi'n uffern arno. A byddai'n rhaid iddo wynebu ei dad drachefn cyn y câi gysgu. Nid oedd wedi anghofio hynny, ychwaith. Dim ond y dechrau oedd hyn.

Rhoes sgrech go iawn. Dim ond un, yn sydyn a siarp. I ddiasbedain trwy'r tai. I ddeffro unrhyw feirw a ddigwyddai gysgu o fewn clyw.

Teimlai'n well wedyn. A chwibanodd weddill y daith. Yn hapus o wybod nad oedd neb i'w glywed.

Rhan 2

BWRW'R SUL

(saith mis yn ddiweddarach)

Pe tynnid delw o'r lleuad a'i dodi'n dwt ar nenfwd seler ddyfnaf y tŷ tywyllaf yn y bydysawd, byddai Gwawr yn dal yn effro. Anhunedd oedd ei chynefin. Yn y cyflwr hwn y trigai. Yn y seler hon y treuliai ei dyddiau. Düwch yng nghrombil ei hanobaith. Lle a alwai'n gartref.

Yr unig gysur o drigo yn y cyfeiriad anffasiynol hwn oedd ei fod yn agos at y seiliau. Wrth wraidd pethau. A bod arno flas y pridd.

Ond nid oedd clyfrwch priod-ddulliau yn gysur o fath yn y byd i Gwawr. Gwacter yn diasbedain oedd sŵn geiriau bellach. Fel y can Pepsi a glywai'n cael ei gicio ar hyd gwter y stryd oddi allan. I'w deffro drachefn. Ac i'w chadw'n effro.

Tri o'r gloch y bore! Roedd hi'n berfeddion nos. Pam fod bywydau cynifer o bobl mor amddifad o bob sylwedd? holodd ei hun, heb chwennych ateb mewn gwirionedd. Cic. Sŵn cic. Ac atsain cic. O un pen i'r stryd i'r llall. Lledr yn erbyn metal. Metal yn erbyn cerrig. Dyna'r gadwyn o dwrw a sarnodd ei chwsg. Ond wrth iddi ddeffro'n swrth, lledu ei breichiau ac estyn am ei gŵn wisgo'n edliwgar, haws o lawer ganddi oedd rhoi'r bai ar Gwern.

Wedi'r cyfan, ef oedd ar fai am bopeth arall. Oherwydd maint ei chariad tuag ato, nid oedd dial yn bosibl. Dim ond dannod. Er iddi gynllwynio pob math o falldod ar ei gyfer dros y misoedd a oedd newydd fynd heibio, gorwedd yn segur mewn rhyw gornel dywyll fu tynged pob gwenwyn.

Cydiodd ym mraich y ffôn, fel petai'n gafael ym mraich hen ffrind. Heb gynnau'r golau, gallai alw un o'r llinellau hynny a ddechreuai â 0898. 'Un tro' oedd man cychwyn pob stori dda o hyd. Ond dan lun y lloer roedd arwyr golygus yn gwneud pob math o gymwynasau anllad â'r morynion. Ac nid oedd y morynion bob amser yn gymaint o forynion ag y tybiech chi. Ac mewn lleisiau ffug sebonllyd, ceid hanes ffwrch ar ôl ffwrch a chnuch ar ôl cnuch. A weithiau, âi'r stori braidd yn salw er mwyn godro ymhellach ar y trythyllwch.

Tynnodd Gwawr y ffôn oddi ar y bwrdd bach, i'w galluogi i orwedd yn ôl ar wastad ei chefn. Un llaw boeth yn dynn am fraich y ffôn a'r llall yn chwarae nad-fi'n-angof mewn gwlybaniaeth.

Un tro, yn ôl y sôn, daethai trydanwr ifanc lysti i floc o fflatiau tal ar gwr y ddinas; un o'r tyrau ffalig rheini sy'n ymestyn fry i grafu pen pellaf y groth a elwir yn fydysawd. Ei waith yno oedd adnewyddu'r gwifrau gan fod deiliaid y fflatiau wedi bod yn cwyno ers meitin nad oedd rhyw lawer o wmff yn eu cysylltiadau trydanol. Yr hyn a ganfu wrth bob drws agored ar ei fore cyntaf ar y job oedd gwragedd bronnog a di-sbarc, nad oeddent wedi cael cyflenwad boddhaol ers blynyddoedd. Dros gyfnod o sawl ymweliad aeth o fflat i fflat, yn unioni'r diffyg gyda'i ddwylo medrus. Gyda gwŷr y gwragedd oll allan yn gweithio, a'r cyfryw wragedd oll yn awchu am gael ailorseddu'r golau llachar yn eu bywydau llwyd, gorchwyl hawdd a phleserus i'r gŵr ifanc oedd gofalu bod cyflenwad egnïol yn cyrraedd pob soced yn yr adeilad. Pawb i gael ei damed. Dyna ei arwyddair.

O dipyn i beth, daeth yr arwr ifanc â goleuni newydd i bob twll a chornel o'r hen adeilad a daeth penllanw'r geiriau mwys pan ddaeth yr hen sbercyn sbwncllyd i gyffiniau'r *penthouse suite*. Yno y trigai Brenhines y Gwyll ac nid oedd honno wedi cael bylb o unrhyw rym i oleuo ei byd ers blynyddoedd. Bu bron i'n harwr, druan, â chwythu ei ffiws yn lân (neu'n frwnt!) wrth wthio mwy o amps i soced yr hen fodan nag oedd yn dda iddi. Doedd dim digon i'w gael i'r hen ast ac yn y diwedd bu'n rhaid i'r dyn ifanc ddianc gyda'i drowsus yn llaes o gylch ei fferau a'i declynnau oll yn llaes a blinedig yn ei ddwylo.

Taflodd Gwawr y ffôn oddi ar y gwely ar ôl darfod. Hen bethau sâl, anghelfydd oedd y storïau ar y llinell honno. Peth prin oedd pornograffi da y dyddiau hyn. Rhyw hen rythu naïf oedd y stwff modern 'ma. Nid dim i gymryd eich amser trosto. Dyheai am gael uniaethu â'r arwresau trwy lafoerio'n werthfawrogol dros wefusau gor-sgleiniog ac ysai am gael gwynto'r lafant a'r melyster rhad a ddrewai wely trythyllwch go iawn.

Wfftiodd y rhwystredigaeth a oedd ynghlwm wrth ryddhad y stori. Roedd ei nos yn drwm dan bwn y persawr hwnnw. Persawr methiant. Persawr pydredd. Llond ffroen o hunanffieiddiwch. Ac nid âi'r cof am hynny byth i gysgu yn ei phen.

Diflannodd y tresmaswr cwsg a fu'n cicio'i ffordd i lawr y lôn. Troes y fflat fach hon y gorfodwyd hi i encilio iddi yn dawel ac unig unwaith eto. Fflat gyfyng, glyd ar lawr cyntaf tŷ teras. Nid seler o gwbl. Dim ond esgus. Dim ond celwydd. Ond wedi'r cwbl, y lloer a reolai ei mis, ei nos a'i phwyll. Ac yn eironig ddigon, pan ildiodd honno ei lle i haul y dydd, fe gysgodd Gwawr fel babi.

'Oni ddylet ti fod yn dy waith 'radeg yma o'r dydd?' holodd Gwern yn gyhuddgar i lawr y ffôn.

'Fedrwn i ddim wynebu'r lle heddiw,' atebodd Gwawr.

'Na. Na sawl heddiw arall, o'r hyn glywish i.'

'Does arna i mo'r help. Dw i'n gwbod 'mod i o'r lle'n amlach nag ydw i yno, ond fedra i ddim cysgu'r nos. Sut wyt ti'n disgwyl imi fod o gwmpas 'y mhetha ar ôl y ffordd ddaru ti 'nhrin i?'

'Tewa, wir!'

'Tasat ti ond yn fodlon trafod y peth efo mi, Gwern. 'Swn i'n teimlo'n well wedyn. Dwyt ti byth yn fodlon siarad efo fi.'

'Be ddiawl wyt ti'n meddwl dw i'n 'i wneud rŵan?'

'Dim ond am imi wneud niwsans ohonaf i fy hun efo'r hogan fach 'na sy'n ateb y ffôn yn ych lle chi.'

Ffromodd Gwern at ei haerllugrwydd a dywedodd wrthi fod yn rhaid iddo fynd.

'Ond beth am siarad go iawn, 'ta? Wyneb yn wyneb. Nid dros y ffôn. Dwyt ti byth yn fodlon deud dim byd ond petha cas wrtha i. A dw i'n haeddu gwell ar ôl popeth roeddan ni'n dau yn 'i olygu i'n gilydd. Dw i wedi colli pob dim o dy blegid di.'

'O'r gora,' ildiodd Gwern yn annisgwyl. 'Ond rhaid ichdi addo na wnei di ddim ffonio'r swyddfa fel hyn byth a beunydd.'

'Beth bynnag ddeudi di, Gwern. Y cyfan dw i isho ydy inni fod yn ffrindia. I ni gael trafod yn gall. Dyna i gyd.'

'Y *Wreckers' Paradise*. Pen pella'r ynys. Hanner awr wedi saith heno.'

'Y *Wreckers' Paradise*?' holodd Gwawr yn amheus. Roedd pendantrwydd Gwern wedi codi braw arni. Digon i dynnu'r melodrama o'i llais.

'Ia. Dyna ddeudish i. Wst ti lle rwy'n feddwl? Y dafarn fodern erchyll 'na sy'n llawn Saeson. Fe fuon ni yno unwaith adeg parti deugain Olwen. Pawb o'r hen griw'n casáu'r lle, er inni wneud noson ddigon difyr ohoni, hefyd, os cofia i'n iawn.'

'Ond mae fan'no mor bell!'

'Wel! Fan'no neu nunlle fydd hi. Wyt ti'n dallt?' ebe Gwern. 'Ac mae gen ti gar i allu cyrraedd yno. A thrwy'r dydd i sobri er mwyn medru'i yrru fo.'

Ar hynny, torrodd Gwern y sgwrs yn fyr, gan wneud dim mwy nag ailgadarnhau'r amser a'r lle. Rhoddodd ganiad sydyn i Mari i adael iddi wybod na fyddai adref yn syth o'r swyddfa ac yna aeth ymlaen â'i waith.

Ni fu'r dagfa dros y bont a groesai o'r tir mawr i'r ynys gynddrwg ag yr oedd Gwern wedi ei hofni. Cyrhaeddodd y dafarn cyn yr amser penodedig. Ond serch hynny, gallai weld fod Gwawr yno o'i flaen. Roedd ei char draw wrth ddrws y cefn. Yn wynebu'r casgenni gweigion.

Gwenodd wrtho'i hun yn fodlon, wrth droi trwyn y cerbyd i gyfeiriad y môr. Diffoddodd yr injan. O'i flaen, roedd yr olygfa odidog dros y bae anghysbell yn cymell loetran. Lliwiau'r gwyll dros y môr yn gwneud iddo edrych fel llond llwy o driogl ar fara menyn. Cymerodd gip yn y drych. Roedd hi'n haeddu cael ei weld ar ei orau!

Daeth o'i gar wrth ei bwysau a chroesi'r maes parcio serth i gyfeiriad yr adeilad.

Gwawr oedd unig gwsmer y bar dienaid. Gallai Gwern ei gweld o gornel ei lygad, yn eistedd ar gadair wiail wrth fwrdd gwydr, draw mewn estyniad gwydrog i'r ystafell fawr agored. Cydnabu ei bodolaeth trwy amneidio'i ben i'w chyfeiriad, cyn canolbwyntio ar ddenu sylw'r barman, a gymerodd oes i roi heibio'i bapur newydd a dod i wneud ei waith.

Ymhen hir a hwyr, swagrodd Gwern draw at Gwawr, a'i beint yn ei law. Roedd ei ddirmyg tuag ati'n amlwg o'i gerddediad a'i wên.

'Fe ddois i o hyd i'r lle'n iawn,' meddai Gwawr yn felys. 'Fuon ni erioed fan'ma o'r blaen, yn naddo? Ddim ar ein pennau'n hunain?'

'Fuon ni erioed yn nunlle ar ein pennau'n hunain,' atebodd Gwern. 'Nunlle cyhoeddus, p'run bynnag. Nid ffor' rwyt ti'n 'i awgrymu. Nid fel cwpwl. Nid dyna'r fath o berthynas agored, "hapus i bawb ein gweld ni efo'n gilydd", oedd hi rhyngon ni. Cofio? Dewis y twll yma wnesh i am nad oedd hi'n debyg y basa yma neb a fyddai'n debyg o'n 'nabod ni. Dyna'r unig reswm. Felly paid â dechra dychmygu dim byd amgenach.'

'Tydw i ddim yn haeddu cael 'y nhrin fel dol rwyt ti wedi blino chwara efo hi,' gwylltiodd Gwawr.

'Yli, Gwawr, dw i ddim am fod yn angharedig, ond rhaid ichdi ddallt fod popeth drosodd. Fedri di ddim rhygnu 'mlaen fel hyn fel tasa'r misoedd diwethaf 'ma heb ddigwydd. Dw i wedi 'laru gorfod deud yr un hen beth wrthat ti rownd y rîl. Egluro'r sefyllfa hyd syrffed. Roedd y ddau ohonan ni'n gwbod be oeddan ni'n 'i 'neud. Roedd dy briodas di'n chwalu p'run bynnag. A fi oedd y ffŵl bach cyfleus oedd yno'n barod i chwyddo dy ego di. Wel! Dy adael di ddaru Dafydd wedi'r cwbl. Ac oherwydd hynny, fe ddaru titha wneud yn blydi siŵr fod Miri'n 'y ngadael inna . . .'

'Nid dyna oeddwn i'n trio'i wneud o gwbl. Wir iti! Mae'n rhaid i ti gredu hynny. Dim ond isho ichdi ddeud wrtha i 'i fod o wedi golygu rh'wbath iti oeddwn i. Dyna i gyd dw i 'i isho o hyd. I ti ddeud dy fod ti wedi 'ngharu i ar y pryd. 'Mod i wedi golygu rh'wbath i ti. Isho iti gyfadda hynny imi ydw i.'

'Fe wyddost ti cystal â minnau beth oedd o'n 'i olygu. A pha agwedda ar 'yn gilydd roeddan ni'n 'u "caru", chwedl titha. Yr un gêm oedd hi i'r ddau ohonan ni. A tydw i ddim yn bwriadu gwyngalchu'r ffeithia rŵan, pan mae'r cyfan drosodd a phan mae'n gyfleus i ti gogio'n wahanol. Rŵan, fe fedrwn i droi'n reit gwrs! Fe fedrwn i ddechrau rhestru'r holl resyma pam ddaru ni fwynhau ambell brynhawn slei yng nghwmni'n gilydd. Yr oria hynny fuo'n hwyl i mi ac yn addysg i chditha. Ond wna i ddim, yli! Dim ond gwaethygu dy ddolur di wnâi o tasa'r geiria bach jiwsi rheini'n diferu oddi ar 'y nhafod i.'

'Hen gythra'l clyfar efo geiria fuost ti erioed, Gwern Jones. Ond nid geiria s'gen i 'u hisho. Nid jest byw ar atgofion. Mae'r ddau ohonan ni'n rhydd rŵan. Pam na fedri di weld y gallan ni fod yn hapus efo'n gilydd? Dy isho di ydw i o hyd! Ydw i'n gofyn gormod?'

Bu bron i Gwern dagu ar ei gwrw. Gollyngodd y gwydryn yn arw ar ben y bwrdd. Gwydr yn galed ar ben gwydr. Tryloyw'n taro tryloyw. Blas trais ar y trochion chwerw. Cododd y barman ei drwyn o'i bapur.

'Paid â'u blydi malu nhw, Gwawr!' Brwydrai i gadw ei lais i lawr wrth siarad. ''Sgen ti mo'n isho i go iawn. Nid y fi go iawn. Fi y dyn. Rwyt ti'n rhy brysur yn erlid a dinistrio'r dyn i fod 'i isho fo mewn gwirionedd. Creu embaras imi. Dyna wyt ti ar 'i ôl. Yn y gwaith. Ffonio'r swyddfa trwy'r amser. Gartra. Ffonio'r teulu. Siarad amdana i o gwmpas y dre 'cw. Enllibio f'enw i yng ngwydd pawb a phobun sy'n fodlon gwrando ar dy gelwydda di.'

'Tydw i erioed wedi dy enllibio di. Doedd dim raid imi ddeud celwydda. Y gwir a saif.'

'Na, Gwawr! Na! Tydw i ddim yn bwriadu gwrando ar y cachu rwtsh 'ma. Ella dy fod ti'n barod i gredu yr hyn rwyt ti'n 'i ddeud. Ond tydw i ddim. Yn hwyr neu'n hwyrach ma'r petha 'ma'n dod 'nôl i 'nghlyw i, yli! Gen i fwy o fêts o gwmpas y lle nag y tybiet ti. Ac mi wna i gyfaddef fod tua hanner y petha glywish i ddoth o dy enau di yn wir. Ond celwydd noeth ydy'r hanner arall. A rhaid imi ddeud 'mod i wedi'n siomi, achos maen nhw'n swnio'n od o debyg i swnian chwerw rhyw hen fitsh wirion nad yw'n cael 'i thamed mwyach . . .'

'Rown i'n dibynnu arnat ti, Gwern . . .'

'I be? I adael Miri? Paid â'u malu nhw! Wnesh i erioed addo dim iti? Naddo. Wnesh i erioed dy sarhau di efo unrhyw un o'r hen ystrydebau? Naddo. Dim sôn am adael 'y ngwraig. Na honni nad oedd hi'n 'y nallt i. Dim o'r coflaid cachu arferol.'

'Rwy'n dal i dy isho di . . .'

'Na, dwyt ti ddim. Nid y Gwern Jones go iawn. Gwranda ar yr hyn dw i'n 'i ddeud wrthat ti. Dwyt ti erioed wedi dechra fy 'nabod i. Erioed wedi dechra fy nallt i. Yn wahanol i Miri. Mae hi *yn* 'y nallt i. Wirioneddol ddallt. Gwbod be ydw i tu mewn. Fy 'nabod i'n well nag ydw i'n 'nabod fy hun. Dyna'r eironi, yntê? Rwyt ti'n dal yn yr ysgol feithrin lle dw i yn y cwestiwn. Tra bo' ganddi hi ddoethuriaeth yn y pwnc ers blynyddoedd.'

'Ond troi ata i ddaru ti, serch hynny.'

'Dim ond am fod gen i flys mynd ar ôl y nodweddion ysgol feithrin rheini oedd gen ti i'w cynnig. Fel y deudish i gynna, roedd y ddau ohonan ni'n gwbod hyd a lled 'yn perthynas fach din-boeth ni o'r dechra. 'Dan ni'n ôl efo'r geiria ysgol feithrin, yn tydan? Y geiriau bach mawr y mae pobl ar 'u cythlwng am dipyn o ryw i fod yn gyfarwydd â nhw. Cont. Coc. Ffwc. Llyo. Blew. Cym on! Rho help llaw imi. Siawns na fedri di feddwl am ambell air bach dethol dy hun.'

Gwnaeth Gwawr ei gorau i godi. Ond roedd llaw Gwern am ei garddwrn cyn iddi symud cam o'r fan. Yn brifo. Yn araf orfodi ei llaw yn ôl at wydr oer y bwrdd. A'i phen-ôl yn ôl i sŵn y gwiail yn crensian oddi tani. Anesmwythodd. Ond eisteddodd drachefn.

'Mi ddeudish i 'u bod nhw'n eiriau amrwd, yn do? Ond mae'n rhaid 'u defnyddio nhw weithiau. Pan mae'r twyllo'n mynd yn rhy bell. Pan mae'r cogio fod 'na ramant a rhosod yn sefyll yn ffordd y gwirionedd.'

'A beth am raff? Dyna iti air bach byr arall. A chŵyr? A mwgwd? Oes lle i'r geiriau hynny ar dy fwrdd du di? Roedd gen ti ddefnydd digon diddorol iddyn nhwthau o bryd i'w gilydd. Tydw i heb anghofio.'

Sbiodd Gwern i fyw ei llygaid i weld a ddôi o hyd i olion ystyr y geiriau hynny. Ond doedd yno ddim ond gwacter gwên rhyw hoeden goman. Nid oedd hynny yn ei synnu ddim.

'Gad inni dderbyn fod hyn drosodd,' ymresymodd Gwern a'i lais, am y tro cyntaf ers cyrraedd, yn cyfleu caredigrwydd.

'Pam na ddoi di'n ôl i weld y fflat sy gen i? Rhyw hanner awr o yrru ac fe allen ni fod yno. Beth amdani?' cynigiodd Gwawr. 'Un sesiwn olaf. Ac wedyn fe adawa i lonydd i ti. Rwy'n addo. Yr olaf un ac yna fe fydda i'n iawn. Mi wn i 'mod i wedi bod yn wirion. Ac rwyt titha wedi bod yn amyneddgar. Fe fedran ni fod yn hapus, wst ti.'

'Gwawr! Dwyt ti'n gwrando dim arna i! Dw i wedi trio bod yn glên. Dw i wedi trio bod yn gas. Dw i wedi trio bod yn gwrs. Be ddiawl sy raid imi'i wneud, dywed?'

'Mi fydda i wrth 'y modd pan fyddi di'n glên. Mi fydda i wrth 'y modd pan fyddi di'n gwrs. Mi fydda i yn fy seithfed nef pan fyddi di'n flin. Dyna pam 'y mod i weithiau'n hogan ddrwg . . . er mwyn i ti gael bod yn dda wrtha i . . .'

Gwanhaodd grym ewyllys Gwern. Am fod meddwl am gael y cyfle i'w chosbi yn denu. Nid ei lladd. Nid ei niweidio. Dim ond rhoi diwedd ar ei herledigaeth. Ac ymarfer grym.

Gorchmynnodd hi i lyncu gweddill ei diod ar ei dalcen ac aethant allan at eu ceir. Dilynodd hi yn ôl ar draws yr ynys, dros y bont ac at gyrion y dref. Yna parciodd ddwy stryd i ffwrdd o'i fflat gan gerdded yn llechwraidd at ei drws.

Rhoddodd chwip din go iawn iddi, nes bod sŵn y gweir yn diasbedain trwy furiau'r cymdogion. A hithau'n noethlymun ar wastad ei chefn, gyda mwgwd am ei llygaid a'i garddyrnau wedi'u clymu'n dynn wrth ben y gwely, taenodd Gwern gynnwys pot o fêl ar hyd ei chorff. Glafoeriodd ei fysedd dros y glud euraid a meddiannodd hi yn araf, oer, fel cosb am daerineb ei diddordeb ynddo.

Wedi cyflawni'r ddedfryd, glanhaodd ei hun orau y gallai yn yr ystafell ymolchi. Gwisgodd amdano a dychwelodd i'r ystafell wely i ddatod y clymau.

'Oes raid iti fynd?' ymbiliodd Gwawr. Roedd hi'n rhydd drachefn. Ond yn noeth o hyd. Yn fodlon. A choch. A melyn trosti.

'Mae wedi troi deg ac mi fydd Miri'n disgwyl amdana i . . . Mari rwy'n feddwl. Mae hi'n ôl yn byw adra efo fi ers misoedd. Wel! Fe ddylet wybod hynny. Mae hi wedi gorfod ateb y ffôn iti ddigon o weithiau. Ond ddim mwyach. Wyt ti'n dallt?'

Cododd ei fys arni wrth roi ei orchymyn. Ond troes hi ei chefn arno, gan ymestyn ei chorff bodlon yn fwythlyd ar hyd y gwely.

'Mari! Miri! Tydw i'n synnu dim dy fod ti'n drysu. Wn i ddim sut fedri di fyw dan yr un to â dwy ddynas efo enwa mor debyg.'

'Tydw i ddim yn byw o dan yr un to â Miri bellach, ydw i? A 'dan ni i gyd yn gwbod bai pwy ydy hynny.'

65

Yn enbydrwydd ei gwely, gyda'i chynfasau, ei gobenyddion a chas allanol ei chwrlid oll yn ddiffaith ludiog o'i chwmpas, fel dwylo blewog nad ydynt wedi dwyn yn ddoeth, edrychai Gwawr yn chwerthinllyd o anneniadol iddo. Dyheai am gael dianc o felyster ei gwynt.

'Rwyt ti'n gwneud popeth fedri di i'w chael hi'n ôl. Dyna glywish i.' Brwydrodd Gwawr yn ofer yn erbyn y dagrau a gronnai yn nryswch ei theimladau. 'Ydy hynny'n wir, Gwern? Ar ôl popeth 'dan ni wedi mynd trwyddo efo'n gilydd. Rwyt ti'n dal isho Miri'n ôl.'

'Wrth gwrs 'mod i 'i hisho hi'n ôl, yr ast wirion! Dwyt ti ddim yn breuddwydio am eiliad dy fod ti'n mynd i gael dy ffordd, gobeithio.'

'Gwneud popeth fedri di. Dyna glywish i. Edifarhau o'i blaen hi. Ymddiheuro. Begian am faddeuant. Ei boddi hi â thrugareddau. Does dim byd yn ormod iddi, rŵan 'i bod hi wedi d'adael di. Ydy hi'n wir?'

'O, ydy!' atebodd Gwern yn dawel. 'Dyna un stori y medri di roi coel arni. A phaid byth â'i hamau. Dw i'n bwriadu cael Miri'n ôl. Chaiff hi ddim dianc. A gair arall i gall, cyn imi fynd. Cadw o'n ffordd i. Mi ddylet fod yn ddiolchgar, mewn gwirionedd. Nad oes arna i mo dy isho di. Fasat ti ddim balchach o 'nghael i drwy'r amser, cred ti fi! Ddim mewn difri calon. Ddim am oes. Gofyn i Miri, os mynni di. Tria weithio dy ffordd yn ôl i wely Dafydd. Dyna 'nghyngor i iti. Wela i ddim fod 'na iachawdwriaeth arall ar dy gyfer di. Jest gad lonydd i mi a 'nheulu. A bydd ddiolchgar nad oes gen i ronyn o ddiddordeb ynot ti.'

Cuddiodd Gwawr ei phen o dan un o'r gobenyddion. Roedd stori anllad arall newydd ddod i ben.

Gofidiai Miri am ei mab. Gofidiai nad oedd yn ei fwydo'i hun yn iawn. Gofidiai nad oedd yn golchi'i ddillad yn ddigon aml. Gofidiai nad oedd yn ymgodymu'n dda iawn â'i fywyd newydd fel myfyriwr yng Nghaerdydd. Pan siaradodd ag ef ddiwethaf, ddechrau'r wythnos, roedd wedi cwyno am yr hogyn yn yr ystafell ar y llofft uwchben. Yn ôl y sôn, fe gymerai hwnnw gyffuriau a pheth digon cyffredin oedd iddo chwarae hen recordiau Abba ym mherfeddion nos.

Tynnodd Miri ei llaw oddi ar y llenni, gan wybod yn ei chalon nad dyna'r dylanwadau a ddymunai'r un rhiant ar gyfer mab. Yn enwedig mab fel Siôn.

Edrychai ystafell fyw ei mam yn ddigyfnewid, er i chwe mis a mwy fynd heibio ers ei marw ac i Miri ei hun lenwi'r gwagle am y rhan fwyaf o'r amser hwnnw. Swigen o haf fu hi. Emosiynau segur a phenderfyniadau'n hel llwch. Mater hawdd fu dod i arfer â llestri ei mam unwaith eto. Dodrefn ei mam. Trefn ei mam o gwmpas y tŷ. Nid oedd dim yn derfynol. Ar adegau, gallai ei thwyllo ei hun ei bod hi'n hogan fach drachefn. Y cloc wedi ei droi yn ôl ac anwadalwch ddoe yn cael y gorau ar ansicrwydd heddiw.

Wrth gwrs, arian Gwern oedd wedi gwneud yr amser amheuthun hwn yn bosibl. Roedd hynny'n wendid anochel ar y sefyllfa, ochneidiodd. Taflodd gip ar ei wats yn annifyr. Roedd e'n hwyr!

Hi oedd piau'r tŷ hwn bellach, mae'n wir, ond roedd angen arian sychion i fyw o ddydd i ddydd, hyd yn oed pan oedd y byw hwnnw'n gynnil. Er y diwrnod pan gladdwyd ei mam, bu bwyd i'w brynu a chant a mil o filiau i'w talu. Rhai ohonynt, am bethau fel trwydded deledu a threthi dŵr, yn ymrwymiadau nad oedd Miri wedi gorfod baeddu ei dwylo â hwy cyn hyn. Dyma'r pris a oedd i'w dalu am y bywyd annibynnol a gwelai Miri rywbeth braidd yn chwithig yn y ffaith mai Gwern oedd yn cwrdd â'r gofynion. Ond roedd rhywbeth yn gymwys yn y trefniant, hefyd. Ef oedd ei gŵr o hyd. Hi oedd ei wraig.

Roedd hi hyd yn oed wedi gwadu wrth ambell un eu bod nhw wedi gwahanu, gan honni ei bod hi'n dal i dreulio cymaint o amser yn yr hen gartref am fod petheuach ei mam wedi cymryd yn hirach na'r disgwyl i'w clirio oherwydd amryfusedd rhyw dwrne gwachul. Celwydd noeth. Ond roedd gormod o bobl fusneslyd ar hyd y lle.

Saeson oedd ei chymdogion newydd, y ddwy ochr. Ni fu arni awydd yn y byd i glosio atynt. Saffach iddi gadw ati hi ei hun. Yn ei thŷ ei hun. Ar ei phen ei hun.

Aethai'n ôl at Gwern a Mari a Siôn ddwywaith yn ystod yr haf. Am wythnos y naill dro a thair noson y llall. Ni chododd yr ymweliadau hiraeth o fath yn y byd arni. Hen honglad mawr gwag oedd y cartref hwnnw yn y dref. A chysgodd yn y llofft sbâr.

Disgwyl Gwern yr oedd hi y bore Gwener hwnnw. Dyna pam ei bod hi wrth y ffenestr yn mwydro'i phen yn poeni am Siôn ac yn hel rhyw frith atgofion am ei mam. Roedd hi wedi derbyn cynnig Gwern o lifft i Gaerdydd, gan fod hwnnw'n teithio i lawr yno tan y Sul, ar gyfer rhyw gynhadledd ynglŷn â'i waith. Mewn gwesty moethus yng nghanol y ddinas yr oedd ei wely ef yn ei aros y noson honno, tra'i bod hi eisoes wedi sicrhau dwy noson ar ei chyfer ei hun mewn lle rhatach. Ar y cyrion.

Cyrhaeddodd Gwern o'r diwedd, yn llawn ymddiheuriadau. Cariodd ei chês i gist y car a gwibiodd hi ymaith, bron cyn iddi gael

67

cyfle i gloi drws ei thŷ yn iawn. Roedd y dyn yn hwyr. Yn codi. Yn gadael y tŷ. Yn dod i Dai Lôn. Cyfleodd ei rwystredigaeth (a'i euogrwydd cudd am gyfrinachau'r noson cynt) drwy yrru cythreulig a distawrwydd tanbaid. Parodd y naill anesmwythyd i Miri; ond nid y llall. Edrychai'r wlad yn wenfflam yr adeg hon o'r flwyddyn. Cysurodd ei hun â'r olygfa. Am fod ffenestr yn ffrind mewn tawelwch. A chydwybod lân yn gydymaith da bob amser.

'Fe alwodd y Dennis 'na i 'ngweld i, wst ti? Hwnnw fuo'n byw efo Mam tua deng mlynadd yn ôl. Wyt ti'n 'i gofio fo?'

'Ydw. Ac mi ddaru ti sôn 'i fod o wedi galw i dy weld di y diwrnod o'r blaen, pan ffonish i chdi.'

'O, do! Rwy'n cofio rŵan. Rhaid fod yn agos i fis wedi mynd heibio ers 'i ymweliad o, 'ta. Tydy amsar yn fflio!' Nid oeddynt ymhell o Ferthyr ac roedd yr ymgais wangalon hon i godi sgwrs wedi llithro'n ddifeddwl o enau Miri. 'Newydd glywad oedd o. Am Mam. Chwara teg iddo am drafferthu i alw, yntê?'

'Ia, debyg!'

'Mae o'n gweithio ar *oil rigs* y dyddia 'ma, medda fo. Anaml iawn fydd o'n ôl adra ym mro 'i febyd. Ond ro'dd cyfnithar iddo neu rywun wedi gweld y cyhoeddiad yn y *Daily Post* ac newydd gofio deud wrtho.'

'Llawn newyddion drwg . . . papura newydd.'

'All hyd yn oed hynny ddim bod yn ddrwg i gyd,' ymresymodd Miri. 'Roedd yn dda ganddo gael gwbod. Dennis. Am farwolaeth Mam. A chwara teg iddo am feddwl galw i 'ngweld i, ddeuda i. Doedd dim rhaid iddo.' Cofiodd yr awr neu ddwy a dreuliodd y ddau yn y parlwr ffrynt y prynhawn hwnnw. Yn siarad yn ddilyffethair am un mor smala oedd ei mam yn gallu bod. Ac yn chwerthin dros eu cwrw. 'Mae o wedi twchu hefyd. Prin 'i 'nabod o wnesh i pan agorish i'r drws iddo gynta. A fynta wedi arfar bod yn ddyn mor ddeniadol.'

'Oedd o?' holodd Gwern yn ddrwgdybus. 'Sylwish i ddim erioed.'

'Na, na finna ar y pryd,' atebodd Miri'n freuddwydiol, ei llygaid wedi eu hanelu'n oddefol tua'r mynyddoedd. 'Dim ond wrth hel meddylia y sylweddolish i.'

'Ddeng mlynadd yn ôl, fasa peth felly ddim yn bwysig ichdi. Ddim ar y pryd.'

'Gwern bach, dydy o ddim yn bwysig imi rŵan chwaith.'

Ymhen llai nag awr gadawyd hi'n ddiseremoni y tu allan i'w gwesty. Plygodd ei chot yn ddestlus dros ei braich a chododd y cês

68

oddi ar y palmant, lle y gadawodd Gwern ef. Byddai wedi bod yn dda ganddi gael y got amdani, gan ei bod hi'n bwrw glaw mân, ond dim ond gwlychu'n waeth a wnâi bellach ped ymdrechai i'w gwisgo. Haws oedd straffaglu i fyny'r llwybr cyn gynted â phosibl. A chyrraedd diddosrwydd.

Roedd y drws ar agor, diolch i'r drefn, a chroesawodd Miri'r llonyddwch yn y cyntedd bach henffasiwn. Gwasgodd y gloch ar ddesg y dderbynfa a daeth dyn canol oed o rywle. Roedd yn gwisgo bow-tei. Ac yn gwenu'n gwrtais.

Cyflwynodd hi ei hun iddo'n hyderus. Nid oedd erioed wedi aros mewn gwesty ar ei phen ei hun o'r blaen.

'Tydy o fawr o le, yn nac ydy?' barnodd Miri'n ddifeddwl, wrth sefyll ar lawr yr ystafell.

'Ydy mae o,' anghytunodd Siôn. 'Chi sydd wedi arfar efo llefydd crandiach, dyna i gyd. Mae o'n iawn at 'y ngofynion i. Tydw i ddim yma fawr, p'run bynnag.'

'Pam? Lle rwyt ti?' Brawychwyd Miri am ennyd. Roedd gan ei mab ei fywyd ei hun erbyn hyn. Ac roedd hynny'n anodd ei dderbyn. Ond gwnaeth ymdrech lew i gynhesu at yr ystafell, er mwyn gwneud yr ymweliad mamol yn llai o brawf ac yn fwy o bleser. Cerddodd at y ffenestr, gan droi yn ôl hanner cam cyn ei chyrraedd. Lapiodd ei chot yn dynn amdani. A gwenodd.

'Allan fydda i, yntê? Oeddech chi ddim yn mynd allan llawer pan oeddech chi'n fyfyriwr?'

'Dim ond ar y penwythnosau pan fyddai dy dad yn galw amdana i.' Mor ddiseremoni y gallai Miri adael y gath o'r cwd. Brathodd ei gwefus yn annifyr, gan droi i edrych yn iawn ar ei mab—er nad oedd ef yn edrych arni hi. 'Ac mae gen ti ffrindiau yma, felly?' ychwanegodd yn amheus.

'Oes. Wel! Rhai.' Llwyddodd amheuon ei fam i godi amheuon yn ei feddwl yntau hefyd. Bu'n tybio ers mis a mwy fod ganddo ffrindiau newydd, ond roedd hi'n wir dweud na allai byth fod yn siŵr.

'Fe ddoist ti o hyd i dy ffordd o gwmpas y ddinas, decini? Hen le mawr ydy Caerdydd.'

'Na. Tydy o ddim yn lle mawr o gwbl a dweud y gwir. Dinas fechan ydy Caerdydd o'i chymharu â dinasoedd eraill. Ond dw i'n gwbod sut i gyrraedd y llefydd dw i am fynd iddyn nhw.'

'Aros yn 'yn cynefin ddaru dy dad a minna pan aethon ni i'r coleg. Dim ond i lawr y lôn i Fangor aethon ni.'

'Doedd gynnoch chi ddim amgueddfa werin yno, dyna i gyd. 'Blaw am hynny, does 'na fawr o wahaniaeth rhwng y naill le a'r llall. Ar wahân i'r dociau, ella. A'r castell.'

'Wel! Lle bynnag ei di yng Nghymru, mae 'na gastell, yn toes? Cannoedd ohonyn nhw'n britho'r lle. A chafodd yr un ohonyn nhw 'i godi gan ferched.'

Caeodd Siôn y drws yn derfynol. Bu'n delwi yno am rai munudau, ei lygaid wedi eu hanelu at y llawr, mewn ystum o osgoi. Ond cododd ei olygon yn sydyn i wynebu ei fam.

''Dach chi'n ffeminist o'r diwedd,' meddai'n gyhuddgar. 'Ugain mlynedd ar ôl i'r chwiw ddod i ffasiwn.'

'Mi oeddat ti heb dy eni ugain mlynedd yn ôl, 'y ngwash i. A fu gen i erioed fawr i'w ddweud wrth ffasiwn. Fe ddylat wybod hynny,' gresynodd Miri. 'Wyddost ti ddim digon amdana i, dyna'r drwg.'

'Busnas yr ysgariad 'ma 'ta? Hynny sy'n ych corddi chi?'

'Ysgariad! Pa ysgariad? Does neb wedi sôn am ysgariad. Os na ddaru dy dad sôn, wrth gwrs, yn ystod y misoedd y buost ti a fo efo'ch gilydd o dan yr un to.'

'Sori! Sori! Mam!' ildiodd Siôn yn lletchwith. 'Doeddwn i ddim yn meddwl ych brifo chi.'

Ni fu siarad â Siôn erioed yn orchwyl hawdd. Ddim hyd yn oed yn y groth, meddyliodd Miri. Gallai gofio'r tawelwch anghysurus rhyngddynt yn y misoedd hynny. Mor wahanol i'w beichiogiad cyntaf. Bu disgwyl Mari yn antur a hawdd fu dod o hyd i'r geiriau cywir i gyfarch y gyntafanedig cyn ei chyrraedd. Ond erbyn disgwyl Siôn nid oedd fawr ddim ar ôl i'w ddweud. Dim ond ystrydebau, edliw poen a'r distawrwydd disgwylgar sy'n creu breuddwydion. A llesteirio lleisiau.

'Dwyt ti ddim wedi 'mrifo i, siŵr iawn. Y fi sy'n cymryd 'yn amsar i weld yn glir be s'gen i isho. Dyna'r drwg. Ella mai i ysgariad y daw hi yn y diwedd.' Tynnodd ei chot wrth siarad, er mwyn dangos iddo fod ganddi ffydd yn y cynhesrwydd rhyngddynt. Taflodd hi ar gefn y gadair ger y ddesg. 'Mae'n gas gen i gyfreithwyr yn un peth. Fedra i ddim dychmygu troi at yr un ohonyn nhw am gyngor. Trafod 'yn busnes ni fel teulu efo dieithriaid llwyr.'

'Beth am yr Alun Harris hwnnw? Roeddech chi a Dad yn dipyn o lawia efo hwnnw a'i wraig erstalwm. Dw i'n 'u cofio nhw'n dod acw i swper. Fasa hynny ddim yn haws ichi? Rhywun 'dach chi'n 'i nabod?'

'Haws!' arthiodd Miri. 'Haws! Paid â malu'r fath lol! Fasa hynny ddim yn haws o gwbl.'

'Meddwl ei bod hi'n haws trafod petha personol efo ffrindia oeddwn i.'

'Na. Ffrindia ydy'r gwaetha. Creda di fi! Mi a' i at ryw dwrne estron, pell o bobman, i dorri 'mol cyn yr yngana i air o 'ngheg wrth Alun Harris na'r un "ffrind" arall. Pobl rwyt ti'n cael dy dwyllo i gredu 'u bod nhw'n ffrindia ichdi ydy'r gwaetha. Gwaeth o lawer na gelynion pur.'

'Mae'n flin gen i, Mam. Chi ŵyr orau, mae'n debyg.'

'Dibynnu ar garedigrwydd dieithriaid sydd ora,' ebe Miri'n gellweirus, gan wybod ei bod hi'n dwyn dyfyniad o rywle, heb wybod o ble. 'Fe ddoi di i ddallt! Mae hynny'n saffach na rhoi dy drýst mewn ffrindiau honedig. Llai o gambl. Llai o siom. Llai creulon yn y pen draw.'

Eisteddodd y fam ar erchwyn gwely'r mab, fel petai hi'n disgwyl cael cynnig te. Ond ni chafodd. Yna sylwodd ar y raced badminton a orweddai ar draws y ddesg o'i blaen. A chododd drachefn i'w harchwilio. (Rhaid fod Gwern wedi rhoi siec go sylweddol i'r hogyn cyn gadael cartref. Roedd offer fel hyn yn ddrud.)

'Glân ydy'r ddesg 'ma gen ti,' meddai. 'Gwag o lyfrau. Rhydd o lwch. Ond mae'n flin gen i! Ddylwn i ddim mela yn dy betha di.' Rhoddodd y teclyn o'i llaw ar ei hunion.

'Ddylwn inna ddim mela rhyngoch chi a Dad. Jest meddwl wnes i mai dyna wnaech chi nesa. Ysgaru. Y cam rhesymol nesa. Yr hyn roeddach chi'i isho.'

'Rhyngot ti a mi, wn i ddim be ddiawl ydw i 'i isho, Siôn bach. Ond addo imi na ddeudi di'r un gair am y cyfaddefiad bach yna wrth dy dad heno dros swper.'

'Go brin, Mam. Deud cyn lleied â phosibl wrtho fo wnesh i erioed.'

'Mae hynny'n wir,' cytunodd Miri'n ysgafn.

'A sut ma' petha tua tŷ Nain? 'Dach chi am aros yno, 'ta beth?'

'O! Ma' petha'n *champion*,' atebodd Miri, gan aflonyddu braidd fod y sgwrs fel petai'n mynnu troi at ei dyfodol hi, yn hytrach na'i ddyfodol ef.

Bu'r flwyddyn yn dipyn o ddirgelwch i Siôn. Yn ogystal â gofidio am ei arholiadau lefel A, dyfalu am fywyd coleg a chywilyddio dros helynt enwog yr esgidiau ymarfer, roedd chwalfa'r aelwyd wedi peri braw iddo. Oni ffrwydrodd rhyw losgfynydd mud? Un y bu ganddo

71

barch tuag ato erioed? Un y bu'n byw yn ei gysgod ers deunaw mlynedd? Hwnnw oedd yr union un a dasgodd wreichion tanbaid uwch ei ben y gwanwyn diwethaf. Tlws fel tân gwyllt, ar ryw olwg. Ond brawychus o boeth.

Gwyddai pawb ei bod yn haws ganddo siarad â'i fam nag â'i dad, ond aethai hynny hefyd yn straen yn ystod y misoedd diwethaf. Yn un peth, roedd hi'n amhosibl siarad â rhywun nad oedd yno. Ond ar ben hynny, roedd gwydnwch wedi deillio o ddieithrio. Hyd yn oed o fewn perthynas gariadus, yr oedd ymgryfhau ar ran un partner yn gyfystyr ag ymbellhau gan y llall. Nid oedd neb yn aros yn ddigyfnewid. Yn unffurf, stond. Synhwyrai Siôn mai dyna'r gwir, ond nid oedd am ei gredu.

Wedi'r cyfan, ynysoedd pell oedd llosgfynyddoedd fel arfer. Gwyddai na ddylai deimlo'n wrthodedig. Nid arno ef yr oedd ei fam wedi cefnu. Ond mewn cwch yn rhwyfo tua'r gorwel yr oedd, serch hynny. Yn dianc rhag y dasgfa.

Tybiai weithiau y dylai fod wedi dewis mynd ymhellach na Chaerdydd. Fe aeth Gillian cyn belled â Sheffield (am ei phechodau, ychwanegodd yn slei yn ei feddwl!) Tra'i fod yntau'n rhwyfo nerth ei freichiau. I geisio ynys arall, ddiogelach. I chwilio am hyder. I ddod o hyd i'w hunaniaeth. Yn ymwybodol drwy'r amser fod y rhaff a dynnai'r cwch yn ôl i'r lan yn wenfflam ar wyneb y dŵr.

''Sgynnoch chi job mewn golwg?' gofynnodd i'w fam.

'Rwy wedi bod yn gwneud ymholiadau am swyddi,' atebodd honno'n falch. 'Fe synnet ti mor ymarferol y medra i fod y dyddia hyn. Gwneud fy nhrefniadau fy hun. Llenwi'r ffurflenni priodol. Gofalu bod y drysau ynghlo cyn clwydo. Yr holl betha *boring* rheini y bydda dy dad yn arfar 'u gneud trosta i.'

'Mae o'n dal i'w gwneud nhw,' meddai Siôn yn sychaidd. 'Dros Mari a finna.'

'Ydy, mwn,' cytunodd Miri. Ers cyrraedd yr hostel bu ei llais yn amrywio rhwng brwdfrydedd ac anfodlonrwydd. Roedd ganddi gymaint o fannau gwan ac roedd gan Siôn rhyw dalent rhyfedd y prynhawn hwn i ddod o hyd iddynt.

Meddai ar radd, wrth gwrs, a chwe mis yn ôl roedd hi wedi seilio ei gobeithion am waith ar fod yn athrawes. Ond heb gymhwyster i ddysgu, nid oedd y gobaith wedi bod mor hawdd ei wireddu.

'Yn ôl pob sôn, mae mwy o siawns imi gael swydd yn dysgu plant gydag anghenion arbennig na phlant cyffredin,' eglurodd yn ymosodol. 'Sy'n hynod eironig, wyt ti ddim yn cytuno?'

72

'Eironig?' holodd Siôn. 'Tydw i ddim yn dallt.'

'Y Gwawr 'na, yntê? Honno wnaeth imi sylweddoli o'r diwedd gymaint o fastard ydy dy dad . . .'

'O, ia! Sori.' Gwridodd Siôn, gan felltithio'i dwpdra ei hun.

'Dyna oedd honno'n 'i wneud. Dysgu plant dan anfantais.'

'Wnesh i ddim meddwl.'

'Naddo, mwn.'

'Ond tydw i ddim yn meddwl 'i fod o'n 'i gweld hi bellach.' Ceisiodd Siôn argyhoeddi'i fam yn daer, fel petai hynny'n mynd i wneud iawn am ei ddiffyg crebwyll. 'Ddim ers y diwrnod hwnnw ddaru chi gerdded allan. A mi faswn i'n gwbod tasa hi'n dal ar y sîn. Byw dan yr un to â Dad drwy'r haf, fel y gwnesh i. Mi faswn i'n gwbod.'

'Paid â siarad ffasiwn lol, Siôn. Toeddwn i'n byw dan yr un to â dy dad ymhell cyn i ti erioed gael dy eni? A thrwy'r holl fisoedd y buodd o'n cyboli efo hi. A doeddwn i'n gwbod dim. Hyd yn oed ei chroesawu hi i'r tŷ 'cw . . . fel ffrind, chwedl titha . . . a dim . . .' Dirywiodd y frawddeg yn rhyw dawelwch diatalnod, fel petai mwy i ddilyn, ond i'r geiriau golli eu ffordd yn rhywle.

'Fe ffoniodd hi ddwywaith neu dair,' parhaodd Siôn yn annoeth. 'Gadael negeseuon gwallgo ar y peiriant ateb . . . ond cau siarad â hi ddaru Dad bob tro.'

'Chwara teg i dy dad, yntê?'

'Fydd o byth yn deud fawr, fydd o? Ond rwy'n gwbod iddo gael uffarn o ergyd pan ddaru chi gerdded allan arno. Ar 'i ben 'i hun y cysgodd o drwy'r haf. Wir yr. Rwy'n gwbod hynny o ran ffaith.'

'Ond efo pwy oedd o pan oedd o'n effro?' heriodd Miri. 'Dyna'r cwestiwn mawr! Tydw i'n 'i 'nabod o'n rhy dda, Siôn bach. Cysgwr diniwed fuodd dy dad erioed. Pan mae o'n effro mae o'n beryg.'

'Fe fydd Mam a Dad wedi dod o hyd i Siôn yng Nghaerdydd erbyn hyn, siawns,' ebe Mari'n wyliadwrus. Ers rhai misoedd bellach, bu'n rhaid gochel rhag cyfeirio at ei mam yng ngŵydd ei nain, heb ofalu'n gyntaf fod yr enw wedi'i lapio'n ddiogel ynghanol llwyth o enwau eraill llai peryglus.

'Be haru ti, hogan? Mi fyddan nhw wedi hen gyrraedd, ers ddoe.'

Edmygai Mari ei Nain Gallt Brain yn fawr, am ei chadernid a'i gallu i deyrnasu dros lond tŷ o ddynion. A charai ffrwyth ei chroth yn angerddol. Ymdebygai ei thad ac Yncl Gwydion o ran pryd a gwedd, ond fawr mwy na hynny. Morthwyl i daro'r einion oedd ceg i'w thad—ei wreichion yn tasgu ar das rhywun byth a beunydd. Ond mudlosgi fel dirgelwch tawel wnâi tafod Yncl Gwydion. Nid oedd Mari erioed wedi dirnad sut y gallai dyn yn ei oed a'i amser gadw'n dawel am gyhyd a byw yn ei groen ei hun heb ffrwydro ambell dro. Edmygai ei hewythr Gwydion am hynny. Heb ddeall pam.

Pryd bwyd oedd ar y gweill yr adeg hon o'r dydd yng nghegin braf Gallt Brain Duon. Pryd canol dydd a hithau'n Sadwrn. Lobsgows. Wrth deithio draw o'r dref ar y bws y bore hwnnw, roedd Mari wedi dychmygu ei arogl, yn llenwi'r hen ffermdy â'i gynhesrwydd. Ac nid un i'w siomi hi oedd ei nain.

'Sbia ar y cloc 'na!' torrodd honno ar draws breuddwydion Mari. 'Hen bryd fod pawb o gylch y bwrdd 'ma. Estyn y powlenni 'na i mi a dos i weiddi ar Gwydion.'

Ufuddhaodd yr wyres yn reddfol, gan nôl y llestri pridd o'r cwpwrdd ar y mur, lle y cedwid hwy bob amser, cyn mynd trwy'r gegin fyw at waelod y grisiau a galw enw ei hewythr ddwywaith. I'w dynnu oddi wrth ei eillio ac at ei ginio.

Cododd Taid o'i gadair fwythlyd pan aeth Mari heibio iddo eilwaith yn y gegin fyw. Roedd wedi deall fod cinio ar y gweill. Diffoddodd y teledu a chyrhaeddodd fwrdd y gegin yr un pryd â'i frawd, Gwilym, oedd newydd ddod i'r tŷ, ar alwad Nain.

Newydd gael powlen yr un a dechrau llowcio yr oedd y ddau, pan ruthrodd Gwydion i ymuno â hwy. Roedd ei fam eisoes wedi rhoi powlen lawn wrth ei le arferol ger y bwrdd. Cododd Mari ei llygaid oddi ar y fforc lwythog yr oedd ar ganol ei chodi at ei genau, ond cydymffurfiodd â thawelwch y pryd, gan ymatal rhag cyfarch y newydd-ddyfodiad. Bodlonodd ar wenu, er na chafodd ddim yn ôl.

'Heb gael ych lobsgows chi ers hydoedd, Nain. Ogla da arno,' gwenieithodd Mari o'r diwedd, pan aeth mudandod ei chyd-ymborthwyr yn drech na hi. 'Dw i wedi gweld 'i golli, cofiwch.'

'Ddaru dy fam erioed wneud lobsgows i chi pan oeddach chi'n blant. Ddaru hi erioed drio'i wneud o, o'r hyn y galla i 'i gofio. Haws ganddi brynu rhwbath o'r siop bob amsar. Am mai dyna oedd orau gynnot ti a Siôn, yn ôl yr hyn a honnai hi.'

Digon gwir, cofiai Mari! Roedd ei mam wedi taro'r hoelen ar ei phen. Hen blant digon anodd eu plesio fu hi a Siôn yn y bol. Celwydd noeth fu'r canmol ar y cinio. Ni allai Mari gofio pam yr oedd y distawrwydd wedi troi'n lletchwithdod iddi. Beth bynnag fu'r rheswm, roedd yn edifar ganddi trosto. Nid oedd am ddarparu arfau i neb allu eu taflu at ei mam—ddim hyd yn oed ei nain.

Gwenu'n braf drwy'r cyfan wnaeth Taid, tra cadwai'r ddau ewythr di-briod eu pennau'n isel. A'u cegau'n agos at eu cynhaliaeth.

Un wydn, benstiff a phenderfynol oedd Nain Gallt Brain Duon. Roedd Mari wedi gweld trwyddi'n ddigon craff. Mrs Gaynor Jones oedd ei henw. Oddi wrthi hi yr etifeddodd Gwern yr ysbryd paffiwr a enillodd iddo'r cwpanau a medalau hynny a addurnai'r cwpwrdd tsieini yn y parlwr pellaf. Bu ef bob amser yn saff o dderbyn sêl bendith ei fam cyn dechrau cledru ei wrthwynebwyr yn y *ring*. Nid hi a brynodd ei bâr cyntaf o fenig iddo, mae'n wir, ond hi a roes y poer ar ei ddyrnau.

Roedd hi hefyd yn uchel ei pharch yn y gymdogaeth. Gaynor Jones. Gwraig fferm Gallt Brain Duon. Yn gyn-athrawes Ysgol Sul. Yn bencampwraig am wneud teisennau mewn sioeau lleol. Ac mewn dyddiau a fu, yn wenynwraig o fri. Erbyn hyn, roedd wedi cyrraedd oed yr addewid. A dyna lle yr eisteddai'n gefnsyth wrth y bwrdd, yn llowcio'i chinio'n llawen. Ei gŵr, ei brawd-yng-nghyfraith a'i mab, oll o'i hamgylch.

Wrth lithro'n ôl i dawelwch y llyncu cyfarwydd, gallai Mari weld fod ei thaid yn fwyfwy parod i roi ei draed i fyny, byw ar ei floneg a gadael gweinyddiad ymarferol y fferm i Gwydion. Ond trwy barhau â'i gwaith y bwriadai Nain brofi ei bod hi'n dal wrth ei phethau. Nid ildiai hi ronyn ar ei lle i neb.

Cymerodd Mari olwg slei ar bob un o'i chyd-fwytawyr, heb allu dehongli'n union yr hyn a deimlai tuag atynt. Aelwyd tri gŵr doeth oedd hon. Ac un frenhines.

Teimlai hithau'n ymwelydd yn eu plith. Ac yn rhan o'u perthyn yr un pryd.

A fo ben bid bont. Wrth groesi, gallai Gwawr chwerthin ar ben y geiriau. Gorymdeithiodd. Yn ei blaen. Yn ei phen. Yn yr isymwybod. Lle nad oedd oedi'n bod.

Ynysoedd oeddynt. Pobl. Cenhedloedd. Planedau dirifedi'r nos. Ynysoedd yn croesi at ynysoedd eraill. Er mwyn goresgyn. Er mwyn cenhadu. Yn Ddwynwen. Ac Enlli. Ac yn 'Werddon fawr. Seintiau cyntefig oedd y milwyr dewr. Yn ceisio cydio. O lan i lan. O ddydd i ddydd. O wawr i wawr. Gwroniaid a ymguddiai dan gochl llygad y dydd. Weithiau i'w croesawu. Weithiau i'w gwrthod yn ddigymrodedd. A'r blodau hynny'n dal i wincio arni o guddliwiau'r waliau. Ceisiodd Gwawr eu crafu oddi yno. Hen lygaid twyllodrus y dydd. Rhag ei chywilyddio ymhellach. Ei hewinedd yn fidogau gwan. Ei dolur yn darian a dorrai'n hawdd.

Ffordd beryglus o deithio oedd croesi pontydd yn dragywydd. Camu dros y dydd. A phlygu fel bwa i ganllawiau'r nos. Drws agored. Estyn croeso i bawb a phobun. I luoedd arfog. I gymdogion rhadlon. I holl reibwyr imperialaidd y greadigaeth. Yn ddynion oll. Ac wyneb Gwern yn solet ar ben pob pâr o 'sgwyddau.

Ceisiodd chwydu. Ond ni fedrai. Ceisiodd droi yn ôl. Ond roedd hi'n rhy hwyr. Nid dyfroedd tawel oedd y culfor a lifai o dan y bont. Nid cariadon yn disgwyl cadw oed oedd y dynion a droediai trosti. Trobwll o drybini oedd y ddau. Y dŵr a'r dynion. Twyllodrus hefyd. A thrahaus. Y corwynt hwn o gawr. Yn corddi, corddi. Dan ei thraed. Ac yn ei phen.

Doedd dim amdani ond neidio. Doedd dim amdani ond nadu. Doedd dim amdani . . .

Roedd hi'n noeth ar bont yng nghanol rhyfel cartref.

'Mae'n ddrwg gen i mai dim ond 'y nghwmni i gei di heno,' ebe Miri'n bryfoclyd. 'Fe benderfynodd Siôn ar y funud olaf fod ganddo bethau gwell i'w gwneud ar nos Sadwrn na swpera efo dau hen rech fel chdi a fi.'

'Fe ddylen ni gyfri'n bendithion, mae'n debyg,' oedd ymateb Gwern. 'Fe gawson ni 'i gwmni fo neithiwr. Ac mae disgwyl cael 'i weld o ddwy noson yn olynol yn gofyn gormod, mae'n debyg. 'Sgen ti ddim syniad un mor chwit-chwat fuodd o ers i ti adael. Dydy'r ffaith iddo gael y gradda lefel A angenrheidiol yn ddim byd llai na gwyrth!'

'Un peniog ydy o, siŵr iawn. Rhy beniog, ella! Synnwn i fawr nad dyna'i wendid o. Dim digon o le yn 'i benglog o. A hannar y donia a gafodd o yn gorfod hofran yn y cymyla uwch 'i ben o. Dyna ydy ystyr bod â dy ben yn y cymyla, debyg? Bod yn rhy beniog er dy les dy hun?'

'Neu fod yn rhy dwp,' meddai Gwern. 'Rhy dwp i sylweddoli fod hannar y donia y cest ti dy eni efo nhw wedi hen hedfan i ffwrdd, am dy fod ti wedi bod yn rhy esgeulus i gadw gafael arnyn nhw?'

Roedd y syniad yn un rhy dychrynllyd i Miri ei gymryd o ddifrif.

Cawsai ddiwrnod braf hyd yn hyn. Nid oedd am ei ddifetha nawr, a hithau'n hwyr yn y dydd fel hyn. Treuliasai fore ar ei phen ei hun, cyn cwrdd â Siôn am ginio yn y ddinas. Bu'n cerdded o gwmpas y siopau yng nghwmni hwnnw am gyfnod, cyn gadael iddo fynd i'w ffordd ei hun.

Ar ôl iddi ddychwelyd i'w gwesty ddiwedd y prynhawn, ffoniodd westy moethus Gwern i adael iddo wybod nad oedd Siôn bellach ar gael i ymuno â hwy fin nos ac i'w gwneud hi'n glir iddo nad oedd o dan unrhyw bwysau i gadw at eu trefniant. Ond cawod, taith dacsi a *gin* a thonic yn ddiweddarach, a dyna lle'r oedd hi, mewn tŷ bwyta crand (llawer drutach na'r un yr aethant iddo neithiwr fel teulu) yn llymeitian yn y bar ac yn talu pob dyledus barch i'r fwydlen fawr ymhongar.

'Dw i jest yn falch 'i fod o wedi setlo yma,' meddai Miri, gan ailgydio yn y sgwrs am Siôn yn ddiweddarach, pan eisteddai'r ddau wrth eu bwrdd yn mwynhau'r danteithion dieithr. 'Mae o wedi setlo yng Nghaerdydd, yn tydi? Dw i yn iawn?'

'Wyt, hyd y gall neb fod yn siŵr o ddim efo Siôn ni,' atebodd Gwern. 'Roedd o'n ymddangos fel petai o wrth 'i betha neithiwr, ond rwyt ti wedi cael llawer mwy o'i gwmni na fi.'

'Ydw. Wrth gwrs 'y mod i.' Cymerodd Miri eiriau Gwern fel beirniadaeth i raddau ac roedd yn barod i syrthio ar ei bai. 'A sut mae dy gwrs di'n mynd? Rown i'n anghofio mai yma i weithio oeddat ti. Ddysgist di rwbath o bwys hyd yn hyn?'

'Nid dod i gynadleddau i ddysgu dim mae neb. Ond dod i ddianc.'

'Wel? Lwyddaist ti i ddianc, 'ta?' chwarddodd Miri'n ysgafn. 'Go brin fod dod i fan'ma heno i gael swper efo dy wraig yn ddihangfa o fath yn y byd iti.'

'Fuo cael noson allan yn dy gwmni di erioed yn ddim byd llai na phleserus, Miri . . .'

'A gad dy seboni, wir Dduw! Efo fi wyt ti'n siarad rŵan, Gwern, nid un o dy deganau bach gwag di. Toes arna i ddim angen dy lyfu di. Cadw dy dafod yn llaith ar gyfer gwlith Gwawr. Os feiddi di, wrth gwrs. O botel ddoth y lliw haul 'na ar 'i chroen hi. Fe wyddost hynny, mwn? A'r melyn yn 'i gwallt hi. Wn i ddim sut y medri di fyw efo'r holl flasau ffug 'na. Yn enwedig â chditha efo tafod mor ddelicét!'

'Yn ddigon hawdd,' atebodd Gwern yn gyflym, gan godi'i fforc lwythog i'r awyr cyn llyncu'r bwyd. A chodi ei wydryn wedyn a llowcio cegaid o win gyda'r un awch cellweirus.

'O'r gora!' ildiodd Miri. 'Nid cyfle i ddadla ydy heno i fod. Ti sy'n iawn. Rwy'n mwynhau'r pryd. Y gwin. Y gannwyll fach 'ma ar y bwrdd, sy'n llosgi mor llipa rhyngon ni. A dw i'n malio dim amdanat ti. Does gen i'r un uffarn o wahaniaeth be gebyst sy'n mynd ymlaen rhyngot ti a Gwawr.'

'Rwy am iti fwynhau'r bwyd. A'r lle 'ma,' sibrydodd Gwern yn ddwys. 'Ond dw i hefyd am iti falio . . . yn angerddol.'

'Malio am be yn union, Gwern bach?' gwylltiodd Miri. 'Am Siôn yn cael 'i draed tano yn y coleg? Mi ydw i. Am Mari'n lladd amsar yn ddigyfeiriad o gwmpas y tŷ 'cw? Mi ydw i. Ond meddwl amdanat ti dy hun wyt ti, fel arfar. Pan wyt ti am i mi falio, am imi falio amdanat ti wyt ti bob tro. Ti. A Gwawr, o bawb. Fel petawn i erioed wedi malio'r un iot am honno. Hyd yn oed pan oedd hi i fod yn ffrind i mi.'

'Sawl gwaith sydd raid imi ddeud wrtha chdi? Mae hynny drosodd ers misoedd lawer. Byth er y noson honno ddaru ti hel dy bac. Dw i heb 'i gweld hi. Heb dorri gair â hi.'

'Nid dyna stori Siôn. Mae hi wedi ffonio acw sawl gwaith, medda fo.'

'Ia. Heb dorri gair â hi o 'ngwirfodd oeddwn i'n ei feddwl,' prysurodd Gwern i achub y sefyllfa. 'Fedri di ddim dechra dallt mor wirion dw i wedi teimlo. Dw inna hefyd wedi diodde, wst ti? Dwyt ti heb weld hynny hyd yn hyn. Heb sylweddoli'r hyn dw i wedi bod trwyddo. Rwyt ti wedi bod yn rhy brysur yn tendio dy boen dy hun. Wel, digon teg! Fedra i ddallt hynny. Ond dw i'n ymwybodol iawn o faint y difrod dw i wedi'i achosi. Mae pob dydd yn benyd i mi . . .'

'Ydy o? Trwy'r dydd, bob dydd? Ai dyna wyt ti'n trio'i ddeud? O fora gwyn tan nos? O doriad Gwawr tan ei machlud?'

'Gei di watwar faint fynni di. Mae gen ti hawl. Rwyt ti wedi haeddu'r cyfle. Hyd yn oed fan'ma, mewn lle cyhoeddus, crand. Ty'd! Crea sîn go iawn. Lluchia win yn 'y ngwyneb i. Tafla'r bwced rhew 'ma ar y llawr. Dymchwela'r bwrdd. Be bynnag fynni di. Dw i am iti gael y boen sydd ynot ti allan o dy system. Ella wedyn y galli di ddechra gweld petha'n glir . . . Dechra maddau.'

Llithrodd yr euogrwydd i lawr ei chorn gwddf drachefn. Gyda'r gwin. Roedd hi wedi gallu maddau yn y gorffennol. Roedd Gwern yn iawn. Maddau ac anghofio. Cogio peidio â sylwi. Esgus peidio â gweld. Ei darbwyllo ei hun fod ganddi'r plant i'w hystyried yn anad neb. Ac osgoi wynebu'r ffaith ei bod hi, pan oedd hi'r un oedran ag oedd Mari nawr, wedi bod o'r un anian yn union. Yn ddigyfeiriad. Yn ddiuchelgais. Ac mor dlws!

'Rwy'n rhy hapus i godi twrw.'

'Rwy'n falch o glywed hynny.'

'Ac ar ben hynny,' aeth Miri yn ei blaen, 'faswn i byth am roi'r boddhad i ti o gael talu am y difrod. Fe alla i weld y wên ar dy wyneb di rŵan, wrth iti daro dy enw ar waelod siec a'i hestyn hi i'r póns 'na wrth y til. Lle mae'n fatar o glirio ar ôl llanast, wedi'i chael hi'n rhy hawdd wyt ti dros y blynyddoedd.'

Rhoddodd hynny daw ar y sgwrsio dros dro. A chanolbwyntiwyd ar y bwyta.

Wrth i'r hysteria o guro dwylo a gwenu gwag gael ei foddi gan y miwsig ar gwt rhyw raglen gwis go wachul ar y teledu, achubodd Mari ar y cyfle i ddweud ei bod hi am ganu'n iach. Roedd Gwydion eisoes wedi addo ei hebrwng yn ôl i'r dref. A phan ddechreuodd y rhaglen ddilynol, cymerodd Mari gysur o'r gred nad amddifadu ei hewythr ohoni yr oedd hi, ond ei arbed rhagddi.

'Mae'n ddrwg gen i'ch tynnu chi oddi wrth y teli,' rhagrithiodd yn dalog wrth gamu i'r landrofer at ei ymyl. Rhuthrodd oglau cŵn llaith i feddiannu ei ffroenau. Caeodd y drws yn glep ar ei hôl.

'Tydy o fawr o drafferth.'

'Ond fyddwch chi byth yn mynd fawr o olwg y simna ar nos Sadwrn fel arfer, fyddwch chi?'

'Rhaid gofalu dy fod ti'n cyrraedd adra'n ddiogel.'

'Wn i ddim a' i adra'n syth bìn a deud y gwir. Ella'r a' i i'r dre am newid. I weld pwy sydd o gwmpas. I gymryd golwg ar y lle.'

'Ydy hynny'n saff, dywed?' holodd y dyn yn syn, gan droi i edrych arni. Er iddo dynnu ei lygaid oddi ar y lôn, cadwodd ei ddwylo mawr yn gadarn ar yr olwyn.

'Ddowch chi ddim efo fi i wneud yn siŵr nad ydw i'n gwneud smonach o betha?' Clywodd Mari lygaid Gwydion yn symud oddi arni'n chwim wrth iddi holi. Mor welw oedd ei wyneb wrth iddo edrych arni! Bu'r gallu i wenu'n ddiymdrech yn sgìl nad oedd y cyhyrau yn wyneb ei hewythr erioed wedi medru ei meistroli, tybiodd. Dyna pam fod ei wep wedi gallu dweud cyfrolau mor fynych, heb fyth fynegi dim. Ei wallt cyn ddued â'r nos o'u cwmpas. Yn fwng o frain. A'i lygaid yn llawn glaw.

'Rwyt ti'n gwbod na ddo i ddim. Mi fasa dy Daid a dy Nain yn gofidio. Mae'n hwyr.'

'Newydd droi naw! Tydy hynny ddim yn hwyr.'

'Mae hi iddyn nhw.'

'Rwy'n ych caru chi, Yncl Gwyd,' sibrydodd Mari. Dynodai ei llais nad oedd hi ei hun yn gwybod pam ei bod hi'n gwneud y fath gyfaddefiad amlwg. 'Yn fwy na neb yn y byd i gyd yn grwn. Ar wahân i Dad, wrth gwrs . . . a Mam.'

'Be haru ti, hogan? Yn siarad mor wirion,' atebodd Gwydion yn lletchwith. (Roedd arno yntau ofn mynd am y wobr fawr, pryderodd.) 'Titha wedi cael coleg a phob dim. A lle mae'r hogyn hwnnw gen ti'r dyddia hyn? Hwnnw y buost ti'n byw efo fo dros y gaeaf diwetha . . . yn y garafán?'

'Rheinallt 'dach chi'n 'i feddwl? O! fûm i 'rioed yn perthyn i hwnnw mewn gwirionedd, Yncl Gwyd. Ddim o ddifri. Doeddan ni ddim o'r un anian.'

Ni allai Mari ddychmygu dim byd mwy ofer na'r cystadlu brwd, dibwrpas, dros ddim byd o bwys, yr oedd hi newydd ei ddioddef ar y sgrin fach yng Ngallt Brain Duon. Gwelai ei pherthynas â Rheinallt yn yr un modd a gobeithiai roi terfyn ar y sgwrs hon â phenawdau bras. Geiriau swta na ddywedent fawr ddim o bwys. I gofnodi canlyniadau perthyn yn ddiemosiwn. Ei dweud hi fel y mae. A thewi. Dyna'r ddelfryd. Ond gwyddai, hyd yn oed pan nad oedd gan hogan gof da ei hun, fod yna bob amser bobl eraill yn fwy na pharod i gofio ar ei rhan. I ddwyn ar gof. I ddweud mai fel hyn y bu. A dim gwahanol. *Wyt ti'n cofio rŵan? Cofio? Cofio? Oni ddaw o i gyd yn ôl? Dyma'r wobr y bu ond y dim ichdi'i hennill.*

Diawliaid oedd y rhai a fynnai ddwyn ar gof. Cythreuliaid yn cofio ar ran eraill. Y cwmwl tystion bondigrybwyll y cyfeiriai pawb ato mewn c'nebryngau. Nid fod Gwydion yn rhan o'r cwmwl hwnnw. Roedd yn wyn fel un o'r cyfryw dystion, mae'n wir. Ac yn dawel a diafael. Ond nid oedd yn niwlog. Nac yn wlanog. Nac yn llwyth o dywydd mawr.

Cododd Mari ei llaw dde at yr olwyn lywio a chyffyrddodd yn ysgafn â llaw y dyn. Roedd wedi anghofio peth mor ddwys y gallai distawrwydd fod.

'Priodi wnei di, toc. Fe gei di weld! Aros dy gyfle wyt ti.'

'Na,' gwadodd Mari heb unrhyw argyhoeddiad. Tynnodd ei llaw yn ôl wrth siarad. Troes ei hwyneb tua'r nos yn y ffenestr wrth ei hochr.

'Siŵr o fod.'

''Sgen i'r un blys i briodi.'

'Ond felly fydd hi. Gei di weld.'

'Dyna 'nhynged i, 'dach chi'n 'i feddwl? I hynny y do i yn y diwedd, doed a ddelo? Smwddio crysa a thronsys rhyw ddieithryn? Fel yna y bydd Dad yn breuddwydio am 'yn hapusrwydd i, dwi'n gwbod. Blynyddoedd diddiwedd o briodas, hyd oni'n gwahenir ni gan angau.'

'Wyt ti isho mwy?'

''Sgen i'm syniad be dwi isho,' atebodd Mari'n onest. 'Oeddach chi jest isho ffarmio a dim byd arall, Yncl Gwydion? Ar hyd ych oes?'

Hen gwestiwn gwirion! Fe wyddai pawb yn y greadigaeth mai unig uchelgais Gwydion ers iddo fod yn ddigon hen i stwffio'i droed i welington oedd cael dilyn llwybrau ei dad a chymryd at yr awenau yng Ngallt Brain Duon. Dyna pam, amheuai Mari, iddo fod mor ddiwedws o dyner gyda Siôn a hithau pan oeddynt ar eu prifiant. Mewn edrychiad yn unig y gallod Gwydion fynegi anwyldeb. Trwy chwerthin yn unig y gallod chwarae, er mor boenus hynny. Efallai fod ynddo ormod o sicrwydd cynhenid i fod angen swcwr plant. Ac nid oedd ganddo blant ei hun, wrth gwrs. Rhaid fod hynny'n ychwanegu at y lletchwithdod. Ond yn fwy na dim, ymresymodd Mari, roedd gan Gwydion y tir i'w garu. Eilbeth fyddai tylwyth iddo wedyn, tybiodd. Yn naturiol.

'Lwcus fuodd dy dad, yn ôl 'i arfar! Dy gael di wrth law i gadw tŷ iddo y funud y penderfynodd dy fam hel 'i phac.'

'Tydw i ddim yn cadw tŷ iddo,' protestiodd Mari. Trodd ei hwyneb i'w gyfeiriad, ond roedd gofynion y gyrru yn golygu ei fod yn cadw'i drwyn ar y ffordd o'i flaen. Gorweddai ei wallt golygus yn annisgwyl o drwchus a hir ar goler ei got. Synnodd Mari nad oedd hi wedi sylwi ar hynny ynghynt yn y dydd. Roedd hi'n rhy hwyr bellach. I werthfawrogi wyneb mor lân oedd ganddo. I genfigennu wrtho am fod mor fodlon. Fe ddychwelai at ei rieni. A'i ewythr. A'i fferm. Tra'i bod hithau wedi dewis y nos. Glaw mân. A dieithriaid rhonc.

Cyraeddasant ganol y dref a gofynnodd hithau am gael ei gollwng rhywle yng nghyffiniau'r sgwâr. Fe âi am ddiod. I chwilio am hen gydnabod ysgol. I geisio anghofio Gwydion a'r cysgodion gwlyb a'i hamgylchynai yng nghaban oer y cerbyd.

'Rwy'n falch nad wyt ti'n cadw tŷ i dy dad,' dywedodd y dyn yn sydyn, pan oedd Mari ar fin diolch iddo am y lifft a llithro i'r palmant o gaban oer y cerbyd. 'Hen ddiogyn fuodd o erioed. Mi fasa diwrnod caled o waith yn 'i ladd o.'

Roedd naws jôc wan ar y dweud. A gwenodd Mari'n gytûn, heb

allu dweud dim mwy wedi'r cyfan. Dim ond mwmial ei diolch a chrynu fymryn wrth ei weld yn gyrru ymaith.

'Nos da iti rŵan,' ebe Gwern yn hynaws. 'A diolch am dy gwmni.'
'Diolch i titha am y pryd,' ymatebodd Miri. 'Fe gesh i noson fach braf.'

Newydd barcio'r car ger gwesty Miri yr oedd Gwern. Tra'i bod hi'n datod ei gwregys diogelwch, bu yntau'n trefnu eu trannoeth. Pa bryd y dôi ei gynhadledd i ben. Pa bryd y galwai amdani.

'Nid noson fawr. Ond roedd hi'n noson dda,' ychwanegodd Gwern, braidd yn ddibwrpas a diarddeliad. Nid oedd am i'r sgwrs ddod i ben ar unrhyw gyfrif, er ei fod wedi hen dderbyn mai hi a gafodd yr oruchafiaeth heno. Yn eiriol. Yn gynharach. Dros swper. Ildiodd i'r anorfod. Derbyniodd fod ambell rownd yn golledig o'r dechrau. Ond gwyddai fod hon yn un ornest na ddeuai byth i ben. Hyd angau. Dyna'r llw.

A ph'run bynnag, dim ond eu geiriau fu'n cwffio fymryn heno. Gallai bob amser ei gysuro'i hun â'r atgof mai y fo fyddai'r trechaf bob tro yn gorfforol. Ymchwyddodd y balchder hwnnw o'i fewn, wrth iddo droi i'w hwynebu'n iawn yn sedd gyfyng y gyrrwr. Gan ei fod yn cymryd cysur o'r ffaith honno'n aml, fel rhyw swcwr gwyrdroëdig, nid oedd y cof am fuddugoliaethau felly byth ymhell o'i awch am gariad Miri.

'Cwrtais ydan ni efo'n gilydd heno, yntê?' ebe Miri'n ysgafn.
'Pan mae pobl yn gwrtais, does 'na neb yn cael 'i frifo,' oedd ateb Gwern.

Ni ddôi cyrff i'r cyffro heno. Dim cusan. Dim sws ar foch. Tybiai Gwern nad oedd fiw iddo hyd yn oed led awgrymu hynny. Dim ond geiriau fyddai rhyngddynt. Rhai miniog, o bosibl. Rhai gwenwynig. Rhai lletchwith. Ond dim ond geiriau ar ddiwedd y dydd. A chlywodd y gwaed a gorddwyd ganddynt yn llifo'n llonydd drachefn.

'Fe wela i chdi fory, felly. Nos da.'

Prin fod y geiriau wedi eu llefaru ganddi nad oedd Miri wedi agor ei drws, camu allan o'r car a cherdded yn sionc trwy glwyd y tŷ ac i fyny'r llwybr a arweiniai at ddrws ffrynt y gwesty.

Trwy ostwng ei ben a rhythu drwy'r ffenestr, gallai Gwern ddilyn ei chamre, ei cherddediad gosgeiddig a'r siaced felen laes yr oedd ef mor hoff ohoni. Oedd hi wedi gwisgo fel ag y gwnaethai heno i'w blesio neu i'w bryfocio? Ni allai Gwern benderfynu. Ond ymdeimlodd â phersawr y ffarwél disymwth a adawodd ar ei hôl. Fel blodau ffug, ffroenuchel o wneuthuriad dyn.

Diflannodd Miri i ddiogelwch ei llety heb edrych yn ôl.

Fe âi i'w llofft i wneud paned o de iddi hi'i hun, breuddwydiodd Gwern, gan ddychmygu ystafell fechan, bur ddigysur, lle câi Miri fwyta fferins ar ei phen ei hun a thaflu'r papur o dan y gwely o'r ffordd.

Gallai rhyw fod yn salw, meddyliodd wedyn, gan fflachio delweddau carlamus trwy ei ben er mwyn profi'r pwynt. Roedd am ladd ei flys yn derfynol. Am heno, o leiaf. Ond seithug fu'r ymdrech. Onid oedd wedi byw trwy ormod o bornograffi gyda gwragedd eraill i allu gwneud iawn â'r tynerwch a deimlai tuag at Miri? Dyna fu'r maen tramgwydd ar hyd y blynyddoedd. Ei odineb. A difaterwch diystyr ei weithredoedd.

Nid geiriau. Gallai ymdrin â'r rheini'n ddigon slic. Nid arian. Roedd haelioni cynhenid ei natur wedi ymestyn i'w boced yn ddibaid. Nid diffyg glendid pryd a gwedd. Roedd cryfder ei gorff a direidi ei wên wedi mynnu parch yr hogiau eraill er pan oedd yn ddim o beth. (Heb sôn am edmygedd y genod.) Creu ofn fu canlyniad hynny ar iard yr ysgol erstalwm. Yn yr ysgol fach leol ac ym mlynyddoedd cynnar yr ysgol uwchradd. Ond trodd y bwli'n dipyn o bishyn. Yn raddol. Gydag amser. Heb yn wybod iddo. Rhywbryd tua dechrau'r arddegau. Pan welwyd blagur y bersonoliaeth yn troi'n flodyn tra gwahanol i'r hyn a ddisgwylid. Yn galed o hyd, fel ag erioed. Roedd hynny'n wir. Ond yn glên, o'r diwedd.

Nid diffyg gweniaith na phres oedd ar fai am ei drafferthion presennol. Nid dyna a yrrodd Miri o'i afael. Ei gynneddf dreisgar, gocwyllt ac anwadal a wnâi bod yn wraig i Gwern Jones yn ddedfryd mor anodd ei derbyn. Fe wyddai Gwern o'r gorau. Diawliodd ei hun, wrth lywio'r car yn ôl i'w westy. Rhegodd ei hun yn huawdl am fod mor dwp. Ac yn y broses, fe fagodd ryw chwerwder anorfod a direswm tuag at Miri ei hun.

Wedi cyrraedd ei gyrchfan, canfu fod ei gyd-gynadleddwyr i gyd yn y bar o hyd. Oll yn dal ar eu traed. Yn prynu rowndiau o ddiodydd i'w gilydd. Ac yn cyfnewid straeon amheus am eu cydweithwyr. Am wleidyddion amlwg. Ac am ryw.

Ymunodd Gwern â hwy. Ac aeth Miri'n angof iddo am awr neu ddwy.

Poen. Y boen. Doedd 'run dyn byw yn werth y ffasiwn boen! Wrth i'r surni noeth ddirdynnu'i llwnc, gallai Gwawr dderbyn hynny fel ffaith. Cyhyrau'i stumog wedi eu stumio'n ddidrugaredd. Y cylla gwenwynig ar dân. Y pwmp yn blingo'r bol. Rhaid ei bod hi'n feichiog. Dyna fo! O'r diwedd! Roedd hi'n feichiog. A hithau—yr hulpen wirion â hi!— yn ceisio esgor trwy'r geg. Un jôc fach arall i'w hychwanegu at y lleill.

Poen fel boddi yn y ceubwll dyfnaf oedd yr hunllef a deimlai yn sgil yr ymdrech hon i gadw'n fyw. Budreddi du y gosb yn llenwi'r genau. Blas yr heli'n cochi'r bochau. Yn greulon fel y byddai Gwern yn greulon. A hithau wrth ei bodd. Bu hi'n loetran ar lwybr peryglus. Lôn y lloerig. Lôn y purdan. Lôn y bol sy'n llawn aflendid. A'r bont nad oedd yn mynd i unlle. Bu hi, fel pawb a garodd Gwern erioed, yn sefyll ar y bont honno.

Yr hyn a'i gwnâi hi'n wahanol i'r lleill oedd iddi edrych dros y dibyn. Ac yn sydyn, uwch ei phen, fe sylwodd ar wyneb nyrs, yn edrych i lawr arni'n oeraidd, fel un na faliai fawr am ffawd ei chlaf. Roedd rhai o dan ei gofal wedi dewis byw. Ac eraill wedi dewis marw. Synhwyrai Gwawr mai peiriant oedd yn gwneud y dewis trosti hi.

A gwyddai y byddai ganddi gythraul o boen yn y bol yn y bore.

'Na, dim diod arall i mi,' ebe Mari, gan ysgwyd ei phen yr un pryd, rhag ofn nad oedd ei llais yn cario uwchben y sŵn. 'Mae'n hwyr.'

Maelgwyn oedd enw'r dyn yr oedd hi yn ei gwmni, yn ôl a ddeallai Mari. Ond mynnai mai fel Mal yr hoffai gael ei adnabod. Nid oedd hithau wedi cynnig unrhyw anogaeth iddo yn ei ymdrech rwystredig i godi sgwrs. Ond nid oedd wedi ei lwyr anobeithio ychwaith. Ers hanner awr a mwy bu'n tybio mai annifyr fyddai cael ei gadael ar ei phen ei hun. Ond erbyn hyn, roedd hi'n hwyr ac nid oedd ganddi ddim i'w golli. Roedd hi'n bryd troi tuag adref. A rhoi taw ar yr artaith.

Rhyw esgus digon tila am ogof y fall oedd y disgo hwn ar y gorau, meddyliai Mari. Er nad oedd wedi bod ar gyfyl y lle ers ei dyddiau ysgol, nid oedd fawr ddim wedi newid. Ar wahân, mae'n ymddangos, i'r rhai a fynychai'r lle bob nos Sadwrn. A'r miwsig. Ond yr un oedd yr hen ystafell siabi uwchben un o dafarndai'r dref, gyda hen ddynion yn chwarae dominos oddi tanynt, hogiau meddw'n bygwth codi twrw mewn corneli a phedlwyr cyffuriau'n llygadu darpar gwsmeriaid yn y tywyllwch llachar. Dyma beth oedd hofel! Lle i anian ddod o hyd i'w draed. A chyfle i ieuenctid chwythu ei blwc. I un fel Maelgwyn, roedd fflach y lliwiau, y tarth a'r twrw oll yn guddliw gwych i ansicrwydd. Mewn mwg a thorf, gallai wneud ei orau glas i hogi ei hyder heb i neb sylwi ar y chwys a'r atal dweud.

Ond daeth diwedd ar swyn y dawnsio geiriol a'r siarad swil lle na chlywid prin yr un sill yn eglur gan y naill na'r llall. Na, doedd ar Mari fawr o awydd tships. Na phryd Indiaidd. Ac heb os nac oni bai, nid oedd am fynd am dro i lawr wrth y cei. (Bu'n rhaid iddi guddio gwên wrth wrthod y cynnig olaf hwnnw. Trwy lwc, roedd y tywydd o'i phlaid.)

'Mae'n siŵr mai chdi sy'n iawn,' ildiodd Mal o'r diwedd. 'Mae wedi mynd braidd yn hwyr.'

'Rhaid imi'i throi hi.' Llyncodd Mari weddill ei gwydraid ar ei dalcen a'i roi ar silff gyfagos. 'Roedd hi'n braf cael sgwrs. Nos dawch, rŵan.'

Gyda phendantrwydd bwriadol, dechreuodd gerdded oddi wrtho at y grisiau cyn i'r ffarwelio ddod i ben, gan edrych ymlaen at awyr iach y stryd.

'Mae'n dda cael mynd o'r sŵn 'na, yn tydy?' Daeth llais y dyn i'w chlyw cyn iddi gyrraedd gwaelod y grisiau. Yn fwy eglur o dipyn na chynt. Er bod gwynt ffags a drewdod cwrw'n dod i'w chanlyn yng ngwallt anniben y dyn.

'Iawn 'ta!' meddai Mari'n gadarn pan ddaeth allan o afael y dafarn yn derfynol. Roedd hi wedi ei chythruddo braidd ei fod wedi ei dilyn. 'Adra ydy'r lle gora. Diolch am y sgwrs.'

''Sgen ti ffordd bell i fynd?' holodd Mal. 'Gei di lifft gen i os mynni di. Draw fan'cw mae'r car.'

'Na. Mi fydda i'n iawn, diolch iti. Yli, mae wedi stopio bwrw a phob dim.'

Estynnodd Mari ei llaw allan yn obeithiol. Roedd hi'n hindda. Rhyddhad.

'O! O'r gora, 'ta! Jest cynnig oeddwn i, dyna i gyd.'

'Dim problem. Mi fydda i'n iawn, wir yr.' Heb yn wybod iddi hi ei hun, bron, sylweddolodd Mari ei bod hi wedi dechrau cerdded yn ei gwmni. I gyfeiriad ei chartref, mae'n wir, ond i gyfeiriad ei gar yntau hefyd, mae'n rhaid. 'Fe ddeuda i nos da unwaith eto. Dyna fasa ora rŵan, rwy'n meddwl. I chdi gael cyrraedd dy gar a mynd adra.'

Roedd hi wedi aros yn stond ar ganol y palmant ac wedi troi i edrych arno am y tro cyntaf ers iddynt ddod i olau'r stryd. Hogyn tal, eiddil yr olwg oedd Maelgwyn. Mab fferm o'r ardaloedd cyfagos, barnodd. Ond un annhebyg iawn i Gwydion. Ac annhebyg iawn i'w thad. Cymharodd ef â'r ddau heb feddwl. Yn reddfol. Ac ar amrantiad. (Onid oedd hi wedi gweld lluniau o'i thad yn gynharach? Ar ddresel Nain. Lluniau du a gwyn ohono pan oedd yn ei arddegau. Mewn siorts bocsio a'i ddyrnau wedi eu codi at y camera. Mewn cadair eisteddfodol a choron ar ei ben.)

'Doedd 'no neb roeddat ti'n 'i 'nabod?'

'Sori!' Tynnwyd Mari o ffrâm ei meddwl.

''Nôl fan'cw? Yng nghanol yr holl hyrdigyrdi 'na?'

'Na,' atebodd Mari'n onest. 'Doedd 'no neb. Ddim heno. Rown i wedi meddwl ella y basa rhai o'r hen griw rown i yn yr ysgol efo nhw yno. Ond rhaid 'u bod nhw i gyd wedi aros adra i edrach ar ôl 'u babis.'

''Swn i byth isho plant yn rhy ifanc,' ebe Maelgwyn. 'Gormod o gyfrifoldeb.'

Rhaid ei fod wedi cael amser i nôl ei got o rywle, rhwng llyncu gweddill ei beint a'i chyrraedd hi ar y grisiau. Newydd sylwi ar y got yr oedd Mari. Trowsus llwyd a siwmper wlân, streipiog, fu'n sefyll yn ei hymyl yn y disgo. Yn sydyn, roedd yr hogyn mewn cot raenus. Ond edrychai'n henaidd amdano. Y got honno. Yn anffasiynol. Ac anghysurus.

'Na. Na finna,' cytunodd Mari o'r diwedd. 'Dw i wedi gweld be fedar plant 'i wneud i briodas. Toes gan fy rhieni i rai?'

'Jôc dda!' cymeradwyodd Mal yn ymdrechgar, gan chwerthin yn annaturiol o uchel.

Camodd Mari'n ôl oddi wrtho mewn braw. Roedd hi yng nghwmni seico hanner-pan o dwll tin y wlad! Rhyw nytar go iawn o Abernunlle, meddyliodd!

'Cym ofal lle ti'n mynd, yr ast wirion!' Daeth llais llanc y tu cefn iddi i frathu ar draws ei thipyn ofn. Nid oedd Mari hyd yn oed wedi sylwi ar fodolaeth y criw y baglodd yn eu herbyn.

'Gad lonydd iddi,' ebe Mal yn ddewr.

'O, ia! Neu be wyt ti am wneud ynghylch y peth, 'ngwash i?' Yn sydyn, trodd yr un llanc a chyrn ar ei draed yn rhes o lanciau corniog tebyg. Gwaed bore ddoe yn dal i gymell yn eu dyrnau a chleisiau bore fory yn dal heb eu hennill eto.

'Mae'n ddrwg gen i, reit,' prysurodd Mari i ymddiheuro.

'A be sy gen ti i'w ddweud am hynny, y cachwr uffarn?' Heriodd y llanc Maelgwyn, gan gamu ato'n fygythiol.

'Be 'dy'r matar yn fan'ma, 'ta?'

Ochneidiodd Mari ei rhyddhad pan glywodd y llais awdurdodol. A phan welodd y wisg. Heddwas. A hwnnw, yn groes i'r hen wireb, wedi ymddangos lle'r oedd ei angen pan oedd ei angen. Un cydnerth, canol oed ydoedd. Un braidd yn dew, a dweud y gwir. Ond un a gyrhaeddodd mewn da bryd i achub sefyllfa hyll rhag troi'n hyllach.

'Fi ddaru gamu ar droed yr hogyn 'ma,' eglurodd.

'Sgidia gora fi, Sarj,' torrodd y lefryn ar ei thraws.

'Mae'r ferch ifanc wedi ymddiheuro,' meddai Mal.

'Does 'na ddim byd mwy i'w ddeud, felly,' barnodd y plismon. A chan droi at yr un y damsangwyd ar ei droed, ychwanegodd, 'Dw i'n awgrymu dy fod ti a'r *band of hope* 'ma s'gen ti'n dy ddilyn di yn cau pen y mwdwl am heno. Wedi mynd braidd yn hwyr am sgarmes rŵan, tydy, lads? Gwell lwc nos Sadwrn nesa, hogia bach!'

Camodd y bygythiwr yn ôl o'i osgo ymladdgar. Yn anfodlon. Ac yn ddi-ildio ei leferydd. 'Well i chdi watshad dy hun, 'ngwash i,' ebe wrth Mal. 'Fe gawn ni chdi, hwyr neu hwyrach.'

Gwelwodd Maelgwyn a throes yn ddi-lol i groesi'r ffordd at ei gar, gyda bygythiadau a rhegfeydd y codwyr twrw yn diasbedain yn ei glustiau.

'Un funud fach.' Tynnwyd ef yn ôl at y palmant gan lais awdurdod. At y ferch. At y lifrai las. 'Mynd i rwla neilltuol, ydach chi, gyfaill?'

'Ar y ffordd adra ydan ni, offisyr,' ymyrrodd Mari, oedd wedi gweld y golau coch ac wedi penderfynu camu i'r adwy.

'A ble mae'ch car chi?'

'Y Volvo 'cw draw fan'cw,' atebodd Mal, gan godi ei fys at ochr arall y ffordd.

'Y chi piau fo, ia, syr?'

'Ia. Ond y fi sy'n mynd i yrru,' prysurodd Mari i ateb. 'Wrthi'n estyn y goriada imi oeddat ti, yntê Mal, pan ddechreuodd yr hogia 'na ar 'u petha. Cofio?' Camodd heibio i'r hogyn yn hyderus wrth siarad, gan gymryd yr allweddi o'i law.

'Diolch ichi am ych cymorth,' gwaeddodd yn ôl at yr heddwas, gan ddatgloi drws y gyrrwr a chymryd ei sedd. Agorodd Mal y drws arall ac eistedd yn ei hymyl.

Taniodd Mari'r injan. Cyneuodd y goleuadau. Ac ar ôl sibrwd am gymorth gan Mal, gweithiodd y golau bach a fflachiai i nodi ei bod hi am symud i ffrwd y traffig. Rhyddhaodd y brêc yn araf. Cododd ei throed chwith oddi ar y clytsh a gwasgodd ei throed dde ar y sbardun.

Yn dyner, dyner. Yn y drych bach uwchben, gallai weld fod y plismon—a fu'n achubwr ond a droes yn erlidiwr—yn dal ei dir. Yn sefyll yn fygythiol. Yn craffu ar bob modfedd o daith y car o'i le parcio i lif y drafnidiaeth.

Cropiodd y car o'i arosfan ac anadlodd Mari ei rhyddhad wrth i'r heddwas fynd o'r golwg i lawr y stryd.

'Ffiw!' ochneidiodd y dyn. 'Diolch iti.'

'Croeso, tad! Roedd hi'n berffaith amlwg dy fod ti wedi yfed gormod i yrru'n gyfreithlon.'

'Oedd hi? Be wn i?'

'Wel! Roedd y slob 'na ar fin dod i wybod, cred di fi.'

'Diolch iti. Nid pawb fasa wedi sylweddoli be oedd gan y diawl mewn golwg.'

'A dw i'n cael hwyl go dda arni, yn tydw? O feddwl nad oes gen i drwydded yrru. Tydw i ddim yn bad. Bydd yn onest!'

'Be?' neidiodd Mal yn ei sedd. 'Stopia'r car 'ma. Car Mam a Dad ydy o. Ac mi fedrat 'yn lladd ni i gyd.'

'Paid â chynhyrfu gymaint! Mi ddeudist di dy hun 'i bod hi'n strôc dda. A 'dan ni bron wrth 'yn tŷ ni rŵan, p'run bynnag. Dyma fi wedi cael lifft adra gen ti wedi'r cyfan, yli!'

Wrth siarad, dringasant o ferw'r dref i ganol strydoedd cysglyd swbwrbia. Roedd y gwaethaf trosodd. Yn herciog a swnllyd, llwyddodd Mari i gael y car i sefyll o flaen y tŷ.

'Diolch i Dduw am hynny,' meddai Mal.

'Wn i ddim be ddoth drosta i a deud y gwir. Rwy wedi cael gwersi di-ri, wrth gwrs. Ac wedi bod allan ambell fin nos efo Dad. Ond tydy'r prawf ddim am chwech wythnos arall. *Formality* yn unig fydd hynny, 'swn i'n meddwl. Be ddeudi di?'

'Dwyt ti ddim yn gall.'

'I'r gwrthwyneb. Dw i'n hynod o gall, ichdi gael dallt! Synnwn i fawr nad y fi ydy'r galla fuodd yn 'yn teulu ni erioed.'

'Ond be tasa'r sliwen las 'na wedi gofyn am weld dy drwydded di?'

'Wel! Ddaru o ddim. Ond mi fasa wedi gofyn i ti chwythu i'w falŵn o tasat ti wedi meiddio mynd ar gyfyl y llyw 'ma. Does dim yn sicrach.'

'Cythraul o hogan wyt ti. Digon i sobri unrhyw ddyn.'

'Rŵan, hoffet ti baned o goffi cyn mynd ar dy ffordd? Neu de?

Dyna'r unig ddau ddewis sy gen ti, inni gael hynny'n glir cyn iti roi troed dros y trothwy.'

'Dallt i'r dim,' atebodd y dyn yn lletchwith, fel petai meddwl chwim y ferch yn ddigon o dric iddo allu ymdopi ag ef am un noson. Derbyniodd y cynnig.

Cerddodd y ddau trwy'r clwydi dwbl ac i lawr y dreif, cyn i Mari ei arwain rownd talcen y tŷ ac i mewn trwy ddrws y cefn. Rhoddodd hithau degell i'w ferwi'n syth. Diosgodd ei chot a rhoi powdwr coffi mewn dau fŵg.

Pan ofynnodd Maelgwyn a gâi ddefnyddio'r tŷ bach, cyneuodd hithau olau'r cyntedd ac aeth gydag ef at waelod y grisiau i'w gyfeirio at yr ystafell gywir. Prin wedi dychwelyd i'r gegin yr oedd hi pan ganodd cloch drws y ffrynt.

Camodd yn ôl i'r cyntedd yn betrusgar a thrwy'r gwydr rhesog yn y drws gallai weld lwmpyn solet o las yn erbyn düwch y nos yn y cefndir.

'Hylô! Pwy sy 'na?' galwodd, gan gamu'n nes.

'Yr heddlu!' oedd yr ateb. Adnabu Mari lais y swyddog y bu'n siarad ag ef ynghynt. Agorodd y drws, heb dynnu'r gadwyn ddiogelwch o'i chrafanc.

'O! Chi sydd 'na. Be ydy'r broblem?'

'Dim problem, gobeithio,' atebodd y plismon. 'Digwydd sylwi wrth yrru heibio fod ych car chi allan ar y lôn. Ac heb 'i barcio'n ddestlus iawn. Fe wnes i 'i nabod o, 'dach chi'n gweld! Fyddech chi cystal â thynnu'r tshaen yma i ffwrdd? Dyna eneth dda! Mae arna i angen siarad efo chi'n iawn. Wyneb yn wyneb, fel petai. Yn y cnawd.'

Ufuddhaodd Mari, ei chalon yn curo gan ryw bryder nad oedd modd iddi roi ei bys arno'n union.

'Dw i'n digwydd gwybod mai tŷ Gwern Jones ydy hwn a'i fod o a Mrs Jones i ffwrdd am y penwythnos. Fe welais i olau. Hynny wedi tynnu fy sylw, 'dach chi'n gweld. Ynghyd â gweld y car wedi'i adael ar y lôn.'

'Tydy Mrs Jones ddim hyd yn oed yn byw yma bellach. Wela i ddim fod yna ddim byd allan o'r cyffredin wedi digwydd heno.'

'Ddim eto, ella,' atebodd y plismon. 'A gobeithio'ch bod chi'n iawn, yntê? Ac y gwelwn ni i gyd y bore yn ddigyffro. Tydy Mrs Jones ddim wedi cael 'i gweld rhyw lawer yn y parthau hyn yn ddiweddar, 'dach chi'n iawn.'

'Y fi ydy'i merch hi,' ebe Mari'n ddiamynedd. 'Fe ddylwn i wybod. Ac mae gen i berffaith hawl i fod yma. Dyma 'nghartref i.'

'Wel, braf iawn! A lwcus ydach chi hefyd. Chi a'ch gŵr! Cael tŷ mawr crand fel hwn i chi eich hunain.' Wrth siarad, amneidiodd yr heddwas i gyfeiriad y grisiau, lle'r oedd Maelgwyn yn cerdded i lawr yn ara deg o'r tŷ bach. 'Diogi wnaeth ichi adael y car ar y ffordd fawr, mae'n debyg. Gormod o drafferth gynnoch chi droi'i drwyn o i mewn i'ch tir ych hun, o ffordd pobl eraill. Neu ella mai angen awyr iach oedd arnoch chi? Tipyn o ddreif gynnoch chi yn fan'ma. O ddrws y ffrynt i'r ffordd. Cyfle i gael ych gwynt atoch, mae'n debyg.'

'Diogi,' atebodd Mari'n bendant. 'Dyna'r rheswm. Dyna pam mae'r car allan ar y lôn.'

'A does neb yma'n bwriadu mynd ymlaen â'i daith heno? Nid dyna pam y gadawyd y car mewn man anghyfleus a braidd yn beryglus?'

'Nage, wir, offisyr.'

'Dyma'ch cartref chi. Ac rydych chi yma am y nos.'

'Yn hollol. Ond os ydych chi'n meddwl fod angen symud y car . . .'

'Dydych chi ddim wedi parcio'n anghyfreithlon, fel y cyfryw. Does gen i ddim hawl gofyn ichi'i symud o. Fe gaiff aros fan lle mae o, os ydach chi'n hapus efo'r anghyfleustra i yrwyr eraill.'

'Rwy'n meddwl 'mod i'n hapus,' atebodd Mari.

'A'ch gŵr? Beth amdanoch chi, syr?'

'Nid fy ngŵr i yw hwn . . .'

'A tydw i ddim yn ffit i yrru,' ychwanegodd Mal trosto'i hun.

'Na. Digon gwir. Ac yma y byddwch chi, felly. Am y noson.'

'Hyd y gwela i, mae pawb yn lled ddiogel, yn tydy?' awgrymodd Mari. 'Y car. Y fi. A fo.'

Trodd yr heddwas ar ei sawdl yn araf. Dymunodd 'Nos dawch' i bawb dan ei wynt. A chaeodd Mari'r drws mewn rhyddhad ar ôl iddo fynd. Arhosodd yno am rai eiliadau mud, yn rhythu drwy'r ffenestr aneglur ar y glesni mwll yn diflannu i'r tywyllwch.

'Rwyt ti'n hogan boblogaidd heno,' ebe Maelgwyn yn ei lais dihyder, cryg. 'Pawb am gael gafael arnat ti, mae'n ymddangos.'

'Am be wyt ti'n sôn rŵan?'

'Tair neges iti ar y peiriant ateb. Yli!' A dyna lle'r oedd golau bach coch y teclyn yn fflachio'n rheolaidd. Unwaith. Ddwywaith. Deirgwaith. Ailgyfeiriodd Mari ei chasineb oddi wrth y plismon at y teclyn. Roedd yn union fel goleudy. Yn ei rhybuddio fod bodau dynol eraill yn ymguddio yn y niwl. Yn barod i'w dryllio dim ond i long ei

90

llais daro yn eu herbyn. A heno, eisoes, roedd hi wedi gorfod siarad. Clebran. Dweud celwydd. Ei chyfiawnhau ei hun. A gwyddai fod y golau'n cymell yn ogystal â rhybuddio. Dyna hanfod ei dwyll. Dyna'r drychineb.

Gwasgodd Mari'r botwm, gan ddisgwyl yr ergyd gyntaf.

Gwyddai Gwawr mai Dafydd oedd yno. Yn eistedd gyda'i goesau wedi'u plethu a'i freichiau ar draws ei frest. Ar gadair anghysurus, nid nepell o erchwyn y gwely. Digon agos iddi hi allu estyn ato, meddyliodd. Dyna'r bwriad. Dyna'r drefn. Ond ni freuddwydiai Gwawr am wneud dim byd o'r fath. A gwyddai mai gwaradwyddo a wnâi Dafydd petai hyd yn oed yn codi llaw i'w gyfeiriad.

Dod o ymdeimlad o ddyletswydd a wnaethai, ymresymodd Gwawr yn niwlog. Yr awdurdodau wedi ymgysylltu ag ef gan mai ef oedd y *next of kin* o hyd, chwedl hwythau. Ei phriod ŵr. Yr un yr oedd disgwyl iddo gario'r baich, yn ôl ffurfioldeb y drefn. Rhyw hen raffau felly—y rhai lle mae cydwybod a rheidrwydd yn cyd-blethu—a'i tynnodd yno ati.

'Dos o'ma,' sibrydodd Gwawr trwy ei bloesgni.

'Paid â thrio siarad. Does dim angen iti ddweud dim.' Gorfodai Dafydd ryw arlliw tawel o garedigrwydd i ddiferu trwy ei lais. Ond gwyddai Gwawr yn ddigon da fod ei amynedd yn brin.

'Nid y chdi s'gen i isho,' cyhoeddodd hithau'n groch.

'Ond y fi ddoth.'

Roedd hynny'n wir. Gwern oedd ei dewis, ond yr hen Ddafydd a ddaeth. Er nad negeseuon iddo ef fu yng ngheg y colomennod. Calon Gwern fu cyrchfan pig pob llatai a ddanfonasai. Ond cawsant oll eu saethu fesul un ac un. O'r nen. Wrth iddynt groesi'r clogwyn. Gallai Gwawr ddychmygu eu diflaniad yn y dryswch. Yn gyrch o awyrennau gwynion. Yn cael eu dwyn o'r entrychion. Nes disgyn yn gelain ar wyneb y dŵr.

Wylodd Gwawr, heb allu dannod dim byd ymhellach i Dafydd.

Roedd hwn, o leiaf, wedi dod. Chwarae teg iddo. Eisteddai'n llonydd ar y lan. Yn sych. Heb rwyd. Ni chafodd yr un gair clên i'w groesawu. Ni châi'r un gair o ddiolch wrth fynd. Cyrhaeddodd yn ddiwahoddiad. Byddai'n gadael heb yr un cyffyrddiad. A'i ddwylo'n lân.

Neges Gwawr oedd y gyntaf a glywodd Mal a Mari. Geiriau bychain, trist, wedi eu taflu'n esgeulus fel cerrig mân at ffenestr siambr rhyw gariad anfoddog. Nid i dasgu'n dyner. Nac i ddeffro. Ond i deilchioni. Sŵn y darnau'n dryllio i'w glywed yn ei llais. A hwnnw'n gysglyd a bygythiol yr un pryd. Yn gyhuddgar, gwallgof ac amrwd. Annealladwy hefyd ar brydiau. Esgyll cloff o eiriau. Oll wedi eu hanelu at ddyn o'r enw Gwern.

Gwenodd Mari'n lletchwith ar Mal ar y diwedd, gan ddweud, 'Neges i Dad oedd hon'na.'

Neges iddi hi ei hun oedd yr ail. Rheinallt oedd yno, gyda rhesymau newydd i'w cynnig iddi pam y dylent ddod yn ôl at ei gilydd. 'Yn eitem drachefn,' chwedl yntau. Roedd ganddo gynlluniau newydd y credai'n gydwybodol ynddynt. Cynlluniau y byddai hi'n ffôl i beidio â'u hystyried—yn ôl ei honiad. Nid oedd gronyn o angerdd Gwawr yn ei lais. 'Run iot o flys.

Druan o Rheinallt, tybiai Mari! Nid enynnai'r un ymateb. Rhyw rwgnach diflas oedd ei ymbiliadau. Dyna i gyd. Sawl gwaith yr oedd yn rhaid iddi ddweud wrtho nad oedd ganddi fwriad yn y byd i fynd yn ôl ato? Nid oedd amlhau dulliau cyfathrebu yn gwneud deall ronyn yn haws. Os rhywbeth, roedd perygl i leisiau fynd yn aml-oslef wrth gael eu hatgynhyrchu'n aml-gyfryngol. Âi negeseuon heddiw yn niwlog mewn modd nad oedd modd i siarad plaen, wyneb-yn-wyneb, y gorffennol ei wneud.

Dyna pam fod perthyn wedi mynd yn anos. Am nad oedd cyfathrebu'n syml mwyach. Gyda dawn dweud diflewyn ar dafod y gorffennol, byddai Rheinallt wedi deall ers meitin fod ei diddordeb ynddo ar ben. Ond erbyn heddiw, rhyw rygnu ymlaen a wnâi ei obeithio, gan ei fod yn coleddu, yn gwbl gyfeiliornus, y gobaith nad oedd hi wedi ei mynegi ei hun yn dda iawn yn ei llythyr, mai ffurfioldeb y peiriant ateb oedd wedi camliwio'r neges a adawodd iddo, nad oedd hi mewn gwirionedd wedi meddwl yr hyn a ysgrifennwyd ganddi ar y neges ffacs.

'Cyn-gariad imi,' eglurodd Mari'n ddidaro yn y bwlch o ddistawrwydd a ddilynodd y diflastod. 'Tipyn o boendod, ond mae'n ddigon diniwed.'

'Dafydd sy 'ma. Wyt ti yna, Gwern?' dechreuodd y drydedd neges. 'Ma' Gwawr wedi bod yn ceisio cael gafael arnat ti, yn ôl y sôn. Bygwth gwneud amdani'i hun os na ddoi di'n ôl ati. Wel! Gan na ddaru ti ddychwelyd yr alwad mae hi wedi cyflawni'r bygythiad. Wedi gwneud 'i gorau glas i'w gyflawni o, o leiaf. Mi fyddi di'n hapus rŵan, mwn? Ond tydy hi ddim, gwaetha'r modd. Yn y 'sbyty mae hi. Pob math o betha wedi'u pwmpio o'i pherfadd hi, yn ôl y doctor. Dal i alw amdanat ti mae hi. Chesh i ddim cymaint â diolch yn fawr am fynd i'w gweld hi.' Distawrwydd am ennyd. 'Isho iti wybod oeddwn i. Rhag ofn yr aet ti i'w gweld hi.' Distawrwydd byr arall. 'Gobeithio nad wyt ti acw, jest yn gwrando arna i'n mynd trwy 'mhetha fel hyn. Cod y ffôn os wyt ti yna. Glywist ti fi?' Egwyl arall. 'Rhaid inni siarad. Nid 'y nghyfrifoldeb i ydy Gwawr. Rhaid i chdi a hitha ddallt hynny. Dos i'w gweld hi os wyt ti erioed wedi meddwl rh'wbath ohoni.'

Edrychodd Mari a Maelgwyn ar ei gilydd yn anghrediniol.

'Gwraig hwnna ddaru adael y neges gynta glywson ni,' cyhoeddodd Mari, fel petai hynny i fod i egluro'r sefyllfa'n llawn i'r dyn. 'Tyrd trwodd i'r gegin. Siawns nad ydy'r tegell 'na wedi berwi bellach.'

Roedd hi wedi bod yn ddiwrnod hir. Ond dal i geisio cysylltu â'i gilydd oedd diléit pobl.

Roedd hi a Mal dan warchae. Byddai'n rhaid i'r hogyn aros am rai oriau eto, rhag ofn i'r plismon tew ei ddal yn gyrru ymaith.

'Tynn atat,' ebe Mari, gan basio pecyn o fisgedi ar draws y bwrdd i'w gyfeiriad. Roedd hi wedi penderfynu ceisio dod i'w adnabod wedi'r cyfan.

'Mi fydd hi yno tan ddydd Mawrth neu ddydd Mercher o leiaf,' ebe Dafydd.

'O!'

'Chaiff hi ddim dod oddi yno tan iddi weld seiciatrydd, meddan nhw. Hwnnw sydd i benderfynu be 'di'r matar arni a be ddyla ddigwydd nesa.'

Roedd hi'n weddol amlwg beth oedd y mater arni, tybiodd Gwern! A'r hyn a ddylai ddigwydd iddi nesaf fyddai derbyn cythraul o chwip din, nes bod ei bochau hi'n tasgu! Dyna oedd ei haeddiant am fod yn hogan ddrwg. Ac am fod yn gollwr mor wenwynllyd yng ngêmau'r bobl fawr. Dyna fyddai ei dewis hithau hefyd, petai ganddi'r dewis. Petai hi wedi cael ei chosbi'n amlach . . . ei darostwng yn amlach . . . ei chleisio'n amlach . . . fyddai hi ddim ar wastad ei chefn mewn rhyw ysbyty oer yn ymladd am ei heinioes. Byw am ei chosb yr oedd hi. Ni welodd Gwern erioed neb parotach na hi i gydymffurfio â'r drefn. Pa fath o ddyn oedd Dafydd nad oedd erioed wedi adnabod ei wraig ei hun yn ddigon da i sylweddoli hynny? Digon hawdd i hwnnw ddod i darfu arno ef ar nos Sul fel hyn a thaflu cyhuddiadau i bob cyfeiriad. Ped edrychai yn y drych fe welai wraidd problemau Gwawr yn rhythu'n ôl arno.

Am nad oedd neb arall yn barod i weinyddu ei haeddiant iddi y bu'n rhaid i Gwawr fynd ati i'w chosbi ei hun. A mynd am y gosb eithaf yn ei rhwystredigaeth. A methu wedyn, wrth gwrs. Ffaith fach a fyddai'n ychwanegu'n fwyfwy at ei hunan-gasineb a'i chred yn haeddiant ei chosb. Oedd, drwyddi draw, gwamalodd Gwern ymhellach, yn dro bach creulon arall yn y pair.

Troes Gwern ei wyneb o olwg Dafydd, rhag ofn i'w feddyliau droi'n wên er ei waethaf. Roedd eisoes wedi mynegi'i gydymdeimlad â'r dyn. Ar y ffôn ar ôl cyrraedd adref a chael y neges, ac eto rai munudau ynghynt, wyneb yn wyneb, ar ôl i Dafydd fynnu cael galw yn y tŷ i'w weld.

'Does arna i'r un cyfrifoldeb trosti bellach,' mynnodd Gwern. 'Er 'mod i'n flin, fedra i wneud dim mwy na chydymdeimlo. Dim ond Gwawr ei hun all feithrin digon o ewyllys i fyw.'

'Ond fe welodd hi chdi echnos, medda hi.'

'Nos Iau i fod yn fanwl gywir,' ebe Gwern. 'Do, fe ges i ddiod efo hi. Ond dim ond am 'i bod hi'n fwrn. Fy hambygio i bob cyfle gaiff hi. Ffonio'r offis. Ffonio fan'ma, i'r tŷ . . .'

'Mae'n ddrwg gen i fod 'y ngwraig i wedi troi'n dipyn o niwsans iti. Fe alla i, wrth gwrs, ddallt fod hynny'n wir. Ond wyt ti wedi cysidro ella fod y petha hyn i'w disgwyl? Fel mae nos yn dilyn dydd. Wedi'r cyfan, fuodd godineb erioed yn fêl i gyd.'

'Naddo!' ebychodd Gwern yn smala. 'Na, mae hynny'n ddigon gwir. Ac fel y deudish i eisoes wrth Gwawr, mae'n wir flin gen i iddi roi cymaint o bwys ar ryw chwarae diniwed . . . O'r gora,' rhuthrodd i'w gywiro'i hun, 'nid diniwed ydy'r gair rwy'n chwilio amdano. Dw i'n derbyn nad ydy'r petha 'ma byth yn ddiniwed . . .' Baglodd am rywbeth pellach i'w ddweud am eiliad. Ac ni wnâi Dafydd bethau ddim haws iddo, trwy wrthod eistedd a mynnu sefyll wrth y ffenestr fel petai rhywun ar fin dwyn ei gar o'r dreif. 'Mae bai ar dipyn o bawb, decini! Ond tydw i ddim am wastraffu ynni yn trafod y peth rŵan. Nid efo chdi, Dafydd. Miri ydy'r unig un sy'n haeddu clywed pob eglurhad posib. Hi ydy'r unig un ddiniwed yn hyn oll. Hi a neb arall. A thrwy drugaredd, tydy hi ddim am glywed gair ymhellach ar y pwnc . . .'

'Wedi maddau iti, ydy hi? Unwaith eto? Wela i mohoni yma, chwaith. Adra ar yr hen aelwyd hoff . . .'

'Cadw di dy drwyn o 'mriwes i a Miri,' bygythiodd Gwern. 'Does arna 'im angan dy gymorth di i roi trefn ar 'y ngwraig.'

Dyna a wnaeth y gynddaredd a deimlai Gwern tuag at Gwawr yn waeth ers clywed am ei chastiau diweddaraf. Sylweddoli'r effaith a gâi hynny arno ef a Miri. Roedd wedi gyrru adref o Dai Lôn yn hunanfodlon, gan ei longyfarch ei hun ar benwythnos llwyddiannus iawn lle roedd Miri yn y cwestiwn. Bu Siôn fel llo, fel arfer, ond roedd yr argoelion am gymod gyda Miri yn dda. Sgwrsio di-lol a sawl gwreichionyn o'r hen gynhesrwydd wedi codi i'r wyneb, ynghyd ag ambell bwniad gan brocer yr athroniaeth newydd. Wel! Fe ddôi i arfer â'r elfen annibynnol newydd. Pa niwed gwirioneddol oedd yna mewn rhethreg wag am ryddid? Neu duedd i ateb yn ôl yn dragywydd? Bu'n dychmygu mwynhau ambell ergyd. Ambell ffrwgwd. Ambell ymffrost wan, fenywaidd. Tra nad âi'r fflamau'n rhy ffyrnig . . . tra nad oedd perygl i'r cynhwysion ffrwydrol yn y pair priodasol sarnu dros yr ochrau a serio'i awdurdod ef . . . yna barnodd y gallai ddygymod â'r Firi fodern.

Ond y meddyliau a deithiodd adref gydag ef yn ystod y prynhawn oedd y rheini. Bellach, fe danseiliwyd y gobaith am gymod gan y negeseuon a gadwodd Mari ar ei gyfer.

Fe âi'r stori hon eto ar led. Fel y bu i'r ast wirion 'na bron â chymryd ei bywyd ei hun o'i blegid ef. Newydd orffen sôn am Miri yn ei adael yr oedd pobl. Siawns na fyddai holl fanylion yr helynt hwnnw ar gerdded unwaith eto yn sgil hyn. Clecs yn atgyfodi o'u gwely angau. Yn wyrthiol waradwyddus. Diolch i Gwawr a'i chroth ddiffrwyth. Gallai honno hapchwarae â'i heinioes am nad oedd y bitsh fach yn deall gwerth dim. Nid ei thras. Na'i magwraeth. Na'i grym o fewn cymdeithas. Yn sicr ddigon, ni ddeallai werth ei phriodas. Na gwerth rhyw. Afradlonai hwnnw yn waeth na dim. Fel plentyn yn chwarae â'i fwyd. Heb ddeall ei werth yn nhermau maeth a iechyd. Gan ddibynnu'n unig ar y blas. A llowcio'r cyfan pan oedd hwnnw'n dda. Yn ddiniwed fel cog nad oedd yn deall gwerth y gwanwyn.

Greddfau cryfion oedd gan Gwawr. Nid gwerthoedd.

''Swn i ddim yn breuddwydio ymyrryd yn dy briodas di,' meddai Dafydd o'r diwedd. 'Nid dyna'r math o beth sy'n sbort yn 'y ngolwg i.'

'Na.' Plygodd Gwern ei ben mewn rhyw gysgod gwan o gywilydd. 'Na, chdi sy'n iawn, mae'n debyg. 'Yn llanast i ydy hwn. Ac yn groes i'r hyn gredi di, mae gen i ryw grap ar foesoldeb, wst ti. Dyna pam na fedra i ddim mynd i weld Gwawr drostat ti. Wyt ti ddim yn dallt? Dim ond 'i gwneud hi'n waeth wnâi hynny.'

'Mi fydda'n help i godi'i chalon hi.'

'Ac yn help i leddfu dy gydwybod ditha,' brwydrodd Gwern yn ôl yn ymosodol. 'Mae gan y ddau ohonan ni resyma da dros olchi'n dwylo.'

'Doedd hi ddim balchach o 'ngweld i neithiwr. Ofnadwy o beth oedd eistedd fan'na'n difaru'n enaid imi fynd ar gyfyl yr ysbyty o gwbl.'

'Wel! Llefydd diflas ydy 'sbytai ar y gora. Paid â beio dy hun am hynny.'

'Tydw i ddim yn beio fy hun. Tydw i ddim yn beio'r ysbyty. Y chdi sy'n cael y bai gen i.'

Roedd y ddau wedi closio wrth siarad. Yn gorfforol. Wedi dod yn nes ar draws yr ystafell eang. Wedi dod i ddeall eu bod yn yr un cwch. Ond am resymau gwahanol. Nid oedd Gwawr o bwys i Gwern am mai tegan yn unig fuasai hi iddo erioed. Ac nid oedd teganau, o hanfod, yn parhau. Nid oedd Gwawr o bwys i Dafydd am mai llestr fuasai hi iddo yntau. Ac nid oedd llestri na fedrent ddal yr hyn a fwriadwyd ar eu cyfer yn werth dim i neb. Cael eu dal ynghyd yn yr ymwrthod deublyg hwn oedd mor drafferthus i'r ddau ddyn. Mor drychinebus i Gwawr.

'Ond mae'n bryd inni anghofio,' ychwanegodd Dafydd yn gymodlon.

'Mae'r cyfan drosodd.'

'Ydy, mwn. Dydw i ddim yn un i ddal digofaint.'

I Dafydd, roedd deuddeng mlynedd o briodas ddi-blant ar ben. Teimlai ryw ryddhad neilltuol yn hynny. Ynghyd â'r arlliw lleiaf o drueni tuag at Gwawr. Ond bu'n dyheu am blant erioed. Dyna'r drafferth. Breuddwydiai am epil a gwelai bob un o fabanod arfaethedig ei ddyheadau fel delw bach ohono ef ei hun. I barhau'r hil ar ôl ei ddyddiau ef. I ymestyn yr ymerodraeth ddiwylliannol. I gnawdoli golud y genedl am genhedlaeth arall.

Flynyddoedd yn ôl, roedd wedi gweld Gwawr fel y cyfrwng perffaith i wireddu hyn i gyd. Wrth ganlyn a mis mela, bu hi'n ddarpar-fam ddelfrydol yn ei olwg. Ond cawsant fod gan natur syniadau gwahanol. Daeth siom i ddilyn profion. A magodd surni siôl.

Roedd wedi sylweddoli ers amser ei bod hi'n bryd iddo droi'i olygon at rywun arall. Am fod ei freuddwydion yn gorwedd ar obennydd gwahanol. Ac amser yn cerdded rhagddo. Brifwyd ei falchder pan dorrodd y stori am Gwawr a Gwern i ddechrau. I feddwl fod hwn o bawb . . . hwn a oedd i fod yn ffrind iddo . . . wedi gallu dwyn ei wraig mor hawdd am ambell brynhawn o hamddena rhywiol. Ond gostegodd lli'r atgasedd hwnnw'n llyn. Diolch i'r ffling honno, gallai bellach dorri'n rhydd â chydwybod lân. Heb warth yn y byd. Heb i neb godi bys ato ef. Onid Gwawr oedd ar fai? Onid oedd Gwern yn gymwynaswr wedi'r cyfan?

'Fedrwn ni wneud dim mwy na gadael iddi. A gobeithio'r gorau.'

Cerddodd y ddau yng nghwmni'i gilydd. Allan i dywyllwch diwedydd o hydref. At gar yr ymwelydd. Cafodd hwnnw gysur yn yr hanner awr anniddig yr oedd newydd ei threulio. Roedd hi bron yn wyth o'r gloch erbyn hyn a bu ei fryd ar fynd i'r ysbyty i weld Gwawr. Ond newidiodd ei feddwl. Dim ond iddo frysio, fe allai gyrraedd yr ymarfer côr mewn da bryd. Ac fe godai ddigon o blwc i ofyn i'r Non fach bengoch honno a ddôi hi gydag ef i ben yr Wyddfa ddydd Sadwrn.

Roedd Gwern, ar y llaw arall, wedi blino. Ni chafodd fawr o gwsg nos Iau a bu'n benwythnos hir. Edrychai ymlaen yn eiddgar at gael dringo'r grisiau a mynd i'w wely. Cododd ei law yn derfynol ar Dafydd, diffoddodd y golau y tu allan i'r tŷ, ac aeth i'r llofft am gawod.

Gweithiai Siôn wrth ei ddesg. I gyfeiliant *Dancing Queen*, a ddisgynnai tuag ato drwy'r nenfwd. Ei ben yn hollti. Dros y traethawd o dan ei drwyn. Dan ddylanwad diod neithiwr. Cawsai noson fawr ym mar yr Undeb. Gyda Gideon a gweddill y criw. Roedd ei feddwl eisoes ar yfory.

Eisteddai Nain Gallt Brain o flaen y bocs. O flaen tanllwyth o dân go iawn. Yn gwau siwmper iddi hi ei hun. Yn gwylio'r byd yn troi yn Gymraeg ar y sgrin fach. Yn falch o gael ei theulu o'i chwmpas.

Dadbacio'i bag bwrw'r Sul wnâi Miri. Gartref ar ei phen ei hun drachefn yn Nhai Lôn. Yn falch o fod felly. Ond wedi ei haflonyddu fymryn gan y ffaith nad oedd wedi cael rhyw ers cyhyd. Roedd hi wedi lled obeithio y codai'r cyfle yng Nghaerdydd. Ond bu Gwern mor annisgwyl ag erioed.

Yn ei llofft, yn gorffwys yn llonydd ar ei gwely, yr oedd Mari. Wedi blino'n lân, ar ôl bwrw'r nos yn dod i 'nabod Maelgwyn Jones. Yn ceisio dychmygu tybed sut aethai'r sgwrs oddi tani, rhwng ei thad a Dafydd.

Datglôdd Gwern y bollt bach a gwthio'i drwyn i gil y drws.

'Mari!' gwaeddodd. 'Sawl gwaith sydd raid imi deud wrtha chdi am beidio â lluchio'r sothach powdwr 'na o gwmpas y stafall 'molchi? Mae'r lle 'ma'n drewi.'

'Nid fi ddaru,' atebodd Mari. 'Mal fynnodd wneud, cyn mynd adra i odro.'

'Pwy 'dy Mal?' gofynnodd wedyn, ond ni ddaeth ateb. 'Pwy ddiawl 'dy Mal?'

Caeodd y drws yn glep pan sylweddolodd nad oedd ateb i ddod. Troediodd yn ofalus dros y staeniau ar y carped, gan ddal ei drwyn. Diffoddodd y tapiau. Dwrdiodd yr eisin gwyn dan draed am iddo bigo'i ffroen a dwyn maint ei golled ar gof.

Pan gamodd i'r dŵr, llithrodd yn araf o dan ei wyneb. Daliodd ei drwyn drachefn. Caeodd ei lygaid. Roedd Gwern yn saff.

Rhan Tri

WYTHNOS GRON

(deunaw mis yn ddiweddarach)

Diolchai Gaynor Jones i'r drefn mai strôc a gafodd ei gŵr. Byddai wedi bod yn gas ganddi ei weld yn sglyfaeth i'r un aflwydd modern. Gyda strôc, fe wyddai lle'r oedd hi. At ei cheseiliau mewn llafur caled. Ar drugaredd coluddion anwadal a llygaid difynegiant. Ond o leiaf fe wyddai'r sgôr. A gallai ei chysuro ei hun â'r dybiaeth ei fod yntau hefyd, o dan y mwgwd mwll o ddiymadferthedd, yn gwybod ei fod yng ngofal di-ffrils a diffuant ei wraig, ei frawd a'i fab.

O'r ddau ddyn, Gwydion oedd y cymorth cryfaf a feddai Nain. Arno ef y syrthiodd baich y diosg a'r gwisgo, y gollwng i'r gadair a'r codi o'r bàth. Rhyfedd ac ofnadwy oedd y gweithredoedd a gyflawnid gan gyfuniad o nerth bôn braich a thynerwch. Yn enwedig i ddyn na roddai fynegiant rhwydd i'w deimladau. Ysgogid ei ofal dros ei dad yn rhannol gan awydd i arbed ei fam ac yn rhannol gan ysfa i'w fodloni ei hun.

Dibynnai Nain arno, heb orfod gofyn iddo am ei gymorth. Heb ddangos iddo fawr o ddiolch.

''Dach chi'n iawn rŵan?' Twtiai'r wraig fymryn ar obenyddion ei gŵr wrth ofyn. Ni ddôi ateb. Ni ddisgwyliai'r un. Peth di-ddweud felly fu cyfathrebu rhyngddynt ers blynyddoedd. Dim ond rhoi sêl ei bendith ar eu mudandod a wnaethai natur trwy wneud i'r gwaed geulo a dwyn y llais. Ni allai Nain deimlo unrhyw chwerwder tuag at yr amddifadu amrwd. Fel hyn yr oedd pethau i fod. Oni phriododd hi fab fferm wyth mlynedd yn hŷn na hi ei hun, ac o'r herwydd, onid oedd hwnnw bellach yn nesu at y pedwar ugain? Dywedai profiad oes wrthi mai dyma drefn pethau. Roedd y rhod yn troi yn ôl anian ei hechel.

'Dyna fo. Gadewch o rŵan,' ebe Gwydion, oedd wedi dod i fyny'r grisiau i'w chyrchu. 'Mi fydd o'n hapus am awr neu ddwy.'

Yng nghornel yr ystafell wely, safai set deledu, yn llawn lliw a llun ac yn sŵn i gyd. Rhythai Taid i'w chyfeiriad yn ddibwrpas ac amneidiodd Gwydion ei ben i'r un cyfeiriad er mwyn dangos ffynhonnell hapusrwydd ei dad.

'Wn i ddim faint o bleser mae o'n 'i gael o rythu am oria fel yna,' ebe Nain wrth ddilyn ei mab i lawr i'r lolfa.

'Cwmni ydy o, yntê!' sicrhaodd Gwydion hi. 'Does dim angen dallt teledu i'w fwynhau o. Ma'r cwmni'n ddigon.'

'Mi fydd o'n cynhyrfu trwodd os diffoddwch chi'r set. Mae hynny'n wir.'

'Pwy sy'n cynhyrfu?' holodd Gwern, a oedd wedi clywed hanner y sgwrs o'r gegin.

'Sôn am dy dad oeddan ni,' eglurodd Nain.

'Ydy o'n iawn?'

'Diwrnod bach symol heddiw. Petha blinderus 'dy ymwelwyr. Ond mae o'n falch o dy weld di, cofia. Chdi a Mari fan'ma. Nid fod Mari'n ddiarth y dyddia hyn. Yma rownd y rîl, on'd wyt ti, 'ngenath i?'

'Wel! Tydy Mari ddim yn gweithio, yn nacdi? A chwara teg, go brin y gallwch chi 'ngalw inna'n ddiarth chwaith.'

'Paid â cholli dy limpyn, Gwern bach! Does neb yn gweld bai ar neb, siŵr Dduw. Mi wnest ti dy ora' erioed. Ac mi gei di fynd i roi dy dad i orffwys am y nos ymhen awr neu ddwy.'

'Duwcs, mi wna i fel arfar, Mam,' torrodd Gwydion ar draws ei llifeiriant.

'Gad i Gwern wneud heno,' mynnodd Nain. 'Mi fydd yn *change* i'r ddau ohonyn nhw. Gwern. A dy dad.'

Mi fyddai'n *change* iddo yntau hefyd, meddyliodd Gwydion. Ond nid oedd ei fam wedi meddwl am hynny.

Gwnaeth Gwern y gorchwylion oll. Yn ddirwgnach. A braidd yn ddi-glem. Rhoddodd daw ar y teledu. Gwthiodd ei law rhwng y cynfasau i weld a oedd ei dad wedi gwlychu'r gwely. Tynnodd y dillad yn ôl, cyn cydio yn yr hen ŵr gerfydd ei goesau a'i dynnu i lawr at draed y gwely. Cymhwysodd siaced ei byjamas orau y gallai. Cododd y blancedi'n ôl dros y corff llesg.

Yr oedd ar fin diffodd y golau a gadael yr ystafell pan gofiodd am y gobenyddion. Aeth yn ôl at y gwely. Cododd ben ei dad ag un llaw a dyrnodd y clustogau â'r llall. Cofiodd am y botel hefyd, ond nid estynnodd hi i'w dad.

Bu'n rhaid i Gwydion fynd i fyny rai munudau'n ddiweddarach, i wneud yn siŵr fod ei dad wedi piso cyn cysgu.

'Rhyw hannar peth wyt ti'r dyddia yma!' grwgnachodd Nain.

Gyrrodd Gwern o Allt Brain Duon yn gymysgedd o gywilydd a rhyddhad. Aeth â'i gerydd gydag ef. Gadawodd Mari yno i fwrw'r nos. A gwyddai y byddai'n ddibynnol ar garedigrwydd Gwydion eto trannoeth.

Bwriad Gwern oedd mynd i Dai Lôn i nôl Miri ben bore. Yna fe ddôi ei frawd bach i'w casglu a'u hebrwng ill dau i faes awyr Manceinion. Miri ac yntau. (Yn absenoldeb Gwydion, byddai Mari ar gael drwy'r dydd i roi help llaw gyda'i thaid. Dyna pam yr aethai draw yno heno i aros dros nos.)

Gweithredai'r teulu oll fel darnau gwyddbwyll, meddyliodd Gwern, gyda phawb yn symud o safle i safle ar hyd a lled bwrdd bywyd, er hwylustod i'w gilydd. Ef oedd yr unig un nad oedd fel petai wedi llwyddo i gael pobl eraill i chwarae'r gêm. A theimlai'n ddig am hynny.

Dyma lle'r oedd o, ddwy flynedd ar ôl i Miri hwylio drwy'r drws ar wynt ei chynddaredd, yn dal i geisio gorfodi cymod. Heb fawr o lwyddiant hyd yn hyn. Er iddi ddod yn ôl i'w wely'n achlysurol. A sefyll wrth ei ymyl fel ei wraig ambell dro. (Wrth wely ei dad pan gymerwyd hwnnw'n wael, er enghraifft. Ac yng nghinio Nadolig y gwaith.) Ond roedd wedi penderfynu ers tro byd mai'r maen tramgwydd mawr oedd diffyg cydweithrediad pawb arall. Nid oedd ar ei fam byth eisiau gweld Miri eto, meddai hi. Dywedai Mari wrtho'n blwmp ac yn blaen ei bod hi'n meddwl fod ei mam yn well ei byd trwy aros yn Nhai Lôn. Ac ni thrafferthai Siôn i fynegi barn y naill ffordd neu'r llall ar y pwnc. Nid oedd yr un ohonynt 'ar ei ochr ef'.

O fewn ychydig oriau, fe wawriai diwrnod arall. Dechrau gwyliau arall. Gornest arall rhyngddo ef a Miri. Haul gwahanol ar draethau dieithr. A'r rheini'n edrych yn od o gyfarwydd yr un pryd. Eu godreon wedi'u cynhesu gan fôr a'i gof yn dal ar dân gan ryfeloedd y gorffennol.

Ibiza oedd eu cyrchfan yr wythnos hon. Miri gafodd ddewis, fel y cafodd hi gyda'r tri gwyliau arall a gawsant gyda'i gilydd dros y flwyddyn ddiwethaf. Ynys y tro hwn, pendronai Gwern. Roedd hynny'n wahanol. Ond rhywle yn yr haul, fel y troeon o'r blaen. Ac ystafell ddwbl. Addewid am adnewyddiad pellach ym mrig y morwydd. A gobaith am fwy na hynny hefyd, pwy a ŵyr? Efallai mai dyma'r union wyliau i wneud y tric? Cododd Gwern ei galon.

Rhaid ei bod hi'n uffarn o ergyd! Cael eich gorchfygu yn y diwedd. Tybio eich bod chi wedi torri'n rhydd. Eich argyhoeddi eich hun eich bod chi wedi tynnu trwyddi. A chael coblyn o glec ar y funud olaf. Un ddigon egr i gipio'r fuddugoliaeth o'ch gafael wedi'r cwbl. Dyna beth oedd ystyr trechu. Cael eich torri i lawr pan oeddech ar eich talaf.

Ymfalchïai Gwern nad oedd ef ei hun erioed wedi profi darostyngiad tebyg ei hun. Ond cydymdeimlai rhag blaen â Miri. Am na châi hi ddianc rhag rheolau'r gêm. Am y modd y gwnâi ef iddi ddod yn ôl i chwarae. Am nad oedd ef yn bwriadu colli.

103

Clymodd Siôn y band lastig yn dynn am ei fwng; ei ddwylo'n ymbalfalu wrth ei war. Yn y drych bach brith uwchben y lle ymolchi, gallai weld fod ei dyfiant o wallt yn edrych yn weddol ddestlus. A chan ei fod newydd ymolchi a rhoi'r fodrwy aur yn ofalus trwy ei glust, credai fod y ddelwedd a chwenychai yn bur gyflawn. Roedd yn fodlon ar yr olygfa. Ac yn y gwely y tu cefn iddo, edrychai Gillian hithau'n fodlon. Gan ei bod hi'n cysgu'n braf, penderfynodd Siôn nad oedd am ei deffro. Fe gâi hi gysgu a bod yn flin wrtho wedyn am weddill y dydd, pe dymunai. Ond gwell hynny na'r hunllef o'i deffro cyn pryd.

Ystafell ddi-lun i lawr ym mherfeddion seler y gwesty oedd yr ystafell frecwast. Aeth Siôn, a oedd, ar ôl sawl ymweliad, yn bur gyfarwydd â'r drefn, yn syth at y bar bwyd i 'mofyn sudd oren a phowlen o greision ŷd. Yna eisteddodd wrth fwrdd, gan aros i'r Phillipina fach ddod â'r cig moch ac wy o'r gegin.

Tramorwyr oedd pawb a weithiai yn y gwesty hwn. Tlodion a ddaethai o ben draw'r byd i grefu am hatling, er mwyn cael y fraint o'i danfon adref drachefn ar ôl ei hennill. Tan yr ymweliadau diweddar hyn â Llundain yng nghwmni Gideon, nid oedd Siôn wedi sylweddoli maint ffenomen y gweithwyr estron—na'r holl oblygiadau a oedd ymhlyg ynddi. Nid oedd wedi oedi o'r blaen i feddwl am ffawd yr estroniaid di-enw a dihawliau a hedfanai ar draws y byd i chwilio am waith. Ffoaduriaid ar ddyletswydd oeddynt, yn bodoli dim ond i ddiwallu anghenion pobl eraill. Roedd rhywbeth twt yn y trefniant, er gwaetha'r tristwch cynhenid. Nid caethwasiaeth yn union. Doedd dim gorfodaeth. Doedd dim perchenogaeth. Doedd priflythrennau enw'r bòs ddim wedi eu llosgi ar y cnawd. Ond serch hynny, synhwyrai Siôn fod rhyw gaethiwed hefyd. Rhyw rym a orfodai'r gweithlu oddi cartref. Grym digon cryf i alltudio'r diniwed a'u gyrru ar draws y byd. A'u hedfan i hinsawdd wahanol. A diwylliant a oedd yn gynhenid groes i'r graen.

Pres oedd yr ateb, wrth gwrs. Nid cariad, na rhyfel, na gormes. Cynhaliaeth oedd y cymhelliad. Caeth i'r angen am gynhaliaeth oedd hon a weinai arno. Dyna pam y nofiodd hi a'i thebyg o'u hynys hwy i'n hynys ni. Nid trochfa ddiamcan, bleserus ym mhyllau nofio segurdod oedd y bedydd hwn mewn ffordd wahanol o fyw. Nofio er mwyn cyrraedd yr oedd y ferch. O ynys i ynys. O lanfa tlodi i draeth digonedd. Yn frwd, fwriadus trwy gefnfor cyfalafiaeth. Roedd hi wedi cyrraedd. Roedd hi yma. Roedd hi'n un ohonom. Roedd hi wrth ei gwaith.

Pan ddaeth o'r gegin o'r diwedd, â brecwast Siôn yn ei llaw, gosododd y plât o'i flaen a diolchodd yntau'n ddidwyll, heb ddisgwyl unrhyw sylw yn ôl ganddi. Ni chafodd yr un ychwaith. Dim ond gwên lydan, yn llawn dannedd gwyn a dirmyg.

Ymhen deuddydd, byddai ef yn ôl yng Nghaerdydd, yn gyfoethocach fymryn o dorri ei enw ar waelod darn o bapur ac wedi cael amser i'r brenin gyda Gillian a Gideon yn y ddinas fawr. Câi fynd yn ôl i ddilyn ei ddarlithoedd a breuddwydio'n annelwig am glwyfau'r byd a'r ffordd orau o'u gwella. Byddai hithau'n dal i weini, yn wên i gyd, mewn seler siabi o fewn tafliad carreg i Paddington.

'Ydw i wedi colli unrhyw beth o bwys?' holodd Gillian ar ôl poeri. (Wrthi'n golchi ei dannedd oedd hi pan gyrhaeddodd Siôn yn ôl i'r llofft.)

'Na. Dim ond y brecwast arferol,' atebodd ef.

'Wn i ddim pam rwyt ti'n trafferthu codi iddo,' ebe hithau wedyn, gan sychu ei swch. 'Dim ond pigo ar dy fwyd fyddi di fel arfer.'

'Wel! Yn rhyfadd iawn, fe glirish i 'mhlât y bora 'ma,' ebe Siôn yn feddylgar. Gorweddodd ar wastad ei gefn ar y gwely. 'A dweud y gwir, dw i'n teimlo'n reit sâl ar 'i ôl o.'

'W! Clywch, Taid! Mae Yncl Gwydion yn 'i ôl.'

Taflodd Mari'r *Daily Post* ar draws y gwely a rhuthrodd at y ffenestr mewn cymysgedd o ryddhad a chyffro. Tynnodd y llenni yn eu hôl mewn pryd i weld y cerbyd y clywodd ei sŵn yn dod i stop yn ymyl rhai o'r tai allan segur ym mhen pella'r buarth. Syniad Nain fu iddi ddod i'r llofft am hanner awr i ddarllen y papur i Taid. Cyfle iddo ymarfer canolbwyntio, ebe hi. A chyfle i'r set deledu gael ysbaid o orffwys.

Ble'r oedd o? Craffodd. Agorodd drws y car o'r diwedd. Camodd y dyn allan, gan estyn ei freichiau mawr ar led wrth ddylyfu gên. Rhoes hergwd i ddrws y car, i'w gau, a cherddodd draw at ddrws y gegin.

'Fe ddaru nhw gyrraedd mewn da bryd, 'ta?' holodd Mari'n heintus, eiliadau'n ddiweddarach, wrth i'w hewythr ddringo'r grisiau tuag ati.

'Pwy?'

'Mam a Dad. Ddaru nhw ddal yr awyren?'

'O, do! Am wn i. Wnesh i ddim aros.' Aeth heibio wrth ateb, heb droi ei ben i gyfeiriad ei nith, a safai ar y landin ger drws yr ystafell, na'i dad, a orweddai yn ei wely nid nepell y tu cefn iddi.

'Gewch chi newid rŵan . . . allan o'r dillad gora 'na. Mi wn i ych bod chi'n anghysurus ynddyn nhw.'

'Rhaid mynd â chdi adra yn gyntaf. Dyna pam esh i ddim â'r car yn syth i'r garej am y noson. Awn ni ar ôl swper. Iawn?'

'O, sori, Yncl Gwyd! Ond dw i wedi penderfynu aros tan y bora. Fe ddeudodd Nain y bydda croeso imi. 'Dach chi ddim yn meindio, gobeithio.'

'Ti ŵyr dy betha.' A bu ond y dim iddo ddiflannu i'w ystafell.

'Neis ydy'r siwmper 'na,' rhuthrodd Mari i gadw ei sylw. 'Mi ddylech 'i gwisgo hi'n amlach.'

Camodd Gwydion yn ôl i'r landin. Ei lygaid yn dal i osgoi ei llygaid hi. A rhyw hanner gwên swil yn goleuo ei wyneb. Fel lleuad wan.

'Diolch,' meddai o'r diwedd. 'Present gan dy Nain, Dolig dwetha . . . gei di hi os mynni di.' A thynnodd y dilledyn dros ei ben, cyn ei estyn i Mari. 'Cym! Hwda hi! Rwyt ti isho popeth arall sy gen i. Waeth iti gymryd y crys oddi ar 'y nghefn i ddim.'

Gorfodwyd Mari i gymryd y siwmper wlân oddi wrtho. Roedd honno wedi ei thynnu tu chwith allan ac roedd gwres y gyrrwr yn dal ynghlwm yn ei swmp. Gwridodd. Mewn mymryn o fraw. Gan wybod na fedrai hi byth mo'i gwisgo.

O letchwithdod cyfrin yr eiliadau hynny ar ben y grisiau, troes ei sylw yn ôl i'r llofft lle y gorweddai Taid. Roedd hwnnw wedi dechrau pwl o beswch ac roedd y papur wedi llithro i'r llawr. Cododd Mari ef yn ddiamynedd gan feddwl am ei thad fry uwch ei phen yn rhywle, uwchlaw cymylau, yn cyrchu'r haul a mwy o hamdden gyda'i mam. Eisteddodd hithau ar yr erchwyn, ger traed ei thaid, yn magu sypyn o wlân melyn yn ei chôl. Roedd hi wedi syrthio mewn cariad. Drachefn.

'Hogyn rhyfadd ydy o, wst ti.'

'Felly'r wyt ti wedi'i honni erioed.'

'Wel! Mae'n wir, yn tydy? Doedd o ddim 'run fath â phlant er'ill. Ddim hyd yn oed pan oedd o'n fychan. A rŵan mae o wedi mynd i'r afael â rhyw fenter fusnes dodji ar y naw . . .'

'Does 'na ddim byd yn dodji am Gideon. Na'r fusnes mae o ynddi. Wedi mopio'i ben mae'r hogyn, dyna'i gyd.'

'Ia. Ar beth, 'sgwn i?'

'Ar syniada Siôn ni am bylla nofio.'

'Wyddwn i ddim tan yn ddiweddar fod gan Siôn syniada am bylla nofio.'

'Mae gan bawb yn Califfornia bwll nofio,' atebodd Miri'n ddoeth. 'A dyna ydy busnes teulu Gideon. Fatha ma' ffermio yn fusnas i dy deulu di.'

'Pylla nofio?'

'Ia! Pawb am gael y gora, yn ôl y sôn. Isho rhywbeth gwell a mwy o faint a mwy gwreiddiol na phawb arall. A dyna pam mae Gideon wedi dotio ar syniada Siôn. Ond taw â sôn am Siôn ni byth a beunydd, bendith y tad iti.'

'Dim ond am iti wybod am y chwiw ddiweddara 'ma oeddwn i,' ceisiodd Gwern ei gyfiawnhau ei hun. Cymerodd lymaid o'i gwrw ar ôl gwneud. 'Meddwl y caret ti glywed y newyddion diweddara. Holl glecs y teulu. Popeth sydd wedi bod yn digwydd yn dy absenoldeb di.'

'Mi fydda i fel arfer ar y ffôn efo chdi a'r plant bob dau neu dri diwrnod. A ph'run bynnag, nid adrodd clecs ydy dy arbenigrwydd di, Gwern . . . ond 'u creu nhw. Felly rheitiach iti gadw dy geg ynghau, ddyliwn i.'

'Sôn am Siôn a'i fodrwy a'i fwng oeddwn i. Dyna ddechra hyn i gyd. Gen i hawl i 'marn, siawns. A bydd yn onest, mae'n anodd credu mai fo ydy'r tarw mwya sgynnyn nhw tua'r coleg 'na, yn tydy?'

'Wn i ddim! Mab 'i dad ydy o, wedi'r cyfan. Ella fod ganddo ddigon o reswm dros wisgo modrwy trwy'i glust. Ella y bydd ganddo un trwy'i drwyn y tro nesa y daw o adra.'

'Paid â bod yn amrwd.'

'Wel! Paid titha â rhygnu am yr un hen beth yn dragywydd. Mi ddylai rhieni gael eu gwahardd rhag siarad am eu plant ar ôl i'r rheiny gyrraedd y deunaw oed. Dim ond gofyn am drwbl maen nhw drwy drafod y tacla wedi hynny. Creu ingoedd o euogrwydd iddyn nhw'u hunain. Pydewau o siom. Llynnoedd o lid . . . Yr holl ddelweddau ystrydebol rheini y bydd pobl yn plymio i'w canol pan fo'u bywydau nhw'n wag . . . A hwythau ddim hyd yn oed yn ddigon o feirdd i allu cofnodi'r peth yn iawn. Oes angen imi ymhelaethu? Go brin. Dwyt ti erioed wedi rhoi modrwy trwy dy glust. Na, mae hynny'n wir! Ond rwyt ti wedi tynnu sylw atat dy hun mewn digon o ffyrdd gwaeth. A deud y gwir, rwyt ti wedi creu llawer mwy o sôn amdanat dy hun nag y medrai Siôn ni byth ei wneud mewn oes o dorri tyllau mewn cnawd.'

'Paid â siarad fel'na,' ebe Gwern.

'Pam?'

'Mae o'n brifo.'

'Sut brofiad ydy o, Gwern bach? Cael dy frifo.'

'Be am ddwyn pâr o dreinars? Mi fu bron i'r bennod fach honno gostio'n ddrud i'r hogyn. Cael a chael fu iddo gadw'i le yn y brifysgol, os cofi di.'

'Twt lol!' gwamalodd Miri. 'Newydd golli'i nain oedd o, siŵr. Ac mae Siôn yn hogyn sensitif. Mae pawb yn gwybod hynny. Roedd yr ysgol a'r fainc a'r awdurdoda i gyd yn dallt i'r dim ac yn llawn cydymdeimlad. Pawb heblaw ti. Rwy'n deud wrthat ti'n blaen, dim ond dy dristwch dy hun sy'n cael 'i adlewyrchu pan wyt ti'n lladd yn dragywydd ar y plant acw. Ddaru nhw erioed neud drwg i chdi. Felly gad lonydd iddyn nhw. Mae ganddyn nhw hawl i'w hamser.'

'Fasat ti ddim wedi meiddio siarad efo fi fel hyn bum mlynedd yn ôl.'

'Ella ddim,' cytunodd Miri. 'Ond bum mlynedd yn ôl mi fasa hi wedi bod yn amhosib dy berswadio di i ddod i Ibiza am wythnos o wylia. Mae hynny'n wir hefyd, yn tydy? Felly nid y fi ydy'r unig un i newid, mae'n rhaid. Mae'r ddau ohonan ni wedi tyfu i fyny . . . efo'n plant.' Llyncodd weddill ei diod ar ei dalcen a chododd. 'Rŵan, dwi'n mynd yn ôl at y *sunbed* 'na.'

Wrth i Miri gamu o gysgod yr ymbarél oedd uwchben y bwrdd bach crwn, llamodd yr haul amdani yn ei holl danbeidrwydd. Bachodd hithau ei sbectol haul a'i sodro ar ei thrwyn ar frys. Yna cododd ei llyfr oddi ar y bwrdd a chamodd yn osgeiddig yn ôl at y man lle yr oedd hi a Gwern yn torheulo.

Roedd Gwern eisoes wedi sicrhau Miri ei bod hi'n edrych yn dda y dyddiau hyn ac roedd hithau wedi bod yn hawdd ei darbwyllo. 'Rwy hyd yn oed wedi dod i arfer efo dy wallt di,' sibrydasai ef wrthi neithiwr yn y gwely. Nid oedd 'dod i arfer' yn gyfystyr â hoffi, sylweddolai Miri, ond fe wnâi hynny o gydymffurfio â'r drefn newydd y tro . . . am y tro, o leiaf.

Flwyddyn yn ôl, dewisodd Miri dorri ei gwallt yn gwta, gwta a lliwiodd ef yn goman felyn. Bu'r effaith yn syfrdanol, ac ar ôl cyfnod o ddod i gynefino â'r gweddnewidiad hwn, roedd pawb bellach yn gytûn ar ei lwyddiant.

Wrth i Miri nesáu at ei gwely haul a hithau'n cribo'i bysedd drwy'r blew—gweithred a oedd yn debycach i grafu pen na chribo gwallt— gallai weld fod pâr o sandalau mawr ar ei thywel. Sandalau dyn. Un a chanddo draed anferthol. Gafaelodd ynddynt yn ddidaro, gyda'r bwriad o'u gollwng ar y llawr, ond pesychodd yn fursennaidd, fel petai'n erfyn eglurhad i ddechrau.

Trodd yr Almaenwr mawr nobl, ar y gwely haul agosaf ati, ei ben yn araf i'w chyfeiriad.

'Mae'n flin gen i,' dywedodd mewn Saesneg lletchwith. 'Fe ddaeth awel gref a chwythu'ch tywel i'r llawr. Dyna pam i mi . . .' Pwyntiodd at y sandalau a oedd bellach yn ôl wrth erchwyn ei wely, gan obeithio nad oedd angen rhagor o eiriau i orffen y frawddeg.

'O! Diolch. Rydych chi'n garedig iawn,' atebodd Miri. Heb yn wybod iddi bron, daethai ei llais yn grand iawn a gwenodd ar ôl siarad, cyn prysuro i roi trefn ar y tywel a thynnu tiwb o hylif haul o'r bag rhwng ei gwely hi ac un Gwern.

'Gaf i ofyn cymwynas gennych chi?' gofynnodd y dyn, oedd wedi tynnu ei Ffactor 15 ei hun o rywle. 'Mae fy ffrind wedi mynd i'r ystafell i orffwys . . . fy nghefn.' Gorweddodd drachefn ar ei fol o fewn amrantiad.

Gwasgodd Miri'r hylif ar flaenau ei bysedd a thrwythodd ef yn ofalus i'w war a'i ysgwyddau.

'Bywyd yn braf i rai pobl, yn tydy?' Daeth llais Gwern o'r tu cefn iddi, ond ni throes Miri i edrych arno. Clywodd ei wely haul yn cael ei lusgo ganddo, droedfedd neu ddwy i'r chwith, er mwyn dilyn cysgod un o'r coed. Nid oedd Gwern yn hoff o'r haul.

Tynhaodd cyhyrau'r dieithryn pan wasgodd Miri beth o gynnwys y botel ar groen rhannau isa'r cefn. Rhaid fod hwn a'i ffrind ar eu hail wythnos o wyliau, tybiodd. Yr oedd yn rhy frown i fod wedi camu oddi ar awyren ddoe. Ei gorff yn llyfn a chaled a lluniaidd. Un o ddau ydoedd. Hanner cwpl. Roedd Miri wedi eu llygadu dros frecwast. Ac wedi sylwi nad oeddynt ond un o amryw o gyplau o'r un rhyw a arhosai yn y gwesty drud hwn.

Go brin fod Gwern wedi sylwi, meddyliodd. Ni ddywedwyd dim. A phetai Gwern wedi sylwi, fe fyddai, cyn wired â phader, wedi gorfod dweud. Ni allod Gwern erioed wrthod y demtasiwn i ddweud ei ddweud am gariadon pobl eraill. Rhywbeth clên. Neu rywbeth cas. Eangfrydig neu ragrithiol. Ffraeth neu goch. Roedd rhag-weld yr hyn a ddywedai yn amhosibl. Ond byddai'n siŵr o ddweud rhywbeth. Am gariadon pawb ond ei rai ef ei hun.

Pan oedd yr iro drosodd, gwenodd y ddau ar ei gilydd am eiliad fer, cyn i'r dyn wisgo'i sbectol haul a throi yn ôl ar ei fol.

'Awr fach arall a 'nhrwyn yn y llyfr 'ma cyn i minnau fynd yn ôl i'r stafell,' meddai Miri, gan dynnu ei gwely ei hun yn nes at gysgod y goeden. Ac o'r herwydd, yn nes at Gwern.

'Sut beth ydy hi? Y nofel 'na?'

'Heb benderfynu'n iawn eto,' atebodd Miri wrth ei gwneud ei hun yn gysurus. 'Newydd ddechra oeddwn i pan awgrymaist ti fynd am y ddiod 'na.'

'Mi fasa fo macnabs wrth 'i fodd efo hi, mwn.'

'Dydw i ddim yn meddwl fod Almaenwyr yn enwog am gael 'u codi i fod yn rhugl eu Cymraeg,' ebe Miri'n goeglyd.

'Na. Ond mi fydd 'na bobl hoyw ynddi, on' fydd 'na? Y nofel 'na s'gen ti. Mae hynny'n orfodol mewn nofela Cymraeg y dyddia hyn.'

'Pwy sy'n deud?'

'Nev. Un garw am ddarllen ydy hwnnw, wst ti. Anodd credu, yn tydy?'

'Na, 'r lembo!' chwarddodd Miri. 'Pwy sy'n deud fod hwn fan'ma'n hoyw?'

'Y fi,' atebodd Gwern yn bendant. 'Gen i lygaid yn 'y mhen, toes? A tydw i ddim yn hollol dwp. Roedd o a'i fêt yn eistedd ar y bwrdd gyferbyn â ni amser brecwast. Mae'r lle 'ma'n ferw ohonyn nhw. Paid â deud nad oeddat ti wedi sylweddoli.'

'Oeddwn, wrth gwrs. Ond toes gen i affliw o otsh.'

'Na. Na finna chwaith. Cyn belled â'u bod nhw'n gadael llonydd i mi, dw i'n berffaith fodlon gadael llonydd iddyn nhw.'

'Goddefgar a soffistigedig iawn, Gwern.'

'Ia, yntê? Dyna oeddwn i'n ei feddwl hefyd. Mi ddylat wybod 'y mod i'n eangfrydig iawn lle mae pleserau rhywiol pobl yn y cwestiwn. Wir i ti, Miri, wn i ddim sut y llwyddaist ti i fyw efo fi am gymaint o flynyddoedd heb 'y 'nabod i'n well! Rwyt ti'n codi braw arna i weithia.'

'Dim mwy o hunandosturi, Gwern. Heb hwnnw, mi fedret ti fod yn reit ddeniadol o hyd.'

'Dyna i gyd mae o'n mynd i'w gymryd? I dy gael di'n ôl go iawn?'

'Na. Nid dyna ddeudish i. Osgoi hunandosturi ydy'r ffordd i gadw'n ddeniadol. Dyna ddeudish i. A tydw i erioed wedi peidio â dy gael di'n ddeniadol, ichdi gael dallt!' Difrifolodd Miri naws y siarad. 'Nid dyna fu'r broblem efo'n priodas ni dros y blynyddoedd, fel y gwyddost ti'n iawn.'

'Rwyt ti'n siarad mewn damhegion.'

'Nac'dw. Ddim o gwbl. Dw i'n gwbod y gwirionedd amdanaf fi fy hun yn bur dda. Rhaid i bobl er'ill ddyfalu, ella. Ond nid y fi. Er 'y mod i'n gorfod dyfalu amdanyn nhw, wrth gwrs.'

'Dyfalu am bwy?'

'Pobl eraill. Hwn, er enghraifft. Hwn y bûm i'n helpu i achub 'i groen rhag llosgi funud neu ddwy yn ôl. Yr holl bobl hoyw yn y gwesty 'ma. Ar yr ynys hon. Yn y byd i gyd. Pan maen nhw yno mewn parau, o flaen ein llyg'id ni, yn bwyta brecwast neu'n cerdded ling-di-long ar hyd y prom, y ni sy'n gorfod dyfalu ai ffrindiau neu gariadon ydyn nhw. Neu ai tad a mab, efallai, lle mae bwlch oedran go amlwg. Ewythr a nai, ella! Pwy a ŵyr? Rhaid inni eistadd o dan balmwydden a dyfalu. Ond maen nhw'n gwbod.'

'Creu damhegion wyt ti, fel y deudish i.'

'Y nhw ydy'n dirgelwch ni a ni ydy'u dirgelwch nhw. Mae pawb yn yr un picil.'

'Felly dim ond dyfalu am ein gilydd allwn ni 'i wneud? Dyna wyt ti'n drio'i ddeud?'

'Os mynni di.'

'Er 'i bod hi'n weddol amlwg be ydy hwn a'i fêt?'

'Mae'r amlwg weithiau'n gamarweiniol. A nid popeth sy'n amlwg, Gwern,' ymhelaethodd Miri. 'Ella'i bod hi'n hawdd deud fod hwn yn hoyw pan weli di o'n cael brecwast efo'i gymar. Ond beth petai o wrth 'i waith? Neu'n gyrru heibio ichdi ar y ffordd? Ac ydy hi mor hawdd iddo fo edrych arnat ti a gwbod dy fod ti'n odinebwr a threisiwr? Ella'i bod hi. Ella ddim. Pwy a ŵyr? Dyna natur dyfalu, yntê?'

'Rho daw arni, wir!' Rhuthrodd Gwern i blygu draw at ei gwely hi. Cydiodd yn arw yn ei garddwrn. 'Dyna ddigon!'

'Gwern! Rwyt ti'n brifo.'

Edrychodd y ddau i fyw llygaid ei gilydd am ennyd. Yr hen elyniaeth yn ei hôl. Poen y gafael ym mraich Miri. A'r ysfa i beidio byth â chau ei cheg yn gryfach nag erioed.

Rhyddhaodd Gwern ei afael bron yn syth a thynnodd ei bwysau yn ôl i'w wely ei hun. Gwridodd o letchwithdod. Roedd wedi darllen y bygythiad yn ei hedrychiad. Wedi deall y dirmyg. Gallai ton ddiddisgyblaeth o lid chwalu'r bont yr oedd wedi bod mor ddiwyd yn ei chodi. A lladd yr holl fwriadau da. Roedd ei dymer yn ofid iddo. Ond roedd yn benderfynol na châi hi mo'r gorau arno.

'Mae'n flin gen i,' meddai'n araf. Ni allai edrych arni, rhag cywilydd. Ni allai edrych i'r wybren, rhag i'r haul losgi ei lygaid. Caeodd hwy'n dynn. Bodlonodd ar droi ei wyneb i'w chyfeiriad.

111

Mewn tywyllwch. Mewn braw. 'Dw i'n dy garu di, dyna i gyd. Dyna pam 'sgen i mo'r help.'

'Weithiau, dw innau'n dy garu ditha.' Clywodd Gwern eiriau Miri trwy'r düwch poenus. 'Ond nid dyma'r lle i drafod hynny.'

'Y chdi ddeudodd nad oedd 'na neb o gwmpas i ddallt 'yn Cymraeg ni. Rhaid i ti ddysgu bod mor rhyddfrydig tuag ata i ag ydw inna tuag at yr hoywon a'r lesbiannod 'ma.'

Chwarddodd Miri. Nid am ben Gwern. Roedd hynny, rywsut, yn ddealledig gan y ddau ohonynt. Ond roedd hi wedi dotio at sŵn y gair 'lesbiannod'. Odlai gyda 'phyblicannod' y Beibl, a swniai'r ddwy garfan gyda'i gilydd yn gynghrair smala, gynnes. Nid oedd Miri am fod yn eu mysg, o reidrwydd, ond roedd yn gysur meddwl fod y ffasiwn bobl yn bod.

'Nid hoywon a "lesbiannod", chwedl titha, ydy'r drwg efo llyfra Cymraeg y dyddia hyn,' meddai Miri ar ôl ymdawelu. 'Gormod o ganu'r delyn aur. Dyna'u gwendid nhw.'

'Rwyt ti'n arbenigwr ar y pwnc?'

'Llawn cymaint â Nev, mae'n siŵr. Rwy wedi darllen cryn dipyn dros y ddwy flynedd ddiwetha 'ma. Un o bleserau byw ar fy mhen fy hun. Neb yn gweiddi, isho rhywbeth, byth a beunydd.'

'Mae llyfra wedi newid, wst ti. O'r hyn oeddan nhw pan fydden ni'n eistedd o gwmpas yn 'u trafod nhw yn y coleg. Ma' enwa'r awduron 'di newid. Ma' Cymru 'di newid.'

Estynnodd Miri ei llaw yn freuddwydiol i gyffwrdd â braich Gwern tra oedd yn siarad. Gorweddai honno'n gadarn ar blastig gwyn y gwely haul. Yn sgleinio yn y tes. Gallai hithau gael ei swyno gan y difyr a'r cellweirus. A'i chyfareddu ambell dro gan rym y llesmeiriol. Ond synhwyrai fod sŵn telynau'r llyfrau yn cael eu boddi gan gitarau trydan bywyd. Tynnodd ei llaw yn ôl. Roedd cyffyrddiadau cyfarwydd weithiau'n rhy ddieithr i'w dirnad. A gwell oedd dianc rhagddynt.

''Dan ni'n colli 'nabod ar bwy ydan ni,' ebe hi'n ddwys.

'Rown i'n meddwl 'yn bod ni'n gwbod pwy oedden ni a bod pobl er'ill yn gorfod dyfalu.'

'Nid sôn am unigolion oeddwn i,' ebe Miri'n amyneddgar. 'A ph'run bynnag, fe fedri di fod yn gwbod rhwbath, ond wedi'i anghofio fo dros dro. Cymunedau sy'n marw, yntê? Hunaniaeth ar drai. Treftadaeth yn wenfflam.'

'Wel! Paid â stopio'n fan'na. Dos yn dy flaen. Priodasau ar chwâl. Capeli'n wag. Aelwydydd yn segur. Plant yn tin-droi yn y niwl . . .

neu ryw ddelwedd debyg.' Gwamalu yr oedd Gwern. Ond nid yn angharedig. Er nad oedd bob amser yn deall Miri . . . Er nad oedd bob amser wedi bod yn glên wrthi . . . Er nad oedd bob amser wedi bod yn ffyddlon iddi . . . Yr oedd, o leiaf, bob amser wedi ei charu. Gwyddai fod hynny'n wir. Mai dyna achos yr artaith. Man cychwyn yr archoll. O'r pwynt hwnnw yr oedd y rhwygo wedi dechrau. Cariad oedd ar fai bob tro. Roedd ar Gwern ei ofn ei hun o'r herwydd. Gallai wylo weithiau gan rym yr ofn hwnnw. Ond doedd fiw iddo ddangos hynny i neb. Doedd fiw iddo ollwng y dagrau hynny yng ngŵydd y byd. Ac nid o flaen Miri yn anad neb.

Roedd i lygaid amgenach swyddogaeth na gollwng dagrau. I weld. I wgu. I wenu.

Gwenu oedd orau nawr. Âi hynny'n hwyliog gyda llif y rhethreg.

'Wps!' cellweiriodd ymhellach. 'Doeddwn i ddim wedi bwriadu sôn am y plant eto. Sori! Rhyw lithro allan ddaru nhw.'

Nid llithro allan ddaru nhw o gwbl, meddyliodd Miri'n chwyrn. Dyna ddangos faint a gofiai Gwern am y ddwy enedigaeth. Bu esgor ar y ddau yn hir a thrafferthus.Yn enwedig Siôn, a ddaeth i'r byd mewn theatr llawdriniaethau ar ôl strancio a diogi am yn ail am oriau.

'Sôn am Nero'n canu'i grwth tra bod Rhufain yn llosgi ydw i,' ebe Miri drachefn ymhen hir a hwyr. Roedd hi newydd ail agor y gyfrol yn ei gafael. 'Llenorion yn canu'r delyn pan ddylian nhw fod yn galw'r frigâd dân.'

'Dyna'n union sut dw i'n teimlo,' parhaodd Gwern â'i siarad cellweirus.

'Fel brigâd dân?'

'Naci, siŵr. Fel Rhufain. Ar dân. Tydw i ddim yn un i orwedd ar wastad 'y nghefn mewn trowsus cwta am oriau bwygilydd.'

'Matar o ddisgyblaeth ydy o, Gwern. Rwyt ti'n hoff o hynny. Fe ddoi di i arfer.'

Trodd Gwern ar ei fol, gan blethu ei ddwylo ynghyd a'u rhoi o dan ochr ei ben, yn glustog anghysurus. Wynebai Miri. A meiddiodd gilagor ei lygaid yn ysbeidiol. I edrych arni.

Megis yr oedd i lygaid amrywiol ddyletswyddau, felly hefyd ddwylo. A bu medrusrwydd ei law dde yn gyfrwng sawl gwefr dra amrywiol iddo ym mlynyddoedd ei laslencyndod. Gallai ddal i gofio, wrth dynhau cyhyrau ei freichiau a chlywed ei ddwylo'n troi'n feis o dan ei foch. Cofio dal ysgrifbin yn ei law a chreu ei dipyn cerddi. Roedd wedi taro ambell hoelen ar ei phen mewn traethawd a stori.

Digon twt i gael eu hystyried yn addawol. Ac i swyno Lydia Lloyd-Pugh a'i siort.

Yn y sgwâr bocsio wedyn, troes dwylo'n ddyrnau. Gwefrau gwahanol. Buddugoliaethau pellach. Mwy o gymeradwyaeth. Ailgoroni'r bardd am iddo roi ei wrthwynebwyr yn y baw. Glatsh ar wastad eu cefnau! Ac yn chwys drabŵd! Am gyfnod, bu'n braf cael byw ar sŵn y curo dwylo yn ei glyw. Ond aeth ymarfer yn fwrn. A pheidiodd poen â bod yn ias.

Aethai ennill yn atgof. A chofiodd Gwern am wefrau gorfoleddus y dirgel, yn y dyddiau hynny, ymhell yn ôl. Miri fu'r ysbrydoliaeth fwyaf iddo wrth aredig Tir Mastwrbia—ei enw rhamantus ef ei hun ar Wlad y Wanc. Ei had yn rhemp dros dwymyn ei ddychymyg. Er i enod eraill gael eu dwylo ar ei bidlen yn y gwanwyn direidus hwnnw, gwyddai Gwern o'r cychwyn mai Miri fyddai'r gyntaf i brofi'r medi. Roedd yn ei charu. Daeth yr hel meddyliau ag ef yn ôl at hynny.

'Wyt ti erioed wedi llosgi?' gofynnodd.

'Beth?' Tynnodd Miri ei thrwyn o'i llyfr yn anfodlon.

'Wrth orwedd fel hyn yn gwneud dim byd o bwys. Wyt ti wedi llosgi yn yr haul?'

'Naddo, am wn i,' atebodd Miri'n amwys. 'Ddim hyd y galla i gofio.'

'Rwy'n llosgi'r munud 'ma, wst ti.' sibrydodd Gwern yn ddigellwair. 'O ddifri. Nid malu cachu ydw i. Nid hunandosturi sy'n siarad. Jest y gwir plaen. Tyrd adra.'

'Paid â phwyso arna i. Tydy o ddim yn deg. Mi wnei di ddifetha'r gwyliau inni. A newydd gyrraedd yma ydan ni.'

'Na,' mynnodd Gwern. ''Dan ni wedi bod yn fan'ma ers dwy flynedd. Os nad mwy. Mae'n bryd inni symud 'mlaen. Mae'n bryd ichdi ddod yn ôl adra ata i . . . i aros.'

'Gawn ni weld, Gwern.'

'Mae'r aelwyd yn wag hebot ti, wst ti. Does 'na ddim cysur i mi yn y tŷ 'cw rŵan . . .'

'Paid â bygwth 'i werthu fo eto, da chdi! Blacmêl ydy peth felly.'

'Bod yn ymarferol fydd peth felly toc, os na ddoi di'n ôl. Dw i wedi deud wrthat ti ganwaith fod popeth sydd yn y tŷ 'cw yn adlewyrchiad ohonat ti. Fe gest ti dy ddewis o bopeth ynddo fo. O ran chwaeth a chynnwys a ballu, dy dŷ di ydy o. A dyna'r gwir! Ac os nad wyt ti'i isho fo, fe wareda i'r lle.'

'Fy nhŷ i a phwy arall fuodd o dros y blynyddoedd? Dyna hoffwn i wybod.'

'Ddois i erioed â'r un hogan arall yn ôl i'r tŷ. Ar fy llw. Mi wnesh i lot o betha mae gen i g'wilydd ohonyn nhw. Ond wnesh i erioed mo hynny. Dw i'n addo iti.'

'Gan na chawn i ddilyn gyrfa, na chael joban fach, na dim byd felly, mi wn i bopeth sydd 'na i'w wybod am y blydi tŷ 'na, Gwern. Town i'n gaeth i'r lle am ugain mlynedd? A go brin y basat ti, hyd yn oed, yn ddigon haerllug i ddod â neb arall yn ôl yno efo fi o dan yr un to.'

Ffromodd Gwern. Ef oedd ar fai, am newid y sgwrs o'r chwareus i'r difrifol. Brwydrodd i gadw rheolaeth arno'i hun. Cododd ar ei eistedd a chydiodd yn ei grys T, gan ei dynnu dros ei dalcen yn wyllt i sychu peth o'r chwys oddi arno. Roedd y rhan fwyaf o'i gorff wedi llithro'n ddiarwybod iddo o gysgod y goeden, wrth i'r haul symud yn slei o'i chwmpas. Byddai'n rhaid iddo symud y gwely eto os oedd am aros yno. Lluchiodd y dilledyn i'r llawr drachefn cyn codi ar ei draed a dechrau cerdded yn gyflym draw at y pwll nofio.

Baglodd ar gornel gwely'r Almaenwr wrth fynd heibio. Aeth yn ei flaen at y pwll mawr hirsgwar, diddychymyg, heb droi yn ôl i gynnig gair o ymddiheuriad.

Styrbiwyd y dyn a throdd i gyfeiriad Miri am eglurhad. Gwenodd hithau'n rhadlon arno a chododd ei hysgwyddau mewn ystum o anfodlonrwydd. O'r herwydd, fe gollodd hithau'r foment y neidiodd Gwern i'r pen dwfn. Ond gwelodd ei ben a'i ysgwyddau'n codi i'r wyneb ymhen eiliad neu ddwy a dilynodd ffurf ei gorff wrth iddo symud yn egnïol drwy'r dŵr.

Gwern oedd Gwern. Nid oedd dim yn newid. Dim ond mynd yn hŷn.

Wedi marw yr oedd mam Eirwyn Coed. Dyna pam na chafodd hwnnw ateb pan alwodd arni y prynhawn Sul hwnnw.

Chlywodd hi mo'r gloch yn canu, na'r curo ar y drws, na'r allwedd yn troi yn y clo. Welodd hi mo'r pâr o esgidiau newydd a brynwyd iddi gogyfer â'r briodas, na'r pryder ar wyneb ei darpar ferch-yng-nghyfraith, na'r llond llestr o gawl a gariai.

Yn ei gwely yr oedd hi. Lisi'r Grug. Llesgedd a'i gyrrodd yno, ar ôl mymryn o ginio. Nid cinio Sul go iawn, ychwaith. Perthyn i ormodedd y gorffennol oedd mynnu tafell ychwanegol o gig eidion ac ail lond powlen o bwdin reis. Ers blynyddoedd, dirywiodd archwaeth arwrol dyddiau a fu yn rhyw bigo llwglyd ar blatiau llwm. Ciliodd blas a chwyddodd poen.

Bu'n ddyddiau'r cythlwng arni. Dyddiau cystudd. Henaint ar ei brifiant ac yntau heddiw'n cyrraedd ei lawn dwf. Awr yn ôl, wrth fynd i'r llofft, fe'i twyllodd ei hun mai mynd i'r gwely am awr neu ddwy o orffwys yr oedd hi.

Dyheai am ddydd Iau. Nid unrhyw hen ddydd Iau, ond hwn a oedd ar ddyfod. Dydd y briodas. Tridiau arall a byddai yno. Doed a ddelo, fe fyddai hithau yno. Doedd dim yn sicrach. Yn y *two-piece* las honno a fu'n hongian yn y cwpwrdd dillad ers hydoedd. Digon ychydig o ddefnydd a gafodd ohoni hyd yn hyn. Cafodd gynnig *costume* newydd gan ei mab, ond fe wnâi honno'r tro i'r dim o dan ei chot. (Bwriadai dynnu'r got ar gyfer y sesiwn tynnu lluniau a dyna fyddai ei hunig gonsesiwn i gonfensiwn. Dim het. Roedd yn gas ganddi'r taclau. A doedd dim gwir angen het os nad oeddech chi'n priodi go iawn, mewn eglwys neu gapel. Sgarff, efallai. Rhag ofn na ddeuai'r haul i wenu.)

Cysgu fymryn fyddai orau. Iddi gael bod ar ei gorau pan ddôi Eirwyn a Liz draw i de. Go brin y dôi honno heb rywbeth blasus yn ei llaw. Un ddigon clên oedd hi, chwarae teg. Gwahanol iawn i'r Rhona honno o'r Ffermwyr Ifanc y bu Eirwyn yn cyboli â hi flynyddoedd maith yn ôl. Un waglaw a di-serch oedd honno wedi bod ar y gorau. Beth welodd yr hogyn ynddi, deudwch?

Gwasgu yr oedd y cig oer a gafodd i ginio! Gorweddai'n giaidd ar wacter ei choluddion. Fel buwch yng nghornel cae, yn swrth ar lawr. Yn gwrthod codi ar ei chrogi.

Cysgu fymryn fyddai orau. A phetai hi wedi gallu magu digon o nerth, byddai wedi troi a throsi er mwyn ceisio'i gwneud ei hun yn gysurus. Ond waeth iddi ddioddef baich y dillad gwely trymion ar ei hesgyrn ddim. Roedd hi'n hen gyfarwydd â chael pwysau trosti yn y nos. Flynyddoedd maith yn ôl . . . Gallai gofio'n ôl mor bell â hynny. Ac ymhellach fyth. Ond doedd dda ganddi'r taclau tramor 'ma y cysgai'r to ifanc i gyd oddi tanynt. Ymbalfalodd ym mhydredd darfodedig ei hymennydd am y gair cymwys. Y gair a ddefnyddid i ddisgrifio'r dillad gwely. Un ysgafn ydoedd. Y cwrlid cyfoes hwnnw. Ysgafn, ysgafn. A gair i fatsio. A hwnnw'n nofio'n esmwyth dros y cyrff. Twriodd yng nghilfachau'r cof. Ond doedd dim yn tycio.

Gwell ganddi'r cynfasau a'r gwrthbannau henffasiwn, p'run bynnag. Er eu bod nhw'n rhy drwm iddi bellach. Y sypyn marwol yn ei mygu. Ella mai'r ifanc oedd yn iawn wedi'r cyfan! Fel y buasai hithau'n iawn bob tro, erstalwm. A'r byd i gyd yn cyfeiliorni o'i chwmpas. Yr ifanc a ŵyr a'r hen a dybia. Roedd 'na ryw hen air felly, os cofiai hi'n iawn.

Ni chofiai'n iawn. Dyna'r drwg. Nid oedd digon o gnawd ar yr esgyrn brau i'r un cwrlid allu ei chynhesu mwyach. Na'r un cariad. Diferion o laeth yn llithro o deth y fuwch. Fe gofiai hynny'n ddigon da. Fel ddoe. Y pistyll gwyn yn llifo'n gynnes, felys ar hyd ei bysedd, dros ei garddwrn ac at ei phenelin. Hen wefr wirion morwyn fferm yn godro am y tro cyntaf. Prin dair ar ddeg oed oedd hi bryd hynny, mae'n rhaid. Plentyn, i bob pwrpas. Ond dyna lle y bu hi, ddyddiau a fu, a'i phen wrth gadair buwch, yn dysgu'n gynnar sut y câi geneth handi ei thrin ym meudy'r byd.

Disgynnodd deigryn o'i llygad caeedig. Yn oer a chwerw. I bant ei boch. Nid boch go iawn. Dim ond esgyrn boch a deigryn ffug, a ollyngwyd oherwydd ffaeleddau'r corff yn hytrach na thrwy rym y cof.

Amseru da, serch hynny! Amser gadael. Y bws ar ddod. A'r cariad ola'n cadw'r oed. Petai hi'n cael y nerth o rywle i droi ar ei hystlys, fe gâi gysgu heb hel meddyliau mwy. Petai hi'n ddydd Iau yn lle dydd Sul, fe gâi hi weld Eirwyn wedi priodi o'r diwedd. Fe gâi hi weld. Fe gâi hi sefyll yn gefnsyth yn y llun. Yn dyst. Yn falch. Yn gorff.

Ond cysgu fyddai orau, penderfynodd. Ac ym mreuddwydion mad y dryswch hwnnw y daeth o hyd i'w thrysor. Rhuthrodd yr aur trwy ei bysedd. A'r gwaed trwy ei phenglog. Yn wawl afradlon goch dan wreiddiau'r gwallt tenau. Heb sgarff. Heb het. Yn estron. A heb enw.

Ni synhwyrodd Eirwyn fod dim o'i le pan gamodd dros y rhiniog. Byddai ei fam yn aml yn ei gwely trwy'r dydd yn ystod y misoedd diwethaf hyn. Ar ôl galw arni'n dyner, gadawodd i Liz fynd trwodd i'r gegin ar ei phen ei hun, i ddechrau cynhesu'r cawl, ac aeth yntau i fyny'r grisiau i'w deffro.

Pan sylweddolodd nad oedd deffro arni, ymbalfalodd yntau am y gair. Ond ni fedrodd ffurfio'r un sill am sbel. Eisteddodd ar erchwyn y gwely mewn anghrediniaeth. Clywai ei galon gref yn genllysg o guriadau yn ei fron. Ei frest ar dân. A'i ddwylo mawr yn drwm a diymadferth.

Dioddefai coeden yn ddirdynnol pan gâi ei llifio. Arteithid pren yn ddidostur wrth ei losgi. Yn y gwybod yr oedd yr euogrwydd. Yn y galar yr oedd y boen. A pharhaodd Eirwyn ar ei eistedd am ennyd. Yn syllu ar y corun coch.

'Liz,' gwaeddodd o'r diwedd o ben y grisiau. Ei lygaid yn wenfflam. A'r geiriau fel pwniadau pocer plaen ar aelwyd brysur. Yn galed, du a diaddurn. 'Mae Mam wedi marw.'

Roedd ei lais, fel yr aelwyd, yn oer.

'Dw i wedi creu andros o lanast,' cyhoeddodd Maelgwyn yn ddidaro. Y gwin oedd yn gyfrifol am y tinc difater yn ei lais. Hwnnw oedd hefyd yn gyfrifol am y gyflafan goch ar garped y lolfa.

Trodd Mari i'w wynebu, gan geisio canolbwyntio ar ei gyffes, a chlustfeinio ar yr un pryd am rwndi'r ffwrn feicrodon. Nid oedd bwyd yn bwysig iddi, mewn gwirionedd. Na diod chwaith, fel y cyfryw. Gallai fwrw dyddiau heb fwyta fawr ddim o sylwedd. Ac eto, teimlai ryw golled rhyfedd heddiw, o fod wedi colli'r cyfle i loddesta ar un o giniawau rhost traddodiadol ei nain. Mal oedd ar fai. Bu'n rhaid iddi ddod yn ôl i'r tŷ am ei bod hi wedi addo y câi ddod draw am y diwrnod. Egwyl o garu ar brynhawn Sul. I ladd amser. A rhoi taw ar ei swnian.

'Ar y carped,' aeth Maelgwyn yn ei flaen. 'Fe fydd dy dad a dy fam yn gandryll.'

'Dim ond Dad,' ebe Mari, heb ofal yn y byd. Sylweddolodd yn sydyn mai dim ond bod yr oedd hi yno. Anadlu. Llyncu poer. Llowcio'r awyr iach. Helpu ei thad i lenwi'r tŷ â llwch. Ac yna sobrodd eiliad. 'Pa mor ddrwg ydy'r difrod?' gofynnodd. 'Ydy'n well inni drio sychu tipyn ar y *mess*?'

Aeth at y sinc i estyn cadach i'w luchio at y dyn. Er mawr syndod i'r ddau ohonynt, fe'i daliodd.

'Tydy o'n gwneud fawr o wahaniaeth, a dweud y gwir,' ebe Mal. 'Gwin coch ydy gwin coch.'

'Hidia befo!' Dilynodd Mari ef i'r lolfa a chael llyn bychan yn nofio'n styfnig ar wyneb y defnydd trwchus dan draed. Y botel oedd wedi dymchwel, nid y gwydryn. Nododd Mari hynny'n syth. Potel, a oedd bellach bron yn wag, ar y llawr yn ymyl y soffa. A gwydryn llawn gwin yn saff ar y silff ben tân. Synhwyrai fod arwyddocâd i'r olygfa, ond ni wyddai be gebyst ydoedd. Petai ynddi dwtsh o'r bardd, fel ei thad, byddai wedi gweld yr ystyr. Petai ynddi dwtsh o'r penboethyn, fel ei thad, byddai wedi colli'i limpyn yn llwyr wrth weld y llanast.

Ond Mari oedd hi. Ar brynhawn o Sul. Gyda dau 'bryd i un' o

Tesco's yn twymo yn y gegin. Staen digroeso ar lawr y lolfa. A Mal dan draed.

Cymerodd y cadach o law'r hogyn a phlygodd er mwyn gwneud y gorau o'r gwaethaf.

'Wn 'im pam mae hi'n cyboli efo'r hogyn 'na,' ebe Gwydion yn reit chwyrn. 'Welish i ddim byd mor ddiafael yn fy nydd. Ac mi fedra Mari ni wneud yn well yn beth coblyn, yn medra? Tasa hi'n rhoi'i meddwl ar waith, yn lle nofio trwy fywyd heb byth gyrraedd tir sych.'

Clywai ei dad bob sill, ond digon prin oedd y geiriau a olygai ddim iddo. Ambell air yma ac acw mewn llifeiriant o barabl. Yn ynysoedd digyswllt. Nid oedd iddynt berthnasedd. Na chyswllt. Na gramadeg. Go brin fod iddynt ystyr, gan nad unent byth yn frawddeg.

Felly roedd hi arno rŵan, wrth eistedd yn simsan ar stôl fach blastig yng nghanol y bàth. Dŵr o'r gawod uwchben yn pistyllio trosto. Yr hyn a oedd yn weddill o'i wallt yn diferu siampŵ. A'r piso oedd newydd ddianc yn ddirybudd o'i bledren yn gymysg â'r trochion o gylch ei draed.

Ers i'w iechyd dorri, cawsai glywed mwy am ei deulu nag erioed o'r blaen, o gyfrinachau gwirioneddol i glecs a siarad gwag. Ond clywed heb byth ddod i wybod ydoedd. Gwydion yn tendio arno'n dyner ac yn bwrw'i fol wrth wneud. Dim ond rhan o'r ymgais ffôl i gyfathrebu oedd yr holl sôn am deulu. Byddai'n clebran hefyd am y tywydd, y fferm a chwrs y byd.

Yn ystod yr wythnos, deuai nyrs i helpu Gwydion gyda'r orchwyl o gadw'r hen ŵr yn lân. Ond bob bwrw Sul roedd ar ei ben ei hun. Diosgai i'w drôns, am ei bod hi'n amhosibl iddo arbed y dŵr rhag ei drochi yntau. Er bod corff ei dad yn ddiymadferth, nid oedd wedi colli owns o bwysau ers ei strôc. Os rhywbeth, roedd segurdod ei orffwys a'i eistedd tragwyddol wedi magu mwy o floneg. Rhaid oedd codi ei ddwy goes fesul un ac un i mewn i'r bàth, tra'n dal ei bwysau rhag ofn iddo syrthio. Aethai cydbwysedd ei dad, fel ei glyw, yn fympwyol a simsan. Cleisiai'n hawdd.

'Codwch eich braich, Dad, inni gael golchi'r gesail chwith 'na.'

Roedden nhw wedi hen ymgynefino erbyn hyn. Gwydion a'i dad. Wedi hen ymgynefino â dod ynghyd fel hyn ar gyfer defodau cyfrin nos Sul. Ond nid âi'r arswyd byth yn llai i Gwydion. Gofalu nad oedd y dŵr yn rhy boeth. Nac yn rhy oer. Yr hebrwng araf ar draws y landin, o'r ystafell wely i'r ystafell ymolchi. Y codi a'r cydio parhaus. Yr oedd i'r cyfan ryw afledneisrwydd angenrheidiol a ymylai ar y dwyfol. Glanweithdra oedd ar waith. Ac roedd hi'n gymwynas, hyd yn oed os oedd hi'n gymwynas a ddeuai ar waelod y domen yn ôl trefn pethau. Fel sychu pen-ôl yr hen foi. A chydio yn ei bidlen, er mwyn golchi oddi tani a thynnu'r wlanen yn dyner o gylch ei geilliau. Cymwynasau arswydus. Glanweithdra'n frenin. A sancteiddrwydd rhwymau dyletswydd ar eu mwyaf anllad.

Perthyn oedd ar fai, wrth gwrs. Y trydydd gorchymyn ac yntau'n gaeth i'w gartref. Tir i'w drin. Creaduriaid i'w hwsmona. Cenhedlaeth arall i'w hanrhydeddu. Dyma beth oedd natur cariad. Nid oedd Gwydion byth am wadu hynny. Dyma oedd ei fywyd. Roedd ei hapusrwydd ynghlwm wrth y defodau hyn. Gallai droi gwddw gŵydd ar gyfer y Nadolig heb wingo eiliad. A chanu'n iach i wartheg ar y ffordd i'r lladd-dŷ heb deimlo dim ond llyfnder siec yn ei law. Ond roedd caethiwed diweddar ei dad yn ofalaeth amgenach, wrth reswm. Yn fath gwahanol o gnawd yr oedd gofyn iddo'i dendio.

Tra bod prisiau'r farchnad yn dal eu tir, a bod bwyd ar y bwrdd yn ei bryd ac yntau'n iach, nid oedd cnawd erioed wedi corddi Gwydion fel y corddai Gwern. Mudlosgai chwant mewn cilfach nad oedd iddi enw. Claddwyd egin dyheadau yng nghrombil tas y tylwyth. Fe ofalai fod ei dad yn cael y gofal gorau posibl. Wrth gwrs y gwnâi o! Rhai gwâr fu teulu Gallt Brain Duon erioed.

Ers misoedd bellach, bu noethni llythrennol y cnawd yn gwatwar grym y gwarineb hwnnw. Dim ond celloedd drylliedig oedd y corff o dan y dŵr. Dim ond aelodau diffrwyth o'r un hil ag yntau. Yn hongian yno'n drist a doniol yn y dilyw. Yn drwm. Yn llipa. Ac yn hyll fel pechod.

'Priodi wneith hi cyn bo hir, decini,' ebe Gwydion drachefn, gan droi ei sylw at y gesail arall. 'Hogyn fferm ydy hwn sy ganddi hi rŵan. Fe ddeudish i hynny wrthach chi o'r blaen, yn do? Nid fod arno fawr o ôl ffermio, cofiwch. Wedi bod mewn rhyw goleg amaethyddol tua Lloegr 'na, yn ôl be ddeudodd Mari. A'i fam wedi'i dynnu fo oddi yno ar ôl tri mis. Be wnewch chi o beth felly? 'I ddwylo fo'n rhy feddal o beth hannar gen i. Ond ifanc ydy o o hyd! A does 'na fawr o ôl gwraig fferm ar Mari chwaith, tasa hi'n dod i hynny. Gormod o'i mam ynddi, debyg! Ond braf 'i gweld hi'n galw draw mor aml, yn tydy, Dad? Hyd yn oed os na welwn ni byth mohoni'n tynnu llo. Neu'n carthu'r beudy. Neu hyd yn oed yn tynnu llond platiad o sgons o'r Aga. Nid arni hi mae'r bai. Heb gael 'i dysgu'n iawn, ylwch! Petai hi wedi'i magu yma efo ni, yn lle yn y dre, mi fydda gwell siâp ar betha. Ôl gwaith arni. Ôl rhuddin rhywbeth amgenach. Yn lle jest y weniaith wirion fydd hi'n 'i rhannu efo Yncl Gwilym, er mwyn trio tynnu pres o groen hwnnw. Neu lolian efo'r Mal felltith 'na yn y parlwr bach. Neu isho benthyg y car fin nos pan fydd 'i thad wedi rhoi'i droed i lawr am *change*. Chwerthin a lladd amsar ydy'r unig betha sy'n mynd â'i bryd hi. Hen bryd i rywun 'i sodro hi'n iawn. I'w chael hi i gallio. 'Dach chi ddim yn meddwl, Dad?'

Un heini yn y gwair fu Mari fach. Yn ei bryfocio'n ddidrugaredd ac yntau'n swp o swildod. Un ddireidus a diofal fuodd hi erioed, fe gofiai. Wrth ei bodd yn chwarae neidio ar y bêls. Fe'i taflai ei hun ato o ben y das. A byddai'n rhaid iddo yntau ei dal a dioddef ei chusanau plentynnaidd ar ei war. Weithiau fe fethai. A disgynnai hithau'n bendramwnwgl i'r ddaear, yn sgrechlyd a dianaf.

Nid oedd cnydau ar gaeau Gallt Brain Duon bellach. Daeth gair o Ewrop. Da byw amdani nawr. Aeth yr ysguboriau'n segur. A'r lladd-dai'n llawn. Trwy addasu yr oedd goroesi. Deallai Gwydion reidrwydd y drefn. Tyfodd Mari. Yn beniog a braidd ymhell i ffwrdd. Tan y blynyddoedd diwethaf hyn, o leiaf. Bellach, roedd hi'n ymwelydd cyson drachefn. A chadwai Gwydion groeso iddi yn ei gilfach ddirgel.

''Dach chi'ch dau'n tynnu trwyddi, deudwch?'

Daeth ei fam i mewn i'r ystafell yn ddirybudd, gyda lliain glân wedi ei agor yn barod at y sychu.

'Ydan,' atebodd Gwydion. ''Dan ni'n lân am ddiwrnod arall, yn tydan ni, Dad?'

Tynnodd Gaynor Jones y caead i lawr ar ben y lle chwech. Diffoddodd y gawod. Lapiodd y tywel yn dynn am ysgwyddau ei gŵr a chynorthwyodd ei mab i'w gael o'r bàth. Rhoddwyd ef i eistedd ar y lle chwech a phrysurodd y wraig i'w rwbio'n sych, tra sychai Gwydion y stôl â hen gadach.

'Dowch chi, Mam,' meddai Gwydion, wrth roi'r celficyn plastig yn ôl yn ei gornel wrth y drws. 'Fe af i ag o'n ôl i'w wely.'

'Rheitiach o lawar iti wisgo amdanat!' arthiodd hithau'n ôl ato, heb edrych arno. 'Dos o 'ngolwg i, bendith y tad i ti! Yn lle sefyll fan'na'n noethlymun o 'mlaen i.'

Neidiodd Gwydion yn ôl yng ngrym yr ergyd. I feddwl fod hyd yn oed ei fam yn ymdeimlo â lletchwithdod perthyn! Rhuthrodd braw yn

121

ymchwydd. Braw ar ben braw. Yn afreolus o sydyn. Yn llam i'w fin. Yn wrid i'w wyneb.

Dihangodd drwy'r drws, gan dynnu ei drôns i fyny'n dynn dros ei lwynau. Meistr llym oedd cariad, ond roedd Gwydion wedi brolio wrtho'i hun erioed ei fod yn gwybod sut i'w drafod.

'Un math o ffilm na 'fedra i mo'i ddiodda ydy miwsicals,' barnodd Gwern gyda gwên.

'Dw i'n cofio'n dda. Felly pam ddiawl ydan ni wedi dod i weld y bae lle ddaru nhw ffilmio *South Pacific*?' holodd Miri.

Ers y bore, roedd ganddynt gar. Fe'i llogwyd am dridiau gan Gwern, i roi cyfle iddynt weld tipyn ar yr ynys a lledu eu gorwelion, chwedl yntau. Roedd hefyd yn ei arbed ei hun rhag wythnos gron gyfan o draethau a gwelyau haul.

'Mae'n bwysig blasu pob dim mewn bywyd, yn tydy?'

'Wel! Rwyt ti wedi credu yn hynny erioed, does dim yn sicrach,' cytunodd Miri, gan ddrachtio o'i diod oer. Eisteddai'r ddau wrth fwrdd rhydlyd, o dan gysgod ymbarél welltog, yn edrych tua'r môr.

'A glynu wrth yr hyn sydd dda,' ychwanegodd Gwern. Roedd yn benderfynol o gadw mewn hwyliau da heddiw a pheidio â gadael i'w phryfocio (boed finiog neu wamal) godi ei wrychyn. 'Does yna fawr ddim i'w weld ar yr ynys 'ma o'r hyn dw i'n 'i gasglu. Dim henebion nac adfeilion diddorol yr un gwareiddiad coll.'

'Dim byd ond Catalaniaid yn bwrw ati i fyw o ddydd i ddydd a gwneud pres fel slecs ar gorn pobl ddiarth fatha ni.'

'Ia,' cytunodd Gwern, gan gofio mai yng Nghatalonia yr oeddynt. Nid Sbaen o gwbl. 'Tydan ni ddim hyd yn oed yn galw'r lle wrth 'i enw iawn.' ('Eivissa' oedd i'w weld bennaf ar arwyddion ffyrdd, gydag 'Ibiza' oddi tano.) 'Be ddiawl oedd gan fan'ma i'w wneud â *South Pacific* yn ôl yn 1953, neu pryd bynnag oedd hi?'

'Pres,' oedd ateb parod Miri. 'A does dim o'i le ar hynny yn y bôn. Ddaru lluoedd Hollywood ddim anrheithio'r lle. Ddaru nhw ddim trefedigaethu. Ddaru nhw ddim gorchfygu. Dim ond dod. Defnyddio. Talu.'

'Dyna i gyd? Wyt ti'n siŵr?'

'Nid y nhw gododd y gaer 'na sy'n tra-arglwyddiaethu dros y dref.'

'Ella fod 'na ffasiwn beth â chestyll seliwloid. I'n cadw ni'n ufudd. I'n cadw ni dan y fawd.'

'Yr unig seliwloid all wneud hynny ydy dy bornograffi di, Gwern. Dyna pam y bu'n gas gen ti fiwsicals ar hyd dy oes. Maen nhw'n rhy ddiniwad o'r hannar gen ti.'

'Rho daw arni wir! Rwyt ti'n mynd yn waeth na Siôn am ddadansoddi popeth nes 'i droi o'n gelain.'

'Maen nhw'n gry, wst ti. Catalaniaid. Senedd 'u hunain o fewn cyfundrefn Sbaen. Hunan-barch a hunan-hyder. Ac economi ar i fyny.'

'Am fod pobl fatha chdi a fi yn dod yma i ail-fwrw'u swildod, newid lliw a lladd amsar.'

'Dyna pam 'dan ni yma?' holodd Miri. 'Ar Eivissa. Neu Ibitha. Neu Ibiza. Neu sut bynnag wyt ti am 'i ddeud o.'

''Dan ni yma'n benodol, yn y bae arbennig yma, am fod hwn yn digwydd bod yn un lle y cymeradwyir ymweld ag o,' ebe Gwern yn gadarn. 'A dyma ni.'

Newydd ddod o le arall a gymeradwywyd iddynt yr oedd y ddau; tŷ bwyta anghysbell yng nghanol y tir. Hen ffermdy ar lun castell, lle roedd y bwyd, yn ôl y sôn, yn arbennig o dda. Galwasant yno i gadw bwrdd ar eu cyfer at heno. Yn ôl ei harfer ar wyliau, bwriadai Miri ei llwgu ei hun trwy'r dydd, gan edrych ymlaen at wledd gyda'r nos.

Bu pob un o'r mynych wyliau a gawsant dros y flwyddyn ddiwethaf yn hwyl, tybiodd. Gwelsant lefydd gwahanol. Gwnaethant bethau gwahanol. A chawsant ysbaid iddynt hwy eu hunain. Amser i'w ladd, ys honnai Gwern. Croen i newid ei liw. Ar eu pennau eu hunain. Ymhell o grafanc y cyfarwydd. Dyna ystyr dygymod, meddyliodd Miri. Byw a bod o ddydd i ddydd. Gwern a hithau. Mewn lleoliadau anghyfarwydd. Yn seiniau ieithoedd dieithr. Mewn naws gwahanol i'r norm. Yn gorfod ailadrodd eu stori eu hunain rhag iddynt ei hanghofio. A'i chreu hi o'r newydd lle roedd raid.

Y hi gafodd ddewis pob cyrchfan. Doedd dim dianc rhag y gwirionedd hwnnw. A gallai ei llongyfarch ei hun ar ei llwyddiant, yn hapus yn y gred nad oedd dim yn adlewyrchu gwacter bywydau pobl fel dewis annoeth o wyliau.

Wyddai hi ddim pam yr oedd hi wedi dewis ynys y tro hwn, chwaith. A hithau wedi bwrw ei bywyd oll ar benrhyn cul, roedd dewis ynys fel codi pedwaredd wal ar gell. Fel dewis carchar. Rhyw afrealaeth ronc. I gadw'r holl feddyliau gwrthgyferbyniol dan glo yn ei phen.

'Y chdi sy'n iawn, mae'n debyg. Syniad call oedd dod i fan'ma,' ildiodd Miri ar ôl mwydro'i phen am ennyd. Bu'n rhythu allan i'r môr, i gyfeiriad craig fawreddog. Rhaid mai honno a wnaeth y fangre'n ddeniadol ar gyfer gofynion doethion Hollywood. 'Os ydy ymwelwyr â Gwynedd yn cael eu hudo i Feddgelert wrth eu miloedd ar gorn rhyw stori wneud, siawns nad oes disgwyl ein bod ninnau'n gwneud yr ymdrech i ddod i fan'ma.'

'Mae gan bawb yr hawl i'w chwedlau,' meddai Gwern yn goeglyd.

Dyheai Miri am gael dweud rhywbeth slic yn ôl. Ond doedd ganddi'r un ddadl arall ar ôl i'w defnyddio yn ei erbyn. Bu'n rhaid iddi fodloni ar dawelwch.

Pan gyrhaeddodd Siôn yn ôl o Lundain i'w lety yng Nghaerdydd, roedd neges yn ei aros, i ffonio Gillian. Roedd honno, yn ei thro, wedi cael neges yn ei disgwyl hithau, i ffonio ei mam.

'Hen dro!' oedd ymateb Siôn i'r newyddion am Lisi'r Grug.

'Dim ond am 'i bod hi'n swnian ddaru Mam ac Eirwyn benderfynu priodi yn y lle cyntaf,' eglurodd Gillian.

'Ân nhw 'mlaen efo'r briodas rŵan?' holodd Siôn. 'Mi fydd petha'n edrych braidd yn giami.'

'Be wyt ti'n 'i feddwl?'

'Wel! Ma' hyn yn rhoi rhyw ddampar bach ar betha, yn tydy?'

'Rhaid iddyn nhw briodi ddydd Iau, siŵr,' mynnodd Gillian. 'Popeth wedi'i drefnu rŵan. Mi fyddai'n gythgam o ddrud i ganslo'r cyfan. Mae'r deisan wedi'i gwneud a phob dim.'

'O, wel! Os ydy'r deisan wedi'i gwneud a phob dim, mi fydd yn rhaid iddyn nhw fwrw 'mlaen efo'r trefniada,' cytunodd Siôn yn llywaeth.

'Dydd Gwener mae'r c'nebrwng. Rwyt ti am ddod efo fi, on'd wyt?'

'Ew! Wn i ddim, Gill. Gen i lot o waith, wst ti. Penwythnos ar y *razzle* yn Llundain newydd fod. Ac rown i eisoes yn colli deuddydd arall yr wythnos hon, trwy fynd i fyny i'r gogledd ar gyfer y briodas.'

'Ond dim ond un diwrnod ychwanegol ydy o . . .'

'Roeddat ti'n daer isho i mi fynd i'r briodas 'ma efo chdi. A dw i wedi cytuno i hynny . . .'

'Dim ond yr un fath â mynd i'r briodas eto fydd hi,' dadleuodd y ferch. 'Ond yn waeth.' Roedd ei llais yn swrth a diflas ar y ffôn. 'Tydw i ddim yn hoffi mynd i lefydd ar fy mhen fy hun.'

'Sôn am g'nebrwng ydan ni rŵan, Gillian,' ebe Siôn yn chwyrn.

'Tydy o ddim fatha mynd i barti. Chei di mo dy drin fel ysgymun cymdeithasol am dy fod ti yno heb bartnar.'

'Beth?' Roedd Gillian ar goll. 'Tydw i ddim yn dallt y geiriau mawr.'

'Galarwyr!' aeth Siôn yn ei flaen yn goeglyd. 'Dyna'r gair dwyt ti ddim yn 'i ddallt. Nid gwesteion ydy pobl mewn c'nebrwng. Galarwyr.'

Cofiai angladd ei nain yn glir. Roedd dwy flynedd ers ei marw. Pawb yn chwithig ar y pryd am fod ei fam newydd adael ei dad ychydig ddyddiau ynghynt. (Rhaid fod pob marwolaeth yn digwydd ar adeg anghyfleus i rywun neu'i gilydd o blith y galarwyr. Am ryw reswm neu'i gilydd.) Cyn y diwrnod mawr, roedd yntau wedi mopio ar y ddelwedd ohono'i hun yn y siwt dywyll, ddrud a brynwyd iddo gan ei dad. Ac roedd wedi coleddu'r freuddwyd mai y fo gâi sefyll nesaf at ei fam ar lan y bedd, gan fod ei dad tan gysgod rhyw warth nas gwyddai Siôn mo'i fanylion byth. Y cyfan a gofiai am ddigwyddiadau'r diwrnod hwnnw y gadawodd ei fam oedd iddi fartsio o'r tŷ yn galw'i dad yn fochyn.

Yn y diwedd, ni fu hyd yn oed fedd i sefyll ar ei lan ddiwrnod angladd Nain Tai Lôn. Llosgwyd ei gweddillion. A'i dad a gafodd chwarae rhan prif gysurwr y prif alarwr. Gwnaeth hynny gydag urddas a chadernid disyfl. Ymgiliodd Siôn i gwt y dorf mewn siom. A dysgodd ei bod hi'n haws i fochyn gael maddeuant na rhyw lo o leidr 'run fath â fo.

Darbwyllodd Siôn ei hun mai chwilio am rywun i ddysgu iddi sut i ymddwyn mewn angladd yr oedd Gillian. A chytunodd i aros yn y gogledd am noson arall er mwyn cael mynd gyda hi i angladd mam Eirwyn Coed, yn ogystal ag i'w briodas y diwrnod cynt. Rhaid fod y siwt honno'n dal i hongian gartref.

'Mi fydd yn gyfle i ti showan off am dy lwyddiant,' meddai Gillian.

'Pa lwyddiant?'

'Y cytundeb ddaru ti lwyddo i'w seinio efo cyfreithwyr teulu Gideon,' eglurodd y ferch yn ddiamynedd. 'Llundain. Y penwythnos.'

'O! Hynny!'

'Mi fydd dy fam a dy dad yn falch, siŵr iawn.'

'Maen nhw'n gwbod yn barod. A fyddan nhw ddim acw, p'run bynnag. Maen nhw ym Majorca neu rywle.'

'Hen dro!'

'Ie, i bobl Majorca,' meddai Siôn.

'Fe fydd raid ichdi ddewis, yn hwyr neu'n hwyrach.'

'Yr unig beth sydd raid imi'i ddewis heno ydy'r bwyd oddi ar y fwydlen 'ma,' mynnodd Miri. 'Dw i'n awgrymu 'yn bod ni'n canolbwyntio ar y cyfyng-gyngor hwnnw. Yli'r dewis sydd ganddyn nhw!'

'*Gazpacho* a chyw iâr mewn saws sieri gymra i.'

'Dyna gest ti neithiwr,' ebe Miri'n gyhuddgar.

'Wel?'

'Tydy o ddim fatha chdi i gymryd yr un peth ddwy noson yn olynol!'

'A be amdanat ti? Oes 'na rywbeth fan'na i dynnu dŵr o dy ddannedd di?' gofynnodd Gwern, gan anwybyddu'r coegni.

Roedd Miri'n edrych yn lletchwith wrth droi tudalennau anhylaw'r fwydlen anferth. Cynifer o ieithoedd i fynd i'r afael â hwy. Cynifer o seigiau i'w blasu. A theimlai'n benysgafn ar wynt blodau a ddeuai gyda'r paill ar draws y peithdir du o'u cwmpas. Ar ben hynny, nid gorchwyl hawdd oedd darllen. Er bod golau trydan llachar draw wrth y bar, mewn hen sgubor ym mhen arall y buarth, dim ond lanteri bychain, mursennaidd eu llewyrch ar ben ffaglau haearn clogyrnaidd a oleuai'r byrddau.

'Fedra i ddim penderfynu'n iawn,' atebodd o'r diwedd. Rhoes y fwydlen o'i llaw a dechreuodd bigo ar y bara a'r menyn garlleg. Rhyw enllyn bach a adawyd ar y bwrdd i bontio rhwng llwgu a bwyd go iawn.

Cododd Miri ei llygaid at Gwern, gyferbyn. Nid oedd ef wedi cael ei demtio gan y bara. Un o'i darganfyddiadau diweddaraf amdano oedd ei fod wedi meithrin mwy o hunanddisgyblaeth nag erioed o'r blaen. Teimlai'n ddig wrtho am hynny. Gallai newid, wedi'r cyfan. Roedd arni hi ofn yr annisgwyl.

Bu newid yn ôl ei thelerau hi ei hun yn gymharol hawdd. Yn agoriad llygad. Ac yn antur hirddisgwyliedig. Ond daethai i sylweddoli'n fwyfwy mai cael ei gorfodi i'w throbwynt ddaru hi ddwy flynedd yn ôl. Gan amgylchiadau. Gan Gwawr. Nid anghofiai Miri byth mo'r noson honno. Ar lawr ei chegin hi ei hun. Ar yr aelwyd. Yn ei chartref. Yn yr union fan lle y mynnai Gwern mor daer na fu halogi erioed ar sancteiddrwydd glân briodas. Dyna'r fangre a fu'n dyst i'r gyffes fawr. A hynny, sylweddolai Miri nawr, mewn disgrifiadau chwerthinllyd o fanwl. Gwawr a'i gwallgofrwydd ysblennydd! Gwawr, a oedd i fod yn ffrind! Na, doedd ganddi ddim ffrindiau. Dyna oedd ei chamgymeriad. Dyna oedd yn rhaid iddi ei hatgoffa ei hun ohono yn barhaus. Gan

Gwern yr oedd y ffrindiau. I gydweithio â nhw. I chwarae golff yn eu herbyn. I geisio denu eu gwragedd ar gyfeiliorn.

Gwragedd ffrindiau Gwern. Dyna'r rhai y bu disgwyl iddi eu hystyried yn ffrindiau. Hen giwed y fall. Hen hychod twyllodrus a oedd, bron yn ddieithriad, mor drist â hi ei hun. Fel petai Gwern wedi methu gwneud ffrind o neb a chanddo wraig a oedd wedi llwyddo i wneud rhywbeth o'i bywyd ar ei liwt ei hun.

Heb ffrind yr oedd hi o hyd. Roedd hynny'n ddiffyg amlwg ar ei bywyd newydd. Yn un o'r ffaeleddau a'i denai yn ôl at Gwern. Doedd ganddi neb arall. Doedd hi'n ddim amgenach na rebel nad oedd wedi llwyddo i greu bywyd iddi hi ei hun ar ôl y chwyldro. Ac a dynnid yn anochel yn ôl i gysgod y teyrn a ddymchwelodd.

A dyna lle'r oedd Gwern o hyd! Yn eistedd gyferbyn. Yn dal y fwydlen yn agos at y ffagl, er mwyn cael gweld. Wyddai hi ddim a oedd golau'r gannwyll o gymorth iddo ddarllen, ond gwnâi ei wyneb yn fwy golygus nag arfer. A throdd ei golygon yn ôl at ei bwydlen ei hun.

Roedd o'n dal i aros. I ddisgwyl ateb. I obeithio. Celc go dda o amynedd at ei wasanaeth. Heb sôn am stôr ddihysbydd o garedigrwydd a haelioni. Roedd ei hunanddisgyblaeth hefyd wedi ei wneud yn well carwr nag erioed o'r blaen. Gallai ffrwyno'i ffyrnigrwydd llencynnaidd. A sianelu mwy o'i ynni rhywiol i'w phleserau hi.

'Fi ydy'r unig ddyn y gwn i amdano sy'n edrych ymlaen at wyliau er mwyn cael rhannu gwely efo 'ngwraig.'

'Dwyt ti ddim yn rhannu gwely efo fi,' prysurodd Miri i'w gywiro. 'Dau wely sengl sydd yn yr ystafell 'na a phaid byth ag anghofio hynny.'

'Y pwynt s'gen i ydy fod pobl yn meddwl fod yn priodas ni'n un od ar y naw.'

'Twt! 'Dan ni wedi bod yn destun siarad i bobl ers blynyddoedd. Fe wnest ti'n siŵr o hynny. A ph'run bynnag, mae priodas pawb yn edrach yn od i bobl o'r tu allan. "Wn i ddim be welodd hi ynddo fo erioed." "Sut fedrodd o fyw o dan yr un to â honna yr holl flynyddoedd 'na?" 'Dan ni i gyd wedi deud petha tebyg ryw dro. Hen hanas. Hen syndrom. Dw i'n ryw ama' mai cymdogion Adda ac Efa oedd y cyntaf i sôn rhai mor smala oedd yn byw drws nesaf.'

'Oedd yna ardd y drws nesaf i Baradwys, dywed?'

'O, oedd! Mae 'na ardd y drws nesaf i baradwys pawb, bob amser.

Cred ti fi! Blodau o fan'no y buost ti'n 'u casglu i mi dros yr holl flynyddoedd y buon ni'n briod.'

'Llai o'r amsar gorffennol yna, Mrs Jones. 'Dan ni'n dal yn briod, cofia.'

'Ydan, debyg! Fi sy'n annheg â chdi, mwn. Dyna pam rwyt ti'n mynd mor ddwfn i dy boced i dalu am yr holl wyliau 'ma i ni rownd y rîl. Am 'yn bod ni'n briod. Am nad ydw i wedi gwneud affliw o ddim ynglŷn â chael ysgariad. Dw i yn sylweddoli. Ac yn gwerthfawrogi.'

'Miri, paid â phoeri'r hyn ddeudish i rŵan am rannu gwely yn ôl yn 'y ngwynab i. Dim ond tipyn o dynnu coes oedd hynny. Nid dyna'r rheswm pam dw i am inni fynd i ffwrdd mor aml â phosib. Wel! Nid y rheswm penna . . .'

'Na. Dw i'n gwbod. O ddifri. Rydw i yn gwybod.' Ymdrechodd i ynganu pob gair mor gyflawn ac mor gywir â phosibl. ''Dan ni'n ŵr a gwraig, gyda dau o blant a gardd does neb yn talu fawr o sylw iddi a thŷ does neb diarth bron byth yn galw ynddo . . .'

Daeth y gweinydd â'u diodydd ac i gymryd eu harcheb, gan droi araith arfaethedig Miri yn rhestr o seigiau yn yr awyr gynnes. Llawn cystal, tybiodd Miri. Roedd hi'n hapus. Roedd hi mewn cariad drachefn.

Dros y ddwy awr ddilynol, daethpwyd â'r bwyd a archebwyd i'w bwrdd. Cyrhaeddodd mwy o gwsmeriaid. Diflannodd eraill, gan dalu eu biliau a dychwelyd i'w ceir cyn gyrru ymaith i'r nos a gweddill eu gwyliau.

Cariwyd poteli o win i'w bwrdd yn ogystal. Dwy ohonynt, a bod yn fanwl gywir. Cafwyd trafod di-ben-draw. Am ansawdd y bwyd, a oedd yn braidd yn siomedig heb fod yn drychinebus. Am hynodrwydd rhai o'u cyd-fwytawyr. Am fwstás mawreddog un o'r gweinyddion. Am yr Almaenwyr hoyw a eisteddai gyferbyn â hwy bob bore i frecwast, ond nad oeddynt byth am dorri gair, er gwaetha ffafr ddoe gyda'r Ffactor 15. O adar yr entrychion i bysgod yr eigion, trafodwyd popeth a geir o dan haul a heli. Nes iddi droi'n hwyr. Ac yn amser clwydo.

Yn ôl yn y gwesty, doedd dim golwg ar yr Almaenwyr, na fawr neb arall, yn y bar ac aeth y ddau i'w hystafell, gan eistedd ar eu balconi yn cynhesu brandi cyn ei sipian. Troellwyd gwawl euraid y gwirod rhwng eu dwylo, fel eu chwarter canrif o gyd-fyw. Chafodd fawr ddim ei ddweud. Dim ond ei fwytho. A'i lyncu.

Trannoeth, roedd gan y ddau gur pen. Ac roedd y ddau yn dal yn briod.

Erbyn bore Mawrth, roedd Maelgwyn wedi hen adael gwely Mari a thŷ mawr Gwern ar gwr y dref.

Cafodd Mari fwynhau'r moethusrwydd arferol o ddadebru ar ei phen ei hun. Mewn gwely clyd. Mewn tŷ gwag. Dim tad i weiddi melltithion o waelod y grisiau. Dim brawd i gau pob drws yn glep. Llais neb ond Hywel Gwynfryn i dorri ar y distawrwydd.

Pydredd digyfaddawd oedd byw fel hyn. Pydredd nad oedd galw arni i'w gyfiawnhau i neb. Pydredd pert llygaid nad oeddynt am wynebu'r haul. A chlustiau a fynnai garthu pob ymyrraeth o'r ymennydd. Estynnodd ei llaw drachefn yn ddiamynedd i ddiffodd y radio.

Dyna welliant! Tawelwch. Y llonyddwch a ddywedai wrthi'n eglur nad oedd Maelgwyn yn golygu dim iddi. Roedd yno beth gwerth i'w perthynas o ran cwmnïaeth. Ond dyna i gyd.

Rhaid fod rhywbeth yn bod arni i droi pob cariad yn gymar diangerdd mor sydyn. Roedd Rheinallt yntau, cyn hyn, wedi dirywio'n ddim byd ond embaras yn ei bywyd. A hynny ymhen fawr o dro. Ynghynt hyd yn oed na Mal. Nid rhyw ddatguddiad chwyldroadol oedd hyn, chwaith. Gallai gofio bendroni dros oferedd y berthynas rhyngddi hi a Mal yn ystod haf y llynedd, pan fu'n gweithio am gyfnod gyda chwmni o arwerthwyr yn y dref. Ac roedd hi wedi dweud wrthi ei hun bryd hynny fod y berthynas yn ddibwrpas. Ond glynu gyda Mal ddaru hi. A rhoi'r gorau i'r gwaith. Er ei bod hi'n ddigon diolchgar i'w thad am drefnu'r cyfan trosti ar y cwrs golff un bore Sul, nid oedd y joban honno at ei dant mewn gwirionedd. A throes yn ôl at fywyd o godi'n hwyr a byw ar glydwch teulu.

Rhaid fod y syniad o deulu'n gorfod ei ailddiffinio ei hun o genhedlaeth i genhedlaeth, meddyliodd. Dim ond trwy ddod o hyd i ystyr newydd yr oedd modd goroesi. Roedd hyd yn oed y gair 'perthyn' wedi gorfod dod o hyd i ystyr newydd er mwyn byw. Methodd 'swllt'. Diflannodd hwnnw trwy ein dwylo. Gair mewn geiriaduron a hen ffilmiau ydoedd bellach. Defnyddiai Nain ef weithiau, ar ddamwain. Gair i ddyddio pobl. Gair nad oedd Mari erioed wedi byw gydag ef yn ei phoced. Ond roedd 'perthyn' yn wahanol, wrth gwrs. Haniaeth ydoedd. Gallai pawb ei droelli rhwng ei fysedd a gweld gwerth gwahanol ynddo.

Penderfynodd o'r diwedd ei bod hi'n bryd iddi godi. Byddai poteli llefrith ar y rhiniog yn disgwyl cael eu dwyn i'r tŷ. Wrth ymlusgo i'r tŷ bach, holodd ei hun yn ddilornus ai gwyliau ar Ibiza oedd y ffordd orau o sicrhau parhad 'perthyn'? Ai hyn oedd amod ailddarganfod ystyr y gair i'w mam a'i thad? Egwyl o grasu ar draeth pellennig? Newid lliw? Newid lle? Casglu cregyn?

Go brin! Ond gallai weld fod hyd yn oed ymdrechion ofer at ailwerthuso yn fwy o sbort na llyncu mul.

Ofn oedd prif ysgogiad pobl. Ofn peidio â pherthyn. (Ofn ei thad na ddôi ei mam yn ôl. Ei ofn nad oedd hi, Mari, byth am godi oddi ar ei thin i wneud dim byd o bwys.) Dyna a gadwai'r cysyniad o deulu'n fyw. Nid grym yr un sefydliad cymdeithasol. Nid atynfa traddodiad. Nid sagrafen sanctaidd o ddwyfol ordinhad. Nid hyd yn oed ofn llosgi. Unigrwydd noeth. A'i ofnadwyaeth.

Roedd arni hithau ofn. Gwelai'r blynyddoedd yn treiglo heibio. Deallai'r oblygiadau. Tynnodd ddolen y tŷ bach yn egnïol. Paraseit oedd hi. Roedd ei thad yn llygad ei le. Dygai fodd i fyw o'i boced heb roi dim yn ôl.

Wrth lanhau ei dannedd, cofiodd eiriau smala ei mam am golur a phersawr a gwynt merched. Geiriau a gadwodd ar gof a chadw o ddyddiau'r garafán. Y dyddiau prin a chyfrin hynny rhwng ei mam a hithau. Yno yn y cae agored. Y gwynt yn fain. A'i mam am iddynt fod fymryn yn fwy anghyfrifol gyda'i gilydd.

Poerodd y carthion gwyn o'i cheg. Roedd gwaed o'i gyms yn gymysg â'r pâst a'r poer yn y basn ymolchi a golchodd y budreddi ymaith. Gwahanodd ei gwefusau er mwyn archwilio'r dannedd yn y drych. Nid gwyn mohonynt. Nid du. Nid melyn chwaith. Rhyw liw nad oedd iddo enw. Lliw dant. Lliw ofn colli'r taclau. Poen eu cael a phoen eu colli. Lliw cnoi.

Ar restr gofynion perthyn, roedd y gwaed ar y brig ym mhob gwareiddiad. O'r genau. Mewn gwythiennau. Yn gynneddf o gyntefigrwydd rhonc. Yn union fel y dannedd a wenai'n ôl yn annaturiol arni yn y drych. Roedd cyntefigrwydd ymhlyg ym mhob un ohonynt hwythau hefyd. Cynneddf cnoi. Yr hawl i rwygo. Y gallu i'w torri. Eu tynnu. Eu dyrnu o'u gwreiddiau. Eu malu'n fân. A'u gwisgo fel mwclis swyn o gylch y gwddf. Onid oedd pawb yn arddangos ei gyntefigrwydd ym mhob gwên?

Sychodd ei swch â thywel glân ac aeth i lawr i'r cyntedd. Llythyron ar y mat. Y poteli amyneddgar wrth y drws. Dim cerdyn post o Fôr y Canoldir. Nid oedd lluniau bach tila a chyfarchion arwynebol ar y cefn yn bwysig iddi, fel y cyfryw. Ac eto, rhyw ddolenni bach pathetig felly a gadwai'r gadwyn deuluol ynghyd.

Dwy amlen oedd wedi dod drwy'r drws. Yn y naill, roedd bil i'w thad ei dalu, ac yn y llall, roedd taflenni sgleiniog am declyn diogelwch y gellid ei osod ar dalcen tŷ, am grocbris.

Âi i dŷ ei mam heddiw, penderfynodd Mari. Tafell o dost a phaned a byddai ar y ffordd. Gyda'i thad i ffwrdd, roedd hi wedi cael rhyddid i ddefnyddio'i gar, ar yr amod ei bod hi'n mynd draw i Dai Lôn o leiaf unwaith i wneud yn siŵr fod popeth yn iawn yno. Cystal iddi fynd fore heddiw ddim, neu byddai'r wythnos wedi diflannu. Yna, âi oddi yno draw i Allt Brain Duon. Efallai! Roedd yn gas ganddi orfod mynd i fyny'r grisiau i esgus cadw cwmni i'w thaid am hanner awr. Ond roedd hwnnw'n bris yr oedd hi'n fodlon ei dalu er mwyn cael bod yng nghwmni Yncl Gwyd am gyfnod. A gwyddai y câi hi ginio gan ei nain.

Gweill hanes oedd yn cydio yng ngwythiennau pobl a'u gwau nhw'n deuluoedd. Yn rhoi gorffennol iddynt. Creu tylwyth. Llwyth. Hil. A gweithio'r cyfan yn batrwm pert ar dapestri cymdeithas. Na, nid patrwm! Ymwrthododd Mari â'r ddelwedd honno'n syth. Roedd hi'n rhy dwt o'r hanner. Doedd dim patrwm i berthyn, siŵr Dduw! Peth wmbredd o waed, oedd! Roedd hynny'n wir. O'r groth ymlaen. Ond dogn hael o reddf hefyd. A gweithiai greddf yn gwbl groes i batrwm. Gwyddai Mari'n reddfol i bwy yr oedd hi'n perthyn. Nid o reidrwydd yn yr ystyr cig a gwaed—mater o fagwrfa, hyfforddiant ac arfer oedd hynny'n fwy na dim—ond o ran anian a diddordebau. Yn sicr, nid gwaed oedd â'r gair olaf ar berthyn. Nid o'r llwynau y deuai hudoliaeth y teulu. Y tu hwnt i gadwyni'r gwaed . . . a hualau'r had . . . yr oedd y galon. Gallai honno guro popeth.

'Run ffunud yn union â'r tir ei hun. Y tir! Roedd hi wedi anghofio am y tir! Ac os cydiai rhywbeth, fe gydiai'r tir. Gan hwnnw yr oedd y cydiad olaf. Onid oedd ein beddau yno? Y cofgolofnau teuluol hynny a gofnodai rym y cysyniad o berthyn, yn ôl i febyd amser.

Carai Gwydion y tir, meddyliai Mari'n ddwys wrth yrru drwy'r wlad i gyfeiriad Tai Lôn. Holl erwau cyfoethog Gallt Brain Duon. Yn gloddiau. A chlwydi. A chreaduriaid. Roedd Mari wedi synhwyro hynny erioed. Dyn caeau ydoedd. Dyn daear. Dyn nad oedd byth mor gartrefol ymysg pobl, hyd yn oed ei ddylwyth ei hun, ag yr oedd ar ryw ffridd ffrwythlon, neu ar gefn tractor, neu'n croesi'r buarth tua'r tŷ gydag un o'r cŵn wrth ei sodlau.

Cofiai Mari iddi unwaith, flynyddoedd maith yn ôl, weld pentwr o luniau o Allt Brain Duon wedi eu tynnu o'r awyr. Ac uwchben y lle tân yn y parlwr bach, roedd gan Nain hyd y dydd heddiw lun tebyg o'r ffermdy, wedi ei fframio. Ond fe fu yna luniau eraill. Gallai Mari gofio eistedd wrth fwrdd mawr y gegin yn ferch fach, gyda dwsin a mwy o luniau, oll wedi eu tynnu o wahanol gyfeiriadau. Digon diflas fuont iddi ar y pryd, er gwaethaf brwdfrydedd balch ei thaid wrth ddewis un i'w fframio. Ond heddiw, câi rhyw gysur gwrthnysig o feddwl fod mwy o ôl patrymu ar gaeau nag ach.

Fel crysau Gwydion! Gallai garu hyd yn oed ei grysau, meddyliai! Mor ddiffrwyth fu ei breuddwydion! Mor ffôl ei ffantasïau! Pam nad oedd hi wedi gweld yr oblygiadau hyn ynghynt? Gartref ar y fferm, roedd e'n byw a bod mewn crysau siec—a'r rheini gan amlaf yn rhai cochlyd, melyn, gwyrdd a brown. Mor freintiedig ydoedd! Yn cael gwisgo defnydd ar ei gefn a ymdebygai i'r cariad cyntaf yn ei fywyd. Wrth eistedd yn ei gôl ar gefn tractor, yn hogan fach, roedd hi wedi gwenu i guddio'i hofn. A dal yn dynn yn ei grys am ddiogelwch. Oglau'r wlanen, fel y dyn ei hun, yn rhan o'r braw a'r cysur. Crysau cotwm tenau a wisgai ei thad i'w waith ef. Crysau confensiynol. Ystrydeb crys a thei. Ni fyddent byth yn cyd-fyw â'r tirwedd nac ar drugaredd tywydd.

Lle di-fai oedd tŷ ei mam, meddyliai Mari pan gyrhaeddodd yno ganol y bore. Ond nid enynnai byth gariad fel Gallt Brain Duon. Ni ddôi yno byth yr un 'Yncl Gwydion' i ymgysegru oes i'r pedair wal a bugeilio'r brics a'r mortar. Dihangfa gyfleus i'w mam oedd y lle hwn wedi bod. Roedd yno rai atgofion. Fe ellid ei droi yn bres. Ond ni fyddai byth yn etifeddiaeth go iawn. Dim ond yn dŷ. A wnâi hynny byth mo'r tro i Gwydion.

Cariad unig oedd cariad Gwydion. Cariad di-enw. Diepil. Un a fynnai ei fod allan ym mhob tywydd. Ar drugaredd pob rhyw chwiw y gwelai hinsawdd a hyrddod yn dda ei thaflu ato.

Ei thad gafodd y doniau amlwg. Ef oedd cannwyll llygad ei fam. Blaenffrwyth y groth. Ac at ei gilydd, bu'n gyntafanedig penigamp ym mhob ffordd.

Bu'n rhaid i Gwydion, ar y llaw arall, wneud y gorau o'r hyn a gafodd. Ni fu mor hawdd iddo ddod o hyd i le yng nghesail ei fam. Bu'n rhaid iddo weithio i ennill ei blwy. A dewisodd wneud hynny trwy feithrin y trysor mwyaf a feddai ei rieni. Y fferm. Y tir. Yr etifeddiaeth hen. Ei allu i garu Gallt Brain Duon . . . ei barodrwydd i lafurio yno, nos a dydd . . . dyna a achubodd ei groen. Dyna a'i gwnaeth yn gymeradwy gerbron cymdeithas. Dyna a roes iddo le anrhydeddus yn nhrefn pethau o fewn y teulu. Dyna sut yr oedd ganddo hawl i 'berthyn'.

Tŷ llwm oedd y tŷ yn Nhai Lôn o'i gymharu â'r meddyliau mawreddog ym mhen Mari. Nid oedodd yno funud yn hwy nag oedd raid. Clodd y drws yn ofalus ar ei hôl a rhuthrodd i'r car. Trodd ei drwyn at Allt Brain Duon. Tri chwarter awr o yrru caled a byddai wedi croesi'r penrhyn. Ac yng nghôl y teulu.

Newydd droi un ar ddeg o'r gloch y bore yr oedd hi pan yrrodd Mari ymaith o Dai Lôn.

Newydd ddod o'u hystafell ar Ibiza yr oedd Gwern a Miri yr adeg honno. Ôl cysgu hwyr a charu bore ar eu llawenydd wrth iddynt ymlwybro i lawr i frecwast o ffrwythau, cacennau a choffi.

Ysgwyd ei got law a wnâi Siôn, yng nghyntedd y llyfrgell yng Nghaerdydd, cyn ei dodi ar fachyn i sychu a bwrw ati i orffen ei draethawd. Roedd ganddo bentwr o waith i gael y gorau arno cyn y câi adael am y gogledd brynhawn trannoeth.

Mygaid mawr o goffi oedd yn disgwyl Gwydion pan ddeuai ef i'r tŷ o'i orchwylion. Un ar ddeg oedd yr awr a benwyd ar gyfer paned ganol bore yng Ngallt Brain Duon a châi ei fam y ddiod yn barod yn ddi-ffael o brydlon, er ei fod ef yn hwyr gan amlaf y dyddiau hyn, gan fod ganddo'i dad i garthu ar ei ôl ben bore, yn ogystal â'r gwartheg.

Tra oedd yn pori yn y *Daily Post*, roedd Yncl Gwilym newydd weld cyhoeddi marwolaeth Lisi'r Grug ac roedd hynny yn ei dro wedi agor ar drafodaeth fywiog rhyngddo ef a'i chwaer-yng-nghyfraith. (Byddai'r ddau'n treulio oriau yn y tŷ bob dydd, heb dorri gair â'i gilydd gan amlaf.)

Pan gyrhaeddodd Gwydion o'r diwedd, cymerodd y ddiod lugoer ac eisteddodd. Mwmialodd fawr ddim o werth wrth ei fam a'i ewythr ac ni thynnodd ei drwyn o'r papur nes iddo glywed sŵn car ei frawd yn dod i'r buarth. Un da am adnabod pobl yn ôl sŵn eu ceir oedd Gwydion a gwyddai, heb angen edrych trwy'r un ffenestr, mai Mari oedd yno.

'Lisi oedd y forwyn fach yma erstalwm,' eglurodd Nain yn ddiymdroi. Roedd hithau, o glywed sŵn y car, wedi codi i nôl mŵg o'r cwpwrdd a rhoi'r tegell i ailferwi. Prin drwy'r drws yr oedd Mari na chafodd baned o goffi yn ei llaw a'r stori'n llawn am farw'r hen wreigan. 'Fuo hi ddim yma'n hir, yn naddo, Gwilym? Ond maen nhw'n 'i chofio hi'n iawn. Dy daid ac Yncl Gwilym.'

'Hogia mân iawn oeddan ni bryd hynny, wst ti.' ymhelaethodd yr hen ewythr o'i gornel. 'Ond dw i'n 'i chofio hi'n dda. A mi fasa dy daid hefyd, Mari, tasa fo wrth 'i betha.'

'Newydd egluro hynny wrth yr hogan ydw i, Gwilym,' ebe Nain yn ddiamynedd, gan fynnu cael dweud y stori yn ei ffordd ei hun. 'Llances oedd hi. Mi fuo raid i dy hen nain gael gwared arni yn y diwedd. Creu gormod o sôn amdani. Er mai dim ond gair da fuodd iddi erioed yn yr ardal am 'i gwaith.'

'Be oedd y broblem, felly?' gofynnodd Mari.

'Gadael i bobl gymryd mantais arni yr oedd hi. Yntê, Gwil? Rhaid 'i bod hi ddeng mlynadd dda yn hŷn na mi, wyddoch chi . . . tydy'r hen bapur 'na ddim yn nodi'i hoedran hi, yn nacdi? . . . achos dw i'n cofio Mam yn 'yn rhybuddio i droeon, os na faswn i'n morol 'y mhetha, mai mynd 'run ffordd â Lisi'r Grug y baswn inna. Dyna fyddai hi'n arfar 'i ddeud. Hen ffordd greulon o ddisgyblu plant, hefyd, yntê? Pwyntio bys at bobl er'ill fel siampl o ddrygioni. Ta waeth! Roedd pawb yn hoff ohoni, ond mynd o le i le fu 'i hanas hi wedyn . . . tan iddi gael y joban 'na'n glanhau yn y cartra hen bobl. Ond toedd ganddi ŵr erbyn hynny! Dydy Yncl Gwilym ddim yn cofio'n iawn be ddoth o hwnnw. Dyna ddeudoch chi, yntê, Gwil? Ac fe fagodd hi'r hogyn 'na gafodd hi fwy neu lai ar 'i phen 'i hun. Be 'dach chi i gyd yn galw hwnnw hefyd? Ew! Rhaid 'i bod hi mewn gwth o oedran. Garw peth na fasa'r papur 'na'n gorfod rhoi'r manylion i gyd, yntê? Yn lle rhyw hannar stori.'

'Gweddw oedd hi. Mi wn i hynny,' cyfrannodd Mari i'r pictiwr.

'Ia. Ond prin fuodd hi'n briod, wst ti. Un hwyr yn dod rownd i wneud pob dim oedd hi.'

'Slo wrth 'i gwaith 'dach chi'n 'i feddwl?'

'Naci, siŵr,' atebodd Nain. 'Ond toedd hi'n hwyr glas arni'n priodi? Ac yn cael yr hogyn 'na o gwbl. Rhaid mai dim ond jest cyrraedd y siop cyn iddi gau ddaru hi.'

'Wedi arfar cysgu'n hwyr erioed oedd hi,' cynigiodd Gwilym. 'Byth ers y diwrnod y bu Duw yn dogni *good looks* a brêns.'

'Y gr'aduras! Mi gafodd amsar calad rhwng pawb ohonach chi.' Aeth cignoethni'r cofio yn drech na chwilfrydedd Mari am glecs. 'Tybed ydy Siôn ni wedi clywed eto? Mi fydd hi'n dipyn o ergyd i fam Gillian, a hithau'n priodi Eirwyn Coed ddydd Iau.'

'Eirwyn Coed! Dyna pam dw i'n gyfarwydd â'r enw! Dyna pwy mae mam yr hogan 'na'n 'i briodi drennydd!'

'Wyddech chi ddim, Nain?'

'Dw i'n ama' dim na ddeudodd rhywun yn 'y ngŵydd i cyn hyn, ond thalish i fawr o sylw, mae'n rhaid. A ph'run bynnag, faswn i byth wedi cysylltu cariad Siôn ni efo rhyw gr'aduras oedd yn arfar gweithio'n fan'ma yn ôl ym more oes.'

'Wel, dyna chi, Nain,' pryfociodd Mari. 'Os priodith Siôn Gillian, mi fyddwch chi'n perthyn i Lisi'r Grug . . . drwy briodas.'

'Go brin y priodith o honno, yn ôl beth ddywed dy dad. Ac mae o fel arfer yn o agos at 'i le ar faterion felly. A ddeuda i beth arall wrthat ti! Dw i'n ama' gei di arddel perthynas trwy briodas efo'r meirw. Dim ond trwy waed y cei di berthyn iddyn nhw.'

'Wyddwn i ddim ych bod chi mor hyddysg, Nain.'

'Mi ddylat fy nabod i'n ddigon da i beidio byth â chael dy synnu gen i. Rwy'n gwbod mwy nag a dybiet ti, 'ngeneth i.'

'Ydach, mae'n amlwg.'

'Ac i briodas hwnnw mae Siôn yn dod i fyny o Gaerdydd! Dilyn anian 'i fam y mae o, mae'n rhaid. Yr Eirwyn 'ma. Wedi'i gadael hi braidd yn hwyr i briodi. Dros 'i ddeugain, siŵr i ti! Duwcs ydy! Ymhell dros y deugain hefyd. Tua oedran dy dad, ddyliwn i.'

'Hŷn na hynny.' Parodd llais cadarn Gwydion i bawb edrych arno. Roedd ei gyfraniad i'r sgwrs yn annisgwyl. Wrth eistedd ger y bwrdd gyda phentwr o bapurau'r Weinyddiaeth Amaeth o'i flaen a'r mŵg gwag wrth ei benelin, roedd wedi creu'r argraff o ddyn nad oedd â'r diddordeb lleiaf yn y siarad. 'Chwe blynedd yn hŷn na fi ydy Gwern, yntê? Ac mi fasa Eirwyn rhyw ddwy flynadd arall ar ben hynny.'

Llamodd llygaid Mari i fyw ei lygaid, ar dân am air pellach o eglurhad, ond roedd yn amlwg nad oedd o ddim am ymhelaethu. Plygodd ei ben drachefn. Yn lletchwith yr olwg. Ond gan gyfleu cadernid yr un pryd.

'Ewch chi i'r c'nebrwng efo Nain ac Yncl Gwilym?' gofynnodd Mari, er mwyn cynnal y ddolen. Roedd ei chalon wedi llamu yn yr edrychiad hwnnw. Heb allu dehongli ei theimladau'n iawn ond gan wybod fod cariad yn greulonach na dim y gallai dyn ei greu.

'Duw, na wnaf!' atebodd Gwydion yn swta, gan gadw'i lygaid ar y papurach o'i flaen tra'n siarad. 'I be wnawn i beth felly? Tydy'r gr'aduras yn golygu dim i mi. A beth am dy daid ar y llofft? Tydy hwnnw ddim wedi mynd yn angof gen ti, gobeithio. Rhaid i rywun fod yma bob awr o'r dydd.'

''Swn i'n dod draw tasach chi isho mynd,' cynigiodd Mari. Roedd ei lais cras a'r awgrym o feirniadaeth yn ei eiriau wedi tynnu peth o'r cyffro o'r chwennych.

'Na. 'Sgen i'r un awydd yn y byd i fynd i'w chladdu hi, gweithio yma mewn oes a fu ai peidio. Yma fydda i ddydd Gwenar.'

Yr 'yma' hwn oedd yn ei haros hithau. Dechreuai Mari sylweddoli hynny'n araf. Roedd hi'n rhan o ddrysfa nad oedd hi wedi sylweddoli ei grym o'r blaen.

Pam, tybed, fod Gwydion wedi cael oedran Eirwyn Coed mor hawdd i'w gyrraedd yn ei gof? Gwyddai Mari na ddôi hi byth i wybod yr ateb. Roedd ambell welltyn ymddangosiadol ddibwys o ryw hen, hen hanes yn cael ei blethu'n gyfrwys i das y dwthwn hwn. Heb i neb sylwi ar ei arwyddocâd. Yn y dryswch am Siôn a'i gariad a'i darpar deulu hithau, roedd ambell hedyn anystywallt o'r gorffennol pell wedi llwyddo i fod yn rhan o'r hwrlibwrli a gâi ei fedi heddiw. Ac roedd y llygaid hynny yr oedd hi wedi eu cymryd yn ganiataol cyhyd wedi edrych arni fel petaent yn darllen ei meddyliau. Eu deall. Eu dilorni. A'u deisyfu. Oll yn un. Heb edrych eilwaith yn eu hôl.

Eisteddodd Mari gyferbyn â'i hewythr. Pesychodd hwnnw yn annifyr. Chwaraeodd yn bryfoclyd â'i fŵg gwag. Ond ni chafodd yr un edrychiad arall ganddo. Rhag ofn, mae'n rhaid, tybiodd hithau. Cadwodd ei ben i lawr. A'i lygaid yn sownd ar y print. A dychmygodd Mari mai ei unig gysur yn y dwyster oedd gwybod fod arswyd yn rhan o bob dyhead. Ac ofn. Ac afradlondeb. A'i fod, fel gweithiwr caled, yn gwybod mai perthyn i'r goramser yr oedd gwefrau felly, nid i'r drefn.

Aeth Mari o'r ffordd o'r diwedd. Aeth i'r llofft. Am unwaith, roedd hi'n falch o gael mynd i eistedd gyda Taid.

'O'r gora! Dim ond deud o ran jôc wnesh i,' protestiodd Gwern. 'Dw i'n derbyn yn llawen nad ydy Siôn ni'n hoyw.'

'Wel, paid â chellwair am y peth trwy'r amser, ta!'

Y ddau Almaenwr oedd ar fai, tybiodd Miri. Y ddau y bu hi a Gwern yn torheulo yn eu hymyl ar ddiwrnod cyntaf eu gwyliau. Byth ers hynny bu Miri'n ceisio closio atynt, ond heb lwyddiant hyd yn hyn. A hithau bellach yn ddydd Mercher, roedd amser yn mynd yn brin. Casglodd eisoes, o glustfeinio ar eu sgwrs dros frecwast, mai Max oedd enw'r hynaf o'r ddau. Nid yr un y bu hi'n rhwbio hylif haul yn ei groen. Y llall. Gyda'i farf drwsiadus a'i gorff gosgeiddig, edrychai'n ddyn o gryn ruddin. Darlithydd prifysgol neu feddyg, efallai, oedd dyfaliadau mwyaf cyson Miri. Byddai bob amser wrth ei bodd yn creu bywgraffiad bach tebygol i ddieithriaid, yn seiliedig ar bryd a gwedd ac ymddygiad. Roedd gwyliau'n gyfle gwych i roi'r dychymyg ar waith fel hyn a byddai wedi bod yn braf tynnu sgwrs i weld pa mor agos ati yr oedd hi yn yr achos hwn. Ond ni ddangosai'r 'Almaenwr dysgedig' unrhyw awydd i ymateb i'w gwên a 'Bore da'. Fe ymatebai ei gymar â gwên o adnabyddiaeth, ond prin dorri'r garw wnaeth hi efo yntau chwaith. Nid oedd ei chywreinrwydd na'i chyfeillgarwch yn cael drws agored yno. Dim ond eu cydnabod yn gwrtais. Cyn i'r ddau encilio.

Gwern oedd ar fai, barnodd Miri. Ofn codi gwrychyn hwnnw a wnâi iddynt betruso rhag ymateb yn fwy agored. Roedd y ddau wedi bod yn siarad a llymeitian yn ddigon harti gyda gwragedd eraill. Fe welodd Miri hwy fwy nag unwaith â'i llygaid ei hun.

Gwep sarrug Gwern oedd ar fai. Bu hwnnw'n sefyll neu'n eistedd neu'n gorwedd wrth ei hymyl trwy gydol yr wythnos. Yn stwcyn bach bygythiol yr olwg. Ei wyneb yn edrych fel y paffiwr ceiniog a dimai y bu ef unwaith. Wrth gwrs! Dyna wnâi i bobl gadw draw. Ofn codi drwgdeimlad oedd ar bawb. Ofn creu diflastod. Ofn cael peltan.

Roedd parau eraill y gwesty'n cymysgu'n ddi-lol gyda'r hogiau hoyw. Dim ond hi a Gwern a gâi eu cadw led braich. Hi a'r sachaid o destosterôn yr oedd hi'n briod ag ef. Â'i gwaredo!

A dyna lle'r oedden nhw, eto fyth. Yn ôl ar deras y gwesty, o dan gysgod ymbarél. Wrth fwrdd crwn rhydlyd. Yn yfed coctêl amryliw. Un hir ac oer. Ac yn trafod Siôn. A Gideon.

'Ffrind ydy hwnnw, dyna i gyd,' eglurodd Miri am y canfed tro. 'Partner busnes os ydy hynny'n well gen ti. O'r hyn dw i'n gasglu, fe all wneud Siôn yn ddyn cyfoethog iawn.'

'Dwyt ti erioed yn llyncu'r freuddwyd 'na am gynllunio pyllau nofio, wyt ti?'

'Nid 'u cynllunio nhw mae Siôn.'

'Na, dw i'n falch o glywed hynny. Fedr yr hogyn ddim creu dadl sy'n dal dŵr!'

'Wedi ysbrydoli pwll nofio mae o. Y syniad sy'n bwysig, meddan nhw. Y gwreiddioldeb. Y siâp.'

'Gwefusau San Ffolant! Dyna alwodd o'i greadigaeth. *St Valentine's Lips*! Dw i yn iawn, yn tydw? Dyna mae'r Gideon 'na wedi gwirioni arno gymaint. Glywaist ti rywbeth mwy cyfoglyd yn dy ddydd? Gwefusau San Ffolant! Pam ddim Gwefusau Dwynwen? Ateb hynny i mi.'

'Am nad oes neb yng Nghaliffornia wedi clywed sôn am Dwynwen.'

'Nagoes, mwn. Na Gwern. Na Miri. Na'r un enw arall sy'n golygu dim i'n teulu ni. Dim ond rhyw enwa pwfflyd, fatha Gideon.'

'A dyna beth arall! Pam wyt ti'n mynnu deud "Gideon" drwy'r amser?' (Gwern oedd yr unig un yn y byd i gyd a ynganai enw ffrind Siôn yn y dull ffonetig, Gymraeg.) '"Gidiyn" ydy enw'r hogyn. Dyna fydd pawb arall yn 'i alw fo. Achos nid rhyw enw gwneud, "pwfflyd", ydy o, i chdi gael dallt. Mae Gidiyn yn y Beibl.'

'A'r tro dwetha y darllenish i 'Meibl, Gideon oedd yr enw,' atebodd Gwern.

'Wn i ddim pam wyt ti'n pigo ar Siôn ni bob cyfla gei di. Mae'i wrthryfel o yn erbyn 'i rieni yn wahanol i d'un di, dyna i gyd. Mae o'n beniog mewn ffordd wahanol i chdi. Yn fardd mewn cyfrwng gwahanol. A siawns na wneith o fwy o bres o'i awen fach egsentrig o nag a wnei di byth o ryw benillion talcen slip ar gylchlythyr y staff yn y swyddfa. Be s'gen ti i fod yn falch ohono? Iti gael dy wrthod ddwywaith ar gyfer tîm Talwrn y Beirdd?'

'Rwyt ti'n cael pleser o 'mychanu i, on'd wyt ti? Y? Ateb fi. Ond dw i'n llwyr sylweddoli pa mor gyfyng ydy hi arna i am ddoniau, yli! Does dim angan i chdi f'atgoffa i bob pum munud. Digon prin ydy'r petha da y gellid 'u deud amdana i. Rhaid crafu pen, yn toes, cyn dechra rhestru rhinwedda Gwern Jones? A hyd yn oed wedyn, fasa'r gallu i gael pobl i 'ngharu i am yr hyn ydw i ddim ymysg y cyfri, na fasa? Rŵan, petawn i'n hoyw. Neu'n barod i werthu 'nhreftadaeth am ryw syniadau Americanaidd hanner pan. Neu'n rhy ddiog i godi yn y bora i wneud diwrnod o waith, mi fydda pawb yn barod i godi'n llewys i. I ddeud mai hen foi iawn o'n i . . . yn y bôn, os nad ar y brig. Ond nid felly mae hi. Gwern Jones ydw i. Hogyn hyna Gallt Brain Duon. Dw i'n siarad heb flewyn ar dafod gan amlaf. 'Sgen i fawr o gwafars. Fi oedd Pencampwr Pwysa Canol Hogia Ysgol Gogledd Cymru, yn ôl yn oes yr arth a'r blaidd. Gen i dair cadair fach gerfiedig gesh i yn yr ysgol. A thystysgrif gan yr Urdd. Dw i'n fodlon rhoi cweir i'r sawl sydd isho un, hyd y dydd heddiw . . . ond ar y cwrs golff, bellach, nid yn y ring. Dw i'n gweithio'n galad, ond dda gen i mo'r ffyliaid sy'n llyfu'u ffordd i ben yr ysgol. Haws gen i aros lle'r ydw i na dringo'n uwch, os ydy dringo'n uwch yn golygu cyfaddawdu. Achos dyma ydw i, yli. Fel hyn y cesh i 'y ngwneud. Gei di 'nghasáu i am fod yr hyn ydw i, os lici di. Gei di 'mhoeri i allan. Neu mi gei di fy llyncu i'n fyw. Ond rhaid ichdi ddallt mai dyma s'gen ti. Y fi. Fel y gweli di fi. A dw i am iti ddeud 'i fod o'n ddigon. Dy fod ti'n 'y ngharu i. Dy fod ti'n 'y ngharu i ddigon i aros efo fi.'

Tynnodd Miri lond dwy ffroen o awyr gynnes yr hwyr brynhawn cyn dweud dim byd.

'Dw i'n dy gasáu di weithia, wst ti,' ebe hi wrtho'n feddylgar. 'Ers y tro cyntaf hwnnw . . . pan ddaru ti 'nhreisio i . . .'

'Miri, plis, dw i ddim isho clywad am hynny eto . . .'

'Na. Gad imi orffan. Am 'y mod i hefyd yn gallu dy garu di, yn ogystal â dy gasáu di, rwy am orffen yr hyn rown i'n mynd i'w ddweud. Am mai chdi ydy tad 'y nau blentyn i, rwy am iti wrando. Am mai chdi ydy'r unig ddyn, ar wahân i feddyg neu ddeintydd, sydd erioed wedi bod y tu mewn i mi . . . Wyt ti'n dallt arwyddocâd hynny? I ddynas? I fi? Wyt ti'n medru amgyffred be mae hynny'n 'i olygu? Dy fod ti'n gorfforol ynof i? Yn gorfforol? Wyt ti'n dallt . . .?'

'Amrwd a di-glem fuodd rhyw i bobl ifanc er cyn co'. Duwcs, ma' pawb yn gwbod hynny! A phoenus. Felly fydd hi byth.'

'Ia, mwn! Chdi sy'n iawn, mae'n rhaid. Chdi sy'n iawn bob amser, yntê? Y fi ddylai ailfeddwl. Cyfri'n hun yn rhan o'r ystadegau a bod yn fodlon. Ond fedra i ddim, yli! Y fi oedd yno y pnawn hwnnw yng Nghae Tan Rhyd. Nid rhyw "berson ifanc" dibrofiad oedd yn rhwym o wneud smonach o betha'r tro cynta. Ond y fi. Ac o'r dydd hwnnw tan heddiw dw i wedi gallu dy gasáu di heb drafferth yn y byd. Weithiau, dw i'n meddwl mai fi sy'n wyrdroëdig. Am aros efo chdi cyhyd. Am dy briodi di yn y lle cynta. Am gael dim byd i'w wneud efo chdi ar ôl y prynhawn hwnnw.'

'Ia! Wel! 'Dan ni i gyd yn gwbod pam ddaru ti, yn tydan? Ochr arall y geiniog sydd i gyfri am hynny, yntê? Yr ochr arall i gasineb.'

'Cariad!' ildiodd Miri. 'Y drydedd Ec Fawr mewn bywyd. Ar ôl Casineb a Cansar.' Gwenodd arno wrth siarad, gan edmygu ei hyfdra. Estynnodd ei llaw ar draws y bwrdd at ei law yntau. Roedd hi'n oer, lle bu'r gwydryn ar ei gledr.

'Hen fitsh o beth ydy cariad. Mi ddylwn i wybod ar ôl y ffordd rwyt ti wedi 'nhrin i dros y ddwy flynedd ddiwethaf.'

'Dw i yn dy garu, wst ti. Twyllo'n hun fydda i wrth herian mai dim ond ar ôl dy bres di ydw i rŵan. Ond tydy'r hyn rwy'n 'i deimlo tuag atat ti rŵan ddim y math o gariad s'gen ti'i isho gen i. Dyna'r drafferth, yntê? Fel y deudish di gynna, tydy o ddim yn gariad sy'n dy garu di jest am yr hyn wyt ti. Yn ddigwestiwn. A darostyngedig. Fedra i ddim dychwelyd atat ti ac esgus yn wahanol. Ddim rŵan.'

'Be ydy o rŵan, ta?' ymatebodd Gwern yn ymosodol. 'Dy gariad ffasiwn newydd di? Cariad efo ceilliau? Paid â thwyllo dy hun, 'y ngeneth i! Bydd yn onast efo chdi dy hun, o leiaf. Mae 'na adega rwyt ti wedi bod yn fwy na bodlon llithro i 'nwylo i'n ddigwestiwn. A chrefu am gael bod yn ddarostyngedig yno, chwedl titha. Efo sgrech o foddhad i goroni'r cyfan. Dw i wedi gorfod rhoi'n llaw dros dy geg di ugeinia o weithia dros y blynyddoedd. Rhag ofn i dy weiddi di ddeffro'r plant. Paid â malu'r cachu newydd 'ma hefo fi. Nid rhyw lesbian fach lipa nad ydy hi 'rioed wedi teimlo pwysa dyn ar 'i ffwrch wyt ti. Rwyt ti'n gwbod sut un ydw i ers y diwrnod y priodson ni. Ers y diwrnod enwog hwnnw yn y ffycin cae . . .'

Nid oedd Miri am glywed rhagor. Cododd yr allwedd i'w hystafell a cherddodd ymaith cyn gyflymed ag y medrai, gan ofalu ar yr un pryd nad oedd ei hymadawiad yn debyg o dynnu sylw pobl eraill.

O'r lifft gallai edrych yn ôl at y teras a gweld Gwern wrth y bwrdd o hyd, gyda'i gefn tuag ati, yn tywallt gweddill y ddiod a adawyd ar ei hanner ganddi ar ben cynnwys ei wydryn ei hun. Caeodd y drysau. Esgynnodd Miri i'r pedwerydd llawr ac aeth i'w hystafell. Roedd y forwyn fach wedi bod yno rywbryd yn ystod y dydd. Y llawr fymryn yn llithrig dan draed. Y llenni dros ddrysau'r balconi wedi'u tynnu ynghyd. Roedd yr ystafell mewn lled-dywyllwch. Yn llawn awyr led lugoer.

Aeth Miri i'r tŷ bach. Wrth ddod oddi yno, gallai glywed guro tawel ar y drws.

'Paid byth â gwneud hyn'na i mi eto,' bygythiodd Gwern, gan ruthro heibio iddi ar ôl iddi agor iddo. 'Cerddad i ffwrdd pan dw i ar ganol siarad efo chdi. Wyt ti'n dallt? Paid byth â'i wneud o eto.'

Ceisiodd Miri godi ei hysgwyddau'n ddi-hid wrth gerdded heibio, ond nid oedd fawr o hyder yn ei hosgo.

'Paid â meddwl nad wyt titha'n hawdd dy gasáu,' aeth Gwern yn ei flaen. 'Choeliet ti ddim mor hawdd ydy hynny weithiau. Mi fedrwn i dy fwrw di'r eiliad 'ma. Neu dy luchio di dros y blydi balconi 'na. Dyna ddylwn i'i wneud taswn i'n hannar dyn. Cael gwared arnat ti am byth, yn lle gadael iti ddrysu 'mywyd i fel hyn. Ac mi *wyt* ti ar ôl 'y mhres i. Paid â meddwl nad ydw i ddim yn sylweddoli hynny, 'ngeneth i. Mae hynny'n bendant yn rhan o dy gêm di. Hen siarad chwit-chwat am ryw chwara plant o gariad. Naill ai rwyt ti'n 'y ngharu i neu dwyt ti ddim.'

Wrth arthio'n eiriol, roedd Gwern wedi closio ati'n fygythiol, gan

140

ei gorfodi hi'n ôl yn erbyn y wal ger y wardrob. Wrth grybwyll y 'naill ai . . . neu', cododd ei ddyrnau o bobtu iddi a'u gorffwyso ar y mur. I'w chorlannu.

'Gad lonydd iddi, Gwern!' mynnodd Miri'n ddi-ofn. 'Paid â dechra codi twrw rŵan. 'Dan ni wedi cael amser da hyd yma.'

'Ydan hefyd, tydan ni? O feddwl, 'dan ni wedi cael amsar *champion*. Y gwyliau gorau eto. Gad inni dynnu'r tipyn dillad tila 'ma sydd amdanan ni, inni gael dathlu'r ffaith 'yn bod ni'n dal efo'n gilydd. Beth amdani? Dw i jest am dy weld di. Wna i ddim byd ond edrach arnat ti os nad wyt ti am gyffwrdd ynof i. Wir! Rwy'n addo. Ond rwy'n dal i dy gael di'n hardd, yli! Rhyfedd, yntê? Ar ôl yr holl flynyddoedd. Ar ôl yr holl gyrff er'ill mae hen gi fel fi i fod wedi'u gorchfygu. Rhyfedd mai'n ôl i fan'ma dw i'n dod bob tro. Yn ôl atat ti. Mae'r rheswm yn syml, wst ti. Dy fol bach di ydy'r unig un dw i wedi teimlo'n wirioneddol gartrefol ynddo erioed. Dyna'r rheswm. Od yntê? Ond mae'n ffaith i chdi! Dy fan gwan di ydy fy man gwan inna. Y fi roth y gwendid iti yn y lle cynta. Dy greithia di ydy 'nghreithia i. Y fi roth y rheini ichdi hefyd. Hen fastard bach ydw i, yntê?'

Oedodd Miri'n fud. Trodd ei phen i'r ochr rhag gorfod edrych i fyw ei lygaid.

'Fedra i ddim mynd yn ôl, Gwern. Nid fel oedd hi o'r blaen. Fedra i ddim,' ebe hi o'r diwedd. Ceisiodd dorri'n rhydd a disgynnodd y breichiau trwchus o bobtu iddi. Llithrodd hithau o'i afael am ennyd, heb wybod ble i droi. Roedd y wardrob yn dal ar y dde iddi ac un o'r ddau wely sengl ar y chwith. Dewisodd gamu ar y gwely ac i lawr yr ochr arall, lle bu bron iddi ddisgyn wrth i'r mat bach tenau lithro oddi tani.

'Wyt ti'n iawn?' Rhuthrodd Gwern i'w dal ar draws y gwely, gan benlinio ar y matras.

'Ydw, diolch,' atebodd Miri wrth adfer ei chydbwysedd. Roedd gwely y naill ochr a'r llall iddi, wal y tu cefn iddi a Gwern, drachefn, o'i blaen. Roedd y caets yn gyflawn.

'Be sy'n bod, 'ta? Dwyt ti'm isho fi?'

'Ddim rŵan,' atebodd Miri.

'Be sy matar? Dydy hi ddim yn amsar y mis arnat ti. A thoc, mi fyddi di'n rhydd o'r rhwystr hwnnw am byth, p'run bynnag. Ac yna, fe fedra i wneud fel fynna i efo chdi rownd y rîl.'

'Cau dy blydi pen, Gwern!' Ffrwydrodd cynddaredd Miri yn ei erbyn a cheisiodd ddianc rhagddo trwy fwrw ei ffordd trwy ei gnawd. Trawodd ei dwylo yn ddiamcan ac aneffeithiol yn erbyn ei frest.

'Dwyt ti'n ddim byd ond mochyn budr. Mochyn yn rhochian yng ngwlad y moch.'

'Ond o leiaf dw i'n dy garu di go iawn. Dyna'r gwahaniaeth rhyngon ni. Dydy 'nghariad i ddim yn ddibynnol ar hyn a llall ac arall. Dydw i ddim yn dy garu di nos Lun ond yn gwrthod ddydd Mercher. Dw i'n rhoi'r cyfan s'gen i iti'n ddigwestiwn. A dw i'n disgwyl 'i gael o'n ôl yn ddigwestiwn. Ond nid dyna sut mae hi am fod rŵan, yn naci?'

'Paid â thrio troi pob dim dw i'n 'i ddweud yn f'erbyn i.'

'Rwyt ti'n gwbod lle wyt ti efo fi. O lle mae 'nghariad i'n dod. I lle mae o'n mynd. Dyna sut mae dyn go iawn yn mynegi'i hun. Rhaid iti jest ddallt hynny, Miri. A derbyn. Dw i'n erfyn arnat ti i ddallt. Rho gyfle imi ddangos fel rwy'n dy garu di. Nid codi cestyll tywod ddylian ni ar 'yn gwylia. Dw i ddim isho gorfod golchi 'nwylo cyn mynd at y bwrdd bwyd bob tro. Wyt ti'n dallt be s'gen i? Dw i am inni fynd yn ôl i fwynhau'r holl jamborî go iawn. Heb orfod poeni byth a beunydd am y llanast. Fe ofala i nad ydy hwnnw byth yn cael cyfle i dy frifo di eto. Mi fydda i'n gaethwas iti. Y chdi fydd y feistres. Dw i'n dy garu di a wna i byth adael llonydd iti. Rwyt ti yn dallt hynny, on'd wyt ti? 'Dan ni i i fod efo'n gilydd. Yn maddau i'n gilydd pan fo raid. Yn gysur i'n gilydd mewn adfyd. Yn cynnal 'yn gilydd trwy ddŵr a thân. Peth felly ydy cariad go iawn. Nid dy falu cachu athronyddol di. Yn wlyb a llithrig fel slywen. Tydy'r cariad gorau ddim yn feddal a sensitif ac yn llawn blodau a ballu. Mae o'n galed fel ha'rn. A phetai o felly, chaen ni byth ein brifo, waeth be dw i'n 'i wneud i chdi . . . Waeth be wnei di i mi.'

Tra oedd yn siarad, roedd wedi cau ei freichiau amdani. Gwyddai Miri mai arni hi ei hun yr oedd y bai. Am mai hi a daflodd yr ergydion cyntaf. Am mai hi oedd y gyntaf i gyffwrdd. I godi'r bont o gnawd. Gallai weld mor anorfod oedd y caru a oedd ar fin cael ei gyflawni. Rhyw, i fod yn fanwl gywir. Cyfathrach rywiol rhwng gŵr a gwraig y tu ôl i ddrysau caeëdig ystafell wely. Beth allai fod yn fwy normal na hyn? Heblaw fod hyn eto o fewn dim i fod yn drais.

Roedd hi ar ei drugaredd. Heb le i ddianc. Heb y nerth corfforol angenrheidiol i gael y gorau arno petai pethau'n dechrau troi'n hyll. Mrs Gwern Jones oedd hi o hyd. Onid oedd ei chaniatâd ymhlyg yn yr enw? Y papurau i gyd wedi eu llofnodi ers hydoedd. Dim ond ei gwamalrwydd oedd ganddi i dynnu trais o'r cofleidio. A gormes o'r ymrafael.

Na, nid gormes! Nid trais! Protestiodd llais o'i mewn yn erbyn ei sinigiaeth hi ei hun. Unwaith yn unig y cafodd ei threisio ganddo. Unwaith. Ac unwaith yn unig. Rhaid oedd bod yn deg ar y pwynt. Caru oedd y gair cymwys am bob cyfathrach gnawdol arall a fu rhyngddynt. Megis hyn. Yn awr. Ar gwt cynddaredd. Ar gyrion trais. Ond o'i gwirfodd. Gyda'i chaniatâd. Ildiodd Miri i'r syniad. Ond byddai wedi hoffi cael rhyw lun ar ffydd ystyrlon i'w chysuro. O leiaf byddai hynny wedi rhoi iddi gyfiawnhad mwy dyrchafedig dros ei chyfaddawdu. Roedd pob un o grefyddau mawr y byd yn gallu esgusodi'r llwfrgwn mwyaf. Ond yr unig gysur a feddai hi oedd gwynt a gwres y chwys ar war ei gŵr.

Llyodd yno'n araf, cyn teimlo'i phen yn cael ei wyro'n araf at ei gusan. Y tafod tew yn llenwi ei cheg. A'r gwefusau tyner yn tynnu ei blys yn nes at wreiddyn pethau. (Hyd yn oed yng nghanol y rhyw mwyaf garw, pan fyddai Gwern yn caru gyda'i geg, byddai tynerwch yn teyrnasu.)

Llithrodd ar wastad ei chefn ar y gwely ar y chwith iddynt. Yr un agosaf at y balconi. Agorodd ei choesau a griddfanodd yn ysgafn wrth deimlo cyffyrddiad Gwern. Deuai sawr sur a thwym i'w ffroenau a sŵn awyren yn dod i lawr i lanio yn y maes awyr cyfagos i'w chlustiau.

Byddai hyn drosodd toc. Gwern wedi bwrw ei lid. Ei bwysau trwm egnïol yn sypyn cysurlon drachefn. Yn llonydd wrth ei hymyl. Ei regi byrlymus wedi darfod. Ei honiad ailadroddus o gariad tuag ati wedi troi'n hadau mud yn ei chlyw. Câi hithau dynnu'r llenni yn ôl fodfedd neu ddwy i adael llafnau'r haul i mewn. Ac agor y drysau gwydr fymryn i ryddhau'r awelon. A chamu gymaint â hynny'n nes at ddychwelyd.

Toc, byddai hyn drosodd.

'Wn i ddim pam mae neb yn rhoi 'i hun mewn cyffion o'i wirfodd,' ebe Siôn yn floesg trwy niwl y botel gwrw yn ei law. 'Priodi!' doethinebodd ymhellach. 'Dim ond codi carchar iddyn nhw'u hunain mae pobl. Dwnjwn tywyll ym mherfedd castell ydy priodas.'

'Dydy hynny ddim yn beth neis iawn i'w ddweud ym mhriodas fy mam,' gwrthwynebodd Gillian yn benderfynol. 'Y castell sy'n sefyll ar ben y dwnjwn yw'r teulu. A theuluoedd ydy conglfeini cymdeithas.'

'Bolycs!'

'A ph'run bynnag, tasa 'na ddim teuluoedd cyfoethog efo cestyll mawr, fasa 'na neb i brynu dy bylla nofio di. A wedyn fasa ti ddim yn gallu gwireddu dy freuddwyd o fod yn filionêr cyn dy fod ti'n ddeg ar hugain.'

'Mae gan bobl sengl yr un hawl i bylla nofio â neb arall.'

'Rwyt ti wedi myrd mor llythrennol ynglŷn â phopeth. Mor faterol, hefyd. Dydw i ddim yn meddwl dy fod ti'n gwneud unrhyw les imi bellach, a deud y gwir

'Be wyt ti'n 'i feddwl?' Am y tro cyntaf ers iddynt ddod yn ôl i dŷ Liz o'r Swyddfa Gofrestru, fe gymerodd Siôn sylw gwirioneddol o Gillian.

'Dw i am inni orffan gweld 'yn gilydd,' atebodd y ferch yn syml. 'Fe ddaeth popeth i ben, rwy'n meddwl.'

'Beth?'

'Rydan ni wedi tyfu ar wahân. Dwy flynedd wedi mynd heibio ers inni adael yr ysgol. Colegau gwahanol. Dinasoedd gwahanol. Daeth amser dweud Ta-ta, rwy'n meddwl. Fe benderfynish i yn Llundain y penwythnos diwethaf, ond mae'n haws dweud wrthat ti yn fan'ma, rywsut. Haws ydy'r gair cywir, rwy'n meddwl. Mwy rhwydd?'

'Ia,' atebodd Siôn. 'Haws ydy'r gair rwyt ti'n chwilio amdano.'

'O! Rwy'n colli fy Nghymraeg yn ofnadwy. Roedd hi'n eitha strygl cyfathrebu efo ti dros y Sul.'

'Sylwish i ddim.'

'Naddo. Cweit!'

Tynnwyd y ddau yn ddiseremoni i rialtwch torri'r deisen. Eirwyn Coed a'i wraig wrth fwrdd y gegin a'r llond tŷ o westeion a'u hamgylchynai oll wedi eu gwasgu i'r ystafell fechan, yng nghanol miri cyrcs siampáen a chlegar.

Y munud yr estynnwyd tafell o'r gacen i law Siôn, gwthiodd ei ffordd yn ôl drwy'r dorf. Yn ôl i dawelwch cymharol y parlwr hwnnw y cafodd ei hel ohono ddwy flynedd ynghynt. Cnodd ddarn o'r deisen a boddodd hi yn y cwrw yn ei geg.

Cysurodd ei hun â'r ffaith ei fod yn rhydd. Nid âi i frwydro dros gadw Gillian. Roedd digon o bysgod eraill yn y môr. Roedd ei draed yn rhydd.

Ymrwymodd i gadw'n lled feddw am weddill y dydd. Dyna fyddai orau. Dyna fyddai gallaf. Dyna'r unig ddewis doeth. Llond tŷ o lysh o'i gwmpas. Yn rhad ac am ddim. A neb i falio rhyw lawer am ei gyflwr ar ddiwedd y dydd.

Câi dacsi adref. A châi Mari godi i'w adael i mewn, gan iddo anghofio dod â'i allweddi gydag ef o'r tŷ. Yn y bore, byddai ei ben yn drwm a thyner. Ac ni fyddai'n rhaid iddo fynd i'r angladd.

'I'r chwith, ddeudish i,' gwaeddodd Gwydion yn ei Saesneg gorau, cyn ychwanegu dan ei wynt, 'Be ddiawl haru'r Sgowsar gwirion 'ma?'

Gallai weld fod y lembo wedi cael ei lorri'n sownd rhwng wal y glwyd a'r ffos ym môn y clawdd gyferbyn. Daeth y gyrrwr o'i gerbyd i ddal pen rheswm â Gwydion ar gownt ei gyfarwyddiadau, ond mynnai yntau, yn gwbl gymwys, mai'r llall oedd yn rhy dwp i ddeall y gwahaniaeth rhwng de a chwith.

'Be am gael y sachau 'ma draw i'r bwthyn i ddechrau?' cynigiodd Gwydion. 'Dyna pam 'dan ni yn y picil yma yn y lle cyntaf. Mi ro' i help llaw i chi wedyn, ylwch. A gawn ni drio rhoi'r lorri 'ma'n ôl ar y lôn.'

Ymhen fawr o dro, roedd Gwydion yn difaru ei natur gymodlon, gymwynasgar, wrth gerdded y lled cae rhwng y glwyd a Bwthyn Pen Ffordd gyda'r sachaid gyntaf o sment ar ei ysgwydd.

Bu'n ysu ers hydoedd am weld y diwrnod hwn yn dod. Hen dyddyn bychan i lawr yn ymyl y lôn oedd Bwthyn Pen Ffordd. Llyncwyd y lle'n rhan o fferm sylweddol Gallt Brain Duon sawl cenhedlaeth yn ôl, ond gwag fu'r tŷ er pan oedd Gwydion yn ddim o beth. Cawsai'r tir ei drin, mae'n wir, ond esgeuluswyd y tŷ, wrth i'w dad wamalu yn lle dod i benderfyniad ynglŷn â'i ddyfodol.

'Sgubwyd y fath betruso o'r neilltu erbyn hyn ac un o benderfyniadau cyntaf Gwydion ar ôl cymryd yr awenau oedd bwrw ati i adfer y lle i gyflwr diddos.

'Tŷ haf arall,' oedd cerydd cellweirus ei fam.

'Os na ddown ni o hyd i neb lleol sydd am fyw yno,' atebodd yntau.

Y naill ffordd neu'r llall, gwyddai Gwydion mai esgeuluso dyletswydd oedd gadael i'r lle fynd â'i ben iddo. Tŷ ar eu tir hwy oedd Bwthyn Pen Ffordd, wedi'r cyfan. Rhan o'r cyfrifoldebau. Rhan o'r etifeddiaeth.

Cytunasai'r rheolwr banc ag ef yn llawen. A dyna sut y gallai Gwydion heddiw ddechrau ar y gwaith o roi tro ar fyd i'r muriau moel.

'Hei! Chi!'

Wrth gerdded yn ôl at y lorri i nôl yr ail sachaid, clywodd Gwydion lais plismon yn gweiddi arno o gornel y glwyd.

'Ai chi piau'r erchylltra yma sy'n llenwi'r lôn?'

'Naci. Y gŵr bonheddig acw,' atebodd Gwydion, gan bwyntio at y creadur a'i dilynai ling-di-long yng nghysgod y clawdd.

'Chewch chi ddim gadael lorri ar draws y ffordd fel hyn. Mae synnwyr cyffredin yn deud hynny, yn tydy? Sut fedra i fynd heibio efo'r cawr mawr hyll 'ma'n ymestyn o un bôn clawdd i'r llall?'

'Y fo fethodd ddallt,' eglurodd Gwydion, gan fwrw'r bai drachefn ar y gyrrwr.

'Trwm 'i glyw ydy o?'

'Naci! Sŵn yr injan a ballu ddrysodd o, mwn. Wel! Am wn i, ynte, offisar? Ella'i fod o'n drwm 'i glyw hefyd. Gofynnwch iddo fo.'

'Chlywith o mohona i'n gweiddi os ydy o'n drwm 'i glyw,' atebodd y plismon yn ddoeth.

'Na. Digon gwir. Wnesh i mo'i gweld hi fel'na.'

Safai'r ddau ddyn yn fud wrth ddisgwyl i'r gyrrwr eu cyrraedd. Pan ddaeth, llwythodd sach arall ar ei ysgwydd a throi ar ei sawdl yn ôl at y tyddyn heb yngan gair.

'Rhywbeth trwm yn y sachau 'na?'

'Sment.'

'O! Ydy. Mae sment yn drwm.'

'Adnewyddu'r lle ydw i.'

'Elw reit dda i'w wneud maes o law, felly,' cynigiodd y plismon. 'Pan werthwch chi'r lle.'

Anwybyddodd Gwydion yr awgrym hwnnw'n llwyr, gan ei fod wedi ei fagu i beidio byth â gwneud unrhyw sylw am olud ariannol y teulu.

'Fe fydd at ffansi rhywun, gewch chi weld,' parhaodd y plismon ar yr un trywydd. 'Ond mae angen defnyddia, on'd oes? Fel man cychwyn. Brics. Damp-cors. A ballu.'

'Sment i ddechra,' sibrydodd Gwydion yn solet.

'Ia. Go dda, rŵan. Clymu petha ynghyd, yntê? Cam cyntaf doeth iawn. A be ddeudsoch chi oedd ych enw chi?' Daeth y cwestiwn yn yr un gwynt â'r baldorddi digyfeiriad, fel petai wedi cofio'n sydyn am ei lifrai, ei gar heddlu a'i swydd.

'Gwydion Jones.'

'A'ch tir chi ydy hwn?'

'Fferm 'y nheulu i ydy hon.'

'Ond y fo piau'r anghenfil 'ma sy'n llenwi'r lôn?'

'Dyna chi.'

'Gwyddel ydy o, mwn? Os na ddalltodd o'r gwahaniaeth rhwng lled 'i lorri a lled y glwyd. Rhaid mai un o Ynys yr Araf ydy o.'

146

'Lerpwl, yn ôl 'i acen o.'

'Lerpwl. 'Werddon. Maen nhw i gyd 'run fath. Tydy o fawr o wahaniaeth o lle y dowch chi yn y bôn. I lle 'dach chi'n bwriadu mynd sy'n bwysig.'

'Ac a ydy'r glwyd yn ddigon llydan ar ych cyfar chi.'

'Ia, Mr Jones!' Cododd y plismon ei aeliau'n gymeradwyol. 'Un dda oedd honna. Ydy hi ddim yn well ichi roi help llaw i'r creadur, deudwch?'

'Ar godi un arall o'r tacla oeddwn i pan ddaru chi 'ngalw i draw atoch chi.'

'*Off you go*, 'ta! Ac mi ddelia i efo fo, macnabs, pan fydd ych beichia chi i gyd ar ben.'

Roedd aros go hir yn disgwyl yr hen ffŵl, meddyliai Gwydion! Ond ni fu'n rhaid iddo gnoi ei dafod rhag dweud dim byd annoeth. Ni châi Gwydion byth mo'i demtio i yngan geiriau felly.

Gwern oedd y cyntaf i ddeffro'r bore Gwener hwnnw. Chwyrnai Miri yn ei ymyl, ei phenliniau wedi eu plygu at ei frest a'i thraed, o dro i dro, yn goglais ei fol. Gyda'r ddau wely sengl wedi eu dodi ynghyd, gallai Gwern weld fod perygl gwirioneddol iddi syrthio rhwng y ddau pe symudai'n rhy sydyn neu'n afrosgo.

Edrychai fel hogyn, meddyliai Gwern. Prin y medrai weld ei hwyneb yn y tywyllwch, ond gallai weld amlinelliad ei gwallt, yn gwta a golau. A gorweddai ei bronnau yn gaethiwus o gadarn, wedi eu dal yn nefnydd tenau ei choban a'i chynfas.

Tlws, tybiodd Gwern. A theimlai'n ddedwydd.

Roedd ei cheg yn agored a cheisiodd Gwern ei chau, trwy symud ei gên a gwneud i'r gwefusau gwrdd. Ond ofer fu'r ymdrech. Agorodd y safn drachefn yn syth. Parhaodd y chwyrnu. A rhwbiodd Gwern ei fawd ar hyd blaen y bysedd a oedd newydd gyffwrdd â'i chroen. Roedd adlais ieuenctid yn dal i guddio yn y cyffyrddiad hwnnw. Sawr hufennau seimllyd a braster morloi yn mynnu troi'r meddalwch yn gyntefig yn ei gof. A dwyn amheuon y gorffennol yn ôl i'r brig. Yn y glaslencyndod gwyllt. Fel bwystfil nad oedd eto wedi meistroli blys. Na magu profiad. Nac ennill iddo'i hun yr enw cocwyllt bostfawr y deuai mor falch ohono.

Roedd hynny flynyddoedd mawr yn ôl. Ac yntau eisiau dysgu sut i'w charu . . . ar dân i'w phlesio . . . am mai dyna oedd disgwyl i ddyn ei wneud.

Onid oedd y blewiach rhwng ei choesau wedi aildyfu'n dwmpath del? Yn borfa frown. Fel lawnt hawdd ei gwlitho ar waelod gardd fach dwt. Ar ôl ugain mlynedd o'i gorfodi i eillio yno, doedd fiw iddo bellach fynnu dim o'r fath beth. Rhaid oedd dysgu dygymod â'r drefn newydd. Rhaid oedd dysgu dygymod â Miri. Fel yr oedd.

Efallai mai ei ofynion rhywiol oedd ar fai. Efallai mai ofn dod yn ôl i fwy oedd ar Miri. Ofn mwy o'i gastiau? Ofn ei eithafion? Ac eto, dyma hi! Yn ei ymyl. Yn gywely parod, awchus am bob cyfle am wyliau a oedd ar gael. Fel putain a dybiai mai dyma'r ffordd rataf o weld y byd.

Na! Doedd hynny ychwaith ddim yn deg. Pam roedd e mor barod i'w dilorni? Nid oedd byth yn bwriadu gwneud. Nid yn greulon, mewn gwaed oer. Nid oedd yr un boen a achosodd i Miri erioed wedi ei bwriadu fel creulondeb. Y geiriau oedd wedi mynnu troi parch yn sarhad. Y gweithredoedd oedd wedi mynnu troi cariad yn orchest o israddoli. A throsodd a throsodd, roedd purdeb ysol wedi mynnu troi'n anlladrwydd llosg. Heb gyd-drafod. Heb gyd-synio. Nid yn erbyn ei hewyllys, ychwaith. Fe fynnai nodi hynny ar gof a chadw. Gadawodd hi iddo ei heillio yn ddirwgnach. Cyfarthodd fel gast er ei fwyn gydag arddeliad. Cymerodd ei chosb fel dyn. Ond weithiau . . . pan fu'r cwch yn rhy bell o'r harbwr i allu ailangori yn y storm . . . neu pan fu'r pocer yn y tân yn rhy hir i neb allu ei drin heb gael ei serio . . . roedd Miri wedi dioddef. Fe gydnabyddai hynny gyda gofid.

Y cyhuddiad o drais oedd yr unig un a wadai gydag argyhoeddiad, a hynny ers chwarter canrif. A gallai gofio'r tro cyntaf y taflodd Miri'r sen hwnnw i'w wyneb. Ychydig wythnosau'n unig cyn eu priodas oedd hi. Bron i bum mlynedd o gydorwedd cyson wedi toddi'r tristwch rhyngddynt a gwneud eu huniad cyfreithlon yn anorfod bron. Ar ganol ffrae—nad oedd hyd yn oed yn arbennig o ffyrnig—y llefarodd hi'r geiriau cyntaf yn ei ŵydd. Cofiai iddo wylltio'n gacwn a gwadu'r cyhuddiad yn chwyrn. A dim ond wylo'n chwerw'n ddiweddarach, pan oedd ar ei ben ei hun.

Roedd wedi byw dan y cwmwl hwn ers chwarter canrif. Cwmwl o fwg. A gododd o dân a gamddehonglwyd. O dynerwch coll.

Nid o ddiniweidrwydd coll, ychwaith. Thwyllai Gwern mo'i hun o hynny. Gwyddai na fu erioed yn ddiniwed. O'i genfigen diawledig tuag at ei frawd bach, pan ddaeth ei fam â hwnnw'n ôl o'r ysbyty, i'w uchelgais dawel, gadarn mai ef fyddai'r pencampwr ar bopeth yn ei ysgol gynradd, buasai'r demtasiwn i fod yn ddrwg yn rhan anochel o'i gyfansoddiad.

Byddai wedi chwerthin ar ben y darlun a greodd ohono ei hun yn y munudau hynny pe na bai ganddo gymaint o feddwl o Miri. Fiw iddo'i deffro. Edrychai hi, o leiaf, yn ddiniwed. Wrth gysgu. Wrth nôl y plant o'r ysgol. Wrth ddod â bwyd i'r bwrdd pan fyddai ef wedi gwahodd rhywun o'r gwaith draw i swper.

Fe ddeuai hi'n ôl ato! Aflonyddodd drachefn, gan droi ei gorff i'w chyfeiriad. Roedd yn rhaid iddo'i hennill hi'n ôl! Neu fe fyddai ei wrhydri yn dal i watwar ei wrywdod. A byddai'n dal i glywed tafodau pawb yn Tesco's yn siarad amdano yn ei gefn wrth iddo wthio'i droli wythnosol ymysg y nwyddau.

Pan ddeuai hi'n ôl ato, fe fyddai'n fuddugoliaethus unwaith eto. Neu fe fyddai, o leiaf, yn ddyn drachefn. Dyna oedd yn y fantol. Wynebodd y gwirionedd. Bod yn ddyn. Mesur maint ei fod. Mynegi ei hun yn groyw. Rhoi'r gorchmynion. Dangos pwy oedd y bòs. Mewn sgidiau mawr. Wrth groesi'r caeau. Fel ei dad erstalwm. Neu gydag Yncl Gwilym yn y mart. Dal llaw yn dynn rhag mynd ar goll. A chael ei godi i ben giât i weld y stoc.

Rhaid fod Miri wedi gweld ei eisiau yn ystod y chwe mis cyntaf hynny a dreuliodd ar ei phen ei hun yn Nhai Lôn. Ar ôl marw ei mam. Ar ôl perfformiad Gwawr. Wrth i'r blew aildyfu, siawns nad oedd rhywbeth amgenach wedi cosi. Siawns nad oedd rhywbeth amdano ef wedi ei thynnu'n ôl ato. I greu rhyw anesmwythyd yn y nos. Toedd yntau wedi byw fel mynach yr haf hwnnw? Gwnaeth ei orau glas i'w argyhoeddi ei hun o hynny. Mae'n wir iddo geisio rhoi Gwawr 'nôl ar y reils unwaith neu ddwy, ond go brin fod y llithriadau hynny'n cyfrif erbyn hyn.

Wedi'r cyfan, ofer fu ei ymdrechion. Doedd dim dichon gwneud honno'n wraig go iawn. Roedd Gwern wedi gweld trwyddi o'r diwedd. Icon i aflwyddiant oedd Gwawr. Dyna oedd hi i fod yn ôl trefn pethau. Methiant ymysg merched. Fel yr oedd yr Wyddfa'n fynydd ymysg mynyddoedd.

Aflwyddiannus fu hyd yn oed ei hymdrechion niferus i gyflawni hunanladdiad. Pan lwyddai hi, o'r diwedd, i gyrraedd tragwyddoldeb, ryw ddydd a ddaw, fe'i hamgylchynid gan wawl lwyd methiant. Nid goleuni gwynias merthyrdod. Ni ddôi neb i gynnau cannwyll wrth yr un allor yn ei henw hi. Ni ddôi neb i ymbil am ei hysbrydoliaeth i wneud dim oll. Methiant ydoedd. A dyna ddiwedd arni. Nid oedd yn drosglwyddydd o fath yn y byd. Damwain o ddyheadau nad oedd hi'n medru eu rheoli oedd hi. Trychineb o drachwantau nad oedd hi wedi llwyddo i'w taflu o'r neilltu, fel y bydd plentyn yn llwyddo i luchio tegan ar ôl gorffen chwarae. Methodd epilio. Methodd ei phriodas. Ac ar ddiwedd y dydd, bu'n fethiant llwyr fel meistres. Am fod ei thrachwant am gariad wedi mynd yn drech na'i rheolaeth dros ryw. Gwthiodd ei hobsesiwn hi'n beryglus o glòs at ffin gorffwylledd ac roedd hi bellach, yn ôl y sôn, yn ôl dan do ei mam ac o dan sylw seiciatrydd mwy amyneddgar na'r cyffredin.

Nid oedd pont yn bod a allai gludo Gwawr o ben ei chlogwyn i dir diogel. Ymlwybro'n beryglus ar lwybrau serth ei rheswm, yn swchsisial ei enw ef yn y niwl, oedd ei ffawd. Ac ni châi ynys byth mo'i henwi ar ei hôl.

Parodd yr ymresymu hwn gryn ymchwydd yn ego Gwern. Wedi'r cyfan, ei enw ef oedd ar ei min. Ni allai neb wadu hynny. Nid oedd wedi bod yn rhan o wallgofrwydd neb o'r blaen. Dim ond eu poen.

Penderfynodd adael Miri. Teimlai'n boeth ac roedd arno angen mynd i'r lle chwech.

Camodd dros yr erchwyn yn dawel ac araf, gan symud yn ofalus at y tŷ bach. Sylweddolodd yn sydyn fod ei drôns amdano a chofiodd iddo godi yn y nos a mynd i eistedd am hanner awr ar y balconi. Yn cael smôc fach. Cyfri'r sêr. A gweld yr awyrennau'n mynd a dod.

Ar ôl cymryd cawod, eilliodd. A chofiodd iddo unwaith dyfu barf. Beth ddiawl wnaeth iddo feddwl am hynny? Gormod o wyliau, tybiodd. Gormod o amser i bendroni. Roedd y drych yn angharedig.

Aethai dros ugain mlynedd heibio ers hynny. Mari'n fechan yn ei chrud a Siôn heb ei eni. Rhyw chwiw lencynnaidd hwyr a'i hysbrydolodd, mae'n rhaid. Un nad oedd wedi plesio Miri. Ie, Miri oedd ar fai ei fod heddiw'n wynebu'r byd fel dyn di-farf. Efallai taw dyna pam iddo ddial arni trwy fynnu gweld ei ffwrch yn foel. Efallai y byddai locsyn wedi gweddu iddo erbyn heddiw. Pwy a ŵyr? Dychmygodd gnwd reit gytbwys ar draws ei fochau, ei ên ac o dan ei drwyn. Cnwd brith, serch hynny, barnodd. Erbyn hyn, roedd aml flewyn gwyn yn gymysg â'r du ar ei frest ac ar ei ben.

Pam ddiawl wrandawodd o ar Miri yn y dyddiau a fu? Y dyddiau du, gogoneddus hynny? Diawliodd hi'n dawel yn y drych. Er gwybod yn ei galon mai peth digon blêr a dibwrpas fu'r locsyn hwnnw yn ei ddydd.

Pan ddychwelodd i'r ystafell dywyll, tynnodd y llenni'n ôl, agorodd y gorchuddion pren a thynnodd un o'r drysau gwydr yn ei ôl. Clywodd Miri'n ochneidio y tu cefn iddo oherwydd y llewyrch. Roedd yr haul wrthi'n dwyn ei chwsg a'i dallu, oll ag un llygedyn.

Yn lle camu allan ar y balconi, troes Gwern yn ôl i'r ystafell, gan fynd i sefyll wrth droed y gwely a chydio yng nghoes dde ei wraig, gerfydd ei throed.

'Gwern!' gwaeddodd Miri'n ysgafn wrth iddo godi ei throed ac i wayw o boen saethu trwy ei morddwyd. Gorfodwyd hi i droi ar ei chefn. I ddeffro. I wynebu'r dydd. Gallai glywed y ddau wely'n gwahanu fymryn oddi tani. Fel tir ar ôl daeargryn. Yn hollti. A chreu cafn. Lle y gallai ei chnawd lifo fel ceunant. I gefnfor dioddefaint holl briodasau sarn y greadigaeth.

'Wyt ti'n 'y ngharu i?' holodd Gwern yn dawel, ei law yn dal gafael ar ei throed wrth iddo ei defnyddio'n dyner i oglais ei gwd.

'Paid, Gwern. Ti'n 'y mrifo i.'

'Wyt ti'n 'y ngharu i?' Cododd y droed yn uwch wrth ofyn. Ei gwadn ar ei fron.

'Be haru ti, 'r mwnci gwirion?' Brwydrodd dwylo Miri'n rhydd o gaethiwed y cynfasau a chwifiodd hwy'n wyllt i bob cyfeiriad, wrth geisio dod o hyd i rywbeth solet i afael ynddo.

'Wyt ti'n 'y ngharu i?'

'Dw i'n syrthio!'

'Be? Mewn cariad? Â fi?'

'Paid â bod yn gymaint o fabi, myn Duw!' dwrdiodd Miri trwy grygni'r bore. 'O'r gora! Mi deuda i o! Rwy'n dy garu di! Yli! 'Na fi wedi'i ddeud o.'

Nid cynt y daeth y gyffes o'i genau nad oedd Gwern wedi symud rhwng y ddau wely i'w gwthio hi'n dyner i ddiogelwch un ohonynt. Ei wên yn fachgennaidd fuddugoliaethus. Ei choesau hithau'n rhydd i gicio'i gwrthwynebiad. Heb fawr o arddeliad. A llai fyth o amcan.

'Felly, 'sgen ti ddim esgus. Dros beidio â dod yn ôl i fyw efo fi, go iawn. Ar ôl y gwyliau 'ma. Fory. Pan awn ni adra. Ddim os wyt ti'n 'y ngharu i. Dim esgus o gwbl. Naill ai dychwelyd i fyw dan yr un to â fi neu wynebu'r canlyniadau fydd hi. Dallt?'

Nid oedd arlliw o fygythiad yn ei lais. Dim ond yn ei eiriau. Mwythai hi wrth siarad. Gyda'i ddwylo blewog. A'i gusanau celwyddog. Roedd newydd ei deffro. A'i hachub rhag y dibyn. Roedd yn ddyn i gyd drachefn.

'Ffycin 'el, Gwern! Pam fod gwragedd eraill 'run oed â mi yn magu wyrion erbyn hyn, tra 'mod i'n dal yma, yn styc efo chdi?'

Ni chafodd ateb. Dim ond gwên.

151

Roedd Mari wedi sylweddoli ers sbel nad cymwys fyddai iddi fynd i'r gwely gyda'i hewythr. Gwyddai fod yn rhaid i'w wal y tu cefn iddi weithredu fel matras. Derbyniodd mai'r bustachu cynnes yn ei chlyw fyddai'r unig wrthban trosti. Fel hyn yr oedd pethau i fod. Cadwyd rhyw lun o gonfensiwn diweirdeb. Ni fu cymaint â diosg yr un dilledyn. Ar wahân i'r mymryn o ddinoethi a gymerodd hi i'w hudo.

Gallai Mari glywed ei bol ar fin ffrwydro gan rym yr hyrddio yn ei chylla. Ei choesau oddi ar y llawr, wrth i'r pleser poeth doddi ei chyhyrau. Ei breichiau'n dynn am war y dyn, er mwyn dal yn sownd. Ei chydbwysedd, rhwng cadernid y wal a gwasgfa corff ei chariad, yn simsanu yn y siglo. Ei chroth yn chwil ar echel.

Rhaid mai rhyw fel hyn oedd wrth fodd ei mam. Gyda'i thad! Gyda'i thad! Gyda'i thad! Roedd y ddelwedd yn un ry arswydus i fod yn gysurus. Ac yn un rhy gref i'w dileu o'r darlun heb frwydr. A hithau hyd yn hyn wedi cael ei denu at gariadon glân, meddyliodd. Rhai gwyn a glân a gwaraidd. Gwŷr ieuainc o'i chenhedlaeth ei hun. Rhai cain. Rhai glas. Rhai nad oedd hanes eto wedi cael cyfle i ymgasglu yn eu gwythiennau.

Yn wahanol iawn i'r wythïen braff a gynhaliai'r cnuch hwn. Roedd hon yn hen. Yn gnotiog. Yn wydn. Yn waed i gyd.

Gwyddai Mari fod iddi wreiddiau. Yn y tir. Yn y tylwyth. Roedd hi ei hun yn un o'r teulu nawr. Gallai gyrraedd ei chalon drwy'r cydio hwn. Ac fe'i carodd ef erioed. Hwn a'i ddirgelion. Hwn a'i faw. Hwn a'i fudandod. Ymhell cyn bod iddi fod nac enw, roedd hi wedi ei garu. Am mai brawd ei thad ydoedd. Am fod hyn i fod. Cymuno â ffynhonnell pob griddfan oedd y caru hwn. Cyrraedd gwaelod pwll pob poen. Holl ffrwgwd caru'r oesau yn fflyff ar y siwmper waith a wisgai ef, yn gynnes, bras a thrwchus. A hithau'n cydio'n dynn. Gan herio siffrwd tawel y cyndeidiau i bwffian eu llawenydd yn gyfeiliant ar ei war.

Prin awr oedd ers iddi droi trwyn y car i fyny'r lôn at y fferm, dan gochl esgus dod i weld a allai gynnig cymorth gyda'i thaid. Hwnnw'n ddiymadferth yn ei grud ar y llofft. A'i hewythr yn un o'r tai allan yn cario hwn at acw a nacw at ei debyg.

Aethai siarad yn herio. Herio'n gyffro. Cyffro'n gyffes. Cyffes yn gynnig. A chynnig yn garu.

Pan ddaeth y gyfathrach ddi-ddweud a diedrychiad i ben, tynnodd y dyn yn ôl o'i gafael. Ymddangosai'n lletchwith yn ei golwg. Ac eto'n od o hunanhyderus ei osgo. Symudodd yn sydyn i droi ei gefn arni ac yn rhuthr ei ddwylo cydnerth i'w chuddio, dygodd Mari gip ar ei bidlen ludiog. Yn fwa trwchus. Wedi mynd. O'i gafael. O'i golwg. Gallai wylo ennyd. Ond gwyddai nad oedd wiw iddi. Teimlai'n oer. Wrth frwydro i gadw rheolaeth arni ei hun, rhythodd Mari ar ei felt. Câi'r dilledyn hwnnw ei dynhau, heb iddi allu gweld y weithred yn iawn gan fod dwylo'r dyn o'r golwg, yn brysur wrth y bwcl yn y blaen. Hen wregys lledr, brown, dirodres ydoedd. Nid un o daclau ffasiwn. Un o anghenion dyn.

''Dan ni'n dallt 'yn gilydd.' Torrodd y llais gwrywaidd ar bitrwm patrwm y lleithder mursennaidd oddi allan. Ni throes i edrych arni. Roedd y dweud yn gadarn, mewn goslef aml-ystyr. Arlliw gwan o gwestiwn ar ei gyfyl. Dwyster datganiad. A grym gorchymyn. ''Dan ni'n dallt 'yn gilydd.'

Aeth allan i'r glaw, heb aros am ateb. Heb edrych arni. Ochneidiodd hithau ei rhyddhad o gael ei gadael. Fel galar. Rhyddhad galarwr a welai fod cystudd y dioddefwr drosodd. (Byddai angladd mam Eirwyn Coed ar ei hanterth erbyn hyn, meddyliai. Nain ac Yncl Gwilym yn un o'r corau cefn, fel tystion anrhydeddus i ieuenctid coll.)

Galaru yr oedd hi. Iddo fynd a'i gadael. Fod y glaw mor fân. Iddynt gymryd cyhyd cyn dod at hyn.

Stompiodd ei dwy droed ar y llawr concrid. Fel petai'r ddwy wedi bod yn cysgu. Rhoddodd drefn ar ei sgert, gan fwytho'i choesau noeth rhag ofn iddi gael ei sgathru gan y wal. Yna, rhedodd o gysgod yr adeilad i ddiddosrwydd cegin y tŷ fferm, lle rhoddodd degell i ferwi ar yr Aga, cyn neidio'r grisiau fesul dwy a tharo'i phen rownd drws ystafell Taid ar ei ffordd i'r tŷ bach.

Yn ôl i lawr yn y gegin, cyn pen fawr o dro, rhoes dair cwpan ar dair soser, cyn gweiddi'n groch o ddrws y cefn, 'Yncl Gwydion, mae 'na baned ar y bwrdd.'

'Tynnu 'nghoes i wyt ti?' Ond gallai Miri weld fod y wên fuddugoliaethus ar wyneb Gwern yn tystio i'r gwrthwyneb.

'Ffaith ichdi! Awr a hannar y buon ni ar y teras 'na. Fi a Max a Wolfgang. Diod neu dair. A chlonc go iawn. Mi fasat wedi bod wrth dy fodd.'

'Rown i fan'ma'n pacio'n dillad budron ni.'

'Oeddat hefyd. Hen dro! Dw i'n cofio rŵan! "Dos o dan 'y nhraed i a gad lonydd imi bacio ar 'y mhen 'yn hun." Dyna ddeudist di os cofia

153

i'n iawn. Fe gesh i fy hel o'ma. Fy ngorfodi i'r bar. A dyna lle'r oedd y ddau ar stôl yr un. A dyma finna'n dechra tynnu sgwrs. Cyn inni, maes o law, ymneilltuo i'r teras. At y byrdda bach. A'r olygfa dros y bae. A'r haul yn machlud dros y môr.'

Glafoerai Gwern dros yr hanes yn bryfoclyd, o wybod fel y bu Miri'n ysu am gyfle i ddod i adnabod y ddau yn well drwy'r wythnos.

'Paid â gwneud i'r orig swnio'n rhy ramantus neu mi fydda i'n dechra poeni amdanat ti.'

'Duwcs! Hen hogia iawn ydyn nhw. Max a Wolfgang. Wel! Prin fod hogia'n air da i ddisgrifio'r ddau. Tydy'r Wolfgang 'na'n drigain, cofia! Cas cadw da arno fo, yn toes? Dim gwraig gynno fo i'w heneiddio, mae'n debyg. A mwy gynnon ni'n gyffredin nag y tybiet ti. Mae o'n hoff o gyris poeth yn un peth. Ac mi o'dd gynno fo foto-beic pan o'dd o'n ifanc. Ac mae o a'i gariad yn byw ar wahân. Gwaith y ddau mewn dwy ddinas wahanol yn ôl y sôn. Cebyst o beth ydy cariadon yn cael eu cadw ar wahân, yntê?'

'Dwyt ti erioed wedi bod yn eistadd fan'na'n gwneud hwyl am 'u penna nhw, gobeithio.'

'Callia, wnei di, Miri! Dw i'n deud yn strêt wrthat ti. Gawson ni sgwrs ddifyr dros ben. Max wedi bod i Gymru, medda fo. Wedi mynychu cynhadledd yn Abertawe ddeng mlynedd yn ôl. Systema cyfathrebu ydy'i betha fo. Rhwng y ddau, mae ganddyn nhw dŷ yn Dusseldorf ac apartment yn rhywle arall. Un ci defaid anferth. Dau gar.'

'A bwrw 'u bod nhw wedi dweud hyn oll wrthat ti, mae'n rhaid dy fod tithau wedi deud y cyfan sydd i'w ddweud amdanan ni'n dau wrthyn nhw.'

'A swnio fel prat llwyr? Dim ffiars o beryg!'

'Mae'n dda gen i glywed.'

'Wyt ti'n barod, ta? Dw i wedi trefnu'u cyfarfod nhw ymhen chwarter awr. 'Dan ni am fynd i gael swpar efo'n gilydd. Maen nhw'n gwbod am le bach del yn un o'r strydoedd cefn yna draw ym mhen pella'r bae.'

Safai dau gês caeedig y tu ôl i'r drws, yn dyst i ddiwydrwydd Miri. Roedd hi eisoes wedi cael cawod ac ymolchi ar ôl ei diwrnod olaf yn yr haul. Dim ond taro'r ffrog gotwm laes dros ei hysgwyddau oedd ganddi i'w wneud. A byddai'n barod.

'Sut doist ti i ben â thynnu sgwrs efo nhw a finna wedi methu drwy'r wythnos? Dyna hoffwn i 'i wybod.'

'Dyn ydw i, yntê?' atebodd Gwern yn ddibetrus. 'Ac mae 'na fanteision yn hynny o hyd . . . weithiau . . . o dan rai amgylchiadau.'

Winciodd arni o ben arall yr ystafell, lle y safai wrth ddrych y wardrob yn cribo'i wallt a gwneud yn siŵr fod ei grys yn gorwedd yn ddestlus amdano.

Trannoeth, ym Maes Awyr Manceinion, pan ganfu Gwern a Miri, er mawr syndod iddynt, fod Mari wedi dod gyda Gwydion i'w cyfarfod ('Meddwl y baswn i'n cadw cwmni iddo ar y daith.'), achubodd Miri ar y cyfle cyntaf a gafodd i ddweud wrth ei merch ei bod hi'n bwriadu dychwelyd at Gwern.

'Mae o wedi mynd yn ôl at 'i hen dricia,' ebe hi'n llawen, wrth iddi hi a Mari lusgo ryw lathen neu ddwy wrth gwt y ddau frawd.

'Fuodd o erioed yn hel merched er'ill o dan ych trwyn chi ar Ibiza?'

'Naddo, siŵr. Nid yr hen dricia hynny oedd gen i mewn golwg. Rhai o'r lleill.' Wrth siarad mor anghyfrifol â'i merch, roedd golwg iach, chwareus ar Miri. Haul tanbaid y gwyliau y tu cefn iddi. Glaw mân y Deyrnas Unedig yn ei disgwyl. Hyhi a Gwern. Yn ôl. Yn unedig. Gyda'i gilydd. Ar eu hynys fach drofannol hwy eu hunain.

'Y lleill?' Dryswyd Mari gan y brwdfrydedd a orlifai o du ei mam. Aethai'n orffwyll drachefn, tybiai. Mwy o *gin* a siarad gwag. Ac eto, gallai weld wrth yr hamdden yng nghamre Miri fod llawenydd yn gweddu iddi. Arlliw o wrid yr haul ar ei hwyneb. A'i gwallt cwta'n sgleinio yn y goleuni. Ond yn y bôn, nid oedd gan Mari amser i'w wastraffu'n myfyrio dros fympwyon bywydau pobl eraill. Nid hyd yn oed ei mam. Wedi'r cyfan, nid gorfoledd pobl eraill oedd yn gwneud i'w haul hi godi. Nac i'w chalon guro.

'Mae gan yr hen gi ffasiwn stôr o gastiau, mi synnet ti!' aeth Miri yn ei blaen yn sioclyd. 'Llawn bywyd ydy o, yntê? Dy dad! Llawn sbri. A hwyl. A hiwmor. Ew, mi gawson ni amser da! Diolch iti am gario'r bag 'na i mi, del. Dydy o ddim yn rhy drwm iti, gobeithio.'

Gadawodd Mari i'w mam fynd fymryn ar y blaen iddi, wrth i honno gyflymu ei chamau a chau'r bwlch rhyngddynt a'r ddau ddyn. Roedd hi'n hapus i ddilyn yn ddiymhongar wrth gwt y llwyth. Cwt ci oedd ei angen arni, lle i encilio iddo. Gwyddai Mari hynny bellach. Lle i fynd i'r afael â hen esgyrn y gorffennol. Er mwyn sugno'r mêr ohonynt. A chyfarth ar y dyfodol pell o'r ddôr.

Roedd ei hawydd i encilio wedi cryfhau'n ddirfawr ers ddoe. Aethai eisoes, ers cyrraedd ei llawn brifiant, o goleg i garafán. Ac o garafán yn ôl i'w chartref. Bu ei bywyd hyd yn hyn yn gylch a gaeai ben y mwdwl i mewn arni hi ei hun. Âi ei byd yn llai bob dydd. Yn fwy cyfyng. Yn fwy crwn. Yn fwy cyflawn.

Bu'r daith draw o ogledd Cymru gyda Gwydion y bore hwnnw yn dawel, dawel. Yn sêl ar ddealltwriaeth. Yn briodas heb eiriau, ym merw trafnidiaeth y miloedd eraill hynny a fynnai fynd a dod o'u cwmpas. Twrw'r torfeydd wedi eu goddiweddyd a mynd heibio. Mor rhwydd â hynny. Mor anodd â hynny. Mor sanctaidd â'r traffyrdd eu hunain. Aethai ffawd y fforddolion yn rhan o wead y ffordd.

Nid oedd rheolau'r ffordd fawr yn caniatáu gwrando am gyfarthiad yr un ci o fôn y clawdd. Roedd cŵn yn fud yng nghanol traffig. Yn fud neu'n farw. Yr unig gwt a ganiateid oedd cwt o geir yn tagu ar drachwant. Pobl yn ceisio cyrchfan. Pawb eisiau cyrraedd rhywle. Eu cestyll. Eu cytiau. Yn ôl at eu cariadon.

Gwallgofrwydd rhonc oedd cariad. Gwallgofrwydd ar gyflymder arswydus pan oedd rhyw wrth y llyw. Rhaid oedd dewis y cydymaith cywir. Roedd y cydymaith cywir yn eich dewis chi. Ni allai Mari wybod i sicrwydd sut y bu hi yn ei hachos hi a Gwydion. Ond roedd y cerbyd yn symud. A'r gwaed ar gerdded.

Gallai guddio'r cyffro rhag ei mam heb drafferth yn y byd ar eu ffordd i'r maes parcio. Siarad yn ddidaro. Gwrando ar hanesion y gwyliau. Y traethau. Y swperau. A'r oriau o segurdod. Cafodd priodas ei hachub, yn ôl y sôn. A llyfr ei ddarllen. O glawr i glawr.

Llwythwyd trugareddau ei rhieni i gist y car ac aeth Mari i eistedd yn y cefn gyda'i mam ar gyfer y daith yn ôl. Twyll hawdd ei gyflawni oedd eistedd yno'n cogio ymddiddori yn y sgwrs. Ei mam ar ei mwyaf huawdl. A'i thad yn porthi yma ac acw o ganol ei bendwmpian. Ni thalodd Mari fawr o sylw i Gwydion. Gwneud ei ddyletswydd dros bobl eraill yr oedd hwnnw, fel arfer. Gyrru gwahanol aelodau'r teulu yn ôl i'w gwahanol deyrnasoedd.

Roedd hi'n bwysig peidio â dangos dim i neb. Cadw'r gyfrinach. Caru'n slei rhag brifo neb. Dyna'r tric. A sylweddolodd Mari'n sydyn, tua chyrion Caer, mai dyna fuasai un o driciau ei thad ar hyd y blynyddoedd. Caru ar y ciw-ti. Cadw cyfrinachau. Roedd y tric hwn yn rhan o'i hetifeddiaeth. Roedd yn y gwaed.

Rhan 4

MIS A MWY

(dros flwyddyn yn ddiweddarach)

Ar godi yr oedd Gwern pan glywodd sŵn Miri yn y llofft sbâr drws nesaf. Sŵn y sugnydd llwch a glywodd mewn gwirionedd, ond yr un oedd ci â'i feistr. Cael y lle'n gymen ar gyfer Gideon yr oedd hi, mae'n rhaid. Onid heddiw y deuai Siôn a hwnnw i fyny o Gaerdydd? Ie, heddiw oedd hi. Roedd arholiadau gradd Siôn newydd orffen ac ymhen ychydig dyddiau byddai yn America. Gallai Gwern gofio i Miri sôn rhywbeth am hyn yn lled ddiweddar. Fod cynlluniau eu mab i fudo i Galiffornia gam arall yn nes at eu gwireddu. Ei ganiatâd i weithio yno wedi'i gadarnhau. Y darnau priodol o bapur yn dynn o fewn ei ddyrnau bach gwancus. Y freuddwyd yn ei aros. A'r hogyn gwirion yn fodlon deffro er ei mwyn.

Pa fore oedd hynny, hefyd? Gwyntyllodd Gwern y posibiliadau yn ei ben. Nid oedd y dyddiau mwyach yn rhedeg i'w gilydd fel blot inc yn llifo trwy ei fywyd. Peth neilltuedig oedd pob diwrnod erbyn hyn. Pob heddiw'n gorfod sefyll ar ei ben ei hun, heb berthyn i'w ddoe na'i yfory. Dyna pam fod yn rhaid iddo edrych yn ôl yn fanwl ar gynnwys pob un i weld tua pha bryd y bu'r sgwrs honno am Siôn a'i hawl i weithio.

Yr hawl i weithio! Hwnnw oedd pwnc llosg y dydd i Gwern. Aethai saith mis heibio ers iddo gael ei roi 'ar y clwt'. Dyna'r ymadrodd a orddefnyddid ar y cyfryngau Cymraeg i sôn am bobl ar y dôl. Roedd yn ddramatig o siabi o ran sain a delwedd. Dyna a'i gwnâi'n derm deniadol i ddarlledwyr, mae'n rhaid, ond gwylltiai Gwern yn gandryll bob tro y'i clywai. Magl hawdd i'r cysurus eu byd syrthio iddi oedd alltudio'r difreintiedig trwy arfer priod-ddull ystrydebol, difeddwl o nawddoglyd. Gallai Gwern gydymdeimlo â hynny hefyd. Buasai'n euog ei hun. Bu'n gysurus ei fyd am gyhyd.

Roedd yn dal yn gysurus. Yn faterol, o leiaf. Nid oedd yr un frwydr am fara menyn i'w hymladd. Dyna a wnâi hunandosturi yn bydew mor hawdd suddo iddo.

Bu'n ergyd, wrth reswm. Y diwrnod hwnnw ychydig cyn y Nadolig pan gyhoeddodd y cyngor sir fod deg y cant o'r gweithlu gweinyddol i ddiflannu. Ergyd i hunan-barch, hunanhyder a hunanfoddhad. Yr hunanau oll. Wedi eu cleisio.

'Ydy hi ddim yn bryd ichdi godi?' gofynnodd Miri'n siriol wrth ddod i mewn i'r ystafell.

Gallai Gwern weld coes yr hwfer hefyd yn taro'i phen rownd cil y drws.

'Gwneud yn siŵr nad ydw i dan dy draed di ydw i,' atebodd. 'Ond os wyt ti ar fin dod i fan'ma efo'r hyrdigyrdi 'na, mi goda i. Wela i ddim fod 'na'r un rheswm arall gwerth chweil dros wneud yr ymdrech.'

'Fe fedret dorri'r lawnt,' awgrymodd Miri. 'A hithau'n gaddo tywydd braf at y Sul fe allai hynny fod yn syniad da dros ben. Wyt ti ddim yn cytuno?'

'Na. Tydw i ddim yn cytuno,' atebodd Gwern. Llusgodd ei hun o'r gwely ac aeth heibio iddi am y tŷ bach.

Câi'r borfa dyfu dros y tŷ a thagu pawb o'i fewn, o'i ran ef. Yn union fel y farf a dyfodd ar ôl cael ei wneud yn ddi-waith. Roedd honno wedi ymestyn fel jyngl anystywallt ar draws ei swch. Yn glymau di-drefn nad oeddynt yn llwyddiant o ran hwylustod na golwg. Ni pharodd yn hir.

Eilliodd. Gorchwyl yr un mor llafurus heddiw â ddoe. Ac echdoe. Yn araf ac ymdrechgar. Am mai dim ond gorchwyl oedd hi. Rhywbeth yr oedd yn rhaid iddo'i wneud. Nid rhan hanfodol o batrwm byw brysiog a difeddwl dyn ar ei ffordd i'w waith.

Dyna pam fod pob dydd yn sefyll ar ei ben ei hun. Am nad oedd rhuthr dyletswyddau na phatrwm gwaith yn creu wythnosau. Gallai chwarae golff pryd y mynnai. Gallai godi pryd y mynnai. Gallai aros ar ei draed hyd berfeddion a mynd i'r gwely'n llawn cachu rwtsh— pryd y mynnai! Roedd clustog y teulu yn disgwyl amdano bob amser. Yn barod i ddal y pwysau. I feddalu poen y pen. I greu cartref o'r twll y rhoes ei hun ynddo.

'Nid iselder ysbryd Gwern ydy'r unig beth sy gen i i boeni yn 'i gylch,' cyfaddefodd Miri yn ddiweddarach y diwrnod hwnnw wrth ei ffrind, Mrs Coreen. 'Mae fy mab ar fin ymfudo. Fy merch ar fin 'y ngwneud i'n nain.'

'Wel! Mae'r pethau hyn i gyd yn gyffrous, yn tydyn?' gofynnodd y wraig mewn Saesneg cadarn na chaniatâi ateb negyddol.

'Ydyn nhw?' meiddiodd Miri amau. 'Tydw i ddim mor siŵr. Fedra i ddim peidio â phoeni am Siôn. Y cyw melyn olaf a ballu! Ac yn y cymylau y bu pen y bachgen erioed. Fe dyngech 'i fod o wedi'i eni ar stilts. Beth wneith America ohono?'

'Ei droi o'n ddyn cyfoethog, efallai. Ac wedyn mi fydd gynnoch chi rywbeth i fod yn browd ohono.'

'Fydden ni ddim yn browd, Mrs Coreen. Dyna'r drafferth! Dydy arian newydd byth yn ailgartrefu'n dda ym mro 'i febyd. Nid yng Nghymru. A chymryd y daw Siôn yn ôl o gwbl, wrth gwrs.'

'Wel! Fe ddaw Mr Jones o hyd i waith eto cyn bo hir, gewch chi weld. Fe fûm i'n lwcus. Dim galw arna i i weithio ers deng mlynedd ar hugain. Trefniant ysgariad ffafriol iawn, ylwch!'

'Ai awgrymu mai dyna ddylwn i fod wedi'i wneud ydach chi?' gofynnodd Miri'n gellweirus. 'Godro 'ngŵr o bob dimau fedrwn i'i thynnu o'i groen o?'

'Na, Mrs Jones. O'ch cyfaddefiad eich hun, fe ddaethoch chi i'r penderfyniad iawn y llynedd ynglŷn â dal i gyd-fyw. A ph'run bynnag, nid problemau ariannol sydd rhyngoch chi'ch dau nawr. O! Mi wn i mor ddinistriol y gall diweithdra fod. Nid o brofiad, mae'n wir. Ond rwy'n reit sensitif ynghylch teimladau pobl.'

Saesnes ronc oedd Margaret Coreen. Un a fu'n byw ers ugain mlynedd yn ei thyddyn bach diarffordd ger pentref bychan nid nepell o'r dref lle trigai Gwern a Miri heb ddysgu nemor ddim un gair o Gymraeg a choleddai syniadau gwahanol iawn i rai Miri ar bron bob pwnc dan haul. Roedd hi tua phymtheg mlynedd yn hŷn na hi, yn ysgaredig a di-blant. Nid oedd yr un ddolen amlwg yn eu clymu ynghyd, ond ers rhai misoedd bellach bu'r Saesneg rhyngddynt a lled ffurfioldeb eu sgwrs yn gynsail cyfeillgarwch ac yn rhan annatod o lwyddiant y cyfeillgarwch hwnnw. I Miri, roedd yr elfennau hynny o ddieithrwch o gymorth iddi. I ymlacio. I ymddiried. I fwrw'i bol. Ac roedd dibyniaeth y Saesnes hon arni yn rhan gyfrin arall o'r berthynas.

Pan aethai Miri'n ôl i fyw at Gwern, roedd ar yr amod y câi hi weithio pe mynnai. Roedd hi eisoes wedi gwneud ymdrech i sefyll ar ei thraed ei hun tra oedd yn Nhai Lôn. Wedi gwneud ymholiadau. A llenwi ambell ffurflen berthnasol. Ond heb fawr o angerdd gwirioneddol yn y chwilio. A heb ronyn o lwc.

Y cymwysterau o'i phlaid oedd gradd a phrofiad chwarter canrif o gynnal tŷ a magu plant. Ond rhyw gymhwyster diddogfen yn unig oedd yr ail o'r rhain. Ar ddiwedd y dydd, roedd angen prawf mwy ffurfiol i fodloni cyflogwyr.

Ei thrwydded yrru a ddaeth i'r adwy. Darn o bapur. Dogfen swyddogol. Un lân. Dechreuodd fel gwirfoddolwr. Ond bellach, daethai'r Gwasanaethau Cymdeithasol o hyd i fymryn o gyllid o rywle. (O'r arian a achubwyd yn cyflogi Gwern a'i debyg, pryfociai Miri'n breifat.) Câi Miri gydnabyddiaeth am ei thrafferth, er bod y swm yn rhy chwerthinllyd o ddirodres i'w alw'n gyflog.

Dridiau'r wythnos, gyrrai Miri fws bychan i gario'r hen a'r methedig o fan i fan. Rhai i ganolfannau'r henoed neu'r anabl. Eraill at ddeintydd neu feddyg traed.

Y pwll nofio yn yr ysbyty a Tesco's ar gwr y dref oedd cyrchfannau arferol Margaret Coreen. Y fangre gyntaf er mwyn dilyn cwrs hydrotherapi a oedd i fod o fudd i ddioddefwyr crudcymalau. A'r ail am resymau amlwg.

'Wn i ddim pam wyt ti'n gwneud cymaint efo honna,' oedd beirniadaeth Gwern rai misoedd yn ôl, pan sylweddolodd gyntaf fod Miri'n galw am de gyda Mrs Coreen a bod honno weithiau'n ffonio'r tŷ i wneud trefniadau uniongyrchol gyda Miri, yn lle mynd drwy'r swyddfa.

'Unig ydy hi,' oedd ateb Miri.

'Wel! Be mae hi'n 'i ddisgwyl? Tydy hi'n gwneud dim efo'i chymdogion, meddat ti.'

'Fe fuodd hi'n gymdogol, mae'n debyg, pan ddoth hi i Gymru gyntaf. Ond synhwyrodd fod y Cymry oll â'u cas arni.'

'Pam ddiawl nad aeth hi'n ôl i Loegr, ta?'

'Am fod ganddi hawl i fod yma, medda hi. Tydy hi ddim yn un i redag i ffwrdd.'

'Na. Wel! Fedar hi ddim rhedeg yn dda iawn chwaith a hithau yn 'i dybla efo cryd cymalau.'

'Gwern! Rhag c'wilydd i chdi!'

Un am baned a sgwrs oedd Margaret Coreen yn y bôn, barnodd Miri. Nid un i redeg i ffwrdd, mae'n wir. Ond nid un i gwffio fawr, chwaith. Ei chefndir dosbarth canol wedi ei harbed rhag gormod o siarad plaen. Yn wahanol i'w magwraeth hi ei hun. Ac yn wahanol i gynnyrch aelwyd Gallt Brain Duon hefyd, lle bu blas y pridd o reidrwydd ar leferydd. Rhyw igam-ogamu o gwmpas pwnc a wnâi Margaret Coreen fel arfer. Nid yn fursennaidd, wenieithus, ond yn ofalus yn ei gonestrwydd.

Troediai'n ofalus bob amser wrth sôn am Mari, er enghraifft. Roedd Miri wedi sylwi ar hynny wrth i'r hen wraig geisio rhannu ei chyffro hi o fod yn ddarpar nain a chyplysu hynny gyda'r gofid nad oedd y ferch yn briod.

'Fyddwch chi'n hapus ei gadael hi ar 'i phen 'i hun fel hyn?' gofynnodd Mrs Coreen. 'A hithau eisoes ddeuddydd yn hwyr.'

'Mae'i thad gartref efo hi. A siawns na fydd Siôn a'i ffrind o America wedi cyrraedd erbyn hyn. Ond 'dach chi'n iawn. Mae'n well imi'i throi hi.'

'Meddyliwch! Mi fedrech fod yn nain erbyn y gwela i chi ddydd Mawrth nesaf. Cofiwch roi galwad os digwydd rhywbeth yn y cyfamser.'

'Siŵr o wneud, Mrs Coreen.'

'Ac unwaith y daw y babi'n ddiogel, pwy a ŵyr na chawn ni sôn am briodas wedyn.'

'Peidiwch â dal ych gwynt!' meddai Miri. 'Er, cofiwch, y basai'r Mal bach 'na wedi priodi fisoedd yn ôl, tasa fo wedi cael 'i ffordd. Mari ni sy'n dal pen 'i dennyn o, yntê? Y creadur! Hi ydy'r un styfnig. Pan fydd hi, mei ledi, yn barod. Dyna pryd y bydd 'na briodas. Bryd hynny. A dim un eiliad ynghynt.'

'Genod ifanc heddiw. Mor annibynnol!'

'Ddoth y cwd o Galiffornia ddim efo chdi wedi'r cwbl?' gofynnodd Gwern i'w fab.

'Pwy?'

'Y brawd Gideon. Ddoth o ddim efo chdi?'

'O! Naddo,' atebodd Siôn, a oedd newydd gyrraedd ac wedi blino braidd.

'Be sy matar, felly? Doeddan ni ddim yn ddigon da iddo fo, neu beth? Y ffaith nad oes gynnon ni bwll nofio'n yn gwneud ni'n anwariaid yn 'i dyb o, mae'n debyg.'

'Na!' ebe Siôn yn ddirmygus. 'Cael 'i alw i Lundain ddaru o. Dridiau'n ôl. Rhyw bapurau roedd yn rhaid eu casglu o'r Llysgenhadaeth cyn fflio.Y fo gynigiodd fynd yn fy lle i, fel y gallwn i ddod i fyny fan'ma i ddeud ta-ta.'

'Tridiau!' gwaeddodd Gwern. 'Tridiau! Fe wyddet ti dridiau'n ôl nad oedd y cont yn medru dod efo chdi! A ddaru ti ddim ffonio i ddeud?'

'Pam ddylwn i?' holodd Siôn yn ddiniwed.

'Pam ddylat ti? Er mwyn arbed dy fam! Dyna pam, 'y ngwash i! Ddaru o ddim taro yn dy ben di y basa dy fam yn fan'ma'n lladd 'i hun yn cael stafell yn barod i'r hogyn. Yn llnau a chwcio.'

'Na. Naddo. Na. Feddylish i ddim,' meddai Siôn mewn braw. 'Sori!' ychwanegodd yn llipa, cyn rhuthro o'r lolfa i'r gegin i ailadrodd ei ymddiheuriad wrth ei fam, a oedd yno hyd ei garddyrnau mewn blawd.

'Duwcs, paid â phoeni!' ebe Miri'n hamddenol. 'Mi fydda i'n codi llwch a gwneud bwyd hyd yn oed pan 'dan ni ddim yn disgwyl pobl ddiarth. 'Blaw fydd dy dad ddim fel arfer yn sylwi bryd hynny.'

'Ond y fi sydd ar fai. O cê! Nid Gideon. Y fi ddylia fod wedi ffonio.'

'Anghofia amdano, Siôn bach! A dos i ddweud wrth dy dad am gadw'i lais i lawr. Dw i isho noson dawel heno.'

'Mae'n well i chi ddeud wrtho fo ych hun, rwy'n meddwl,' ebe Siôn. 'Dim ond gynnoch chi a Nain y medrodd o erioed dderbyn gwirionedda. A chael a chael fuodd hi yn ych achos chi, yntê?'

'Paid â siarad mor haerllug wrth dy fam.' Daeth llais Gwern o'r tu cefn iddo. Hwnnw wedi ei ddilyn o'r lolfa i roi atalnod llawn ar y siarad. 'A phaid ag anghofio nad wyt ti'n rhy hen i gael bonclust gen i. A deud y gwir, rwyt ti bellach yn ddigon hen imi roi cweir iawn ichdi o'r diwedd. Cael ych arbad ddaru chi pan oeddach chi'n fach. Dy chwaer a chditha. Doedd dy fam yn fan'ma ddim yn credu mewn cosb gorfforol. Ond synnwn i fawr na fasa chwip din go iawn wedi gwneud byd o les i chdi a Mari. Arbad peth wmbreth o boen meddwl i dy fam a finna rŵan.'

'Am be wyt ti'n 'u malu nhw, Gwern? Tydan ni'n poeni dim,' ymyrrodd Miri'n gadarn. 'Ddim ar gownt y plant, p'run bynnag. A wna i ddim diodde rhyw ymgecru gwirion dros y bwrdd swper heno. Ydy'r ddau ohonach chi'n dallt hynny? Wn i ddim pryd fu'r pedwar ohonan ni rownd y bwrdd bwyd efo'n gilydd ddiwethaf. Ella na fyddwn ni ddim eto am flynyddoedd. Ddim os eith petha'n hwylus ichdi tua'r 'Merica 'na. Felly dos i folchi, Siôn. A chditha, Gwern, callia!'

'Weli di mor *bossy* mae hi wedi mynd?' cellweiriodd Gwern, mewn ymgais i ymateb yn gymodlon. 'Dy fam ydy gŵr y tŷ 'ma rŵan. Hi sy'n mynd allan i weithio. Hi sy'n rhoi'r ddeddf i lawr. 'Yn swper olaf ni fydd hi heno, medda hi. Mae hi wedi lladd y llo pasgedig. Ac mae'r teulu oll i fod i lawenhau.'

'Cymysgu'ch damhegion braidd, Dad, yn tydach?' Ymunodd Mari â'r drafodaeth. Ei bol a hithau'n mynnu sylw. Yn llawn dyfodol. Ac yn llenwi'r lle.

'Nid dameg ydy stori'r Swper Olaf,' meddai Gwern yn wybodus.

'Pwy sy'n malio sut fath o blydi stori ydy hi?' ebe Mari.

164

'Gadewch ych cabledd, wir!' torrodd Miri ar draws y coethan. 'Siôn, dos i'r llofft 'na fel deudish i wrthat ti. Mari, wyt ti wedi gorffen rhoi popeth ar y bwrdd?'

Gan nad oedd unrhyw gyfarwyddiadau penodol ar ei gyfer ef, enciliodd Gwern drachefn i'r lolfa. O olwg diwydrwydd ei wraig. A gorchestion yr oedolion a oedd yn blant iddo. Yn ôl o wynt y cig yn rhostio. Roedd ganddo ddiod ar ei hanner. Dyna a'i denodd yn ôl i'r lolfa mewn gwirionedd. Hynny a'r ffaith fod Mari mor feichiog. Cydiodd drachefn yn y gwydryn. Fel petai'n dal gafael mewn hen ffrind. Ac ysai am gael gweld yr achubiaeth newydd yn cyrraedd. Byddai talpiau o rew ffres yn ei wydryn. Hwythau'n crensian wrth doddi yn llif y ddiod nesaf. Byddai ŵyr yn ei freichiau. Hwnnw'n sgrechian am ei fam.

Byddai'n daid bryd hynny. Rheswm da arall dros godi bys bach. To newydd ar yr aelwyd. A diniweidrwydd ar dân.

Bu'n anodd arno dros y misoedd diwethaf hyn. Gweld Mari'n feichiog ac yn ymdebygu'n fwyfwy i Miri bob dydd. Yr un osgo gan y ddwy wrth gario. Yr un cerddediad yn union. Yr un bol. A thynnwyd Gwern yn ôl chwarter canrif, i'r dyddiau pan fu Miri'n cario Mari. Ac yntau ar bigau'r drain isho bod yn dad bryd hynny. Isho dal y fechan yn ei ddwylo. Isho cnawd i'w fagu. Isho epil i'w garu.

Trwy lwc, nid oedd Mari'n byw gydag ef a Miri mwyach. Symudodd i dŷ ei mam yn Nhai Lôn yn fuan ar ôl i Miri ddod adref yn ei hôl at Gwern. Rhoi annibyniaeth iddi oedd yr amcan. Cyfle iddi sefyll o'r newydd ar ei thraed ei hun. Lleihaodd hynny hefyd yn ddirfawr ar letchwithdod Gwern. Er na allai beidio â rhythu arni ambell dro, pan fyddai'n galw. Ei choesau'n fain, yr un ffunud â'i mam. A'i bronnau llawn yn tynnu sylw, yn enwedig yn ystod yr wythnosau diwethaf hyn, pan ffeiriwyd dyngarîs a thrac-siwt am ffrogiau haf di-siâp. Ei chnawd yn cyrraedd pob cwr o'r cotwm. A'r straen yn amlwg.

Roedd hawl gan ddyn i feddwi ar ei blant ei hun. Addewidion mawr. A sawr y wledd yn llenwi'r lle. Sawl tad a faglodd yn drwsgl dros y brych wrth estyn am yr epil? Sawl taid? Roedd hawl ganddo i syrthio mewn cariad â chreadigaethau ei gnawd ei hun. Nid oedd dim yn fwy naturiol na hynny. Yn fwy tadol. Yn fwy perthnasol.

Pan alwodd Miri arno i ddod i'r ystafell fwyta, llyncodd weddill ei ddiod ar ei thalcen. Gadawodd y gwydryn ar y silff ben tân, heb edrych yn y drych wrth wneud.

165

Ar y llofft, uwchben y lolfa, roedd Siôn wrthi'n ofalus yn tynnu modrwy o'i deth chwith. Fe'i gosodwyd hi yno chwe mis ynghynt, ond gwyddai na fyddai ei dad yn ei gwerthfawrogi, ac ar ôl ei diosg cuddiodd hi'n ddiogel ymhlith ei bethau, cyn gwisgo crys glân a mynd i lawr i fwyta.

Bob yn awr ac yn y man, ers bron i flwyddyn, roedd Taid wedi gweld y pethau rhyfeddaf. Pan fyddai ei fab ieuengaf gydag ef ar y llofft y digwyddai'r pethau hyn bob amser. Byddai Gwydion yn ei gynorthwyo gyda hyn a'r llall—ac yna, dôi Mari o rywle wrth ei gwt, gan ei lluchio ei hun ar y mab a'i gofleidio'n dynn. Neu gydio yn ei wyneb a rhoi clamp o gusan ar ei wefusau. Weithiau, byddai hyd yn oed yn estyn llaw yn ddigywilydd rhwng ei goesau a chwerthin fel ffŵl yng ngŵydd yr hen ŵr.

Er nad oedd gan y truan ddirnadaeth i ddeall na llais i adrodd, roedd ganddo lygaid i weld.

Y diwrnod hwnnw, cawsai amser gwell na'r cyffredin. Bu'n eistedd allan yn ei gadair olwyn dan gysgod coeden afalau yn yr ardd. Carthen dros ei gôl. A Gwilym, ei frawd, yn dal ambell sigarét yn ei geg, gan adael i reddf wneud y stumiau smygu. Taid oedd yr unig un ar aelwyd Gallt Brain Duon i smocio'n drwm a châi pawb arall ddiléit o feddwl ei fod bellach wedi gorfod talu'n ddrud am ei fwg.

A hithau'n hwyrhau, troes blinder yn bendwmpian ac aeth Taid ar drugaredd Gwydion drachefn. Y gwely'n galw a'r mab yn gyfuniad o dynerwch a diffyg amynedd.

Pan ganodd y ffôn, cafodd y tad ei adael i hofran yn beryglus o fregus ar erchwyn y gwely wrth i Gwydion ruthro i ben y grisiau. Ond gallai hwnnw gasglu o lais ei fam mai dim ond un o'r cymdogion oedd yno, ar ryw berwyl lled ddibwys. Ochneidiodd. Ei rwystredigaeth yn gymysg â rhyddhad. Camodd yn siomedig yn ôl at ei dad. Siawns na ddôi'r alwad holl bwysig toc!

'Mae hi'n andros o hwyr, yn tydy?' gofynnodd i'w dad. Ond nid oedd dim yn tycio. Dim ond y llygaid llaith yn suddo i gors y gobenyddion, wrth iddo osod pen y claf yn gysurus am y nos. Y corff lluddedig unwaith eto'n ddiffrwyth a llonydd o dan y cwrlid. 'Wnân nhw ddim gadael iddi fynd lawer yn hirach, gobeithio.'

Am ba hyd yr oedd disgwyl i bethau barhau fel hyn? Yr aros. Yr artaith. Y diffyg dealltwriaeth. Y diffyg dweud. Dryswyd Gwydion gan ddeisyfiadau croes. Dyheai am enedigaeth ei blentyn a marwolaeth ei dad. Ef oedd echel y cenedlaethau.

Yn ystod yr egwyliau cellweirus a gawsai Mari yno ar y llofft, yn esgus 'edrych ar ôl Taid', nid oedd Gwydion wedi poeni fawr am faint o grap a oedd gan yr hen foi ar y sefyllfa. Bryd hynny, byddai ei gywilydd, gan mwyaf, ar ei gownt ei hun. Ond teimlai beth cywilydd trosti hithau hefyd. Câi ei gorddi gan gynddaredd tuag ati, weithiau. Ond mud oedd ei lid bob tro. Ei lygaid yn ddig gan waradwydd. A gweddill ei gorff yn ddiymadferth yn wyneb y fath ryfyg. Nid oedd erioed wedi codi llaw i atal y cofleidio. Nac yngan gair o wrthwynebiad. Dim ond sefyll yno'n oddefgar. A derbyn y drygioni.

Torrodd ton o euogrwydd trosto. Am iddo feddwl yn angharedig am ei dad ennyd ynghynt. Oni chafodd ambell egwyl yn ystod y flwyddyn ddiwethaf, pan aed â'i dad i ysbyty'r henoed am wythnos o wyliau? Rhyddhad dros dro oedd hynny, mae'n wir. Ond roedd hi'n hawdd iddo deimlo'n ddiolchgar a chnoi ei dafod. Ni fynnai ei fam glywed sôn am y posibilrwydd o'i adael yno am wyliau parhaol. A hi oedd yn iawn. Gwyddai Gwydion o'r gorau. Roedd ei benyd i barhau.

Ni chanodd y ffôn eto y noson honno yng Ngallt Brain Duon. Cysgodd Taid yn dawel tan y bore.

'Rown i'n meddwl na fedrech chi ddim diodde Keith McCarthy,' ebe Mari o'i chadair.

'Na, fedra i ddim. Rwyt ti yn llygad dy le,' cytunodd ei thad. 'Fuo 'na erioed fawr o Gymraeg rhyngthon ni. Ond be mae dyn i'w wneud, yntê? Mae'n dawel yn y clwb ar brynhawn Mawrth.'

'Cyfeillgarwch cyfleustra?'

'Ia, mwn. Ond hen foi iawn ydy o, unwaith y doi di i'w 'nabod o. Tydy o'n llai o sinach rŵan nag oedd o flynyddoedd yn ôl? Ac un cebyst o wael am ddadla'i achos ydy o. Y fi sy'n ennill pob cweryl gawn ni . . .'

'A dyna pam 'dach chi mewn hwylia da? Cael gêm a gwlychfa ar y cwrs golff. Geiria croes i ddilyn yn y clwb. A chi'n cael y gair ola.'

'Wel! Ma' hynny'n beth amheuthun iawn imi y dyddia hyn. Cael y gair olaf. Roedd dy fam yn arfar gadael imi'i gael o, ond mi fydd hi'n tueddu i ddeud wrtha i am gau 'mhen y dyddia hyn. Nid 'mod i'n hiraethu am ddoe, cofia. Dim ond gweld heddiw'n anodd. Dyna i gyd.'

Hyd yn hyn, fodd bynnag, roedd yr heddiw arbennig hwn wedi bod yn bur dda wrtho. Diwrnod ffiaidd o ran tywydd, roedd Mari'n iawn. Ond o leiaf fe gafodd fuddugoliaeth yn y ddrycin. Ac yn y ddadl. Cyflwr Gwynedd oedd y pwnc dan sylw. Yn ysbrydol. Yn economaidd. Ac yn ieithyddol. Keith McCarthy'n epil ail genhedlaeth teulu o fewnfudwyr. Rhugl ei Gymraeg a rhonc ei optimistiaeth.

Ni fu'n rhaid i Gwern wneud mwy na chrybwyll dyfodol ei fab ei hun i lorio'r brawd. Roedd ar ei ffordd i Los Angeles yn y bore, dywedodd wrth McCarthy. Hedfan i baradwys ar addewid ofer. Fe briodai hoeden goesog o dras amheus a throi'n Americanwr cyn pen fawr o dro. Nid oedd dim mor effeithiol wrth dorri dadl mewn bar na darogan gwae i'ch tylwyth eich hun. Ond yn ei galon, gwyddai Gwern iddo fynd dros ben llestri gyda Siôn dros y Sul.

'Smonach llwyr!' atebodd Mari'n onest, pan ofynnodd iddi am ei barn. 'Doedd hi ddim yn braf iawn eistedd i lawr i swper nos Sadwrn. A Mam wedi mynd i gymaint o drafferth . . .'

'O'r gora! Does dim isho gwneud môr a mynydd o'r peth. Dw i'n ama dim nad ydw i bob amser gyda'r doetha, ond siawns na weli di fod gen i bwynt digon teg.'

'Dad, 'dach chi weithia'n mynd y tu hwnt i fod yn drist.'

'A be sydd y tu hwnt i fod yn drist? Rwy'n siŵr dy fod ti ar fin deud wrtha i.'

'Bod yn wrthun, ella!'

'Dwyt ti erioed am honni hynny wrth dy dad? Nid am 'y mod i'n lleisio peth amheuon am ddyfodol Siôn? Choelia i fawr! Hogan y nyth wyt ti. Hogan 'i thad. Dyna fuost ti erioed. Dyna wyt ti o hyd yn y bôn. Hogan dy dylwyth. Chest ti mo dy ddallu gan ryw fan gwyn fan draw. "Ymgynghorydd creadigol" i gwmni sy'n gwneud pylla nofio! Glywist di erioed ffasiwn lol?'

'Nid dyna'r pwynt. Bywyd Siôn ydy o . . .'

'Rwyt ti'n swnio'n debycach i dy fam bob dydd.'

'Ella y gwneith o'i ffortiwn . . .'

'Dyna 'dach chi i gyd yn 'i gynnig fel achubiaeth. Gan gynnwys dy fam. Ond rown i'n gobeithio ein bod ni wedi'ch magu chi i goleddu rhyw linyn mesur amgenach na hynny mewn bywyd. Dyna'r fagl fawr, mae'n ymddangos. Baglu dros lwyth o bres ar ben draw'r enfys. Yn 'Merica o bob man. Gwlad na wnaeth ddim erioed ond traflyncu pobl. Lladd 'u hieithoedd nhw. Rheibio'u diwylliannau nhw. 'U troi nhw tu chwithig allan. Ac i beth? Er mwyn bwydo'i grym cyfalafol 'i hun. Yr hen anghenfil o hwch ag ydy hi.'

''Dach chi'n gor-ddeud . . .'

'Gweld trueni'r sefyllfa ydw i. Dyna sy'n codi 'ngwrychyn i. Gweld Siôn ni fel rhyw chwannen fach bathetig yn pigo ar floneg yr anghenfil. I lawr ymysg y blew ar fol y fitsh wancus.'

'Dw i ddim yn meddwl fod Siôn ni yn gweld ei hun mor fach nac mor ddi-nod â hynny. Chwilio am gyfle i odro'r system mae o. Ar y fron. Nid ar y bol. Sugno'r deth. Mynd at lygad y ffynnon.'

'Doeddwn i jest ddim yn disgwyl hyn gan Siôn.'

'Isho cosi'r drefn mae Siôn,' meddai Mari. 'Nid troi'n was bach iddi.'

'Mi ddylai fod am ei newid hi. Yn 'i oedran o, dyna'r unig uchelgais sydd ag iddi unrhyw urddas.'

'Dyna oedd cymhelliad mawr ych bywyd chi, pan oeddach chi'n un ar hugain oed? Chwyldroi'r drefn? Nid felly y bydd Mam yn 'i deud hi. O'r hyn glywish i, mi ddaru chi wastraffu'ch amsar yn y coleg yn refio moto-beics a rhedeg ar ôl genod . . .'

'Rown i eisoes yn canlyn dy fam 'radeg honno.'

'O, ia! A hynny hefyd.'

'Ro'dd gen i ddaliada! Paid ag amau hynny, bendith y tad iti! Dw i wedi pleidleisio i'r Blaid ar hyd fy oes, dallta! Ers pan gesh i fwrw pleidlais gynta 'rioed.'

'Ydach, dw i'n gw'bod. Ond tydy hynny ddim yn chwyldro, ydy o? Go brin 'yn bod ni'n disgwyl gallu dymchwel cyfalafiaeth, hyd yn oed petaen ni'n dymuno hynny.'

'Tydw i ddim yn sôn am gyfalafiaeth rŵan.'

'Na, rown i'n amau braidd,' ebe Mari'n goeglyd.

'Dw i wedi dod â'r ddadl yn ôl i Gymru. Am mai dyma lle dw i'n credu y dylai Siôn aros. Yma, ar y darn bach hwn o dir.'

'I be? Iddo ynta gael fotio i'r Blaid am ddeng mlynadd ar hugain? A chael galw'i hun yn genedlatholwr pybyr? Bod yn chwannen fach yn fan'ma. Ar fol Prydeindod?'

'Diolch i Dduw nad oeddat ti yn y clwb golff y pnawn 'ma,' chwarddodd Gwern. Roedd rhyw arswyd mwy sinistr na'r cyffredin mewn cael ei faeddu gan ei ferch ei hun. Nid oedd ond megis yn dechrau dygymod â'r ffaith nad oedd ei blant wedi datblygu i fod yr hyn yr oedd wedi dymuno iddynt fod. I rieni, dim ond un arswyd arall a allai fod yn waeth na hynny, sef sylweddoli, ar waethaf pob siom, fod eu plant mewn gwirionedd yn syndod o debyg iddynt hwy eu hunain.

169

Aeth ias fach eironig drwy Gwern. Ni fu ei ddau beint yn y clwb yn ddigon. Roedd yr hogan 'ma'n feichiog. Yn hynod, hynod feichiog. Hithau'n gorwedd bron â bod ar wastad ei chefn ar hyd y gadair freichiau. Ei bol a'i bronnau'n gwneud iddi edrych fel petai ganddi ei Heryri fach ei hun i'w gwarchod.

'Cytuno efo chi ydw i,' ebe Mari o'r diwedd, ar ôl casglu nad oedd ei thad wedi deall hynny. 'Fan'ma sy'n bwysig. Cadw'r tir. Diogelu'r tai. Gofalu bod y plant yn etifeddu.'

'Dyna'r gwerthoedd oedd yn bwysig inni unwaith. I dy fam a minna.'

'Wel! Dyna chi. 'Dan ni'n gytûn ar y pwnc.'

'Ydan, mae'n debyg! Fi sydd wedi colli 'nabod ar y teimlad o gael neb yn y tŷ 'ma'n cytuno â fi. Mae dy fam yn tynnu'n groes imi bob cyfle gaiff hi . . .'

'Na, tydy hi ddim,' prysurodd Mari i'w gywiro. 'Chi sy'n mynnu honni hynny rownd y rîl. Dw i'n ych clywed chi'ch dau wrthi'n rheolaidd, cofiwch. Yn enwedig yn ystod y mis diwethaf 'ma, ers imi symud 'nôl o Dai Lôn. Chi sy'n creu pob cweryl yn ych pen ych hun. Mi ddeudith Mam 'i barn yn onast, yn hytrach na jest cytuno efo chi ar bob dim neu gadw'n dawel, fel y bydda hi flynyddoedd yn ôl. Ond pur anaml yr eith hi i ddal pen rheswm efo chi. Chi sy'n hoffi credu bod y byd i gyd yn eich erbyn. Tydy o ddim!'

'Wn i ddim lle 'dach chi i gyd wedi magu tafoda mor llym, na wn i.'

'Ia! O lle gawson ni'r ddawn honno, tybed?'

'Mi fasa'n well gen ti taswn i'n debycach i dy Yncl Gwyd, mae'n siŵr. Fuo gan hwnnw erioed fawr i'w ddweud trosto'i hun.'

'Rhowch help llaw imi, Dad,' anesmwythodd Mari. 'Rhaid imi fynd i'r tŷ bach eto fyth.'

Rhuthrodd Gwern draw i'w helpu i'w thraed. Yna trodd am y cwpwrdd diodydd, ond deallodd Mari ei amcan, a'i atgoffa nad oedd ei mam gartref eto a bod angen iddo fod yn abl i yrru ar fyr rybudd, petai raid.

Roedd Gwern wedi ei garcharu drachefn. Gan ei ddyletswyddau. Ei gyfrifoldebau. Ei ymrwymiadau. Gan y gefynnau a greodd ef ei hun o gariad. Priodas. Cartref. Teulu. Y rhain oedd o'i gwmpas heddiw. Oll yno i'w garcharu.

Ar ôl aros amdani am rai munudau, aeth i fyny'r grisiau i weiddi ar Mari a holi a oedd popeth yn iawn. Ar ôl cael ateb cadarnhaol, safodd am sbel wrth ddrws hen ystafell Siôn. A syllodd ar y gwacter.

Pan aned Noa Jones, roedd ei Ewythr Siôn ymhell uwchlaw'r cymylau. Uwchben y cefnfor. Uwchben ei ddigon. Roedd cyrn clustfeinio ar ei ben i'w alluogi i ddilyn trac sain un o ffilmiau Whoopi Goldberg ar y sgrin fach uwchben. Yn achlysurol, byddai ef a Gideon yn sipian eu Bucks Fizz neu'n llygadu'r merched a sglefriai'n osgeiddig yn ôl ac ymlaen ar hyd y llwybr cul rhwng y rhesi seddau.

Roedd ei feddyliau ymhell o Gymru. Ymhell o fywyd myfyriwr yng Nghaerdydd. Ymhell o fywyd teuluol yng Ngwynedd. Roedd eisoes yn hedfan yn yr haul. Yn dilyn trywydd un o fythau economeg. Yn nofio mewn breuddwyd beryglus am rym dŵr. Yn chwarae gyda chwedl am wirionedd nad oedd, mwy na'r un chwedl arall, yn wir i gyd.

Âi rhai oriau heibio eto cyn y câi gyfle i ffonio adref a chlywed y newyddion am eni ei nai. Hen oriau hir o'i lordio hi, fry yn y nen. Byw ar drugaredd injan, peilot a dim o bwys.

Ar y dim o bwys y rhoddai Siôn y pwys mwyaf. Yn awr ac yn y man, rhannodd fwy o eiriau gwag gyda Gideon. Am yn ail ag ambell bwl o ganolbwyntio ar y ffilm.

Gyrrodd Moira Jones gydag arddeliad. Ar ras. I bwrpas. Roedd achub cam Maelgwyn wedi bod yn flaenoriaeth iddi erioed. Ef oedd ei chyw melyn olaf. Tra bod chwaer yr hogyn wedi mynd trwy goleg a setlo'n ddiddig i fywyd o fagu ei dau blentyn a dysgu plant pobl eraill, a bod ei frawd hŷn wedi bwrw ati i bwt o fusnes yn peintio a phapuro tai, roedd Maelgwyn wedi aros gartref, gan dderbyn cael ei fugeilio gan ei fam yn ddigwestiwn. Tan nawr.

Bwriodd y wraig dew ei llid i bob cyfeiriad. Y fforddolion eraill a groesai'r sir y diwrnod hwnnw, o'i godre gwyllt hyd ei harfordir gogleddol, yn dramgwydd o estron dras ac yn darged amlwg i'w bytheirio. Ni lwyddodd hyd yn oed Madryn, ei gŵr, i ddianc rhag y rhegfeydd a raeadrai dros gerrig sgleiniog ei meddwl. Un araf deg i droi ei law at unrhyw weithred oedd hwnnw. Un poenus o bwyllog a choblyn o aneffeithiol. Onid oedd y rhewgell yn diferu ar hyd llawr y gegin yn waeth nag erioed? Drws yr hen sgerbwd yn gweiddi am sylw a dim ond pistyll oer a bwyd wedi hanner pydru iddi'n gysur. Rhyfedd fel y gallai ambell annifyrrwch ymarferol o'n bywyd bob dydd dorri ar draws ein meddyliau dwysaf ac ychwanegu'n ddidostur at ein dicter.

Cyfeiriad amlycaf ei chwerwder oedd Mari. Hen gnawes letchwith fu honno drwy gydol y beichiogiad. Yn annwyl ac oriog ac amwys ac annwyl drachefn ar amrantiad. Nid oedd Maelgwyn, druan, wedi gwybod lle ddiawl yr oedd o un dydd i'r llall.

Roedd hwnnw wedi taer erfyn arni i'w briodi o'r diwrnod y clywodd am y babi. Ond ei wrthod a wnaethai Mari. Roedd wedyn wedi crefu am gael bod gyda hi yn ystod yr enedigaeth. Ond gwrthod a wnaethai drachefn.

Heddiw'r prynhawn, daethai'r hogyn adref dan loes yr ergyd greulonaf eto. Y siwt fach wlanen a weuwyd gan ei fam yn wrthodedig. A gorweddai'r dilledyn ar sedd y car, yn ymyl ei grëwr. Yn felyn a glas, gyda phatrwm pinc o gwmpas y garddyrnau a'r gwddf. A Moira Jones mewn hwyliau cynddeiriog, a'i throed yn drwm ar y sbardun.

Gyrrodd trwy glwydydd y dreif heb eiliad o betruso. Diffoddodd yr injan a chydiodd yn y wisg waharddedig â'i dwrn, cyn camu o'r car. Wrth sbio ar y tŷ, dechreuodd amau ei bwriadau. Casglodd ei meddyliau ynghyd ar frys. Wedi'r cyfan, dim ond taro ei hen anorac dros ei dillad gwaith a wnaethai cyn gadael cartref. Dechreuodd deimlo rhyw israddoldeb hunanymwybodol, yno ar y tarmac du. Nid oedd am wneud gelyn o'r sawl a fyddai, maes o law, fe dybiai, yn ferch-yng-nghyfraith iddi. Ond rhaid oedd iddi gael dweud ei dweud, serch hynny. A'i ddweud yn ddeche.

'Be sy o'i le ar 'y ngwau i?' gofynnodd, gan estyn y siwt o dan drwyn Mari.

'Mrs Jones!' Bu bron i Mari chwerthin, ond llwyddodd i'w rheoli ei hun. 'Dewch i mewn.'

'Oes gynnon ni lawer i'w drafod, deudwch?'

Cawsai'r cyntedd ei ailaddurno yn ystod y flwyddyn ddiwethaf. Y papur streipiog coch a du wedi ei ddisodli gan liwiau meddal, hufennog. Y gobaith oedd y byddai'r goleuni newydd yn lliniaru tipyn ar gynddaredd pawb cyn cyrraedd yr aelwyd. Daliai Moira Jones, er hynny, yn fam dan iau sarhad. Gwraig fferm yn chwilio am gyfiawnder yn y dref.

'Dewch trwodd,' ebe Mari'n groesawus, a'i chymell i'r lolfa. 'Wrthi'n newid clwt Noa oeddwn i.'

Gorweddai'r bychan ar glustog gwastad, plastig o flaen y lle tân.

'Diddig ydy o, 'te. 'Y ngwash i!'

'Rhaid ichi faddau'r drewdod.'

'Twt! Tydw i wedi hen arfar? Gesh i dri fy hun, cofiwch. A ddeuda

172

i wrthach chi rŵan nad dyna'r lle calla i newid 'i glwt o. Staenio'ch carpad drud chi wnewch chi.'

'Mae petha gwaeth wedi'u gollwng ar y carpad yma yn 'i ddydd, Mrs Jones. A ph'run bynnag, dydy clytia modern ddim yn sarnu fatha'r hen rai gwlanen.'

'Deudwch chi! Ond rwy'n dal i synnu nad ydy'ch mam wedi'ch dysgu chi'n well.'

'Tydy hi ddim yma. 'Y nghyfrifoldeb i ydy Noa. Y fi a neb arall.'

'Mae Maelgwyn ni yn 'i lofft y munud 'ma. Crio mae o, ichi gael dallt. Am ych bod chi wedi bod mor frwnt wrtho fo. Deud petha creulon felltigedig wrtho, medda fo.'

'Doeddwn i ddim yn bwriadu bod yn greulon . . . nac yn frwnt . . . wrtho fo,' ymbalfalodd Mari am y geiriau, wrth iddi frysio i roi'r baban mewn cewyn er mwyn ei godi yn ôl i'w chôl drachefn. Fel tarian.

'Wyddoch chi ddim be ydy cywilydd, decini? Wel! Tydy'ch siort chi, sy wedi bod trwy goleg a ballu, ddim yn gweld y petha 'ma 'run fath â'r gweddill ohonan ni. Mi fydda i'n gweld pobl fatha chi yn mynd drwy'u petha ar y teledu bob nos. Ond mae gan bobl fel Mr Jones a finna ein hawliau hefyd, cofiwch. O, oes! A 'dan ni'n gweld petha'n wahanol iawn. Yn fwy traddodiadol, os mynnwch chi. A felly y cafodd Maelgwyn acw 'i fagu hefyd. Waeth ichi dderbyn hynny ddim.'

'Nid matar o dderbyn ydy o. Nac o beidio derbyn.'

'Ella mai chi oedd yn iawn, i beidio rhuthro i briodi cyn i'r bychan ddŵad. Mi fedra i weld fod 'na lot i'w ddweud dros hynny. Cymryd ych amsar a chael ych traed tanoch yn gyntaf. Ond mae o yma rŵan. Mae gynnoch chi gyfrifoldebau. A Maelgwyn. A fynnwn i ddim gweld yr hogyn acw'n cael 'i frifo. Ydach chi'n gweld 'y mhwynt i, Mari?'

'Dw i wedi trio egluro i Mal mai matar i mi ydy magu Noa. Dyna pam y danfonish i'r gardigan 'na'n ôl efo fo. Nid am fod dim o'i le arni.'

'Siwt fach ydy hi. Nid cardigan. Tasach chi wedi cymryd eiliad i edrych arni mi fasach chi'n gw'bod.'

'Siwt! Cardigan! P'run bynnag! Does a wnelo hi ddim oll â'r bychan 'ma.'

Anadlodd Moira Jones yn ddwfn. Gwell hynny na cholli ei limpyn, meddyliai. Aeth draw at y lle tân a chodi'r cadach budr.

173

'Gadewch imi fynd â hwn o'r ffordd i chi.'

'Na. Gadewch o i mi. Mi setla i'i gownt o mewn munud.'

'Rhaid ichi adael i bobl roi help llaw i chi, 'y ngeneth i! Fel tad yr hogyn nobl 'ma. Dyna 'mhwynt i. Dyna i gyd sy gen Maelgwyn isho. Dyna pam 'i fod o wedi'i frifo. Fe ŵyr yr hogyn be ydy'i gyfrifoldebau. A chewch chi ddim gwadu hynny iddo.'

Ffwndrodd Mari i dynnu'r clwt o law y wraig a rhuthrodd ag ef i'r gegin i'w luchio. Siglai pen y bychan yn beryglus yr olwg ar ei mynwes wrth iddi fynd. Ei llygaid, fel ei bronnau, yn drwm dan faich o leithder.

'Nid Mal ydy tad Noa,' cyhoeddodd yn amrwd wrth gamu'n ôl i'r lolfa. Arafodd ei chamre erbyn hyn. Daliai'r baban yn ofalus rhwng ei braich a'i bronnau. Yr oedd hwnnw, er ei holl ddiniweidrwydd, eisoes yn wobr werthfawr mewn sgarmes.

'Peidiwch â'u deud nhw! Drysu ydach chi rŵan. Ylwch, 'y ngeneth i, dewch i eistedd fan'ma a pheidiwch ag ypsetio'ch hun. Hen amsar digon drysedig ydy o. Cael ych babi cyntaf.'

'Dw i wedi trio deud wrtho fo'n garedig. Ganwaith y deudish i wrtho fo nad oedd ganddo ddim i'w wneud â'r bychan. Nad oeddwn i'n disgwyl dim ganddo ar ôl i'r bychan gyrraedd. Nad oedd a wnelo fo ddim ag o.' Gwrthryfelodd Mari yn erbyn cyffyrddiad y ddynes ac aeth draw at y ffenestr. Mwy o law mân, meddyliodd. Mynnai ddod ryw ben bob dydd, fel llen denau dros ei haf.

'Mae dynas yn gw'bod, yn tydy?' aeth Mari yn ei blaen, ei llais yn drwynol a dagreuol. 'Roeddach chi'n gwybod yn burion nad rhyw Aberdaron Jones oedd tad Mal. Na'r un Nefyn Jones. Neu Fynytho. Ond Madryn. Felly y gwn inna hefyd. A dw i wedi gwbod ers y diwrnod y cesh i ar ddallt 'y mod i'n feichiog.'

'Drysu 'dach chi, hogan! Tydach chi wedi bod yn canlyn yr hogyn 'cw ers bron i dair blynedd? Rhyw ganlyn rhyfadd ar y naw oedd o hefyd, mi waranta i hynny. Ond canlyn oedd o wedi'r cyfan, os y dalltish i betha'n iawn.'

'Bythefnos ar ôl imi gysgu ddiwethaf efo Mal, mi ddoth 'y misglwyf i,' eglurodd Mari. 'Wedi hynny y dois i i ddisgwyl. Does dim dichon mai fo ydy'r tad. Ma' dynas yn gwbod yn 'i gwaed, yn tydy? Does dim amheuaeth am y peth. Fe wnesh i 'ngorau glas i gyfleu'r gwirionedd iddo. Ond di-ddallt fuodd o o'r cychwyn. Cymryd yn ganiataol mai fo oedd ar fai . . .'

'Ma'r hogyn wedi bod uwchben 'i ddigon. Chwibanu wrth 'i waith a phob dim. Wedi mopio'n lân efo'r syniad 'i fod o'n mynd i fod yn dad.'

''Cau gwrando oedd o. Dewis peidio dallt. A phawb arall yn cymryd yn ganiataol hefyd.'

'Neb ohonan ni wedi sylweddoli un mor rhwydd i roi eich ffafrau oeddech chi. Cyfleus iawn.'

'Oedd, roedd o'n gyfleus. Ond wnesh i erioed gynllwynio i'w frifo. Un annwyl ydy Mal.' Wrth siarad, diolchai Mari fod ei chefn at y wraig. Roedd ei dagrau'n rhy reddfol i fod o unrhyw arwyddocâd gwirioneddol. Ac roedd Noa'n rhy dlws o ddiniwed i fod o unrhyw werth fel tarian.

Teimlai Moira Jones, ar y llaw arall, fod pâr o ddwylo blewog wedi cymryd cyfran o'i chynilion. Roedd pob dwyn yn drosedd yn ei golwg a throes ei cholled yn ddicter mud o'i mewn. Buddsoddiad peryglus oedd dechrau caru neb, barnai. Hyd yn oed y baban lleiaf.

'Cymryd ar ôl 'i thad mae hon, mae'n rhaid,' ebe hi wrth Gwern rai munudau'n ddiweddarach, pan ddaeth hwnnw i'r tŷ. 'Fe glywish i eich bod chi'n hen law ar dwyllo'r rhai sy'n ych caru chi. Eu defnyddio nhw nes eu bod nhw wedi treulio'n ddim ac yna'u gadael nhw'n gandryll. Gwallgo hefyd, ambell un. Dyna glywish i.'

'Mari ni ŵyr 'i phethau, Mrs Jones,' atebodd Gwern yn gwrtais. Roedd newydd gamu'n ddirybudd i naws annisgwyl ei gartref ac nid oedd eto wedi dirnad natur y gweryl. Hyn, a'r ffaith ei fod ef o leiaf yn gallu bod yn sicr o'i berthynas â Noa, a oedd i gyfrif am ei ddifaterwch rhadlon.

'Yr unig gysur s'gen i,' meddai Moira Jones, 'ydy gwybod na fydd raid imi edrych arnach chi a'ch teulu fel perthnasau.'

'Dw i ddim yn meddwl fod Miri'r wraig wedi'ch rhoi chi ar 'yn rhestr cardiau Dolig ni eto,' gwatwarodd Gwern. 'Felly fydd torri'r cysylltiad hwnnw'n fawr o drafferth.'

'Nid dyma'r gair olaf ar hyn,' troes y wraig ddig ei sylw yn ôl at Mari, a oedd wedi aros draw wrth y ffenestr trwy hyn i gyd. ''Sgynnoch chi mo'r hawl.'

'Wyt ti'n iawn, Mari?' holodd Gwern yn ddifrifol, wrth sylweddoli fod ei ferch a'i ŵyr yn llechu ger y llenni.

'Ydan, Dad. 'Dan ni'n iawn, diolch. Yn tydan, Noa?'

'Yn 'i lofft yn beichio crio mae Maelgwyn ni . . .'

'Ac yma'n wylo fel y glaw mae Mari ninnau,' torrodd Gwern yn amddiffynnol ar ei thraws. 'Felly, waeth beth ddigwyddodd rhwng y ddau y pnawn 'ma, gorffen mewn dagra ddaru'r dydd i'r ddau ohonyn nhw. Gêm gyfartal, ddeudwn i.'

'Wyddoch chi a'ch siort ddim oll am chwarae'r gêm,' chwyrnodd Moira Jones ar draws yr ystafell, gan luchio'r siwt fach dlos fel tywel i ganol y sgwâr wrth wneud. Roedd hi wedi ei llorio gan ddyrnod Mari. 'Hogyn sensitif drybeilig ydy Maelgwyn ni,' ildiodd yn dawel wrth droi at y drws.

'Sensitif ydy hogia pawb y dyddiau hyn,' ebe Gwern wrthi. 'Gan y genod ma'r ceilliau bellach.'

Dotiodd Mrs Coreen at y ffordd y gweithiai'r optics. O'i chadair, gallai weld llaw'r barman yn estyn y gwydrau a'u gwasgu yn erbyn y bolltiau drwy yddfau'r poteli. Y poteli oll wyneb i waered a'r mesur yn ddigyfnewid.

'Fûm i erioed yn berson tafarndai, 'dach chi'n gweld,' eglurodd. 'Yn enwedig un fel hon.'

Brodorion Cymraeg eu hiaith oedd cwsmeriaid cyffredin y dafarn hon. Am dafarn debyg i hon y tyfodd y chwedloniaeth adnabyddus fod pawb yn y lle'n siarad Saesneg gyda'i gilydd nes i ryw estron truan droi i mewn, pan droai pawb ar amrantiad i siarad Cymraeg.

'Gresyn nad ydy hi mewn gwirionedd mor hawdd â hynny i droi pawb i siarad Cymraeg, yntê?' ebe Miri.

Anesmwythodd y Saesnes o'r eiliad y dechreuodd ei chydymaith grybwyll yr ystrydeb. Nid oedd gan Margaret Coreen y profiad angenrheidiol o dafarndai i allu gwadu'r gwamalrwydd, na'r hiwmor i allu ategu'r cyfeiliorniad.

Serch hynny, roedd hi'n ddiolchgar i Miri am ei thywys ar hyd llwybrau profiadau newydd fel hyn. Gwerthfawrogai fynd allan ambell fin nos. Cael cyfle i weld y wlad. Cymysgu gyda phobl go iawn, yn hytrach na dibynnu ar y teledu am gwmni. Wythnos yn ôl, roedd hi hyd yn oed wedi bod i weld y tŷ yn Nhai Lôn, pan aeth Miri yno i wneud yn siŵr fod y lle'n ddiogel ac i gadw'r gwely mawr yn gras at ddychweliad Mari a Noa.

'Gyda chi y mae hi o hyd, rwy'n tybio?' gofynnodd Mrs Coreen.

'O! Ia. Acw maen nhw. Mae'n dda ganddi gael tipyn o gymorth efo Noa, rhyngoch chi a mi. Ond sôn am adael unrhyw ddiwrnod mae hi, hefyd, cofiwch.'

'Yn ôl i Dai Lôn. I hen dŷ eich mam.'

'Dyna chi! Ar symud i nyth ar ei phen ei hun y mae 'i bryd hi. Ond does dim brys. A'r dydd o'r blaen, wyddoch chi, fe gynigiodd Gwydion, brawd Gwern, Fwthyn Pen Ffordd iddi. Hen dyddyn ar dir y fferm ydy'r fan'no. Bu'n mynd â'i ben iddo ers blynyddoedd. Ond chwarae teg, mae Gwydion wrth 'i betha ac ma'r lle'n edrych yn reit ddel erbyn hyn. Ond dw i'n amau aiff hi yno yn hytrach nag i Dai Lôn . . . er iddi ymateb fel petai'r cynnig yn dipyn o demtasiwn pan soniodd Gwydion.'

'Hogan lwcus! Cael y dewis o ddau dŷ, heb orfod talu am yr un ohonyn nhw.'

'Fuodd Mari erioed yn hoff o Allt Brain Duon. Wel! Tydy hi fawr o un am fyw yn y wlad a llaid ac anifeiliaid a ballu. Dim ond dan brotest yr âi hi yno'n blentyn. Yn Nhai Lôn y bydd hi orau arni, rwy'n meddwl. O leiaf mae'r fan'no'n esgus bod yn bentref o hyd.'

'Ond tydy pentref ddim yn cystadlu hefo teulu, yn nac'dy?'

'Nac'dy, mwn!' pendronai Miri. Gwelodd fod ei gwydryn yn wag ac nid oedd arni fawr o awydd diod arall o sudd tomato. Awgrymodd ei bod hi'n bryd iddynt fynd ac estynnodd am ffyn yr hen wraig. Roedd sioe y mesurau cyfartal ar ddarfod. A'r ymweliad hwn â sw Cymru ar ben.

Lle bach oedd y byd i rai pobl. Ymdeimlai Miri â'r tristwch hwnnw wrth dywys y wraig at y car. Byd di-bont a diffenestr. Na, nid diffenestr, chwaith. Gallai'r rhan fwyaf o bobl weld. Roedd ganddynt lygaid a ffenestri i edrych trwyddynt. Roedd yna hyd yn oed olygfeydd i'w gwerthfawrogi yr ochr draw i'r gwydr. Nid maint byd a'i gwnâi'n fach. Anallu i ddirnad yr hyn a welid a greai fychander. Ofer edrych draw at y mynydd uchaf yn y greadigaeth, yr afon letaf a'r tiroedd mwyaf ir, heb allu deall eu gwir fawredd. Nid oedd lluniau tlws yn gyfystyr â gorwelion eang.

Mewnfudwraig oedd cyfeilles Miri. Mewnfudwraig fewnblyg. Un â'i ffenestri, un ac oll, yn edrych ar ogoniannau ysblennydd. Y tristwch oedd na welai'r gogoniannau hynny ond trwy lenni rhwyd Seisnigrwydd. Beth wyddai hi am fywyd pentref? Am gymdogaeth? Am boendod magu plant? Am deulu?

Oriau'n ddiweddarach, pan soniodd Miri am hyn wrth Gwern, troes yntau'r cyfan yn ddŵr i'w felin ei hun, gan atgyfodi'r anghydfod am Siôn.

'Wedi mynd i ehangu'i orwelion y mae o. Dyna fyrdwn dy ddadl di?'

'Tydw i ddim yn dadlau, Gwern! Dyna fyrdwn fy nadl i!' atebodd

Miri'n goeth. 'Yn y bôn, dw i wedi cytuno efo chdi drwy'r amser. Nid gorwelion eang sy'n creu meddwl eang. Dyna deimlish i gynnau efo Mrs Coreen. Ond mae'n rhaid i Siôn gael dilyn 'i lwybr 'i hun yn y byd a darganfod y petha 'ma trosto'i hun.'

'Ella mai mynd i ffwrdd er mwyn cael dod o hyd inni ddaru o,' damcaniaethodd Gwern. 'I ni, 'i deulu. Y rhai sy'n 'i garu fwyaf. Y rhai y mae gynno fo gyfrifoldeb tuag atyn nhw. 'Nôl fan'ma. Yng Nghymru. Ella mai dim ond cogio'n colli ni mae o. Er mwyn iddo allu cogio'n ffeindio ni eto. Ella mai dyna'i gêm o. Ella mai ti sy'n iawn.'

'Roedd o'n swnio mewn hwyliau da ar y ffôn.'

'Newydd lanio oedd o bryd hynny! Rho gyfle iddo fo dorri'i galon!'

''Sgwn i faint o'r gloch ydy hi arno fo? Fedra i byth gofio sawl awr maen nhw ar y blaen i ni. Neu ar 'yn holau ni maen nhw, dywed?' Ar ei heistedd yn y gwely yn methu cysgu yr oedd Miri. Noson boeth a meddyliau chwim yn ei chadw ar ddi-hun. 'Ta waeth, mae'n ddrwg gen i dy ddeffro di.'

'Dim o gwbl. Doeddwn i'n gwneud dim o werth. Dim ond cysgu. Ac mi fedra i wneud hynny unrhyw awr o'r dydd. Llawer gwell gen i gael 'y neffro gan dy feddyliau di.'

'Chest ti mo dy ddeffro gan 'y meddyliau i,' mynnodd Miri. Nid oedd meddyliau'r naill yn gallu deffro'r llall, meddyliai. Diolch byth.

'O'r gora! Y troi a'r trosi ddaru 'neffro i. Ond roeddat ti'n troi a throsi am fod dy feddwl di ar waith. Duwcs! Rhaid malu'n fân weithiau. I lle wyt ti'n mynd rŵan?'

Roedd Miri wedi dechrau ei llusgo ei hun dros yr erchwyn, yn simsan a digyfeiriad. Dywedodd fod arni ffansi paned a chynigiodd un i Gwern.

'Duw! Pam lai?' ochneidiodd Gwern. Efallai y dôi o hyd i ryw oferedd gwerth glynu wrtho ar waelod y cwpan. Fel siwgr heb ei droi. Neu ddail te henffasiwn. Estynnodd yntau goes dros yr erchwyn er mwyn ei dilyn.

Ar waelod y grisiau, rhuthrodd Miri i ddiffodd y larwm diogelwch, trwy wasgu'r botwm yn y twll tan grisiau. Ni chyneuodd olau nes iddi gyrraedd y gegin. Roedd baban yn y tŷ.

Peth dieithr iddi oedd anhunedd, ystyriodd. Rhoddodd degell i ferwi. Sylwodd yn sydyn fod y llenni heb eu cau a syllodd i fol y düwch mawr oddi allan. (Byddai Margaret Coreen yn cysgu'n drwm ers oriau, rhwng llenni trwchus, drud. Heb ddiogelwch larwm o fath yn y byd. Heb blant i'w chadw'n effro.) Rhaid mai bod yn nain oedd wedi ei tharo'n waeth nag a dybiasai. Roedd pobman yn dawel ac yn ddu.

'Nid ar chwarae bach y doth Noa i'r byd, wst ti,' ebe hi'n dawel wrth Gwern. Tra oedd yn synfyfyrio, gallai glywed camre hwnnw ar y grisiau. Ni throes i'w wynebu.

'Pam mae'n plant ni'n gwneud y petha 'ma inni, dywed? Ein cadw ni'n effro? Ein gwneud ni'n hen?' Ochneidiodd Gwern wrth holi, gan godi ei law at ei gwar yn gysurlon.

'Paid ti â phoeni, Gwern bach! Fyddi di byth yn hen. Rwyt ti'n rhy hunanol i hynny. Dyna ran o dy swyn di. Dyna pam dw i'n glynu mor glòs wrthat ti.'

'Rwyt ti'n siarad mewn damhegion eto,' chwarddodd Gwern yn ysgafn. 'Blydi nytar!'

'Blydi Nain, mwy tebyg! Dos o'r ffordd am eiliad, neu fe losgi di.'

'A be wnei di o'r enw Noa, 'ta? Tipyn o ddirgelwch, yn tydy? Ddeudish di ddim hyd yn hyn.'

'Mater i Mari,' atebodd Miri'n syth.

'Mater i'r rhieni fyddan ni'n arfer 'i ddeud. Pam mai dim ond mater i'r fam ydy o bellach?'

'Am 'i bod hi'n ymddangos na wyddon ni ddim hyd yn oed pwy ydy'r tad yn yr achos hwn. Os ydan ni i gredu honiadau Mari.' Ers rhai dyddiau, bu Miri'n llawn anniddigrwydd ynghylch Maelgwyn. Teimlai'n euog, bron, am y ffordd y cafodd ei ysgymuno mor ddi-ffrwst o olwg y crud. O gylch y teulu.

'Fe ddaw'r hogan at 'i choed. Cymryd y Mal 'na'n ôl wneith hi, gei di weld. Paid â gofidio am y peth.'

'Tydw i ddim yn gofidio. Tydy hynny'n beth rhyfadd? Nid yr un peth ydy gofid ac euogrwydd.'

'Paid â dechra teimlo'n euog am ddim, bendith y tad iti! Dyna'r cam cyntaf at ffeindio crefydd. A tydy hi'n ddigon drwg fod enw fatha Noa ar y creadur yn y lle cyntaf?'

'Gwern!' cystwyodd Miri'n garedig.

'Wel! Be haru rhieni heddiw . . . neu famau heddiw? Atgyfodi hen enw fel Noa.'

'Joseff. Samuel. Joshua. Obediah. Maen nhw i gyd yn ffasiynol iawn y dyddia 'ma. Hen enwa Beiblaidd felly. Mi fyddai'n cyndeidiau ni'n teimlo'n gartrefol iawn wrth gymryd sbec drwy golofnau genedigaethau'r *Daily Post*.'

'Cyfuniad rhyfadd o argyhoeddiad dwfn a diffyg dychymyg oedd yn gyfrifol am ddewis yr hen Gymry o enwa i'w plant. Trasiedi'r to ifanc ydy mai'u hunig esgus nhw ydy diffyg dychymyg.' Cydiodd Gwern yn y mŵg a estynnwyd ato gerfydd ei glust. Cododd ef i'r awyr, fel petai'n cynnig llwnc-destun. 'I Noa bach.'

'I Noa bach.' Teyrngarwch i Mari oedd unig reswm Miri dros beidio â chrybwyll pwnc yr enw cyn hyn. Diffyg dirnadaeth oedd sail yr anfodlonrwydd hwnnw. Diffyg deall. Dyna oedd o. Ond nid oedd wedi meiddio dangos hynny tan hyn. Gallai ddibynnu ar Gwern i fod yn fwy rhyfygus. I ddweud ei feddwl. I frifo heb ofn.

Ac eto! Dyma nhw am bedwar o'r gloch y bore, yn llechu fel plant yn y gegin gefn. Yn cadw'u lleisiau'n isel rhag deffro'r bychan. Ac yn chwythu ar de cyn meiddio codi cwpan at wefus.

'Mi ddown ni i'w licio fo, gei di weld,' aeth Miri yn ei blaen. 'Nid y ni ydy'r nain a thaid cyntaf i'w chael hi'n anodd dygymod ag enw ŵyr.'

'Rhyw ddyfodiad digon niwlog mae'r creadur wedi'i gael. Noa bach. A beth oedd o'i le ar enwau Cymraeg go iawn? Chafodd Mari mo'i magu i arwain diwygiad, ond mi gafodd ei magu i barchu arwyr 'i gwlad.'

'Does neb bellach yn gwybod arwyddocâd enwau hanner y rheini, chwaith,' mynnodd Miri.

'Sôn am Mari a Siôn ydw i. Nid gweddill y greadigaeth. Fe ddylai'r ddau yna wybod yn well. Ddaru ni adrodd hanesion a chwedlau wrthyn nhw er pan oedden nhw'n ddim o beth. Ddaru ni fynd â nhw i lefydd. Dangos petha iddyn nhw. Wyt ti ddim yn cofio?'

'Rwy'n cofio'n pererindodau ni, ydw. Fel teulu.' Gwenodd Miri'n gynnes. Drachtiodd ei the. Cymerodd gadair wrth y bwrdd. 'Pantycelyn. Abaty Cwm Hir. Penyberth. Cantre'r Gwaelod. Fe aethon ni â'r plant i'r rheina i gyd, yn do? Wel! Ar wahân i Gantre'r Gwaelod, wrth reswm. Neu fe fydden ni wedi boddi'r ffernols yn y fargen. Ond dim ond dau ydy Siôn a Mari ni. Mae gen ti fôr mawr o Gymry er'ill na wyddan nhw affliw o ddim am 'u treftadaeth.'

'Y môr mawr difater,' adleisiodd Gwern. 'Dyna sy'n difa.'

'Ella mai dim ond creiriau oedden nhw i titha. Y llefydd hynny,' awgrymodd Miri'n bryfoclyd, er nad oedd arlliw o falais ar y dweud. 'Rhywle inni fynd ar brynhawn Sadwrn er mwyn gwneud i chdi deimlo'n well. Roedd natur wedi ailfeddiannu ambell le. Carreg wedi llithro oddi ar garreg ers cantoedd. Tân a drain a diwydiant wedi rhoi'r farwol i ambell le arall.

'A tydy'r enwa ddim hyd yn oed wedi goroesi bob tro. Rhai wedi'u bastardeiddio gan yr iaith fain. Rhai yn ddim byd mwy na sillafau diystyr. Wedi treiglo'n synau smala. Fel dis sydd wedi disgyn bendramwnwgl drwy'r canrifoedd. A glanio ar y glust. I sibrwd ein ffawd ni'n dawel bach yn y nos.'

'Ond 'dan ni yma o hyd.'

'Dim ond jest.'

'Hunllef, Miri fach!'

'Ia, debyg,' cytunodd Miri. 'Ond o leiaf ein hunllef ni ydy hi. Mae hynny'n ryw gymaint o gysur. Yr hunllef fwyaf hunllefus o'r holl hunllefau ydy cael nad wyt ti'n ddim ond rhan o hunllef rhywun arall.'

'A be sy'n digwydd pan gei di dy ddeffro o hunllef felly?'

'Yr hyn wnesh i oedd dianc at fy merch am ychydig ddyddiau. I garafán. Mewn cae. A dyn a chanddo enw Cymraeg hir.'

'Oedd raid ichdi codi hynny rŵan?'

'Rheinallt Llwyd ap Dafydd!' Adleisiodd Miri'r atgof yn ddifeddwl.

'A sôn am gof cenedl oeddan ni, p'run bynnag, nid cof yr unigolyn. Be sy gan honno i'w wneud pan fedar hi ddim mwyach ddallt 'i hanas 'i hun? Pan mae'r geiriau sy'n rhoi ystyr i'w bodolaeth hi wedi dirywio'n synau diystyr, chwedl chditha? Pan nad oes arni fawr o awydd cyfathrebu â hi'i hun, heb sôn am neb arall? Be wedyn?'

'Mae Siôn wedi ateb hynny, siŵr Dduw! Mynd i'r 'Merica. Neidio i'r berw. Plymio i'r pair.' Siaradai'n gellweirus. Roedd hi'n dweud y caswir ac yn tynnu coes yr un pryd.

Gallai Gwern werthfawrogi ei ffraethineb erbyn hyn. Ar ôl ei ddibrisio cyhyd. Corddodd yr hen anesmwythyd yn ei galon. Nid loes. Nid euogrwydd. Nid edifeirwch. Dim ond llwyaid o ludw yn gymysg â'r llawenydd. Yn troi yn ei berfedd. Peth diddiwedd oedd cymod. Gwaeth o lawer na phenyd. Neu burdan. Cyfnod amhenodol ydoedd. Dedfryd nad oedd diwedd arni. A gwyddai Gwern ei fod wedi ymgysegru i'w byw yn dragwyddol. Y cymod priodasol hwn a'i cadwai ar ddi-hun.

Nid ei fod yn difaru hynny, fel y cyfryw. Roedd Miri yn ôl lle y dymunai iddi fod. Ond nid oedd hynny, rywsut, wedi rhoi terfyn ar ei anfodlonrwydd. Gweithredoedd fuasai ei fywyd tan yn ddiweddar. Pwyllgor. Pryd bwyd. Rownd o golff. Gwers. Cyfarfod. Oed. Termau ag arnynt ôl rhyw lun ar fesur amser. Bellach, haniaethau y tu hwnt i gyrraedd bysedd cloc oedd yn arglwyddiaethu. Cymod. Cymar.

Cariad. Ers colli ei waith, dim ond y syniadau niwlog hyn ac ymblesera a âi â'i fryd. Roedd y gofod diderfyn yn frawychus. A'r blas yn ei geg yn anghyfarwydd.

'Yf dy de cyn iddo oeri,' ebe Miri o'r diwedd. 'Gwranda! Mae arna i awydd rhywbeth i'w fwyta. Be amdanat ti?' Heb godi, gallai gyrraedd drws yr oergell a'i agor yn ddidrafferth. Roedd yno ganiau o gwrw, poteli llefrith, iogwrt, menyn a hanner banana. Dim byd i gymell gwledd yr adeg honno o'r nos, meddyliodd. Ar wahân, efallai, i'r chwarter pastai a adawyd yno ddyddiau'n ôl.

Tynnodd Miri'r ddysgl i sylw Gwern. Bu cadw'r darn, yn hytrach na'i daflu, yn syniad da ar y pryd. Ond dim ond crychu eu haeliau'n huawdl a wnaeth y ddau wrth weld y gweddillion sych.

'Petai hwnna'n ddyn, mi fyddai'n gredwr cryf mewn iwthanasia,' barnodd Gwern.

'Paid â bod mor sarhaus,' ebe Miri, ond heb fawr o argyhoeddiad.

'Cred ti fi, mae unrhyw un sy'n cyrraedd y cyflwr yna isho marw.'

Gwnaeth Miri drugaredd â'r saig wrthodedig a chododd i'w thaflu yn y bin.

'Y joban ceiniog a dima 'na sy'n cymryd gormod o dy amsar di,' dywedodd Gwern ymhellach. 'Doeddat ti ddim yn arfar gadael i'r tŷ 'ma fynd i'r fath gyflwr.'

'Rown i wedi disgwyl y basa Mari'n gwneud ei siâr pan ddoth hi'n ôl, ond rown i'n disgwyl gormod, mae'n rhaid,' dywedodd Miri.

'Chwara teg! Mae ganddi hi'i gofalon 'i hun. A dim ond dros dro mae hi yma. Dy gyfrifoldeb di ydy'r tŷ yma.'

'A be amdanat ti? Rwyt ti'n helpu i greu'r llanast. Rwyt ti adra drwy'r dydd. Pam na fedri di godi llwch weithia? Neu ofalu fod y meirwon yn y fridj yn cael 'u claddu'n barchus? Wedi'r cyfan, y fi ddaru wneud y bastai. Y fi aeth allan i brynu'r cynhwysion. Y fi ddaru'i pharatoi hi. A'i choginio hi . . .'

'O'r gora! Paid ag arthio. Rwyt ti'n santes. Pawb a'i gŵyr. Ond mi gesh i lond bol o edrych ar ôl y tŷ 'ma yn ystod y ddwy flynedd y bûm i'n byw yma ar 'y mhen fy hun. Cofio?'

'Dw i'n poeni am Mari, wst ti. Does ganddi fawr o glem o gwmpas y tŷ. Fydd hi'n medru ymdopi ar 'i phen 'i hun yn Nhai Lôn?'

'Os mai i'r fan'no'r eith hi,' ebe Gwern. 'Roedd hi ar y ffôn efo Gwyd yn gynharach, pan oeddat ti allan yn llymeitian efo dy ffrind. Trefnu i gwrdd â fo ym Mwthyn Pen Ffordd brynhawn yfory. Isho gweld y lle'n fanylach, medda hi.'

'Ond fisoedd yn ôl roedd hi wrth 'i bodd pan ddeudish i wrthi y câi hi fyw yn hen dŷ 'i nain.'

'A! Ia! Ond mae 'na lot i'w wneud yn fan'no, yn toes? Mae'r dodrefn yn henffasiwn. Mae'r gegin yn crefu am gael ei hadnewyddu. Does yno ddim gwres canolog. Ond ar y llaw arall, mae Bwthyn Pen Ffordd yn *des. res.* bach digon moethus rŵan. Ac at 'i dant hi, synnwn i fawr. Dw i'n ama dim na fuodd hi'n cynnig syniadau i Gwyd pan oedd o wrth y gwaith.'

'I weld o 'mhell o bobman ydw i.'

'Mi fasa hi'n agos at 'i theulu yn fan'no. Gwell o lawer iddi na byw a bod yng nghanol caridýms estron Tai Lôn.'

'Yn rhyfadd iawn, dyna ddeudodd Margaret Coreen hefyd.'

'Dwyt ti erioed wedi bod yn trafod busnas y teulu 'ma efo honno, gobeithio.'

'Gen i hawl i drafod be fynna i efo pwy fynna i, Gwern.'

'A phwy a ŵyr, ella y bydd cael lle iddi hi'i hun ar dir fferm yn help i dawelu'r dyfroedd rhyngddi hi a Mal,' ebe Gwern yn obeithiol. 'Mewn dryswch mae hi ar y foment, wst ti. Fe welith hi'n ddigon buan nad eith hi'n bell heb ŵr.'

'Wela i ddim fod 'na fawr o le i gymod rhyngddyn nhw ill dau,' anghytunodd Miri. 'Glywist ti hi'n siarad ar y ffôn efo fo y dyddia diwetha 'ma? Y creadur! Rwy'n deud wrthat ti! Gen i biti trosto.'

Rhoddodd Gwern ei fŵg ar y bwrdd, ond gan ei ddal yno yn ei ddwrn. Cadwai'r llestr fymryn o'i wres ac roedd rhywbeth cysurlon yn y profiad. Fel atgof o baneidiau cynt. A sgyrsiau eraill liw nos. Am eu plant. Eu hofnau. Eu dyheadau. Y dyfodol pell.

Ond roedd y dyfodol hwnnw a drafodwyd cynt wedi hen gyrraedd, wrth gwrs. Ac nid oedd Gwern wedi meddwl amdano'i hun o'r blaen fel un a dueddai at hiraeth. Ond ers misoedd bellach, roedd rhyw hen gnoi wedi bod yn ddolur o'i fewn. Dyna ydoedd. Mwy neu lai. Ni fynnai Gwern fod yn rhy bendant ar y mater. Ond bu'r hanner awr ddiwethaf yn braf. Troi a throsi. Dadebru. Dechrau siarad. Ymgecru. Ymresymu. Sleifio i lawr i'r gegin. Mwydro'u pennau, Miri ac yntau. Mewn dau ŵn gwisgo a ddylai wybod yn well.

Ie, braf! Dyna'r gair. Yr union air. Er gwaetha'r boen. Er yr oferedd o chwennych yr hyn na ddôi byth yn ôl. Roedd pleser yn y boen. A chysur yn y cur. Cael siarad efo Miri eto. Hynny oedd felysaf. Ei gwallt yn llai melyn nag y bu ar un adeg, ond yn haul o hyd. Ei llygaid yn ddu gan ddiffyg cwsg. Ei bronnau'n fuddugoliaethus o dan ei choban.

Ond a fyddai ei fywyd ef ei hun yn well hebddi? Heb Miri? Dyna'r cwestiwn a'i poenydiai bellach. Dihangai rhagddo bob tro y trawai'r gofid yn ei feddwl. Onid oedd hiraeth yn drech na synnwyr cyffredin? Oni chlywai'r llestr yn oer ar gledr ei law?

Amser clwydo drachefn, cyhoeddodd. A chydiodd yn llaw Miri wrth godi o'r bwrdd. I'w thywys yn ôl i'r gwely. Fel y gwnaethai'n llencyn, flynyddoedd maith yn ôl. Yn ddyn i gyd. Yn cipio'i wobr.

Nid heno chwaith. Gwyddai Gwern mai dim ond cwsg a'i galwai. Am fod hiraeth yn gwbl groes i flys. Yn gwneud ddoe yn bopeth a nawr yn ddim. Yn oeri'r gwaed yn hytrach na'i gorddi. Yn potelu holl brofiadau braf y gorffennol, fel hen win yn seler y cof. Cans ni hiraethai neb am y dyddiau blin. A gwyddai Gwern fod hiraeth yn gyfan gwbl ddibynnol ar fodolaeth cariad. Heb yn gyntaf garu—rhyw berson, rhyw brofiad, rhyw eiliad dragwyddol, rhyw guriad yn y galon—nid oedd hiraeth yn bod. Hiraeth oedd y prawf terfynol o fodolaeth cariad. A hiraeth a gyhoeddai'r newyddion am ei farw. Y gwrthrych, y profiad, yr eiliad wynfydedig. Oll yn llwch mewn potel werthfawr. Dyna hiraeth.

Ni chysgai'n dawel. Roedd ganddo ormod ar ei feddwl.

Aeth y ddau yn ôl i'w gwely, gan anghofio ailwasgu'r botwm o dan y grisiau ar y ffordd.

Er bod clwyd yn y berth o flaen Bwthyn Pen Ffordd a llwybr troed o fath yn arwain at y drws, roedd yn well gan Mari yrru drwy'r clwydi a arweiniai at Allt Brain Duon, gan barcio'r car yno a cherdded.

Yn y niwl trwchus dros y môr a'r tir y diwrnod hwnnw, edrychai Bwthyn Pen Ffordd fel ceg ogof yn y pellter. Cyflymodd Mari ei chamre. Gallai weld golau yn ffenestr y gegin ar dalcen y tŷ. Rhaid fod Gwydion yno o'i blaen. Nid oedd hynny'n syndod. Roedd hi'n hwyr, ac yntau'n un garw am gadw at fanylion pob trefniant.

Gwthiodd ddrws y ffrynt heb guro ac aeth i mewn i lolfa'r tŷ— ystafell fechan a fyddai'n glyd petai yno wres.

'Fe ddoist ti, felly?' Roedd geiriau Gwydion yn fwy o ffaith nag o gwestiwn. Swniai braidd yn gyhuddgar a braidd yn swil. O ffenestr y gegin, bu'n edrych arni'n dod fel drychiolaeth ar draws y cae. Pan sylweddolodd mai at ddrws y ffrynt yr anelai, camodd draw at y drws rhwng y gegin a'r lolfa. A dyna lle y safai yn disgwyl ei dyfodiad. Yn llenwi'r ffrâm. Yn ei ddillad gwaith. Heb wên.

'Wrth gwrs,' atebodd Mari. Synhwyrai, rywsut, ei bod hi wedi tramgwyddo. Dechreuodd deimlo'n annifyr, wrth i'r ddau ohonynt rythu ar ei gilydd am rai eiliadau, yn fud ar draws gwacter yr ystafell. Ni fu ganddi unrhyw ddisgwyliadau arbennig wrth yrru draw o'r dref. Yn y pythefnos ers geni Noa, roedd Gwydion wedi chwarae rhan yr ewythr balch yn ei ffordd ddi-ddweud ei hun. Daethai i'r ysbyty gyda'i fam, gan fodloni ar eistedd yno'n dawel tra bod Gaynor Jones yn chwarae rhan yr Hen Nain gyda'r ffws priodol.

Yna'r Sul diwethaf, bu Mari a'r bychan a'i rhieni draw yng Ngallt Brain Duon i de. Roeddynt wedi siarad, felly, er geni Noa. Ond dim un edrychiad o unrhyw werth. Dim cusan. Dim un cyffyrddiad.

'Lle mae Noa gen ti?'

Wrth gwrs! Dyna ddwl oedd hi! Gwridodd Mari gan letchwithdod. Am weld ei fab yr oedd Gwydion. Nid hyhi. Roedd hi wedi cynnau cannwyll newydd yn ei lygaid. Un a'i taflai hi ei hun i'r cysgodion yn llwyr. Aeth oerni'r ofn hwnnw drwyddi. Oedd hi wedi cael ei defnyddio? Ai llestr yn unig oedd hi? Mam er mwyn cyfleustra a dim mwy? Fe laddai'r baban os taw dyna'r gwir. Fe laddai'r dyn. Fe laddai'r tri ohonynt.

Petai ganddi ddigon o nerth, byddai wedi troi ar ei sawdl a'i heglu hi oddi yno. Allan i'r mygddu llaith. A gweithio'i ffordd i fyny'r mynydd. At gegin gynnes Nain. A'r mwythau diystyr a wastreffid beunydd ar Taid.

'Mi gadewish i o efo Mam. Y tro cyntaf imi gymryd pnawn i mi fy hun. Sori.'

'Dw i ddim wedi'i weld o'n iawn. Dim ond yng ngŵydd pobl er'ill. Dw i ddim wedi'i weld o ar 'y mhen fy hun. Meddwl y basat ti wedi dod ag o efo chdi, i'w ddangos imi rŵan.'

'Sori.'

'Dim ond cwta awr s'gynnon ni. Ond mi fasa wedi bod yn werth y byd. Jest chdi a fi a fo.'

'Wnesh i ddim meddwl. Canolbwyntio ar y tŷ 'ma oeddwn i. Ylwch, fe ddois i â thâp mesur! Mi fydd angan llenni ar y ffenestri 'ma ac fe a' i i'r farchnad fory i nôl defnydd, os ydy hynny'n iawn gynnoch chi.' Wrth siarad, camodd Mari draw at y ffenestr rhwng drws y ffrynt a'r lle tân, fel petai hi am ddechrau bwrw amcan ar y mesuriadau yn ei phen.

'Wrth gwrs.' Llonnodd Gwydion, gan anghofio ei siom am foment. 'Rwyt ti am ddod yma, felly?'

'Os caf i, yntê? Ddaru chi ddeud y cawn i. 'Dach chi heb newid ych meddwl, gobeithio.'

'Na. Na. Wrth gwrs y cei di. Ond mi fydd gofyn inni fod yn goblyn o ofalus.'

'Dw i wedi cael llond bol ar fyw o dan yr un to â Mam a Dad. Ac mae Maelgwyn wedi bod yn ddiawledig y dyddia diwetha 'ma. Dw i angan llonydd.'

'Mae'n ddrwg gen i!' Roedd Gwydion wedi clywed rhyw gyfeiriadau at helynt Mal a'i fam gan ei frawd ar y ffôn, ond nid oedd yn ei natur i holi fawr ddim ar neb. Doethach peidio. Roedd wedi cadw ei feddyliau pwysicaf iddo'i hun cyhyd, ac aethai dangos cywreinrwydd ynglŷn â dim yn groes i'r graen ganddo. Hyd yn oed pan oedd ganddo ddiddordeb ysol yn y pwnc.

'Mae o'n bygwth cyfraith a phopeth,' aeth Mari yn ei blaen yn emosiynol.

'Rown i'n meddwl dy fod ti'n gallu delio efo fo. Dyna ddeudist ti wrtha i.' Brasgamodd yn ffyrnig o gysgod y drws, fel petai ar fin ymosod arni'n gorfforol. Ond oedodd yr un mor ddisymwth, o flaen y lle tân llechi, gwag. Troes ei gynddaredd yn ddryswch ar amrantiad.

'Mi fedra i . . .'

'Ddylat ti erioed fod wedi gadael iddo dwyllo'i hun cyhyd ynglŷn â Noa . . .'

'Wnesh i ddim o fwriad. Y fo gymerodd yn ganiataol. Ac ar y pryd roedd hi'n gyfleus gadael iddo. Yn arbed llond gwlad o gwestiynau. Plîs, peidiwch â bod yn frwnt efo fi . . .'

''Swn i byth yn frwnt efo chdi.'

Cododd Gwydion ei freichiau amdani a suddodd hithau ei hwyneb i'w frest mewn dagrau. Wrth aros amdani, nid oedd hyd yn oed wedi tynnu ei siaced waith. Ei hen un drwchus ddu oedd amdano. Crafai'r defnydd garw yn erbyn grudd y ferch ac ymbalfalodd hithau am y botymau, er mwyn cael gwthio'i dwylo o gylch ei wregys. Yn nes at gynhesrwydd ei gorff.

Roedd wythnosau lawer wedi mynd heibio ers iddynt allu treulio amser gyda'i gilydd. Ddwywaith neu dair yn ystod y flwyddyn a aethai heibio, roedd Gwydion wedi llwyddo i alw ar Mari yn Nhai Lôn, trwy ymestyn taith i farchnad neu ryw orchwyl debyg a dwyn amser iddo'i hun. Ar wahân i hynny, awr neu ddwy ym Mwthyn Pen Ffordd fu'r trefniant. Gwelodd Mari'r lle ar bob cam o'i adnewyddiad, o anghysur sgerbwd moel diloriau y dyddiau cynnar (pan fu'n rhaid bodloni ar gerrig noeth y muriau moel yn gefnlen caru) i gyflwr gweddol orffenedig y misoedd diwethaf hyn.

Heddiw, roedd y trefniant i gwrdd yno yn un gwybyddus i bawb, am fod rheswm amlwg dros hynny. Cyn hyn, trefnu mynd i weld ei Nain a'i Thaid wnâi Mari, gan ddisgwyl y dôi Gwydion i'r bwthyn ryw awr cyn y'i disgwylid yng Ngallt Brain Duon. Awr. Hanner awr. Chwarter awr. Roedd pleser llechwraidd o reidrwydd wedi ei ddogni.

Gan esgus cael y lle i drefn, prynwyd dwy gadair wiail eisoes. A gwely dwbl. Stôf. Rhewgell. A pheiriant golchi. Roedd eu gorchuddion polythîn yn dal yn dynn amdanynt oll.

'Wyt ti am ddod i'r llofft efo fi?'

Nodiodd Mari ei phen yn gadarnhaol, gan ymryddhau o'i afael. Gwyddai fod y ffenestri dilenni o'u hamgylch yn edrych allan ar y niwlen wleb o'r môr. A gwyddai hefyd fod pob niwl o'r fath yn llawn llygaid anweledig a rythai'n sbeitlyd ar bob llongddrylliad. Boed forwrol. Neu ddynol. (Bu trychinebau'r môr a'r ysbeilio a âi i'w canlyn yn ddigwyddiadau cyffredin o gwmpas eu harfordir bach hwy mewn oes a fu ac roedd Mari wedi hen arfer clywed sôn am foddi ers pan oedd hi'n ddim o beth.)

Sychodd ei cheg ar hen hances a dynnodd o boced ei chot. Yna tynnodd y got a'i thaflu hi ar gefn un o'r cadeiriau gwiail o bobtu'r lle tân.

'Dos di i fyny gyntaf,' ebe Gwydion a diflannodd Mari'n ufudd i fyny'r grisiau agored. Pan ymunodd ef â hi, o fewn munud neu ddwy, mynnodd weld pob modfedd ohoni. Pob blewyn.

Ar ddiwedd eu caru, gorweddai Mari'n noethlymun ar wastad ei chefn ar yr hen garthen las a ddefnyddid ganddynt i orchuddio'r matras yn ei bolythîn oer. Teimlai boen yn ei bol ac roedd ei thethau'n dyner. Bu pythefnos o sugno diddanedd y baban yn ddigon i ddileu'r cof am gusanau geirwon dynion. Roedd hi'n rhynnu fymryn yn yr oerfel.

Safai Gwydion yn lletchwith yng nghysgod y ffenestr yn edrych i gyfeiriad ei gaeau pan droes Mari ei phen yn araf i'w gyfeiriad. O'r diwedd, daethai ambell ddafad i'r golwg trwy'r niwl. Eu cyfrif oedd ei reddf. Roedd wedi tynnu ei sgidiau mawr i lawr yn y lolfa, ond ar wahân i hynny nid oedd wedi diosg yr un dilledyn i garu. Dyna fyddai'r drefn ganddo bob amser. Manteisio ar hwylustod belt a sip, crysau a fotymai yr holl ffordd i lawr eu blaenau a festiau a lynai wrtho fel ail groen. Prin fod Mari yn gyfarwydd â chorff ei chariad o gwbl. O ran ei olwg.

187

'Roedd hyn'na'n saff, on'd oedd? Be ddaru ni rŵan? Mor fuan ar ôl y babi.'

Drylliwyd y llifddorau gan ei eiriau. Bu Mari'n brwydro yn eu herbyn ers iddi gyrraedd. A daeth y dagrau'n ddireolaeth o rywle. Roedd hi'n saff. Nid oedd dim yn sicrach. Ni fu hi erioed yn fwy diogel. Ei chyfansoddiad yn syrcas o loÿnnod byw, chwain a chwningod. Y lliw. Y llamu. A'r pigo parhaus. Roedd hi'n fyw. Mewn modd nad oedd ei mam erioed wedi bod yn fyw. Na'i thad. Na neb o'i thylwyth. Nid oedd neb erioed wedi ei helpu ei hun i hapusrwydd fel hyn o'r blaen. Wrth gwrs ei bod hi'n ddiogel, ddiogel. Yn cael ei charu am fod yn fwy na dim ond mam.

Mor dal yr edrychai ei hewythr! Talach o fymryn na'i thad, meddyliai Mari. Ganddo ef hefyd yr oedd yr ysgwyddau lletaf, er ei fod yn edrych yn rhy ddiniwed, dyner i neb ei gamgymryd am baffiwr y teulu. Cadwai gwaith ei gorff yn galed a'i chwys yn iach. Roedd llinyn mesur Mari yn mynnu cymharu, er ei bod yn gwybod bod rhywbeth afiach yn hynny. Trodd ei phen oddi wrtho drachefn wrth iddi fethu ei rheoli ei hun.

''Dan ni'n iawn, yn tydan? Chdi a fi a Noa bach? Dw i'n well ichdi na'r un o'r hogia ifanc 'na rwyt ti wedi cyboli efo nhw yn y gorffennol, yn tydw? Dyna ddeudist ti?'

'Mae'n ddrwg gen i,' sibrydodd Mari trwy ei dagrau. Gwyddai nad oedd ef yn deall. Nad oedd modd iddo ddeall. Nad oedd hi ei hun yn deall. Clywodd wynt ei anadl uwch ei phen wrth iddo gamu draw at yr erchwyn a phlygu trosti.

Wrth droi i'w wynebu, cododd hithau ei choesau o gylch ei wregys a'i dwylo am ei war, gan ei orfodi i'w chodi felly oddi ar y gwely. Yn gryf a meistrolgar. Ond yn drwsgl a pheryglus yr olwg ar yr un pryd.

'Be haru ti? Fe fedra pobl yn gweld ni drwy'r ffenast!' cystwyodd hi'n gas, wrth ei chario i ben pella'r ystafell.

Gollyngodd Mari ei choesau yn araf i'r llawr. Pren y llawr yn arw o dan ei thraed noeth. Ceisiodd ei gusanu ond heb fawr o ymateb.

'Dw i'n ych caru chi, Yncl Gwydion.'

''Sgynnon ni ddim amsar i lol felly,' meddai. 'Ond 'dan ni'n dda efo'n gilydd, yn tydan? Yn glên efo'n gilydd? 'Dan ni'n mynd i fod yn iawn, yn tydan? Fe ofala i ar dy ôl di, wst ti.'

Gyda'i lais yn ei chlyw, ei freichiau'n dynn am ei hysgwyddau a'i law dde yn gwasgu'n gadarn ar gefn ei phen, treiddiodd dagrau Mari yn ddyfnach i gotwm trwchus ei grys. Gallai yntau eu teimlo yno. Yn lleitho'i fron. Nid yn disgyn yn rhamantus fesul un ac un. Ond yn gors fach snifflyd ger ei galon. A gallai glywed gwylanod. Yn chwilio tamaid yn y tir. Ymhell o'u cynefin ar ddiwrnod storm. Onid oedd Gwydion wedi eu gweld ganwaith? Hen gnawesau barus a hunanol. Nid oedd erioed wedi disgwyl y byddai byth yn teimlo trueni trostynt.

'Rho daw arni, Mari. Mi fydd Mam yn disgwyl amdanat ti. Tyrd! Mae'n bryd ichdi wisgo amdanat, cyn iti ddal annwyd neu rwbath.'

''Dach chi yn 'y ngharu i, yn tydach, Yncl Gwydion?'

'Dw i yma, yn tydw? Ac yma y bydda i hefyd, tra byddi di'n fodlon 'y nghymryd i.'

Camodd Mari yn ôl ac eisteddodd wrth droed y gwely. Y polythîn yn oer a chlinigol ar ei ffolen chwith. Ymbalfalodd wrth ei thraed, i roi trefn ar y dillad a ddiosgodd mor seremonïol er ei fwyn. Y fo oedd yn iawn, wrth gwrs. Rhaid oedd iddi ddysgu ffrwyno'r fath ffrwd o deimladrwydd. Neu byddai'r gath o'r cwd ymhen fawr o dro.

Wrth iddi fwrw ati i wisgo, aeth Gwydion i lawr y grisiau'n ofalus yn nhraed ei sanau. Ailwisgodd ei sgidiau a'i siaced drom cyn agor drws y ffrynt. Gallai weld fod y niwl yn clirio o'r diwedd a bod y glaw mân ar fin darfod hefyd. Serch hynny, gwyddai y byddai gweld yr haul cyn iddi nosi yn gofyn gormod.

'Rho un arall yn hwn, del,' ebe Gwern, heb dalu fawr o sylw i'r ferch a weinai arno ym mar y clwb golff.

'Dyna chi,' ebe hithau'n ôl wrtho wrth osod gwydraid arall o wisgi o'i flaen. 'A 'dach chithau'n cadw'n iawn y dyddia 'ma, Mr Jones?'

Cododd Gwern ei ben i dalu'r sylw dyledus i'r ferch. Peth digon handi'r olwg, barnai. Ac oedd, roedd yna rywbeth cyfarwydd yn ei chylch, er nad oedd ganddo syniad ar wyneb daear pwy oedd hi.

'Gillian Johnson,' eglurodd hithau wrth weld y benbleth. 'Cyn-gariad Siôn. Mi wnes i lot o astudio ar gyfer fy lefel A yn eich tŷ chi.'

'Duwcs! Ia! Gillian, sut mae? Mae'n ddrwg gen i. Tydach chi'n sydyn wedi troi'n wraig ifanc soffistigedig ar y naw? Nid mor sydyn, chwaith, mwn! Mae 'na flynyddoedd ers ichi fod yn cyboli efo Siôn ni! A fan'ma 'dach chi rŵan?'

'Dim ond dros dro. Newydd raddio ydw i . . . fel Siôn.'

'Ia, wrth gwrs! Llongyfarchiadau. Rwy'n cofio graddio fy hun. Methu cofio pam ddaru mi drafferthu gwneud y cwrs yn y lle cyntaf ydw i. Pan ddowch chi i'n oedran i fydd 'na neb ych isho chitha chwaith, gewch chi weld! Gradd neu beidio.'

'Rwy'n dechrau cwrs arall yn yr hydref. Y gyfraith. Yn Llundain. Dim ond gartref dros yr haf ydw i.'

'A sut mae'ch mam yn cadw? Ac Eirwyn?'

'Prysur a blinedig! Gen i frawd bach pedwar mis oed, wyddoch chi. Eryl. Hwnnw sy'n mynd â'u bryd nhw erbyn hyn.'

'Rargol fawr! Braidd yn . . .' Cymerodd Gwern lymaid o'i wisgi i gau ei ben.

'Braidd yn hen 'dach chi'n feddwl? Oedd, mi oedd hi. Ac mi oedd y cyfan braidd yn beryglus. Ond mynnu mynd trwodd efo'r peth ddaru Mam. A rŵan, mae hi wrth 'i bodd, wrth gwrs. Rhaid gamblo weithiau, Mr Jones.'

'Oes. Oes, Gillian. 'Dach chi'n hollol iawn. Ac mi glywsoch chi am Siôn, mae'n debyg. Gamblo mae hwnnw hefyd . . . ar wneud gyrfa iddo'i hun yng Nghaliffornia.'

'Ia! Cyffrous, yntê? Gesh i lythyr oddi wrtho ddoe ddiwethaf.'

'Do'n wir? Wel! Dyna fwy nag a gafodd 'i fam a finna gan y gwalch. Wyddwn i ddim ych bod chi'n dal yn lawiau.'

'O! Dim ond ffrindiau erbyn hyn,' rhuthrodd y ferch i egluro. 'Mae gen i gariad. Ac mae Siôn hefyd wedi cyfarfod rhywun sbesial, medda fo yn 'i lythyr. Rhyw Lindy Sue McOrmond. Fe wnes i chwerthin pan ddarllenish i'r enw. Enwa doniol sy gan yr Americanwyr 'ma, yntê?'

'Ond be ydy'r otsh am 'i henw hi os ydy hi'n boeth yn y gwely, yntê?'

'Dydw i ddim yn meddwl fod Siôn yn edrych ar y byd yn union yr un fath â chi,' ebe Gillian yn ddifrifol. 'Nac ar ferched, chwaith.'

'Nac ydy, Gillian. Dw i'n ama dim nad ydach chi yn llygad ych lle. A phwy a ŵyr, ella y cawn ni lith trwy'r post ein hunain cyn bo hir. Y fi a'i fam. Rhyw air bach ar draws y dŵr. Rhywbeth i leddfu'r hiraeth. A chadw'r felan o'r ddôr.'

'Mae o bob amsar wedi cadw mewn cysylltiad efo fi,' mynnodd Gillian bwysleisio. 'Hyd yn oed ar ôl inni chwalu y llynedd. Mi fyddai o bob amser yn codi'r ffôn pan fyddai gartref o'r coleg. Amsar gwyliau a ballu. Trefnu i fynd allan am ddrinc. Cael laff. Mae ffrindiau'n bwysig.'

'Ew, ydyn! 'Dach chi'n iawn fan'na. Ylwch, gan nad ydy Siôn ni yma am ddiod a laff, be am adael i'w dad o sefyll yn y bwlch? Gymrwch chi rhyw lymaid bach efo fi?'

'Tydy hynny ddim yn cael ei gymeradwyo yma.'

'Twt! Fydd neb byth callach. Mae hi fel y bedd 'ma. Gadewch imi brynu un ddiod fach ichi, i ddathlu'r ffaith fod yr hogan ysgol dw i'n 'i chofio wedi tyfu i fod yn ddynas mor ddel.' Llyncodd weddill y wisgi ar ei ben. 'Rwy'n barod am un arall fy hun. Dewch! Tywalltwch un yr un i ni. Wel! Wisgi i mi a beth bynnag gym'rwch chi.'

'Dim diolch, Mr Jones. Ac rwy'n meddwl ych bod chitha wedi cael digon am un prynhawn. Mae gynnoch chi gar yn y maes parcio, yn toes?'

'Oes. Un car bach unig. Ar 'i ben 'i hun. Gormod o ofn dod allan yn y niwl ar bawb arall. Ond peidiwch â mwydro'ch pen am y car. Petrol fydd hwnnw'n 'i lyncu, ylwch! Fydd o byth yn cyffwrdd yn y ddiod gadarn.'

'Yn anffodus, mae 'na reswm arall pam na fedra i gymryd diod efo chi.' Pwysodd Gillian dros y bar wrth siarad, fel petai hi am sisial yn ei glust.

'O, ia! A be ydy hwnnw?'

'Dw i wedi clywed am ych handicap chi lle mae sgorio yn y clwb 'ma yn y cwestiwn. Fe glywish i eich bod chi'n cymryd trwy'r dydd i gael y bêl i'r twll. Ac ar ddiwrnod niwlog, fatha heddiw, does dim sicrwydd eich bod chi'n gallu gweld y twll, heb sôn am anelu ato.'

'Does dim isho bod yn sbeitlyd, 'y ngeneth i,' atebodd Gwern yn chwyrn, a thrawodd ei ddwrn ar y bar gyda'r fath rym, fe ddawnsiodd y cnau ar eu dysgl. 'Gradd mewn beth gawsoch chi tua'r coleg 'na? Dosbarth cyntaf mewn Bitshyddiaeth?'

'Na. Chi ydy'r arbenigwr ar hynny, yn ôl be glywish i. Fe ddywedodd Siôn eich bod chi wedi bod efo digon o fitshus yn ystod eich oes i allu agor *kennel*. A hyd yn oed y genod oedd yn glên i gyd pan oeddach chi wedi'u cyfarfod nhw gyntaf . . . roedd pob un o'r rheini hefyd yn ast erbyn i chi orffen efo nhw.'

Nid oedd gan Gwern mo'r nerth i fod yn ddig. Chwarddodd yn annaturiol o harti, fel petai'n gwerthfawrogi'r jôc. A gadawodd cyn gynted ag y gallai heb ymddangos fel petai'n dianc.

Allan yn y maes parcio, roedd y niwl mwy neu lai wedi codi, gan adael llwydni ar ei ôl. Gallai weld rhyw gysgod gwan o'r lleuad yng nghornel y ffurfafen. Buasai'n ddiwrnod nad oedd wedi gwawrio'n iawn. A gyrrodd adref.

Er bod arni gywilydd o hynny i raddau, teimlai Mari ryw ryddhad rhyfedd o weld ei mam yn mynd. Margaret Coreen oedd ar fai, mewn gwirionedd. Roedd honno wedi dod yng nghwmni ei mam ac nid oedd modd croesawu na chondemnio'r naill heb wneud yr un fath i'r llall.

Sŵn Saesneg yn llenwi'r tŷ oedd wedi ei chynddeiriogi fwyaf. Yn awr, gan fod y ddwy newydd fynd, daeth rhyw ollyngdod o synhwyro fod y tŷ wedi cael dychwelyd i'w Gymraeg cysefin. Rhagrith noeth oedd hynny, gwyddai Mari'n burion. Yn ystod yr wythnos a aethai heibio ers iddi symud i fyw ym Mwthyn Pen Ffordd roedd y teledu wedi bod ymlaen ganddi am oriau dirifedi. Pan nad oedd hwnnw wedi llenwi'r distawrwydd, roedd caneuon Joan Armatrading wedi atseinio drwy'r lle a gorlifo drwy'r ffenestri agored, i drochi'r defaid yn y cae cyfagos â'u tynerwch.

Pam y dylai synau'r iaith fain yn cael ei siarad gan hen fodan o gig a gwaed go iawn wneud affliw o wahaniaeth, Duw a ŵyr! Nid oedd ei hymateb i ddim yn dibynnu ar resymeg y dyddiau hyn. Gwell oedd peidio â phendroni gormod. Gadael i'w hormonau ddod yn ôl o'u gwyliau yn eu hamser eu hunain. Mygu'r meddyliau gwallgof ac ymroi i'r magu. Dyna fyddai orau.

Ni chlywodd Maelgwyn yn cyrraedd y rhiniog. Roedd Noa yn ei chôl. A'i phen yn llawn defaid ac edifeirwch. Dim ond yn ara deg y sylweddolodd mai sŵn curo ar ddrws y cefn oedd y pwnio a glywai oddi tani. Rhaid mai ei mam oedd wedi troi'n ôl ar ôl anghofio rhywbeth, tybiai. Rhoddodd y bychan yn ei grud yn dyner cyn mynd i lawr y grisiau.

'O! Y chdi sy 'na!' meddai. 'Petait ti wedi mynd at ddrws y ffrynt, mae 'na gloch.'

'Doeddwn i ddim i wybod hynny.'

'Na. Digon gwir.'

'Lle braf gen ti.' Camodd Maelgwyn heibio iddi heb air o wahoddiad. Nid oedd wedi bod yma o'r blaen a phorthodd ei lygaid ar steil y gegin. Roedd hi'n gyfyng o ran maint ond gallai synhwyro fod blas pres arni.

'Wn i ddim pam wyt ti'n siarad fel tasa dim byd yn bod,' ebe Mari. 'Does gen ti ddim hawl i fod yma. Chest ti'r un gwahoddiad gen i.' Gadawodd ddrws y cefn ar agor, fel arwydd o'i dyhead am iddo fynd. Corddwyd Mari drachefn. Wrth weld pobl nad oedd croeso iddynt yn croesi'r trothwy. Ei chartref hi oedd hwn. Hyhi a'i babi a'i hannibyniaeth.

'Ches i fawr o drafferth dod o hyd iti.'

'Wel! Doedd o fawr o ddirgelwch. Nid gadael tŷ Mam a Dad er mwyn dianc rhagot ti wnesh i. Paid â fflatro dy hun.'

'Mi fuost ti'n ffiaidd o frwnt wrtha i,' meddai Maelgwyn yn athrist. 'Rhai o'r petha ddeudist ti wrtha i . . . dros y ffôn . . . yn ystod yr wythnosa diwetha 'ma . . . faswn i ddim wedi breuddwydio'u deud nhw'n uchel . . . ddim hyd yn oed yn nudew nos, yng nghanol diffeithwch, efo neb o fewn can milltir i'w clywad nhw.'

'Mae'n ddrwg gen i am hynny,' ochneidiodd Mari. 'Ond roedd o'r peth clenia fedrwn i'i wneud. Gwell na 'mestyn petha am fisoedd a dy frifo di'n fwy bob dydd. O leiaf rŵan, dw i'n gwbod dy fod ti wedi cael y neges. Does gan Noa ddim oll i'w wneud efo chdi.'

'Bydd raid ichdi brofi hynny, yli! Chei di ddim gadael imi fyw mewn paradwys ffŵl am fisoedd ac yna cau'r drws yn glep yn 'y ngwynab i. Fe a' i â chdi i'r cwrt os oes raid. Profion gwaed a ballu. Fe fedran nhw brofi'r petha 'ma heb flewyn o amheuaeth y dyddia 'ma. Tydy *pop stars* a phêldroedwyr yn gorfod mynd trwy ryw giamocs felly byth a beunydd?'

'Dy fam sy'n siarad rŵan, decini?'

'Naci.'

'Dim ond hi fasa'n ddigon dwl i feddwl mai gan y gyfraith a gwyddoniaeth y mae'r gair ola ar dras babi.'

'Sôn am 'yn babi ni wyt ti.'

'Naci, Mal. Dyna'r pwynt. Nid dy fabi di ydy Noa. Dw i ddim am iti gael dy frifo dim mwy. Dw i ddim am iti gael dy wawdio ar ben cael dy siomi. A dyna gei di, wst ti. Unwaith y bydd stori fel'na'n dechra cerdded, fydd hi fawr o dro'n magu crechwen yn 'i sgil.'

'Sut fedri di fod mor siŵr? Ella dy fod ti'n rong . . .'

'Na. Tydw i ddim yn rong,' mynnodd Mari. 'Dyna un peth y gwnes i'n berffaith siŵr ohono. Pwy oedd tad 'y mhlentyn i i fod. Nid rhywbeth i'w adael i siawns oedd hynny. Rwy'n ddiog efo llawer o bethau. Ond tydw i ddim mor ddiofal â hynny, chwaith. Dyna pam ddaru mi wrthod cysgu efo chdi ar ôl mis Awst y llynedd. Rown i am wneud yn berffaith siŵr pwy fyddai'i dad o. A fuodd gen ti erioed ronyn o obaith y baswn i byth yn dy ddewis di . . .'

Roedd ergyd y dyn ifanc yn annisgwyl o egr. Yn annisgwyl o sydyn. Yn annisgwyl.

Cloffodd Mari'n ôl yn erbyn y sinc. Y colyn a losgai ei boch yn sgil cledr ei law yn syndod o fud. Ei llygaid ar dân gan ddagrau, gan wneud gweld yn anodd.

'Slwt dwyllodrus! Pwy oedd o? Y?'

'Dydy hynny ddim o dy fusnes di.'

'Sawl un arall oedd 'na? Deud wrtha i!' A thasgodd Maelgwyn ergyd arall ar draws ei hwyneb, cyn camu'n ôl mewn braw. 'Rown i'n meddwl 'yn bod ni'n dallt 'yn gilydd . . .'

'Mae dynion a merched bob amser yn meddwl 'u bod nhw'n dallt 'i gilydd. A pho fwya smỳg y maen nhw ynglŷn â'r peth, lleia i gyd maen nhw'n 'i ddallt ar 'i gilydd mewn gwirionedd.'

Wrth adennill ei chydbwysedd brau, llusgodd Mari ei hun i'r ystafell fyw o'i ffordd. Aeth draw at waelod y grisiau a gwaeddodd arno i fynd. Safodd yno am rai eiliadau yn hanner disgwyl clywed ei phlentyn yn crio. Ond y cyfan a glywai oedd curiad ei chalon ei hun. Ac yna'r gair 'Slag!' o'r gegin. A drws y cefn yn cau.

Ochneidiodd Mari ei rhyddhad. Rŵan gallai feichio crio. A rhedeg at y ffenestr i wneud yn siŵr fod y diawl bach wedi mynd go iawn. A theimlo'n ddiolchgar fod ganddi ei chartref bach ei hun i wisgo croen ei thin ar ei thalcen ynddo. A chwerthin os mynnai. A llyncu mul. A chwarae'r recordiau hynny a ganai'n orfoleddus am ei chyfrinachau.

Rhuthrodd i'r llofft i weld fod Noa'n iawn. A dyna lle y cysgai'n dawel, yn hyll o ddiniwed, fel y bydd babanod. Caent eu cenhedlu mewn blys. Eu geni mewn poen. A'u swcro mewn anwybodaeth. Doedd dim syndod yn y byd eu bod nhw'n gallu crio a chysgu gyda'r fath arddeliad.

'Chyffyrddodd o ddim yn Noa?' mynnodd Gwydion gael gwybod pan alwodd draw prin chwarter awr ar ôl i Maelgwyn adael.

'Naddo. Dw i wedi deud wrthach chi'n barod,' atebodd Mari'n ddiamynedd.

Y cysgod o glais ar ei boch a ddywedodd yr hanes. Hynny a'r dagrau sychion ar ei swch. Gorfodwyd hi i adrodd yr holl hanes a dirmygai'r ffaith fod ymwelwyr annisgwyl—gan gynnwys Gwydion— yn gwneud iddi golli gafael ar y sefyllfa. Ei chartref hi oedd hwn. Mynnai ailadrodd hynny yn ei phen. Ei noddfa a'i nerth. Ei lle bach hi.

'Fe ladda i'r bastard,' poerodd Gwydion yn dawel.

'Na wnewch, wir,' mynnodd Mari. Roedd y dyn wedi sylwi'n syth ar ei chyffro a'i chlwyfau. Roedd wedi gwylltio. Roedd wedi mynnu cael gwybod pwy a'i gwnaeth a beth ddigwyddodd. Ond nid oedd eto wedi codi llaw i'w chysuro hi.

'Ac mi ddyla hyn fod yn wers iti beidio â chyboli dim mwy efo neb arall. Wyt ti'n dallt? Fedra i ddim dygymod efo dim mwy o rannu. Wyt ti'n dallt? Mae gen ti Noa bach i feddwl amdano rŵan. Y fi biau'r tŷ 'ma ac mi fyddi di a fo yn saff gen i yn fan'ma. Wyt ti'n 'y nallt i? Ac os daw'r Maelgwyn Jones 'na ar dy gyfyl di byth eto, rhaid ichdi'i adael o i mi. Os clywi di'r un gair pellach oddi wrtho, rhaid ichdi ddeud wrtha i. Wyt ti'n addo?'

Rhaid fod angerdd a chonsýrn yn fath o gysur. Ond nid cysur fel y cyfryw mohonynt chwaith. Mae'n wir fod cynddaredd, cenfigen ac ymdeimlad o eiddo yn tanlinellu pwysigrwydd perthyn. Ond nid oedd y rheini chwaith yn gyfystyr â chariad. Chwant, efallai. Ond nid cariad.

Ar ôl i Gwydion yntau adael, mor ddisymwth ag y daethai, gadawyd Mari ar ei phen ei hun yn ei lolfa wag. I wylo. Yn y llofft uwchben, roedd Noa'n dal i gysgu'n dawel. Ac yn dal i dyfu fymryn bach bob awr.

'Waeth imi werthu'r lle ddim,' ebe Miri. Bu hi'n gyndyn i ddod i benderfyniad ynglŷn â dyfodol y tŷ yn Nhai Lôn, ond ymddangosai'n fwyfwy anorfod mai cael gwared arno a wnâi. Roedd Mari fel petai hi wedi gwneud ei nyth ym Mwthyn Pen Ffordd erbyn hyn ac nid oedd unrhyw gyfiawnhad dros gadw tŷ gwag.

Ar ei heistedd yn y gwely yn ceisio ymgolli mewn llyfr yr oedd hi, ond bu mynych ymyrraeth Gwern, a orweddai'n anniddig yn ei hymyl, yn fodd i ladd y bwriad. Plygodd gornel y tudalen cyn taro'r gyfrol ar y bwrdd bach.

'Mi fasa'n drueni ichdi droi dy gefn ar y lle hefyd,' ebe Gwern yn annidwyll. Ei bryfocio ef oedd wedi ei gorfodi i yngan gair ar y pwnc yn y lle cyntaf.

'Mi ddaw'r arian sychion yn handi.'

'Am 'y mod i'n ddi-waith? Dyna s'gen ti mewn golwg?'

'Na. Paid â bod mor bigog. Rhoi'r llyfr 'na heibio i gael sgwrs wnes i, nid i ffraeo,' mynnodd Miri. 'Yn ariannol, 'dan ni'n dod trwyddi'n reit dda. Ond ffolineb ydy cadw tŷ Mam yn wag. Mi fedra dalu am wylia inni, os nad dim arall.'

'Pythefnos arall yng nghanol cwiars a lleianod. Gweld colli'r bywyd egsotig, wyt ti?'

'Paid â bod yn gymaint o hen fabi.' Plygodd Miri i blannu cusan ar ei dalcen, gan geisio ei fwytho i hwyliau gwell. Ond ni fynnai Gwern gael ei dawelu.

'Dyna ddyddia gorau'n priodas ni, yntê? Bydd yn onest. I chdi. Y rheini oedd y dyddiau da. Y ddwy flynedd yna o wyliau a theithio a byw ar wahân. Un mis mêl mawr estynedig.'

'Gwern bach, mi ddoth unrhyw fis mêl a fu rhyngon ni erioed i ben flynyddoedd yn ôl! Trio cyd-fyw ydan ni rŵan. Mi ddois i'n ôl atat ti. Cofio? A dw i'n sôn am werthu 'y nhŷ bach fy hun. Llosgi'r pontydd.'

'Dwyt ti'n gwneud dim byd ond 'y ngwatwar i. Sôn am y mysls economaidd s'gen ti rŵan. Dy dai di. Dy bres di.' Trodd Gwern ar ei ochr wrth siarad a diflannodd ei lais i'r matras. Ni allai ddioddef dal pen rheswm â Miri y dyddiau hyn. Roedd rheswm ei hun wedi torri'n rhydd ac nid oedd gan Gwern ddim i ddal gafael arno. Yn nyrnau Miri yr oedd pen y tennyn. 'Gad lonydd imi.'

Rhuthrodd o gaethiwed y gwely, gan faglu ar ei benliniau i'r llawr cyn bustachu i'w draed drachefn.

'Be haru ti eto?' gwylltiodd Miri. 'Oes 'na ddim diwedd ar dy gastiau di?'

'Y chdi sydd ar fai. Y chdi sy'n 'i gwneud hi'n amhosibl imi fod yn rhydd.'

'Pam? Am fod gen i dŷ i'w werthu? Am 'mod i'n trio 'ngorau glas i wneud i'r briodas 'ma weithio?'

'Mae hi'n gweithio rŵan. I chdi. Fe fedra i weld hynny. Rwy'n sylweddoli'n iawn. Wyt ti'n meddwl 'mod i'n dwp neu rywbeth?'

'Yna be ydy dy broblem di?'

'Toes gen i ddim rhyddid, nac oes? 'Run gronyn o ryddid. 'Sgen i ddim byd ond amser. Trwy'r dydd, bob dydd, i'w lenwi efo . . . efo . . . efo gwacter yr holl ddifaru s'gen i wedi'i ddal yn 'y mhen.'

'Pan mae dyn yn dechra difaru mae o'n dechra creu problema iddo'i hun. Mae o'n creu euogrwydd. Yn swcro'i gydwybod. A bryd hynny, mae o hannar ffordd at droi'n grefyddol.'

'Ha-ha! Doniol iawn! 'Y mhregeth i ydy honna.'

'Ia,' cytunodd Miri'n llawen. 'Gen ti y dysgish i'r athroniaeth fach handi yna. Peidio difaru. Gwrthod gresynu. Anwybyddu euogrwydd. Dyna'r unig ffordd i sicrhau noson dda o gwsg, meddat ti. Rwy'n dy gredu di. Fydda i byth yn gorfod cyfri defaid.'

'Dw i wedi'i gwneud hi'n hawdd i chdi, yn do? Dy gael di'n ôl yma i fyw. Dy wneud di'n rhydd. Fe fedra i weld mai fi wnaeth y gaer mor gysurus i chdi. Creu arglwyddes ohonat ti. A chloi fy hun ar y tu allan.'

196

'Prin dy fod ti'n gardotyn wrth y drws, Gwern. A phrin fod fan'ma'n gastell! Y chdi sy'n rhamantu eto. Isho bod yn arwr y chwedl honno oedd yn dy ben di'n hogyn bach. Dyna ydy ystyr hyn i gyd, yntê? Yr holl greu sterics 'ma? Am greu argraff wyt ti? Am dynnu'r sylw i gyd atat ti dy hun? Am fod yn ben bandit ym mhob dim? A be wyt ti'n ddisgwyl i mi'i wneud? Chwarae rhan y dywysoges yn y tŵr? Neu'r wrach yn y castell? P'run ydw i i ti erbyn hyn? Fedra i byth gofio.'

Cododd Miri hithau o'r gwely. Nid hi fu'r un i awchu am ffrae, ond roedd yn barod i ymateb i'r alwad os oedd raid. Y dyddiau hyn roedd ganddynt dŷ cyfan i ymdrybaeddu ynddo. Hyhi a Gwern. Y nosau hyn. Pan nad oedd sŵn yn broblem. Na chyfle. Na chyfyngder amser.

Bellach, nid oedd dim i gadw'r tŷ'n brysur o'u cwmpas. Dim rhuthr i waith. Dim plant i'w magu. Dim ond Gwern a hithau. A landin hir iddynt loetran arno wrth geisio penderfynu ym mha ystafell yr oedd eu dyfodol.

'Nid y chdi sydd ar fai, Miri.'

'Felly rwyt ti wedi fy sicrhau i erioed.'

'Nid y chdi ddoth i'r penderfyniad anghywir pan ddoist ti'n ôl. Y fi oedd wedi breuddwydio'r freuddwyd rong. Ddylwn i erioed fod wedi dyheu am dy weld ti'n dod yn ôl.'

Taflodd Miri un o obenyddion y gwely gwag i'w gyfeiriad. Roedd hi'n un sâl am anelu. Aeth darlun ar y mur yn gam, ond ni ddisgynnodd. Safodd Gwern ei dir yn ddiedifar a diymadferth.

'Mi faswn i'n well ar 'y mhen fy hun rŵan,' sibrydodd ac aeth ar frys heibio i Miri ac allan o'r ystafell. I weddill y tŷ gwag.

Eisteddodd Miri ar erchwyn y gwely. Roedd hithau'n wag. Er i ddwy flynedd o gyfyng gyngor a blwyddyn arall o gyd-fyw o dan yr un to gael eu lluchio'n ôl i'w hwyneb mor ddisymwth, ni fedrai fagu cynddaredd. Meddyliai am Siôn yn America, heb fod rheswm yn y byd pam y dylai wneud. Tybed faint o'r gloch oedd hi arno?

Hanner awr wedi hanner nos oedd hi yma. Trodd wyneb y cloc at y wal, rhag i'r rhifolion goleuedig ei deffro yn y nos. Ailgydiodd yn y llyfr.

Oddi tani yn y lolfa, gorweddai Gwern yn noethlymun ar y soffa fawr foethus. Rhyddhaodd res o rechfeydd. Mwythodd glustog feddal rhwng ei goesau. Llyncodd wisgi yn syth o'r botel yn ei ddwrn de.

'Ffycin merchad!' gwaeddodd at y nenfwd. Hiraethai am rym rhyw bersawr rhad. I ladd y drewdod yn ei ben.

Os oedd Maelgwyn wedi cael ei ystyried yn hogyn od cynt, yr oedd yn odiach fyth ar ôl digwyddiadau'r misoedd diwethaf hyn. Aethai'n fwyfwy i'w gragen.

Ar y naill law, cytunai â'i fam ei fod yn well ei fyd o fod yn rhydd o grafangau Mari Jones a'i thylwyth. Ar y llaw arall, beth petai Noa yn fab iddo? Nid ar chwarae bach yr oedd yn fodlon cael gwared o'r amheuaeth honno o'i feddwl. Oni welodd y creadur ychydig oriau'n unig ar ôl ei eni? Yn hogyn bychan, cyflawn, perffaith? Yr unig beth a lwyddodd ef i'w greu erioed heb ymyrraeth neu anogaeth neu gymeradwyaeth ei fam. Neu felly y tybiasai ar y pryd.

Nid nad oedd Maelgwyn yn hapus gyda'i rieni ar eu fferm fach siabi. Ond pethau a ddaethai iddo gan eraill oedd popeth a feddai. Nid dim a grewyd ganddo ef ei hun. Dyna pam fod y misoedd pan oedd Noa ar y ffordd wedi ymddangos mor wahanol i unrhyw gyfnod arall yn ei fywyd. A dyna pam fod y siom mor affwysol yn awr.

Deuai plant eraill, siawns. Ac nid plant siawns, ychwaith. Gwnâi yn siŵr o hynny ar ôl hyn. Cadwai at drefn arferol pethau, yn unol â chyngor ei fam. Un o ychydig gysuron y bedydd tân yr aethai trwyddo dros yr wythnosau diwethaf oedd gwybod nad bastard bach oedd ei fab cyntafanedig.

Cododd gwên fach slei i'w wyneb uwchben ei beint wrth wneud yn fawr o'r cysur hwnnw. Yna rhoddodd y gwydryn yn ôl ar y bar, gan sychu ei swch â'i dafod.

Roedd y dafarn fechan bob amser dan ei sang ar ddiwrnod mart ac nid oedd heddiw'n eithriad. Gyda'i dad y daethai yma gyntaf, cofiai, bron i ddeng mlynedd yn ôl. Y bwriad oedd ei gyflwyno i ffordd y byd o daro bargen. A'i ffordd o dorri syched.

Ni allai ei dad, na neb arall, fod wedi ei baratoi ar gyfer cyfrwystra Mari Jones. O edrych yn ôl, fe fu hi'n wahanol i'r genod eraill a adnabu o'r cychwyn. Tŷ mawr crand yn y dref. Addysg a ballu y tu cefn iddi. Nid ei siort ef o gwbl, erbyn meddwl. Ond nid oedd hynny wedi gwneud gwahaniaeth yn y byd rhyngddynt. Roeddynt wedi gallu siarad heb iddo ef deimlo'n annigonol a lletchwith fel y byddai fel arfer. Yn rhywiol, roedd hi wedi rhannu ei chyfrinachau a chynnig hyfforddiant heb ymddangos yn nawddoglyd. Ac eto, o gofio'n fanylach, gallai Maelgwyn weld ei bod hi wedi ei gadw led braich drwy'r amser. Nid oedd hi wedi bod ar gael i'w weld am wythnosau bwygilydd. Mynnai ambell dro nad cariadon go iawn mohonynt. A phwysleisiodd fwy nag unwaith fod ganddi'r hawl i ymhél â phartneriaid eraill os mynnai.

Yn hynny o beth ni chafodd ei dwyllo, tybiai. Bu'r sgrifen ar y mur ar hyd yr amser.

Ei fam a fynnodd ei fod yn dod i'r mart heddiw ar ei ben ei hun. Am fod yn rhaid iddo ddysgu dangos ei wyneb unwaith eto, ebe hi. Claddodd ei drwyn yn y cwrw drachefn wrth glywed ei llais. Roedd lleisiau oddi mewn weithiau'n llefaru'n gliriach na'r twrw y tu allan. Megis yma, yn y mwg, lle roedd busnes a chyfeddach yn cymysgu'n un gybolfa.

'Maelgwyn Jones?'

Troes yn reddfol wrth glywed ei enw. Ond cyn iddo gael cyfle i weld wyneb neb yn iawn, daeth dwrn o rywle a glanio'n galed ar ei drwyn. Disgynnodd y gwydryn o'i law. Torrodd poen yn drochion mân trwy ei benglog. Wrth i'w ben daro'r llawr aeth llanw o waed yn llifeiriant coch dros ei geg, ei ên a'i wddf. Tasgodd ewyn y chwerw dros bawb a safai yn ymyl.

'Mae honna am y *black eye* roist ti i Mari,' ebe llais uwch ei ben.

Gwydion oedd yno'n siarad, mewn llais crynedig.

Llifodd hunanhyder Maelgwyn i'r carped llaith. Ceisiodd godi ar ei draed a daeth ei atal dweud yn ôl. Wrth i'w waed geulo, teimlodd gragen yn tynhau amdano.

'Pwy fasa'n meddwl?' meddai Miri gydag elfen o ddireidi yn ei llais. 'Gwydion o bawb!'

'Chwarae teg iddo, ddeuda i!' barnodd Nain yn gadarn. 'Meddwl am Mari fel'na! A bod yn ddigon o ddyn i gydnabod mai fo ddaru. Fe syrthiodd ar 'i fai 'yn syth pan alwodd y plismon 'na ddoe. Y fo ddaru a dyna ddiwedd arni!'

'Ond be ddoth drosto fo?' gofynnodd Gwern yn lletchwith. Synhwyrai fod y clod a gâi ei gyfeirio at ei frawd rywsut yn gondemniad arno ef.

'Gweld yr hogyn yn 'i lordio hi dros 'i beint ddaru o, yn ôl y sôn. A fynta'n methu anghofio'r cweir roth hwnnw i Mari bythefnos yn ôl.'

'Chlywish i a Miri 'run gair am y gweir 'ma tan i chi ffonio gynna, Mam.'

'Dyna be mae'r hogan yn 'i gael am gyboli efo rhyw garidýms fel'na.'

'Tydy Mal ddim yn garidým,' protestiodd Gwern. 'Hen lipryn bach diniwed, ella. Ond hen hogyn iawn yn y bôn. Cofiwch 'mod i wedi cael tipyn ar 'i gwmni fo, pan fyddai'n galw acw.'

'Dwyt ti erioed am godi llewys hwnnw yn hytrach na bod yn gefn i dy frawd dy hun.'

'Ddeudish i mo hynny, Mam. Wedi drysu ydw i, dyna i gyd. Chlywish i 'rioed o'r blaen am Gwydion ni yn troi at 'i ddyrna. A tydw i ddim yn argyhoeddedig mai Mal, druan, oedd y dewis gorau iddo'i leinio yn 'i ornest gyntaf.'

'Doedd hi fawr o ornest, o'r hyn glywish i,' adroddodd Gaynor Jones gyda blas. Roedd ganddi drwyn am waed. A buddugoliaethau. Ac unrhyw achlysur lle deuai'r ddau ynghyd. 'Un ergyd fu. A dyna lle'r oedd yr hogyn ar wastad 'i gefn. Mi oedd 'na amsar pryd y basat ti wedi bod yn falch o ddyrnod fel'na dy hun.'

'Callio wnaeth o, yntê?' dywedodd Miri.

'Tydy callio ddim yn ystyriaeth pan mae'n fatar o amddiffyn ych teulu,' oedd ateb parod Nain. 'Yn y teulu yma, 'dan ni'n mynd trwy ddŵr a thân i aros yn gytûn. Nid dianc i dai cyngor cyfleus y funud y bydd petha'n dechra troi'n giami.'

Cododd Miri ei hysgwyddau'n ddirmygus, i nodi nad oedd yn bwriadu dechrau ffrae gyda'i mam-yng-nghyfraith.

'Dyna ddigon, y ddwy ohonach chi!' ebe Gwern.

'Y cyfan ddeuda i ydy 'mod i'n falch fod gan rywun y gýts i achub cam yr hogan fach 'na.'

'Trio deud mai fi ddylia fod wedi leinio'r truan ydach chi, mwn?'

'Ti ydy'i thad hi.'

'Fel y deudish i, wyddwn i ddim fod petha wedi troi'n daro rhwng Mari a Mal. A hyd yn oed taswn i, faswn i ddim wedi ymyrryd . . .'

Torrodd Nain ar ei draws. 'Ar un adeg, y chdi oedd olynydd naturiol dy dad fel pen y teulu 'ma. Ond i gyfeiriad Gwydion y bydda i'n taflu 'nghoelbren bellach, ichdi gael dallt.'

'Y fi ydy'r hyna . . .'

'Ond y fo sy'n gweithio'r lle 'ma. Y fo ddarparodd i Mari . . .'

'Mi gafodd gynnig 'y nhŷ i yn Nhai Lôn,' ebe Miri.

'Ych tŷ chi ydy hwnnw, Miri, fel y deudsoch chi wrthan ni lawer tro. Sôn am Gwern yn gwneud ei ddyletswydd oeddwn i. Edrych ar ôl 'i blant. Cadw'i wraig mewn trefn. Ennill 'i damaid trwy chwys 'i dalcen.'

'Peidiwch chi â meiddio dannod hynny i mi,' torrodd Gwern ar ei thraws yn anghyffredin o chwyrn. 'Wyddoch chi ddim be ydy hi i nesu at yr hanner cant a bod yn ddi-waith. Dw i'n gwneud 'y ngorau, yn tydw, Miri?'

'Hy! Gangiwch efo'ch gilydd yn fy erbyn i. Waeth gen i ddim! Bod yn gefn i Gwydion fydd fy nod i os daw hi'n fatar o achos llys.'

'Ydy hi'n debyg o ddod i hynny?' gofynnodd Miri.

'Os na fydd Mal am ddwyn achos ei hun, synnwn i fawr na fydd 'i fam o'n gweiddi am waed,' ebe Gwern.

Fel y byddai disgwyl i bob mam o'r iawn ryw ei wneud, mae'n rhaid, tybiai Miri. Fe ddylai deimlo'n annigonol am nad oedd hi erioed wedi ymuno yn yr helfa. Ond ni allai deimlo dim ond dirmyg tuag at famau ysglyfaethus. Roedd hi'n rhydd o'i phlant. Cyflwr anghyfrifol i fam fod ynddo.

'Gorfod mynd i wneud *statement* ddaru o ddoe,' eglurodd Nain. 'Fe ddeudodd o'r gwir, wrth gwrs. Pam hitiodd o fo. A be ddigwyddodd.'

'Dial?'

'Achub cam. Cadw enw da y teulu.'

'Braidd yn eironig, yn tydy?' gwamalodd Gwern. 'Go brin fod Mari ni yn siampl dda o gadw enw da y teulu. Plentyn llwyn a pherth ydy'ch gor-ŵyr cyntaf chi, wedi'r cyfan.'

'Fe gallith hi. Ac mae 'na fwy o benderfyniad yn 'i chroen hi nag y sylweddoloch chi erioed. Mae'r tŷ 'na fel pìn mewn papur ganddi. Fe bicish i i lawr 'na ddoe i'w gweld nhw. Noa a hithau. Cael pás gan Gwydion. Braf 'i chael hi mor glòs aton ni unwaith eto. A gweld rhywun yn byw yn yr hen fwthyn 'na. Roedd Gwydion yn llygad 'i le yn mynnu gwario pres i godi'r hen le yn ôl ar 'i draed. Creu un teulu mawr yma eto. Fan'ma, o gylch y fferm.'

'Mae hi'n gwbod am y busnes cwffio 'ma, decini?' holodd Gwern.

'Ydy. Fe eglurish i'r cwbl wrthi ddoe. Er nad ydw i'n disgwyl iddi hi gael 'i gweld yn y llys 'na, wrth gwrs. Ddim os ydy'r Maelgwyn Jones 'na am olchi'r dillad budron i gyd yng ngŵydd y byd. P'run bynnag, mi gaiff hi ddod i fyny fan'ma am y pnawn, i edrych ar ôl dy dad. Achos mi fydda i'n disgwyl i bawb arall i fod yno, yn gefn i Gwydion ni.'

'Wrth gwrs y byddwn ni yno,' cytunodd Gwern. 'Mi fydd hi'n bwysig cefnogi'r hen Gwyd.'

'A does neb tebyg i Mari efo dy dad,' pwysleisiodd Nain. 'Mi fydda i'n gwbod 'i fod o mewn dwylo da am ychydig oriau. Taid oedd popeth ganddi cyn i Noa ddod. Un amyneddgar ydy hi. Annwyl.

Mewn ffordd nag ydy pobl ifanc heddiw ddim fel arfer. Wn i ddim o lle mae hi'n cael y fath dynerwch, na wn i!'

'Ydach chi ddim yn credu 'i fod o'n rhedag yn y teulu, Mam? Tynerwch?'

'Nac'dy. Ddim felly. Un gysetlyd iawn oedd dy nain ar ochr dy dad. A gwydn o raid oedd fy mam inna.'

Rhaid mai'r dynion a orfodwyd i arddangos eu meddalwch yn ôl yn achau'r teulu hwn. Dyna oedd wedi lliwio yr hyn ydoedd ef ei hun, meddyliai Gwern. Gwragedd o benderfyniad a dynion o dynerwch. Roedd ei ben a'i galon wedi eu llurgunio ganddynt. Y neiniau oer a'r ewythrod di-ddweud a dibriod. Siaradent trosto yn ei gof. Sisialent yn y gwaed am y glendid a fu. Y glendid main a gofient hwythau o gyfnodau cynt. Milwyr mewn gorfoledd. Cewri dychymyg. Bugeiliaid niwl. Oll wedi pesgi ar eu da eu hunain wrth gerdded tiroedd eu treftadaeth fel ysbrydion.

Gwyddai Gwern ei fod yn etifeddu rhywbeth, er na wyddai yn ei fyw sut i warchod y gwaddol. Am nad oedd natur y trysor o fewn ei ddirnadaeth. Casglu rhent y gorffennol a wnaethai hyd yn hyn, nid cymryd y denantiaeth.

Ansicr oedd ei safle yn y byd. O fewn ei filltir sgwâr. Ar ei aelwyd ef ei hun. Fe âi i lys barn i fod yn gefn i'w frawd, yn naturiol. Ni fu angen i'w fam bwysleisio pwysigrwydd hynny. Nid oedd erioed wedi gwadu'r syniad o deulu a'r dyletswyddau a ddeuai yn sgil y fath ymrwymiad. Ond gwyddai fod angen dychymyg i allu caru rhai pobl.

Trwy lwc, roedd ganddo stôr o ddychymyg. Dychymyg i garu. Dychymyg i ddenu cariad. Dychymyg i wneud cariad yn oddefol ac yn wâr. Ond niwlog braidd oedd y manylion yn ei ben. A dychrynai weithiau at faint yr ymbellhau a fu. Siôn yn 'Merica. Mari'n fam. Gwydion yn gwneud sôn amdano. A'i dad ar goll yn ei gystudd.

Y dirgelwch mwyaf, o ddigon, oedd Miri. Fel arfer. Ie, fel arfer! Gallai glywed y geiriau hynny yn ei watwar wrth iddo yrru adref mewn tawelwch o'r gynhadledd deuluol yng Ngallt Brain Duon. Miri yn ei ymyl yn y car. Mor fud â'r meysydd o bob tu iddynt.

Ni allai siarad â hi bellach. Ni allai ei hambygio. Ni allai ei meddiannu'n rhywiol. Ni allai fynnu cael ei ffordd ei hun yn ôl ei ffansi.

Daethai pob gêm i ben. A phob gwaith. Rhaid oedd cadw'r ddysgl yn wastad. Gwaith a chwarae. Gêm gartref. Gêm i ffwrdd. Sgorio yma. Sgorio acw. Chwys gofalon. Goglais gwag. Gwern Jones oedd

Gwern Jones. Gwyddai pawb amdano. Tipyn o foi. Deryn. Dibynadwy. Un o hoelion wyth y swyddfa. Hen gi ar y slei, ond dyn ei deulu yn y bôn. Surbwchyn cegog, ambell dro. Ond rhywbeth da gan bawb i'w ddweud amdano . . . dim ond ichi eu holi yn ddigon hir.

Aethai'r geirda'n chwilfriw ers meitin. Y caswir oedd fod y cyngor wedi bod yn ceisio cael gwared arno ers hydoedd. Ei wraig yn ei adael. Ei fam yn ei ddiarddel fel penteulu. Newydd wneud hynny yr oedd hi, sylweddolodd yn sydyn. Roedd newydd weld dyrchafu ei frawd bach yn frawd mawr.

'Hen goc oen ydw i, yntê?' mynnodd wybod gan Miri ar ôl iddynt gyrraedd preifatrwydd stêl eu cartref. 'Dw i'n iawn, yn tydw? Dim byd ond hen goc hyll, yn ddiwerth a da i ddim.'

'Does dim byd o'i le ar dy goc di,' protestiodd Miri mewn bonllefain gorfoleddus. 'Ac fe ddylwn i wybod. Y fi sydd wedi mwytho fwyaf ar yr anghenfil. Wn i ddim pam na wnei di'i gadael hi i'r genedl ar ôl iti farw. Mewn cas gwydr yn rhywle y dylai hi fod, gyda nodyn mewn sawl iaith i egluro'i harwyddocâd hi i estroniaid.'

'Oes raid iti weiddi cymaint?' gwaeddodd Gwern yn ôl. 'A pham nad oes gen ti ddim byd ond dirmyg tuag ata i?'

'Nid dirmygu ydw i, ond dathlu. "Nid canmol yr ydwyf, ond dywedyd y gwir." Dw i yma, yn tydw?'

Parhaodd Miri i wneud hwyl am ei ben am funud neu ddwy. Ei stranciau ymfflamychol yn llenwi'r lle ag anlladrwydd. Flynyddoedd yn ôl, byddai yntau wedi bod wrth ei fodd gyda'r fath ymddygiad. Yn feistr ar y syrcas. Yn tasgu'r chwip. Yn coluro'r clown. Ond heno, ni fedrai wneud dim ond ildio'n dawel, 'Chawson ni ddim rhyw ers wythnosau . . .'

Roedd y gath o'r cwd. Yn llewes ar ei chythlwng. Cymeradwyodd Miri'r cyfaddefiad. Ac ymdawelodd yn araf. Roedd pob cam a gymerai eu perthynas bellach yn profi'n drallod newydd iddi. Y poen o boen. Poen peidio â phrofi poen. Poen peidio â phoeni! Nid oedd dechrau na diwedd i'r cylch. O'r trais melys ac arswydus yng Nghae Tan Rhyd i oriau'r esgor, pan ddaeth ei phlant i'r byd, roedd caru Gwern wedi costio'n ddrud iddi.

'Ydy hi'n wythnosau? Ydy, debyg!' cytunodd.

'Misoedd am wn i.'

'Ac mae 'na flynyddoedd ers ichdi basio nodiadau bach swclyd imi yng nghefn y dosbarth. Wyt ti'n cofio? Finna'n rhy ddiniwed i wybod be i'w wneud efo nhw ac yn mynd â nhw adra i Mam. Roeddan nhw

203

wedi tyfu'n gerddi erbyn Dosbarth Chwech. Ond chafodd Mam erioed weld rheini.'

'Cof fath ag eliffant sy gen ti.'

'Na. Newydd dy gyfarfod di ydw i. Sipsi fach yn crwydro'r wlad ydw i. A chdi ydy'r twpsyn diweddara i syrthio dan 'yn swyn i. Y chdi fydd gwrthrych yr adloniant . . . am heno.'

'Am bennill wyt ti? Am beint ym mar cefn y Ship? Wyt ti'n cofio fel y bydda criw ohonan ni'n sleifio i fan'no bob nos Wener?'

'Tydw i ddim am gofio treip gwirion dyddia ysgol,' meddai Miri.

'Y chdi ddechreuodd trwy sôn am nodiadau'n cael 'u pasio yng nghefn y dosbarth.'

'Digon posib. Ond dw i am gladdu popeth felly rŵan. Pob rwdlan. Pob sothach o sentiment. Wna i ddim aros yma er mwyn y gorffennol. Wyt ti'n dallt? Rhaid ichdi fod ar dân isho imi fod yma rŵan. Neu chei di mo 'nghadw i. A chei di mohona i os na fedri di roi rhyw i mi. Mae hynny'n bendant.'

'Blydi hel, Miri! Rwyt ti off dy ben!'

'Ella. Ond dyma lle ddaru ni ddechra, yntê? Efo un ohonan ni'n mynnu rhyw gan y llall. 'Blaw mai fi sy'n gwneud y mynnu rŵan.'

'Cau hi!' Yn sydyn, roedd siarad Miri wedi troi Gwern o fod yn amheuwr pruddglwyfus i fod yn gi cynddeiriog. A throdd arni'n ffyrnig. 'Yr un hen edliw rownd y rîl! Dw i wedi 'laru clywed sôn amdana i'n dy dreisio di. Fe ddigwyddodd hynny mewn dyddia pan nad oeddan ni ond megis dechra dysgu caru'n gilydd. Ma' dy holl siarad di'n ddigon i godi cyfog ar ddyn. Wyt ti wedi anghofio'r syllu cyn y rhyw? A'r sisial. Yr holl ffol-di-rol arferol. Swsys gwlyb. A dwylo'n mynd i bobman. Dyna sut y dois i i dy garu di. Diniweidrwydd oedd y fagl a ddefnyddiodd y ffycin sipsi fach. Gan hynny y cesh i'n llorio. Cofia hynny! A challia!'

'Wel! Ddaru ti gael gwared ar hwnnw'n ddigon sydyn, yn do? 'Y niniweidrwydd i.'

'Rown i'n dy addoli di, wst ti. O hirbell. Reit o'r dechrau. Cyn mentro dod yn nes ac yn nes. Nes 'mod i'n gallu clywed ogla dy wallt di. A chael rhyddid gen ti i wthio'n llaw o dan dy flows di.'

'Dw i ddim yn cofio ichdi erioed ofyn caniatâd i wneud hynny, chwaith,' ebe Miri'n sinigaidd. 'A ph'run bynnag, cywreinrwydd ydy peth felly, nid cariad.'

'Na. Rwyt ti 'mhell ohoni!' pwyllodd Gwern yn dawel. 'Erbyn imi ddod ata chdi, rown i wedi bwrw digon ar fy swildod efo genod er'ill i fynd heibio'r stad o fod yn gaeth i alwadau cywreinrwydd. Dyna'r gwahaniaeth rhyngon ni, Miri fach. Dyna pam rwyt ti wedi cario'r camargraff 'ma am drais yn dy ben ar hyd yr holl flynyddoedd. Wyt ti'n cofio'r tro cyntaf ddaru mi dywys dy law di i mewn i boced 'y nhrowsus i? Wyt ti'n cofio hynny? Mi ydw i. Achos mi ddaru ti ruthro mor gyflym i gael dy facha ar 'y mhidlen i, fel y bu bron ichdi 'yn sbaddu i efo dy 'winadd. Dyna pam mae'n gas gen i 'winadd hir ar ddynas, hyd y dydd heddiw. A wyddost ti beth oedd yn dy wneud di mor ddiamynedd wrth dwrio felly? Cywreinrwydd. Dyna dy gymhelliad di. Wela i ddim bai arna chdi, yli! Roedd o'n ddigon naturiol. Roeddan ni'n canlyn ers hydoedd. Roedd gen ti awch am addysg 'radeg honno. Ac rown i'n hogyn reit nobl, er 'mod i'n deud fy hun. Ond dallta mai cywreinrwydd oedd o, nid cariad. Mor wahanol i 'nghamgymeriad bach diamynedd i yng Nghae Tan Rhyd. Fe wnesh i ofyn gawn i. Dw i'n fodlon tyngu imi wneud. Ond ella na wnesh i ddim aros am yr ateb. Dyna'r drwg. A dw i wedi gorfod talu am hynny trwy fy oes. Y chdi a dy gyhuddiad. Bob tro mae hi'n ffrae rhyngon ni mae'r cyhuddiad yna'n siŵr o godi'i ben. Y chdi'n cyhuddo. Y chdi'n dedfrydu. Ond jest cofia bod i bob trosedd 'i chymhelliad. Ac yn 'yn achos i, nid cywreinrwydd oedd o. Jest cofia hynny, Miri. Nid y tro cyntaf hwnnw. Na'r un tro arall wedyn, chwaith. Ddaru mi erioed dy gymryd di o gywreinrwydd. Dim ond o gariad.'

'A rŵan . . . dim. Dim rhyw. Dim cymryd. Dim cydio. Dim cywreinrwydd chwaith, mae'n rhaid. Dim . . . ' Dirywiodd llais Miri yn ochenaid rwystredig. Closiodd ato, fymryn. Ond nid oedd gan Gwern chwaith ddim mwy i'w ddweud. Aeth heibio iddi am ei wely, gan ddweud wrthi am beidio â bod yn hir cyn dod i fyny ato.

Ni chafodd Gwern ei siomi. Daeth Miri ato'n ddiymdroi. Gwireddwyd yr argoel am atgyfodiad. Cafwyd rhyw fesur o wyrth. Dychwelodd y clai i gochi'r pridd. A chododd yr haul gefn nos. Fel tân tyner ar hen aelwyd dau gariad canol oed.

Mor daer â hynny fu'r cwlwm rhyngddynt y noson honno. Miri ac yntau. Y naill mor lloerig â'r llall. Dim ond ffyliaid oeddynt ill dau. Nid oedd dim yn sicrach ganddo wrth iddo fesur helbulon y dydd ym merw'r trymgwsg a ddilynodd drythyllwch y nos. Onid oedd eu cusanau wedi llosgi eu cwsg yn ulw, fel celloedd sy'n gorgyffwrdd mewn ymennydd na all mwyach gofio'n iawn?

Erbyn y bore, gobeithiai Gwern y byddai pob digofaint rhyngddo a Miri wedi ei gladdu dan dyweirch duon. Siôn ar y ffôn, efallai. Mari'n sôn am drefnu bedydd. Pwy a ŵyr? A brad ei fam fel croes ar ben pridd y profiadau. I nodi'r fan lle roedd y gorffennol gwrthodedig wedi ei gladdu. Dyna a fwriadwyd ar gyfer teuluoedd. Yn ddelfrydol. Yn derfynol. Rhes o feddrodau cadarn mewn tiroedd cysegredig. Gyda chroesau o bren nadd ar ben pob un. Yn arwyddbyst ar gyfer y byw.

Deffrôdd yn gynnar trannoeth. Ei ben yn wag. Ei galon yn agored. Arogl gwallt ar flaenau ei synhwyrau. Am fod cymar cyfarwydd wrth ei ymyl a honno wedi hanner dringo dros ei gorff i orffwys ei phen ar ei frest.

'Rown i am sôn wrth Mari amdanon ni un tro,' sibrydodd Miri. 'Dweud popeth wrthi. Amdanan ni'n dau. Cae Tan Rhyd. Y cariad. Pam mai chdi ydy'r unig ddyn fedrwn i byth ddygymod ag o. Nid dweud wrth Siôn. Dim ond wrth Mari.'

Dychwelodd ddoe i feddwl y dyn. Cribodd ei fysedd trwy wallt ei wraig, gan wasgu ei phen yn dynn yn erbyn ei gorff, i'w hatal rhag gallu edrych i fyw ei lygaid yntau.

'Paid â dweud,' gorchmynnodd yn gadarn. 'Paid byth â dweud wrth neb.'

Y diwrnod yr oedd ei ewythr o flaen ei well, aeth Siôn i alw ar Mrs Hoffermanleigh yn ei chartref moethus. Roedd dyfalu tybed beth fyddai ffawd Gwydion yn ôl yng Nghymru yn llenwi cyfran helaeth o'i feddwl wrth iddo yrru ar hyd y briffordd afiach i lawr i Santa Monica. Ffawd Gwydion. Ffawd Noa. Ffawd ei fam a'i dad. Ffawd pob un o'r cydfforddolion a deithiodd gydag ef hyd yma ar y daith.

Newydd gyrraedd echdoe yr oedd y llythyr oddi wrth ei fam a nodai ddyddiad yr ymweliad arfaethedig â'r llys ynadon. Nid canlyniad yr achos fel y cyfryw a boenai Siôn, ond goblygiadau'r weithred a'i hachosodd. Gwell peidio â holi. Ond anodd peidio â phendroni. Gwibiodd y gyrwyr eraill heibio iddo'n garlamus. Nid oedd eto wedi ymgynefino â lled y ffyrdd.

Roedd y cwsmer cyfoethog a'i phwll nofio arfaethedig hefyd ar ei feddwl. Mrs Eva Hoffermanleigh a'i gwariant diweddaraf. Yr Aifft oedd ei hysbrydoliaeth. Nid ei mamwlad. Nid ffynhonnell ei thras. Nid tarddiad ei hanes. Ei breuddwyd oedd cael pwll nofio ar ffurf pyramid, a hwnnw o chwith, fel petai, yn mynd i mewn i'r ddaear yn hytrach na chodi ohoni. Cawsai syniad arall Siôn o bwll ar ffurf mwmi groeso hefyd, ond y pyramid oedd wedi tanio'r dychymyg fwyaf, er ei fod yn peri hunllefau technegol i dad Gideon a'i dîm o beirianwyr. Ni allai neb fod yn hollol siŵr a fyddai pwll trionglog, gyda'r ochrau oll yn gwyro i mewn er mwyn cwrdd yn y canol, yn ymarferol. Fe allai fod yn beryg bywyd i nofiwr brwd. Ac yn fagl farwol i blymiwr.

Er nad oedd ond mis ers iddo symud i fyw i'r lle, roedd Siôn wedi deall fod diogelwch yn bopeth i drigolion Califfornia. Yn eu tai, rhag iddynt gael eu rheibio. Yn eu ceir, rhag iddynt gael eu dwyn. Yn eu gwelyau, rhag iddynt ddal rhyw aflwydd angheuol. Roedd y condom a'r clo a'r larwm diogelwch yn rhannau annatod o'r diwylliant a'r ffordd o fyw. Ofn a oedd i gyfrif am hynny. Ofn colli'r cyfle i gwrdd â'r cariad nesaf. Ofn peidio â chael gweld y wawr yn torri yfory. Ofn colli gafael ar bopeth materol a berthynai iddynt.

Oedd, roedd ofn y dygid eu petheuach oddi arnynt yn ofn real iawn i Americanwyr. Ac eto, gallent gael gwared ar hanfodion eu hwynebau a'u cyrff cyn hawsed â rhoi'r sbwriel allan i'w gasglu. Gan newid nodweddion pryd a gwedd heb boeni'r un iot. A cholli hunaniaeth heb golli eiliad o gwsg.

Doedd neb yn amlygu hynny'n fwy na Mrs Hoffermanleigh ei hun, meddyliai Siôn. Ei gŵr oedd un o lawfeddygon cyfoethoca'r dalaith a thros y blynyddoedd gorfodwyd ef i afradloni ei sgiliau yn creu'r ddelwedd synthetig a ddeisyfai ei wraig iddi ei hun. Cafodd ei llygaid Hwngaraidd, dioddefus eu goleuo'n ddienaid trwy ailosod yr aeliau uwch eu pennau a dadbacio'r bagiau oddi tanynt. Lleihawyd y trwyn a thaenwyd y safn. Diflannodd gormes ei hieuenctid o'i gwallt. Aeth ei stumog yn llyfn a'i thin yn fach.

Hi oedd yn iawn. Ganddi hi'r oedd y pres. Dyna pam fod Siôn ar y ffordd ati. I drafod y pyramid peryglus ymhellach. I weld beth a ellid ei wneud i oresgyn y problemau. Oherwydd doedd dim amheuaeth na châi'r anawsterau eu goresgyn. A byddai hi toc, wrth ei dderbyn i'w chartref, yn gyfuniad afreal o westeiwraig wresog ei chroeso a chwsmer calongaled. Yn hwylio ar hyd y dreif tuag ato o'r funud y gyrrai ef ei gar trwy'r clwydi tal. Un arall o'r creadigaethau gwyn, llaes a wisgai fel cynfas gwely ar lein ddillad. Yn edrych yn lân a thrwsiadus ac eto'n od o ddisylwedd.

Gwyddai Siôn o brofiadau eu cyfarfodydd blaenorol y byddai'n rhaid iddo gusanu cefn ei llaw, gan geisio osgoi ei modrwyau mawr rhag iddynt ei fwrw ar ei ên. A gwrando drachefn arni'n mynegi ei rhyfeddod ynglŷn â'i enw. (Ni allai Mrs Hoffermanleigh ddeall pam fod ganddo'r un enw'n union â'i hoff actor, Sean Connery, ond ei fod yn mynnu ei sillafu'n wahanol.) Drwyddi draw, roedd hi'n ddealledig fod y wraig wedi dotio ar hynodrwydd Siôn. Dyna pam iddo gael ei ddanfon ar ei ben ei hun i geisio ei swcro. Roedd hi wrth ei bodd gyda'i acen. A'i wallt llaes. A'i ysbryd o letchwithdod creadigol.

Trwy lwc, roedd Gideon wedi ei sicrhau nad oedd yr un arwyddocâd rhywiol i'r dotio, ac er bod ei lletygarwch yn ystod y cyfarfod yn debyg o fod yn ffyslyd, manwl a ffantasïol parthed y pwll ac yn dalentog o anwybodus a llawn cywreinrwydd parthed popeth arall, ni fyddai byth yn troi'n fflyrtio. Llawn cystal, cysurai Siôn ei hun. Nid oedd erioed wedi deall atyniad rhywiol y wraig hŷn. Yr atgof hwnnw o fam Gillian yn canu'n iach iddo'n hwyr un noson, tra oedd yn dal yn dynn yn Eirwyn Coed yr un pryd, oedd yr unig ddelwedd ganol oed i'w gorddi erioed. Ac roedd amnesia plastig Eva Hoffermanleigh ymhell bell o'r hynawsedd Seisnig, hunan-sicr hwnnw.

Dôi'r forwyn Siapaneaidd â hambwrdd at ei meistres, ac ar ôl cael paned o'i choffi cryf ac egwyl o siarad am 'yr hen wlad', rhaid fyddai eistedd wrth y bwrdd cinio er mwyn i Siôn dywys Mrs Hoffermanleigh drwy'r holl waith ymchwil a wnaethai. Am faintioli siambrau claddu'r hen Eifftiaid. A'r ddelwedd orau i'w chreu o'r teiliau seramig y byddai'n rhaid eu harchebu'n arbennig er mwyn gorchuddio arwynebedd y pwll a cheisio creu effaith a fyddai'n ddeniadol ac yn gymharol ddilys yr un pryd.

Mater o gyfaddawdu oedd hi. Gallai Siôn ddeall hynny. A holai wrtho'i hun sut hwyl a gâi Mari y prynhawn hwnnw wrth warchod Taid tra bod pawb arall yn y llys ynadon yn y dref? Ac a fyddai'n canu rhyw hen hwiangerdd i'w nai wrth iddo gysgu yn ei chôl?

Roedd ambell ddirgelwch yr oedd hi'n well peidio â phlymio i'w ganol. Ambell gorff yr oedd hi'n ddoethach gadael iddo bydru yn ei amser ei hun. Cysgu cwsg ci bwtshar. A gadael iddo. Creu sioe o arwynebedd i guddio'r creithiau. A gadael llonydd i'r gorffennol. Dyna pam fod Mrs Hoffermanleigh wedi peintio ac ailgerfio'i hwyneb. A llifo'i gwallt lliw aur. Diangasai o ormes dwyrain Ewrop, yn ôl ym more oes. Bellach roedd hi'n rhydd. Yn byw breuddwyd. Ac yn fyw. Trwy ei hamgylchynu ei hun â gwrthrychau a delweddau o wareiddiad estron, nad oedd a wnelo hi ddim oll ag ef, gallai ei hanghofio ei hun. Ac ymddwyn braidd yn ewn ar brydiau.

Os mai ar yr oferedd Eifftaidd hwn yr oedd ei bryd, yna roedd Siôn yn barod i'w helpu yn y dasg o'i greu. Llywiodd y car yn ofalus i'r lôn dde. Gadawodd y briffordd a dringodd i'r mynyddoedd. Er mwyn cyrraedd ei gyrchfan.

'Rown i yno'r noson gyntaf honno,' ebe'r dyn a gerddodd heibio i Gwern. 'Yn dyst i'r cyfan. Petawn i wedi rhybuddio'r Maelgwyn Jones 'na ar y pryd nad oedd dim da i'w ddisgwyl o ymhél efo petha fatha chdi a dy deulu, mi faswn i wedi gwneud cymwynas fawr â'r creadur.'

'Be?' Dim ond am iddo glywed enw Mal yn cael ei grybwyll yng nghanol y parablu y sylweddolodd Gwern mai ato ef y cyfeiriwyd y geiriau. Ac eto, o feddwl, nid oedd yno neb arall i glywed.

'Carchar oedd y lle iddo. Dyna fyddai o wedi'i gael hefyd petawn i wedi cael 'yn ffordd.'

Cymerodd Gwern eiliad neu ddwy i ganolbwyntio. Roedd wedi tybio fod y cyfan drosodd. Y câi Miri a'i fam ac yntau fynd adref. A Gwydion hefyd, wrth gwrs. Wrth droi i olchi ei ddwylo yn nhŷ bach y llysoedd ynadon, nid oedd wedi talu fawr o sylw i'r sawl a ddaethai at y cafn wrth iddo ef ei adael.

'Be?' holodd drachefn. Craffodd yn y drych i weld cefn llydan y plismon.

'Dy frawd, siŵr iawn. Mr Gwydion blydi Jones. Gorchymyn i gadw'r heddwch a dirwy dila y galla plant eich siort chi'i thalu trwy ddwyn o'u cadw-mi-gei. Fawr o gosb, oedd hi? Nid i wehilion pen y domen fatha chi. Y bonsan ynad heddwch 'na sydd ar ddyletswydd heddiw yn meddwl ei bod hi'n gwbod be ydy cyfiawnder, ond tydy hi'n gwbod affliw o ddim am Wynedd heddiw. Ŵyr hi ddim am ddim.'

Ysgydwodd Gwern y dŵr oddi ar ei ddwylo, heb dynnu ei lygaid oddi ar gefn y siaradwr. Cofiodd. Wrth gwrs! Y plismon tew a'r tafod haerllug.

'Beth bynnag ŵyr hi, mae o wedi talu'n well iddi na'ch holl ddoethineb honedig chi, Cwnstabl,' atebodd Gwern. 'Os cofia i'n iawn, cwnstabl oeddech chi bedair blynedd yn ôl. A chwnstabl ydach chi o hyd, yntê, Cwnstabl?'

'Rwyt ti'n cofio, felly?'

'Pwy fedra anghofio rhywun â'ch dawn dweud ddihafal chi?' Wrth siarad, camodd Gwern draw at y peiriant sychu dwylo. Daeth llif o awel gref i gynhesu ei ddyrnau.

'A digon o amser gen ti ar dy ddwylo, bellach, yn ôl y sôn. Trwy'r dydd, bob dydd . . .'

'Gad hi!'

'Glywish i'n iawn, felly? Digon o amser gen ti i'w ladd. Cyfle i gofio pob trosedd a gyflawnodd aelodau dy deulu di erioed. Yr holl droeon trwstan rheini a dorrodd ar dangnefedd dy fywyd priodasol di.'

'Be 'dy dy broblem di, y mwnci?'

'Finna heb sylweddoli, flynyddoedd yn ôl, fod dy frawd o'r un anian â thi. Hen fabi yn hongian wrth ffedog 'i fam oedd hwnnw'n hogyn bach. Y chdi, Gwern Jones, oedd yr arwr erstalwm.'

'Wel! Mae 'na lawer tro ar fyd wedi bod ers hynny . . .'

'Mab yn dwyn. Merch yn planta. Brawd bach yn ymosod yn giaidd ar un o hogia diniwed y werin. A dy dad yn dreflo'i swper i lawr 'i byjamas bob nos. Dyna glywish i . . .'

Rhuthrodd Gwern yn ddirybudd at y dyn, gan anelu'i ddwrn at aren chwith y plismon. Oherwydd yr orchwyl dan sylw gan hwnnw, a'r braster o gylch ei ganol, ni lwyddodd i osgoi'r ergyd. Syrthiodd wysg ei ochr ar ei benliniau i'r cafn. Gorfodwyd ef gan reddf i ymbalfalu am gymorth crochenwaith cain y pair piso. Tagodd ar ei lais ei hun a thasgodd y mudandod ysgeler o'i lwnc i'w berfedd ac yn ôl drachefn.

'Dyna ddigon am 'y nheulu i. Dallt? Fe ddeudish i wrthat ti am 'i chau hi.'

'Mi ca' i chdi am hyn, Gwern Jones!' Brwydrodd y dyn i wneud y geiriau'n eglur, yn erbyn grymoedd poen a diffyg anadl.

'Cei, mwn! Dw i'n crynu yn 'yn sgidiau.' Tynnodd Gwern odre llewys ei grys i'r golwg o dan llewys ei siaced. (Gorweddai ei siwt yn anesmwyth o smart amdano. Ers colli ei waith ni fu tei am ei wddf yn aml. Dechreuodd sylweddoli mor anghymen yr oedd wedi mynd i edrych.) Camodd yn ôl at y drych, rhag ofn i rywun arall ddod i mewn.

'Pobl y fall wyt ti a dy debyg. Fe gei di weld yn ddigon buan nad oes arnan ni ddim angan teuluoedd tebyg i dy un di i gynnal yr achos. Fe ddaw dydd y bydd hi'n dlawd arnat ti a dy debyg.'

'Tydw i ddim yn bwyta gwellt 'y ngwely eto, gyfaill. A fûm i erioed â 'mhen mewn pot piso yn chwilio am gynhaliaeth.'

Roedd y plismon yn mwytho godre'i gefn â'i law chwith ac yn ceisio codi drachefn o'i safle ddrewllyd.

'Fe gei di dalu am hyn.'

'Felly rwy'n casglu. Wel! Tyrd â chyhuddiad yn fy erbyn i. Waeth gen i. 'Sgen i ddim byd i'w golli bellach. Ac ella y caf innau'r un ynad heddwch â 'mrawd. Doedd ganddi fawr o chwaeth mewn hetiau, mae'n wir, ond roedd ganddi fronnau digon del o'r hyn welish i ohonyn nhw . . .'

'Hen sglyfa'th, heb barch at neb . . . !'

'Pwy a ŵyr? Ella y cymrith hi ffansi at ryw rafin dosbarth canol fatha fi. Petha parchus yr olwg fel honna wedi gwneud cyn hyn. Mi synnet! Ar y llaw arall, wrth gwrs, ella mai 'mrawd sydd wedi bod yn lwcus. Ella mai ffarmwrs cyhyrog efo creithiau caib a rhaw ar 'u dwylo nhw ydy'i phetha hi.'

'Dwyt ti 'im ffit i fod yn rhydd . . .'

'Dos i nôl dy fêts, 'ta! Dos! Dw i'n dy herio di. Ond gwell ichdi ddallt o'r cychwyn mai gwadu'r cyfan wna i. Tydw i ddim o'r un anian anrhydeddus â 'mrawd, yli! Fe ddeuda i fod gen ti ryw obsesiwn afiach efo erlid 'y nheulu i bob cyfle gei di. Ac mai syrthio ddaru ti. Llithro ar y llawr llithrig. A syrthio'n drwsgl. Newydd fod yma mae'r glanhawyr. Yli, mae'r llawr yn dal yn wlyb! Ac mae pawb yn gwbod mai petha digon trwsgl ydy dynion tew ar y gorau.'

Bytheiriodd y plismon yn fygythiol, gan faglu'n ddoniol i gyfeiriad Gwern.

''Swn i ddim yn 'i thrio hi, 'swn i'n chdi!' rhybuddiodd hwnnw ef. 'Nid at dy aren di y bydda i'n anelu'r ergyd nesa. Dallt be s'gen i?'

'Aros 'y nghyfle fydda i!'

'Fel pawb ohonan ni, gwnstabl bach,' ebe Gwern yn glên. 'Rŵan! Beth am i bawb fynd ymlaen â'i ddydd? Dw i'n fwy na pharod i anghofio. Fe rown i'r byd am gael dod o'r dillad dydd Sul 'ma, iti gael dallt! Ac mae Mam yn disgwyl amdana i allan yn y lobi, i fynd â hi adref. Mae hi'n tynnu 'mlaen erbyn hyn, er bod 'i thafod hi'n medru bod mor llym ag erioed. Ond be haru fi, 'n adrodd holl hanes 'y nheulu wrthat ti? Siawns nad wyt ti'n gwybod hyn i gyd yn barod, a thithau'r fath floneg hollwybodus! Cymer air o gyngor gan hen gont o'r dosbarth canol. Rhoi hyn i gyd y tu cefn inni fyddai orau.'

'Mae ymosod ar blismon yn drosedd ddifrifol.'

'Yr unig dystiolaeth ydy'r staeniau hyll 'na i lawr dy drowsus di ac ar hyd dy sgidia,' ebe Gwern yn ddoeth, gan gyfeirio'i lygaid at yr anfadwaith. 'Dim byd arwrol iawn yn fan'na, oes 'na? Dim byd urddasol. Wyt ti ddim yn cytuno, Cwnstabl? Peth salw ar y naw ydy stori heb ddiweddglo hapus.'

Ildiodd y swyddog mewn cywilydd. Ochneidiodd Gwern ei ryddhad. Roedd newydd anelu'r ergyd orchestol olaf yn ei fywyd. Ni ddôi buddugoliaeth debyg i'w ran byth eto.

Taw piau hi bellach, meddyliodd. Troes ar ei sawdl. A gadawodd.

Rhan 5
AWR

(ymhen blynyddoedd i ddod)

'Siôn!' gwaeddodd ei fam o waelod y grisiau. 'Brysia, da chdi! Awr sy gen ti cyn y bydd y ceir yma. Wn i ddim i lle mae'r Gideon 'na wedi diflannu. Y fo ydy dy was priodas di i fod a fo ydy'r un ddylia fod yma'n trio rhoi rhyw drefn arnat ti, nid y fi.'

'Iawn, Mam.'

'Tyrd! Mae brecwast ar y bwrdd. Ac mae gen inna ddillad newydd i newid iddyn nhw, cofia!'

Dim ond iddi lwyddo i gael gwared ar Siôn a Gideon o dan ei thraed, fe gâi hi lonydd i ofalu amdani ei hun wedyn, meddyliai Miri. Lol, mewn gwirionedd, oedd i Siôn fynnu bwrw'r noson cyn ei briodas o dan do ei fam. Onid oedd ef a Michelle wedi cyd-fyw ers tair blynedd? Ond un garw am barchu traddodiadau oedd Siôn. Byddai'n anlwcus gweld yr hogan cyn y seremoni, meddai o, a dyna ddiwedd arni! Dyna pam mai Gideon oedd wedi gorfod dychwelyd i'r fflat i nôl yr esgidiau a anghofiwyd neithiwr.

Dychwelodd Miri i'r gegin, lle'r eisteddai tri wy wedi eu berwi, yn grand yn eu cwpanau pridd, ar ben y bwrdd. Eisteddodd ger un ohonynt a thorrodd ei ben i ffwrdd â chefn llwy de. Diferodd y melyn yn afradlon o synhwyrus ar hyd y plisgyn a daliodd hithau gymaint ohono ag y gallai ym moch y llwy.

Bore priodas Siôn, meddyliodd yn bwdwr. Roedd ganddi gymaint i'w wneud.

Gwyddai Gwern ba ddiwrnod oedd hi, ond troes ei gefn yn ddirmygus ar y cloc. Awchai am i'r dydd fynd heibio cyn gynted â phosibl. Roedd yn gas ganddo'r atyniadau teuluol hyn. Pawb yn gwenu ac yn cofio dyddiau gwell. Ei ymateb cyntaf, pan gyhoeddwyd dyddiad y briodas, oedd dweud na fyddai yno. Ond cynllwyniodd pawb i newid ei feddwl. A bellach roedd hi'n heddiw arno. A'r diwrnod mawr wedi gwawrio.

Noson arw neithiwr! Dwrdiai ei ben. Rhoddodd daw ar glochdar y cloc.

O feddwl, byddai'n dda ganddo weld Siôn yn briod, yn enwedig o gofio mai go brin y câi byth weld Mari'n priodi. Roedd honno fel petai hi wedi setlo efo'r Martyn 'na. Yr hen fombast hollwybodus! Gallai Gwern ei glywed ei hun yn sgyrnygu'r geiriau trwy ei ddannedd wrth feddwl am y dyn a fu'n byw tali gyda Mari ym Mwthyn Pen Ffordd ers dwy flynedd.

Ia, Siôn yn priodi! Chwarae teg iddo! Roedd hwnnw, o'r diwedd, yn camu i fyd y fodrwy a'r morgais. A siawns na châi yntau, Gwern, ŵyrion go iawn maes o law. Roedd ganddo ŵyr yn barod, wrth reswm, a hen hogyn di-fai oedd Noa, ond Duw a ŵyr o ble y daeth ac nid oedd Gwern wedi gallu cymryd ato rywsut. Y fferm oedd popeth iddo. Ac roedd ei wallt yn fodrwyog ddu, fel ochr ei fam o'r teulu. Pan alwai Noa ar Taid, disgwyliai Gwern i'w dad ei hun ymddangos o rywle. Ond roedd hwnnw yn yr ysbyty geriatrig ers blynyddoedd. Ei etifeddiaeth wedi ei dwyn oddi arno. A phawb ond y dim i'w anghofio.

O ffenestr ei lofft, gallai Gwern weld yr afon a wahanai'r ynys oddi wrth y tir mawr. Ar yr ynys y trigai ef bellach. Roedd wedi croesi. Torri'n rhydd.

Trwy'r niwl, gallai weld y bont. Un o binaclau peirianneg. A hithau'n cymell croesi.

Roedd neithior yn ei aros. A merch-yng-nghyfraith newydd sbon, swyddogol. Gwell iddo eillio, ymolchi a gwisgo amdano, tybiai. Roedd heddiw'n ddiwrnod gŵyl.

''Dach chi'n meddwl 'i fod o wedi mynd ar goll?'

'Pwy?'

'Gideon, siŵr!' atebodd Siôn. 'Mae o wedi mynd ers hydoedd.'

'Fe ffeindiodd o'i ffordd i fan'ma yr holl ffordd o America. Siawns na fedar o ddod o hyd inni eto ac ynta ddim ond wedi mynd i lawr y lôn.'

''I weld o'n hir ydw i.'

'Methu dod o hyd i'r sgidia 'na fydd o. Doedd gen ti ddim syniad lle gadewist ti nhw, meddet ti.'

'Na, digon gwir. Ond mi fydd Michelle yno i'w helpu o.'

'Os ydw i'n 'nabod Michelle mi fydd ganddi ddigon i'w wneud trosti'i hun y bora 'ma, heb sôn am fynd ar sgowt am sgidiau efo Gideon.'

'Bydd, mwn. Ond diolch i chi am roi i fyny efo fo 'run fath. Dydy Gideon ddim yr hawsa bob tro. Tueddu i gymryd drosodd, yn tydy?'

'Duwcs! Licish i'r hogyn erioed. Dy dad oedd yn rhyfadd tuag ato fo flynyddoedd yn ôl. Ofn 'i fod o'n mynd â chdi ar gyfeiliorn yn nyfroedd dyfnion cyfalafiaeth.'

'Wnesh i erioed ddeud 'y mod i'n mynd i'r Stêts am byth. Dim ond hawl i weithio yno am flwyddyn oedd gen i pan esh i draw yno gyntaf.'

'Roeddat ti'n gwbod hynny. Roeddwn i'n gwbod hynny. Ond dyna dy dad i chdi! Chwilio am unrhyw esgus i greu anghydfod. Ac yna gorfod chwilio am esgus arall dros gymodi.'

Ochneidiodd Siôn dros ei wy. Sŵn crensian tost sych yn gyfeiliant i'r gwae. Gwyddai nad oedd ei dad yn hapus. Fe âi'n rheolaidd i weld hwnnw yn y fflat ddiflas a'r olygfa odidog. Ond am ei fam, ni allai fod yn siŵr. Deuai yma hefyd ryw ben bob wythnos. I'r tŷ mawr moethus lle y cafodd ei fagu. I weld ei fam.

Cwynai am y tŷ. Ei faint. A'i anymarferoldeb. Soniai'n achlysurol am ei roi ar y farchnad, ond yno'r oedd hi o hyd. Yn dal gafael. Yn rhegi'r garddwr. Ac yn brolio mor braf oedd bywyd ers i'w dad ei gadael.

Yn y gybolfa hon o rwgnach, dioddef a gorfoleddu, nid oedd dichon gwybod yn lle y gorweddai'r gwir. Creaduriaid anodd eu dirnad oedd rhieni! Diolchai Siôn fod Michelle ac yntau wedi penderfynu nad oeddynt am gael plant. Caent hwy, o leiaf, eu harbed.

'Dyma fo, o'r diwedd,' cyhoeddodd Miri pan glywodd sŵn car ger talcen y tŷ. 'Gideon a'r sgidia.'

'Gobeithio na fydd o'n ddig am 'mod i wedi bwyta'i wy o,' ebe Siôn.

Parciodd Mari'r car yn ddestlus yng ngofod parcio Uned 6. Prin fod yr injan wedi'i diffodd nad oedd Noa allan ac yn carlamu tua'r beudy.

Gwenodd Mari ar ei ôl a chymerodd eiliad i fwynhau'r olygfa o'i blaen. Roedd rhai o dai allanol Gallt Brain Duon wedi eu troi'n rhes o unedau hunanarlwyol. A del oedden nhw, hefyd, broliodd iddi'i hun. Hyd yn oed mewn niwlen laith a bygythiad o law mân yn ei chôl.

O Galifffornia y daethai llawer o'r syniadau a ymgorfforwyd yn y datblygiad ac fe'u cludwyd dros Fôr yr Iwerydd ym mhenglog Siôn. Bu'n bartneriaeth deuluol dda hyd yn hyn. Hi a Siôn a Gwydion. Y tri yn cyd-dynnu. A phob un ohonynt â'i gyfraniad unigol ei hun.

Gofalu am y glanhau a'r newid dillad gwely ac ati oedd ei chyfrifoldeb hi. Bu'n drefniant delfrydol a hithau'n byw ar garreg y drws. Rhoddai'r gyfran fechan y câi hi ei thynnu o elw'r fenter ryw lun ar annibyniaeth ariannol iddi. Câi Siôn dynnu'n helaethach o'r pair, gan mai ef oedd yn gweinyddu'r holl fusnes fel rhan o'i ymerodraeth hamdden gynyddol.

'Dw i'n amau a oedd Nain yn cymeradwyo mewn gwirionedd,' barnodd Mari eiliadau'n ddiweddarach. Roedd hi wedi dod o'r car wrth weld ei hewythr yn dod o'r tŷ i'w chwrdd. 'Ond ar y llaw arall, ella'ch bod chi wedi cael perswâd go iawn arni. Doedd hi ddim y teip i ramantu am adfeilion, oedd hi? A heddiw, o leiaf, fe fyddai wedi bod wrth ei bodd. Priodas un o'i hwyrion o'r diwedd.'

'Ydach chi'n barod?'

'Fe fynnodd Noa gael dod i gymryd cip ar y lloi 'na gafodd 'u geni echdoe. Ac roedd gen i lwyth o gynfasau i'w cludo i fyny, p'run bynnag. Felly dw i wedi addo pum munud iddo, gan y bydd y creadur yn gaeth yn 'i ddillad gorau am weddill y diwrnod, chwara teg iddo fo. Martyn sy wedi cael y gwaith o olchi'r llestri brecwast.'

''Sgen ti amser am baned?' gofynnodd Gwydion. Roedd wedi agor cist y car tra'i bod hi'n siarad, a chariodd y sypyn o ddillad gwely glân draw at yr hen laethdy a oedd bellach yn storfa ddillad a nwyddau ar gyfer yr unedau.

'Dim ond un bach sydyn, 'ta!' Caeodd Mari'r gist ar ei ôl a dilynodd ef yn reddfol.

'Ar ganol smwddio crys at heddiw oeddwn i,' ebe Gwydion pan gyrhaeddodd y ddau y gegin.

'Dewch â'r haearn 'na i mi,' mynnodd Mari'n glên, gan gymryd at y taclau smwddio a'r crys. 'Mi gewch chitha wneud y baned coffi 'na.'

'Iawn.' Cymerodd Gwydion y tegell ac aeth ag ef at y tap dŵr oer. Drwy'r ffenestr, gallai weld Noa'n rhedeg ym mhen pellaf y buarth. Hwnnw heb newid i'w ddillad parch eto. Ei egni'n amlwg. A'i chwarae gyda'r cŵn yn werth ei weld. Er na pharodd yr olygfa yr un newid ar wyneb difynegiant Gwydion. O'i fewn yr oedd ei falchder.

Deuai Noa i gymryd awenau'r fferm maes o law. Nid oedd dim sicrach yn ei feddwl. Oni threuliai'r crwt oriau yn dilyn wrth ei gwt? Deng mlynedd arall ac fe gâi gymryd drosodd. Roedd hi'n bwysig trosglwyddo mewn da bryd. Ac edrychai Gwydion ymlaen at rywfaint o ryddid. Rhyfedd fel yr oedd yn gallu cynllunio'r cyfan yn ddistaw bach yn ei ben! Cyn geni Noa nid oedd erioed wedi breuddwydio cynllunio dim byd y tu hwnt i droad y tymhorau.

'Wyt ti'n hapus?' Llithrodd yr ymholiad fel geiriau anweddus dros ei wefus.

'Wrth gwrs 'mod i, Yncl Gwydion,' atebodd Mari heb betruso.

Cododd ei golygon o goler y crys ar y bwrdd smwddio o'i blaen. Gwenodd i gogio swildod. Bu'r ateb yn un gonest, ond nid oedd cofio'i chariad tuag at ei hewythr byth yn anodd iddi. Nac yn boenus. Ar wahân i un achos arswydus o loes calon nad oedd byth ymhell o'i meddwl. Ddwy flynedd ar ôl geni Noa, ganed ail blentyn iddi hi a Gwydion. Yn farw gelain.

Ailgydiodd Mari yn yr haearn gydag arddeliad. Wrth gwrs ei bod hi'n cofio. Wrth gwrs ei bod hi'n hapus. Ni wyddai Martyn ddim oll am linach gyflawn Noa. Ni wyddai neb. Âi i'w bedd a'r gyfrinach heb ei thorri.

'Os ydy o byth yn frwnt efo chdi . . . neu'n dy gadw di'n brin o r'wbath . . . neu'n 'madael . . .'

'Mi wn i, Yncl Gwydion! Mi wn i! Ylwch! Dyma fi wedi gorffen y crys 'ma i chi. Ewch chi i'r llofft i newid a siawns na fydd y tegell 'na wedi berwi erbyn y dowch chi i lawr.'

Cymerodd yr ewythr y crys gwyn o'i llaw.

'Cystal â dy nain bob tamad.'

'Mi fasa hi wedi bod wrth 'i bodd heddiw, tasa hi ond wedi cael byw un flwyddyn fach arall. Pawb ynghyd. Pawb yn siarad eto.'

'Tydw i ddim wedi addo hynny,' ebe Gwydion.

'Ond wnewch chi a Dad ddim ffraeo eto heddiw, gobeithio. Diwrnod mawr Siôn a Michelle ydy o i fod, cofiwch.'

'Wna i ddim ffraeo. Rwyt ti'n gwbod hynny'n ddigon da. Ond fedra i ddim ateb dros dy dad.'

'Ond peidiwch ag ymateb i'w eiriau croes o . . .'

'Fydd 'na ddim geiriau o fath yn y byd rhyngon ni os caf i fy ffordd. 'Sgen i ddim i'w ddweud wrth y bwbach. Ddim ar ôl c'nebrwng dy nain. Dyna'r tro ola i ni i gyd i fod ynghyd, yntê? Fel teulu. A fedra i ddim madda iddo fo am golli arno'i hun fel y daru o. Fedra i ddim. A wna i ddim, dallta!'

Roedd rhai perthnasau pell wedi cynnig galar yn esgus dros ymddygiad ei thad y diwrnod hwnnw. Ond gwyddai Mari'n amgenach. Fel Gwydion. Fel pawb a'i carai go iawn. Cymhelliad mwy hunanol hyd yn oed na galar a oedd wrth wraidd y storm y diwrnod hwnnw.

Diflannodd Gwydion i'r llofft gyda'i grys glân. Pan ferwodd y tegell, tywalltodd Mari ddŵr ar ben y powdwr yn y mẁg. A safodd hithau wrth y ffenestr i weld a oedd sôn am yr etifedd.

Chwythodd Mari'n dyner dros ymyl y mẁg. Gwenodd yn drist wrth fesur maint y golled. Nain ac Yncl Gwilym yn eu beddau. Ei thad wedi gadael ei mam. Ei thaid yn creu sôn amdano trwy fyw mor hen. A Gwydion yn y llofft yn gwisgo. Rhaid fod perthyn wedi mynd yn beth llai clòs. I ble yr aeth swsus ddoe? Y prydau prydlon? A'r rhaffau tyn?

Dal i berthyn oedd y nod, wrth gwrs. Synhwyrai Mari hynny, ond roedd y dehongliad wedi newid gydag amser. Roedd hi'n ganrif newydd. Daethai cytundebau newydd i rym. Clymau newydd i gadw pobl ynghyd. I ddal dŵr mewn modd gwahanol iawn i'r hyn a fu.

Ac eto, pan welodd hogyn penddu'n rhedeg tuag ati o ben pella'r buarth, llamodd ei chalon o lawenydd. Mewn ffordd henffasiwn iawn.

'Mi fydd Siôn yn torri'i galon.'

'Go brin,' ebe Gwern, ei lais yn godro pob chwerwder a fedrai o'r ddeusill. 'Mi fydd o'n llai o embaras i bawb ohonach chi 'mod i ddim yno.'

'Dydy hynny ddim yn wir,' atebodd Miri. 'Mae Siôn a Mari a minna'n edrych ymlaen at 'yn cael ni i gyd efo'n gilydd unwaith eto. Petha digon prin ydy'r achlysuron hyn. A dim ond i chdi fihafio dy hun, mae 'na groeso mawr iti ddod.'

'Ffycin nawddoglyd wyt ti'r bora 'ma! Be sy?'

Tynnodd Miri dderbynnydd y ffôn o'i chlust. Roedd y ffyrnigrwydd newydd wedi ei dal yn ddirybudd ac oedodd ennyd cyn ymateb, 'Fe alwa i Siôn at y ffôn, rŵan. Ella y gall o ddwyn perswâd arnat ti . . . '

'Na, paid,' gwaeddodd Gwern. 'Fe ga i egluro wrth Siôn rywbryd eto.'

'Gorffen gwisgo yn y llofft y mae o. Fe ddylai'r car fod yma i'w nôl o a Gideon unrhyw funud.'

'Yna gad lonydd iddo gael 'i hun yn barod. Mae'n ddiwrnod mawr iddo . . . priodi. Welith o mo 'ngholli i, 'i hen dad! A ph'run bynnag, mi fydd Gwyd yno, yn bydd? Ein penteulu newydd ni. Fe geith o sefyll yn y llunia lle y dylwn i fod. Fydd o ddim y tro cynta iddo wthio'i hun i rywle a fwriadwyd ar 'y nghyfer i yn wreiddiol.'

'Paid â dechra hyn'na eto, bendith y tad iti! Fe gest ti'r hyn oedd yn ddyledus ichdi oddi wrth dy rieni flynyddoedd yn ôl. Pan oedd Gwydion, druan, yn dal mewn trowsus cwta . . . '

'Paid â chrybwyll enw hwnnw byth a beunydd. Hen fastard bach slei fuodd o erioed. Mae'n wir be mae'r hen air yn 'i ddeud. Ci tawel sy'n cnoi.'

'Tydy hynny ddim yn wir yn achos Gwydion,' dadleuodd Miri. 'Ond os na ddoi di, y chdi fydd ar dy golled. A'r unig beth lwyddi di i'w wneud ydy tynnu sylw atat dy hun . . . fel arfar.'

'Fedra i ddim ennill efo chdi, yn na fedra?'

'Rwyt ti wedi ennill, Gwern. Ganwaith. Y chdi adawodd fi y tro hwn, cofia.'

'Nid pwy sy'n gadael pwy sy'n bwysig, ond pwy sy'n fodlon dod yn ôl.'

'Wel! Dyna fo, 'ta!' ebe Miri'n ddiamynedd. 'Os na fedri di wneud yr ymdrech i ddod i briodas dy fab dy hun, dydy o ddim yn deud llawer am dy ymrwymiad di i'r teulu 'ma, yn nac ydy? Wn i ddim be fasa dy fam wedi'i ddeud! Fe ddoth Siôn yn ôl, cofia. Yn ôl i fro 'i febyd. O grombil y bwystfil mawr Americanaidd oedd mor atgas gen ti. Mae o yma ers sawl blwyddyn. Y mwng mawr 'na fuo ganddo wedi'i hen dorri. A'r fodrwy 'na y buost ti'n chwerthin am 'i phen wedi'i thynnu o'i glust o erstalwm. Mae o'n ôl. Ymysg 'i bobl. Yn gwneud rh'wbath o'i fywyd . . .'

'Gwahanol iawn i'w dad! Dyna sy gen ti mewn golwg, mae'n debyg!'

'Sôn am heddiw ydw i, Gwern. Mae o'n priodi Michelle ymhen awr arall. Dw i'n awgrymu dy fod ti'n rhoi'r ffôn 'ma i lawr, tynnu dy fys o dy din a chael dy hun yn barod. Dw i heb orffen gwisgo fy hun eto. Gen i lawar i'w wneud.'

'Het a handbag newydd heddiw, mwn,' cellweiriodd Gwern.

'Ddoi di byth i wybod os na ddoi di i'r seremoni.'

'Ga i alw draw i dy weld di heno, Miri? Pan fydd y rhialtwch i gyd drosodd? Hynny fasa ora gen i, wir.'

'Cei, debyg,' atebodd Miri heb ronyn o frwdfrydedd. 'Mi fydd rhieni Michelle yma, cofia. A rhai o aelodau er'ill y teulu. Ond mae 'na groeso i ti bob amser.'

'Dim ond imi fihafio fy hun!'

Nid oedd erioed wedi bihafio, tybiodd Miri. Dyna'r drafferth. Dyna'r gwir. Roedd hi wedi dod i ddygymod â'r ffaith. Roedd hi wedi dysgu byw heb lawer. Heb atgofion. Heb ŵr. Heb ryw. Heb hwylustod peiriant golchi llestri. Heb hwyl.

Ac eto, heddiw, roedd Miri'n hapus.

Ar ôl yr alwad, gwaeddodd ar Siôn i ddweud wrtho nad oedd ei dad yn bwriadu dod. Ni chlywodd yr un ateb. Dim ond sŵn clegar y ddau ffrind yn y llofft.

Roedd smwddio crys ei hewythr wedi dod â hen wynt yn ôl i hwyliau Mari. Roedd gwres wedi codi i'w ffroenau drachefn a bu haearn yn ei llaw. Fe'i haflonyddwyd gan yr atgof.

Gyda'r esgus o fod yn dioddef o fymryn o gur pen, a chan adael Noa gyda Martyn ym Mwthyn Pen Ffordd, roedd hi wedi cerdded lled dau gae nes cyrraedd cwr y llannerch lle'r oedd rhes o garafanau'n llochesu.

Er iddi leisio gwrthwynebiad ar y dechrau, roedd hi erbyn hyn, yn dawel bach, wedi magu hoffter tuag at y parc. Codai sŵn Saesneg mewn acenion hyll i'w chlyw. Miri plant yn chwarae. Gwynt cig moch a selsig yn ffrio yn yr awyr iach.

Cerbydau hawdd eu tynnu oedd carafanau. Hawdd eu cynnau hefyd. Yr hen aelwydydd hawsaf yn y byd i godi tân arnynt.

Pe byth yr âi pethau i'r gwellt rhyngddi hi a Martyn, gallai bob amser droi drachefn at Gwydion. Am ryw a chysur a chynhaliaeth. Dim ond ofn a'u gwahanodd yn y lle cyntaf. Yn y dyddiau duon hynny ar ôl i'r fechan gael ei geni'n farw. Nid euogrwydd fu'n gyfrifol. Nid cywilydd. Dim ond ofn fod y drychineb yn rhyw arwydd annelwig a anelwyd, efallai, i'w cyfeiriad hwy. Dim ond efallai! Ni allai'r ddau byth â bod yn siŵr. Ond bu'r ofn yn ddigon. Yr ofergoeledd. A'r arswyd a fu'n gymysg â'u galar ar y pryd.

Dros dro yn unig yr oedd atgofion yn wenfflam. Rhyw fudlosgi'n dawel mewn ysguboriau segur a wnaent weddill yr amser.

Gyda lleithder coedwig fore yn arogldarth yn ei thrwyn, chwarddodd Mari'n isel oddi mewn. Gan gofio'i horiau anghyfrifol. Mewn carafán. Mewn sgubor. Mewn mannau cyfyng, twym. Hiraethodd. A chlywodd rym yr oriawr am ei garddwrn yn ei thynnu'n ôl. At frawd a'i ddarpar briod. A mam a thad. A mab a oedd ar ei brifiant. Rhythodd am un eiliad olaf. Trwy'r dail. I gyfeiriad y blychau tun ar lawr y glyn. A'r cyfrinachau a goleddent.

Un doeth oedd Gwydion, hefyd! Yn cuddio'r carafanau yn y coed.

Yr unig ran o'r olygfa a âi â bryd Gwern oedd y bont. Fel cawres y croesai o'r naill ynys i'r llall. I uno dau dalp o dir â'i chorff. Y pileri a'i cynhaliai fel rhes o fôr-forynion yn codi o'r heli. A sidan y niwlen ledrithiol o'r môr fel amdo wen amdanynt.

Go dda! meddyliai, wrth gamu'n ôl o'r balconi. Doedd hi ddim yn ddelwedd ddrwg o gwbl. Efallai fod yr egin bardd ar fin blaguro drachefn. Roedd hi'n bryd i'r gwanwyn ddangos ei liw yn rhywle, Duw a ŵyr!

Heddiw oedd diwrnod ei gerdd gyntaf ers blynyddoedd lawer, barnodd. Ie, diwrnod cerdd! Nid diwrnod priodas. Mynnodd lynu wrth ei reddf wreiddiol. Nid âi dros y bont i'r un loddest heddiw. Dim ond sefydliad i sbaddu ysbryd gwrywod yr hil oedd priodas. I'w gwneud yn fwy o gaethweision nag o ddynion. I dynnu'r gwynt o'u hwyliau. Yr hwyl o'u concwest. Nid âi ar gyfyl yr un briodas dros ei grogi.

Tynnodd amdano yn y lolfa, gan adael ei siwt orau'n sypyn di-siâp ar y soffa. Dychwelodd i'w wely, gyda'r papur dyddiol yn y naill law a ffág yn y llall. Roedd am gymryd golwg ar y newyddion. Roedd am smôc. Roedd am help llaw. I hel meddyliau. Ac i gyrchu'r awen. Yn fwy na dim, roedd am ddyrnu'r gobenyddion yn ei lid. Ac yna'n sydyn, gwelodd rywbeth i godi ei galon a rhoi gwên drachefn ar ei wyneb. Yn y papur, roedd hanes marwolaeth y cyn-gwnstabl Arfon Jones. Onid oedd sôn yn y papurau byth a beunydd fod rhywun yn rhywle wedi marw? Nid o reidrwydd mewn bywyd go iawn. Dim ond yn y papur.

Taflodd y rhecsyn i'r llawr a gadawodd weddill ei sigarét i loetran yn amheus ar wefus y soser lwch ar y bwrdd bach. Caeodd ei lygaid mewn llawenydd. Breuddwydiodd am gael diwrnod i'r brenin. Am gael bod yn frenin. Am gael ei lordio hi drachefn. Yn dywysog talog. Yn fab i'w dad. Ac yn fab i'w fam. Yn ddyn i gyd. Ie, honno oedd y freuddwyd fawr! Cael dyrnu. Cael medi. Cael bod yn ddyn drachefn. Pan fyddai'n deffro.

Ond roedd hi'n rhy hwyr i hynny. A syrthio wnaeth y cawr. Yn llipa ddiymadferth. Dros ddibyn amser. A chollodd Gwern y dydd.